Verena Rabe

Die Melodie eines Sommers

Über dieses Buch:

Mit Luis hätte sich Kristina alles vorstellen können – damals, in ihrer Studienzeit. Doch er war noch nicht bereit, sich für immer zu binden. Und nun, 20 Jahre später, steht sie ihm wieder gegenüber, in einem kleinen Fado-Restaurant an Lissabons malerischer Küste. Trotz all ihrer Zweifel und der Enttäuschung von damals verliebt sich Kristina erneut Hals über Kopf und verbringt mit Luis Tage heimlicher Leidenschaft. Doch ihr neu gefundenes Glück ist nicht von langer Dauer, denn Kristina ist verheiratet und hat zudem ein Geheimnis, das die neu entflammte Liebe zu zerstören droht …

Über die Autorin:

Verena Rabe, geboren und aufgewachsen in Hamburg, liebt es, zu reisen. Besonders europäische Küsten haben es der Seglerin angetan. Für ihre Geschichten unternimmt sie lange Rechercheréisen und lässt die Orte, die sie beschreibt, intensiv auf sich wirken. Sie hat Geschichte studiert und als Journalistin gearbeitet, bevor sie Schriftstellerin wurde. Bisher hat sie sieben Romane veröffentlicht. Verena Rabe lebt mit ihrem Mann in Hamburg, hat zwei erwachsene Kinder und verbringt viel Zeit in Berlin, ihrer zweiten Heimat.

Verena Rabe

Die Melodie eines Sommers

Roman

Genehmigte Lizenzausgabe 2018
der Buchvertrieb Blank GmbH, Vierkirchen

Umschlaggestaltung: HildenDesign, München (www.HildenDesign.de),
unter Verwendung von Bildmotiven von Shutterstock.com/YamabikaY
und Shutterstock.com/Krzyzak.
Gesamtherstellung: GGP Media GmbH, Pößneck
Printed in the EU

ISBN 978-3-94601-293-1

IN DER FERNE

Geheimnisvolle Fremde, süße Geliebte
mit deinen unerhörten Formen,
vertrautes abschreckendes Meer,
unberechenbar,
schmiege dich an mich,
du Schöne.
Wiege mich in deinen Armen,
so wie die Frau,
die nur in der Sehnsucht lebt.

Fremde Länder, nehmt mich auf in euren Schoß.
Genuss, der den Körper vergehen lässt,
stürmisch und zart,
aber irgendwo im Kopf eine Leere
und im Bauch viel Platz.

Verena Rabe

Es ist, was es ist,
sagt die Liebe.
Erich Fried

1. Kapitel

Gestern Nacht war Luis wieder in ihren Träumen aufgetaucht. Zuerst hatte Kristina Dierks es gar nicht realisiert, nur dass sie sich am Morgen leichter und irgendwie glücklich fühlte, als sie aufwachte. Sie lächelte beim Aufstehen und freute sich an allem; dass die Sonne schien, der Kaffee so gut duftete, Feli schon auf den Beinen war und mit ihr frühstücken wollte. Selbst ihre Tochter, die zurzeit eigentlich nichts wahrnahm außer sich selbst, was kurz nach dem bestandenen Abitur absolut in Ordnung war, wie Kristina fand, hatte die Veränderung bemerkt.

»Mami, du siehst super aus«, sagte sie und lächelte sie über ihren Kaffee hinweg an. »Es scheint dir gut zu bekommen, dass Papi nicht da ist.« Natürlich meinte Feli das als Scherz, und Kristina lachte auch darüber. Aber als ihre Tochter weg war, um die letzten Dinge für ihre Reise nach Mexiko einzukaufen, bemerkte Kristina, dass wirklich etwas anders mit ihr war als sonst. Sie setzte sich auf den Balkon und genoss es, nicht irgendwohin zu müssen, sondern Ferien zu haben. Als die Sonne ihre Haut liebkoste, erinnerte sie sich daran, wie es sich in ihrem Traum angefühlt hatte. Irgendwie anders, als wenn sie davon träumte, mit Peter zu schlafen. Besser, leidenschaftlicher. Eben so, wie es mit Luis gewesen war. Kristina wusste nicht, was sie mit diesem Gefühl anfangen sollte. Ihr kam es so vor, als ob Luis sich wieder in ihre Träume geschmuggelt hätte, weil Peter für einige Wochen nach Indien gefahren war und sie hiergelassen hatte. Darin war Luis schon immer großartig gewesen. Dann aufzutauchen, wenn man gar nicht mehr mit ihm rechnete.

Aber sie durfte nicht an Luis denken. Das hatte sie sich doch verboten. Es führte zu nichts als zu Aufregung, Verwirrung und Schmerz. Die Dinge waren doch klar. Er lebte seit einigen Jahren mit Evelyn zusammen, und sie war schon seit über 20 Jahren mit Peter verheiratet.

Luis und sie hatten ihre Chancen gehabt und alle in den Sand gesetzt oder ihre Versuche gegen die Wand gefahren. Da war es richtig gewesen, einen Schlussstrich zu ziehen.

Aber den ganzen Tag, während sie Felis Wäsche wusch und bügelte, die Abschiedsparty für ihre Freundinnen vorbereitete, spürte sie noch Luis' Hände auf ihrem Körper, als ob sie wirklich mit ihm geschlafen hätte und es nicht nur im Traum passiert wäre. Aber sie wusste ja, woran das lag. Sie war sauer auf Peter, weil er sich einfach für ein paar Wochen aus dem Staub gemacht hatte, anstatt mit ihr zusammen die wiedergewonnene Freiheit zu genießen. Sie hatte immer gedacht, dass sie diejenige sein würde, die sich eine Auszeit gönnte, wenn der Stress mit den Kindern vorbei war.

Am nächsten Tag stand sie mit ihrer 18-jährigen Tochter auf dem Hamburger Flughafen in der langen Schlange vor dem Eincheckschalter der KLM nach Amsterdam und betete insgeheim, dass der riesige Rucksack, den Feli gestern allein gepackt hatte, nicht so übergewichtig war, wie er aussah. Wenn Peter da gewesen wäre, hätte sich Feli sicher nicht dagegen gewehrt, den Rucksack zu Hause auf die Waage zu stellen, dachte Kristina. Auf sie hatte ihre Tochter nicht gehört.

»Ihr Ticket, Ihren Pass, bitte«, sagte die freundliche, akkurat geschminkte Mitarbeiterin von KLM zu Feli. Die kramte in ihrer Umhängetasche nach beidem und schien von der Tatsache überrascht zu sein, dass sie ihr Ticket vorlegen musste.

Halt dich zurück, dachte Kristina, nicht einmischen, halt den Mund, diese Situation muss sie allein bewältigen. Aber ihre Hand zuckte, und sie musste sich beherrschen, um ihrer Tochter nicht die rot-weiße Umhängetasche aus Lkw-Planen abzunehmen und nach den Dokumenten zu suchen. Sie verschränkte ihre Arme und lächelte die KLM-Mitarbeiterin an, zuckte mit den Schultern und hoffte, dass sie auch Kinder hatte, die schon so alt waren, dass sie allein ans andere Ende der Welt fliegen konnten, aber noch zu jung, um dabei den Überblick zu behalten. Mexiko, ausgerechnet, warum hatte sich ihre Tochter nur ein so weit entferntes Ziel aussuchen müssen? Kristina hatte versucht, ihr das auszureden, aber leider ohne Erfolg. Warum war ausgerechnet ihre Tochter der Meinung, nach nur sechs Wochen Ausbildung als Hilfslehrerin in der Lage zu sein, in einer Schule in der mexikanischen Provinz zu arbeiten? Felis Spanisch war noch nicht einmal sehr gut. Aber immer wenn Kristina ihre Bedenken angemeldet hatte, war sie irgendwie uncool rübergekommen. Das sahen zumindest Feli und ihre Freundinnen so. Und leider auch Peter, der es unglaublich sozial fand, dass viele junge Erwachsene heute nach dem Abitur für einige Monate ins bevorzugt ärmere Ausland gingen, um dort Menschen zu helfen, die es schlechter hatten als sie selbst.

Ihr Mann war von dem sozialen Engagement seiner Tochter begeistert gewesen. Das verstand Kristina sogar. Es passte in sein Weltbild. Nicht umsonst war er stellvertretender Schulleiter und Lehrer für Deutsch und Geschichte an der *Wilhelm-Raabe-Schule* in Lüneburg, die sich auch für UNESCO-Projekte starkmachte. Kristinas Bedenken hatte er einfach vom Tisch gefegt. Er könne das besser beurteilen als sie, hatte er tatsächlich gesagt. Aber war sie nicht diejenige mit einer Erzieherinnenausbildung und einem Theaterpädagogikstudium, und unterrichtete er als stellvertretender Schulleiter nicht seit Langem nur noch selten? Feli und er hatten ihren Einwand, dass eine Erzieherausbildung in Deutschland viele Jahre dauert und es doch eigenartig ist, dass die jungen Erwachsenen, die sich in Mexiko sozial engagieren wollen, nur eine sechswöchige Ausbildung erhalten, einfach vom Tisch gefegt.

»Feli hat es bisher so gut gehabt. Da kann sie doch den Kindern, die es nicht so gut haben in einem Entwicklungsland wie Mexiko, etwas zurückgeben«, hatte Peter gesagt.

Kristina wollte ihn darauf hinweisen, dass Mexiko schon längst zu den Schwellenländern gehörte, aber er hatte ihren Einwand ignoriert.

»Dort ist die Kriminalitätsrate extrem hoch, wie kannst du nur darauf vertrauen, dass ihr nichts zustößt?«, fragte sie Peter.

Doch er winkte ab. »In Juarez im Norden schon. Aber ich habe mich erkundigt, in der Provinz Oaxaca ist lange nichts passiert. Jens hat es mir erzählt«, sagte er.

Kristina wusste, dass das für Peter mehr Gewicht hatte als die Nachrichten in der Tagesschau. Jens war sein neuer Freund, der mit ihm zweimal in der Woche zum Yoga ging. Er war Pastor und kannte sich mit der Welt aus.

»Feli fährt doch mit dieser kirchlichen Organisation, die Jens uns empfohlen hat. Da passiert ihr nichts. Ich vertraue ihm. Er hat alles im Blick«, sagte Peter.

»Na, dann ist es ja gut«, hatte Kristina mit ironischem Unterton gesagt, aber der war ihrem Ehemann entgangen.

»21,0 Kilo, Mami«, sagte Feli erleichtert. »Glück gehabt.«

Mittlerweile hatte sie ihr Ticket gefunden und auch ihren Pass. Es war alles erledigt, und plötzlich sah ihre Tochter richtig erwachsen aus. Sie war etwas kleiner als sie selbst, 1,68 m, und hatte rotblonde glatte Haare und nicht ihre strohigen hellblonden. Kristina hatte ihre Haarfarbe immer etwas langweilig gefunden, aber seitdem sich weiße Haare unter die hellblonden schummelten, man sie aber gar nicht als solche wahrnahm, war sie ziemlich stolz darauf.

»Dann werde ich jetzt mal gehen«, sagte ihre Tochter, als sie die Sicherheitskontrolle erreichten.

»Flieg nicht«, hätte Kristina gerne gerufen, sie an sich gerissen und sie hinter sich her zum Ausgang geschleift. Dann hätte sie Feli gezwungen, sich an der Hamburger oder Lüneburger Universität für irgendetwas zu bewerben. Die Frist war noch nicht abgelaufen. Sie hätte Feli vielleicht sogar damit bestochen, ihr den Führerschein zu finanzieren oder ihr das erste Mal in ihrem Leben Designerklamotten zu kaufen, was sie bisher strikt abgelehnt hatte, nicht nur, weil dafür sowieso kein Geld da gewesen war. Sie nahm ihre Tochter in die Arme, vergrub ihr Gesicht für einen kurzen Moment in ihren Haaren und hielt die Tränen zurück, denn Feli hatte ihr verboten zu weinen.

»Also, schick mir eine SMS, wenn du angekommen bist«, sagte Kristina mit möglichst ruhiger Stimme. Sie wollte ihre Tochter nicht mit einer unnötig dramatischen Abschiedsszene verunsichern. Das hatten ihre Freundinnen gestern Abend schon besorgt, die so taten, als ob sie Feli nie wiedersehen würden, obwohl sie doch auch in den kommenden Monaten immer über Skype, Facebook und was wusste sie schon, miteinander verbunden sein würden.

Feli drehte sich noch einmal nach ihr um, bevor sie ihre Tasche auf das Band legte. Wie sie so dastand, ängstlich und entschlossen zugleich, war Kristina plötzlich unendlich stolz auf ihre Tochter, auch wenn sie nicht glaubte, dass es ein großer Gewinn für die mexikanischen Kinder sein würde, dass ausgerechnet ihre Tochter ihnen helfen wollte. Nichts gegen Feli, sie liebte sie sehr, aber sie wusste auch, dass es ihr gar nicht ums Helfen ging, sondern nur darum, weit wegzufahren und nach den Monaten des Praktikums mit ihren Freunden an irgendeinem Strand abzuhängen.

Was war eigentlich in ihre Familie gefahren? Feli verabschiedete sich nach Mexiko, und Peter war schon seit zwei Wochen in Indien in einem Yoga-Ashram. Dass Tom wie immer für irgendwelche Examen lernte, die er in seinem Jurastudium in München machen musste, war das einzig Normale.

Kristina hätte niemals vermutet, dass ausgerechnet ihr Mann den Mittelteil von *Eat Pray Love* nachspielen würde. Sicher hatte ihn auch Feli auf diese Idee gebracht. Peter ging, seit er im vorigen Jahr 50 geworden war, zweimal in der Woche zum Yoga und ließ diesen Kurs nur selten ausfallen. Zuerst hatte Kristina gedacht, dass eine andere Frau seinen neu entflammten sportlichen Ehrgeiz beflügelt hatte. Aber als sie Peter einmal spontan abgeholt hatte und dabei sah, dass nur magere, wenig freudvoll wirkende, aber dafür umso vergeistigtere Frauen mit ihm den Kurs besuchten, war sie beruhigt. Viele seiner Kolleginnen waren genauso, und das mochte er nicht besonders gerne. Und einen Vorteil hatte Yoga. Peters Körper fühlte sich für einen Mann seines Alters angenehm fest und geschmeidig an.

»Ich brauche eine Auszeit«, hatte Peter vor einigen Monaten unvermittelt gesagt. »Und jetzt ist doch der beste Zeitpunkt. Feli geht weg, Tom lebt sowieso sein eigenes Leben. Du kannst mich sicher für ein paar Wochen entbehren. Mach doch auch einmal, was du willst. Vielleicht besuchst du Brigitte und Tom in München oder fährst ans Meer. Das wolltest du doch immer mal spontan tun.«

Kristina schmollte zwei Wochen, während Peter ihr genauso lange bei jeder Gelegenheit beteuerte, dass er nur einfach seine Mitte finden wollte und es nichts mit einer anderen Frau zu tun hatte. Eigentlich fand Kristina es ja gut, dass er sensibler war als viele andere Männer, aber erst als er sagte, dass er sonst vielleicht krank werden würde, wenn er es nicht täte, gab sie nach und hörte auf, beleidigt darüber zu sein, dass er so lange ohne sie wegfahren wollte.

Sie war doch eine unabhängige Frau und schon so lange verheiratet. Sie würde es mit links schaffen, mal ein paar Wochen allein zu verbringen. Sie würde sich schon zu beschäftigen wissen und es genießen. Es gab ja so viel zu tun.

Kristina fuhr über die Autobahn nach Lüneburg zurück. Auf dem Weg zu ihrer Wohnung in der Ilmenaustraße kam sie an der Turnhalle vorbei, in der sie vor Jahren mit ihren noch kleinen Kindern das Kinderturnen durchlitten hatte. Feli war immer von allen Geräten heruntergefallen und hatte geweint. Tom hatte lieber mit seinem braunen Stoffhasen im Arm auf einer Bank gesessen und geträumt. Wenn Kristina jetzt die späten jungen Mütter beobachtete, die selbst hier in Lüneburg ihre Babys zum PEKiP-Kurs, Kinderyoga oder Englisch schleppten, war sie froh, ihre Kinder in einer anderen Zeit großgezogen zu haben. Sie waren nur Mitglied in einer Krabbelgruppe gewesen und eben beim Kinderturnen. Und sie hatte sich mit dem Wiedereinstieg ins Berufsleben Zeit gelassen wie die meisten ihrer Freundinnen. Jetzt war das ja fast nicht mehr möglich.

Sie hatte sich mit Peter ihre eigene Welt geschaffen und war darin glücklich gewesen. Durchaus traditionell in der Aufgabenverteilung, aber dennoch bunt und abwechslungsreich. Meistens hatte sie sich auch geglaubt, wenn sie das erzählt hatte.

Peter war ihr an der Uni in Berlin-Dahlem lange nicht aufgefallen, obwohl er sie schon oft in der Mensa gesehen hatte, wie er ihr hinterher sagte. Erst als er in sie hineinlief und Kaffee über ihr weißes Batikhemd schüttete, weil er nicht von seinem Buch aufsah, nahm sie ihn wahr. Peter begleitete sie nach Hause und wartete auf das ruinierte Hemd, weil er es sofort in die Reinigung bringen wollte. Nach zwei Jahren mit Luis hatte Kristina fast vergessen, dass es Männer gab, die ritterlich waren, und genoss es. Zwei Tage später war er mit dem gereinigten Hemd im *Alibaba* in der Bleibtreustraße aufgetaucht. Sie hatten sich auf Anhieb verstanden, stundenlang geredet und sich von dem Tag an immer wieder verabredet. Kristina hatte sich nicht mit einem lauten Knall in Peter verliebt wie zuvor in Luis, aber ihre Beziehung war viel entspannter und unkomplizierter gewesen, und langsam hatte sich mehr daraus entwickelt. Sie begannen, nicht nur die Abende, sondern auch die Nächte miteinander zu verbringen. Kristina fühlte sich bei Peter angekommen, von ihm gewollt, er war von Anfang an ihr Zuhause, nach dem sie so lange gesucht hatte.

Ihre Eltern hatten kurz nach Kristinas Abitur in Hamburg-Ottensen alle Zelte in Hamburg abgebrochen und waren mit ihrem Segelboot auf Weltreise gegangen. Auch wenn sie das schon seit Jahren geplant hatten, traf es Kristina sehr, als sie ihren gut gehenden Buchladen wirklich verkauften, den sie eigentlich eines Tages hatte übernehmen wollen. Kristinas Kindheit und Jugend war bis dahin ziemlich reibungslos verlaufen, und plötzlich stand sie allein da, winkte ihren Eltern hinterher, die ihr nur halbherzig angeboten hatten mitzukommen, und fand sich allein mit allen Pflichten und Sorgen in einer kleinen Wohnung wieder. Sie kämpfte sich durch ihre Ausbildung zur Erzieherin, wurde strukturierter und weniger träumerisch und war sehr stolz darauf, es allein zu schaffen. Als ihre Eltern aber nicht wie geplant nach drei Jahren zurückkehrten, sondern ihr ein Ticket nach Neuseeland spendierten, um ihr dort zu eröffnen, dass sie für immer dort bleiben wollten, war sie am Boden zerstört gewesen. Sie war nach Hamburg zurückgekehrt, hatte ihre Ausbildung widerwillig beendet und dann spontan beschlossen, nach Berlin zu gehen und Sozialpädagogik zu studieren.

Seit ihre Eltern weg waren, sehnte sie sich nach einer Familie. So war sie nicht traurig gewesen, dass sie nach noch nicht mal einem Jahr Beziehung mit Peter schwanger geworden war. Sie zogen nach Lüneburg, wo er als Referendar an der *Wilhelm-Raabe-Schule* anfangen konnte, an der er auch selbst Abitur gemacht hatte. Sie heirateten in der wunderschönen St. Johanniskirche in der Altstadt. Als sie in ihrem elfenbeinfarbenen Brautkleid an Peters Arm zum Altar schritt und die Sonne durch die schönsten bunten Glasfenster fiel, die sie jemals gesehen hatte, ihr Vater ihr stolz zunickte und ihre Mutter ins Taschentuch schniefte, während ihre Schwiegereltern daneben ihr zuversichtlich und stolz zulächelten, fühlte sie sich endlich angekommen.

Die ersten Jahre als Mutter genoss Kristina in vollen Zügen. Sie liebte es, mit ihren Kindern an die Ilmenau zu gehen, Enten zu füttern und nicht darüber nachzudenken, was für eine Aufgabe sie hatte, weil die sich Tag für Tag aus der Routine mit den Kindern von Neuem ergab. Aber als die Kinder in die Schule kamen, wollte sie auch wieder etwas für sich machen. Peter brachte sie auf die Idee, Theaterpädagogik zu studieren. Kristina konnte endlich wieder Seminare besuchen und war sehr stolz, als sie schließlich das Diplom in den Händen hielt. Peter setzte durch, dass an seiner Schule eine Theaterlehrerin eingestellt wurde, und so kam sie zu ihrer Aufgabe.

Kristina hatte in den vergangenen Jahren mit meist pickeligen und extrem hormongesteuerten Jugendlichen viele Theaterstücke einstudiert, während ihre Kinder selbst zu hormongesteuerten pubertätsgebeutelten Menschen wurden und die Pubertät glücklicherweise auch irgendwann wieder hinter sich ließen. Im gerade beendeten Schuljahr hatte sie sich an *Romeo und Julia* versucht und war dabei an ihre Grenzen gestoßen. Es war fast unmöglich gewesen, den Schülern klarzumachen, dass dieses Stück nicht einfach doof und altmodisch war.

»Du drehst dich dreimal in der Küche herum, und dann sind deine Kinder erwachsen«, hatte eine alte Freundin von ihr gesagt, als Tom und Feli vier und zwei gewesen waren. Damals hatte Kristina das nicht glauben wollen, aber als sie jetzt ihre Wohnung aufschloss, empfand sie es genauso.

Sie hatte ihre Küche aus hellem Fichtenholz vor 18 Jahren ausgesucht, als sie diese Wohnung mit Unterstützung ihrer Schwiegereltern kauften. Die hatten zwar nicht verstanden, warum sie nicht auch in das idyllische Bardowick vor den Toren Lüneburgs zogen, aber dann doch akzeptiert, dass Kristina sich als ehemalige Großstädterin auf dem Land – in einem Haus direkt hinter einem Feld wie ihrem im Klappersteg – nicht wohlfühlen würde.

Damals war die Küche mit den Schränken aus hellem Fichtenholz und der weißen Arbeitsplatte sehr modern gewesen. Der Kühlschrank hatte ein integriertes Gemüsefach, was alles eine Woche frisch hielt.

Jetzt war dieses System hoffnungslos veraltet. Das sagte zumindest ihre Freundin Betty, aber das störte Kristina nicht, weil die als Geschäftsführerin eines kleinen Hotels und Restaurants am Stintmarkt natürlich andere Ansprüche haben musste als sie.

Kristina räumte das Zimmer ihrer Tochter auf, zog ihr Bett ab, sortierte die Kleider, die auf dem Boden liegen geblieben waren, entsorgte die vertrockneten Pflanzen und die leeren Wasserflaschen, die unter dem Bett lagen. Wischte Staub, was ihre Tochter wohl während der ganzen Abiturzeit vergessen hatte, wusch Wäsche, bearbeitete die Fugen der Fliesen im Flur und in der Küche mit Salpeterreiniger, bis sie wieder hell waren, goss die Blumen und zupfte das Unkraut aus ihren Blumenkästen auf dem Balkon, aber auch diese Arbeiten waren dann irgendwann erledigt.

Sie ging in Toms ehemaliges Zimmer, das sie sich nach seinem Auszug als Arbeitszimmer eingerichtet hatte, und setzte sich an ihren Schreibtisch, auf dem schon wieder Chaos herrschte. Eigentlich hatte sie jetzt auch noch vor, ihre Ablage zu sortieren. In den vergangenen Wochen war für so etwas einfach keine Zeit gewesen. Sie hasste es, ihren Schreibtisch aufzuräumen, sie war einfach nicht der Typ dazu. Und mit der Häufchenbildung auf der Arbeitsplatte, die sie schon seit Jahrzehnten praktizierte, war sie immer gut klargekommen.

Auch Peter tendierte zu einer gewissen Unordnung in seinem Arbeitszimmer, die allerdings auch den Fußboden als Lager für Bücherstapel oder auch mal noch nicht korrigierte Arbeiten mit einbezog. In seinem Arbeitszimmer im Gymnasium achtete er jedoch penibel auf Ordnung, oder vielleicht tat das auch die Sekretärin, die er sich mit dem Schulleiter teilte.

Kristina hatte von Anfang an mit Erfolg klargemacht, dass sie nicht dafür zuständig war, das Arbeitszimmer ihres Mannes aufzuräumen, und er hätte das auch nicht gewollt. So musste sie nur in Kauf nehmen, dass die Staubschicht auf den Bücherregalen und dem Schreibtisch erst sehr deutlich sichtbar werden musste, bevor sie abgewischt wurde.

Vielleicht sollte ich die Gunst der Stunde nutzen und bei Peter Staub wischen, dachte Kristina lahm. Aber nach der ganzen Putzerei fühlte sie sich nun doch zu schlaff dazu. Und sie wusste, dass Peter es überhaupt nicht mögen würde, wenn sie sein Arbeitszimmer aufräumte.

»Hast du irgendetwas zu verbergen?«, hatte sie scherzhaft gefragt, als er ihr das letzte Mal erklärt hatte, dass er selbst Staub wischen würde, wenn er Zeit dafür fände, und sie sich nicht darum kümmern müsste. Da hatte er nur gelacht und sie in die Arme genommen.

Kristina öffnete die unterste Schublade ihres antiken Kontorschreibtischs, der im Hinterzimmer des Buchladens ihrer Eltern gestanden hatte. Sie zog eine dunkelgrüne Ledermappe heraus, in der früher die Post gesammelt wurde, und öffnete sie. Vor ihr lag ein Haufen bunter Postkarten. Auf jeder von ihnen war das Meer abgebildet, allerdings nicht immer das gleiche. Kristina besaß Karten von Pazifikstränden, Städten am Atlantik, Karibikstränden und auch welche aus nördlicheren Gefilden. Luis hatte sie von überall her nach Lüneburg geschickt. Kristina suchte im Stapel nach der aus Mexiko. Sie war die erste gewesen und vom vielen Betrachten schon ganz abgegriffen.

»Sonnige und heiße Geburtstagsgrüße vom wärmsten Strand der Welt. Luis«, hatte Luis hinten draufgeschrieben.

Sie erinnerte sich noch daran, wie sie die Karte aus dem Briefkasten gefischt hatte. Feli lag in ihrer Karre und wollte raus, Tom tobte durch den Flur, an Kristinas Beinen lehnten zwei schwere Einkaufstüten, und sie wartete nur darauf, dass sich Frau Harzer aus dem Erdgeschoss über den Lärm beschwerte. Sie wusste noch genau, wie ihr Herzschlag einen Moment ausgesetzt hatte, als sie Luis' Schrift erkannte. Und dann begann ihr Herz, schneller zu schlagen, als ob die vergangenen Jahre überhaupt nicht existiert hätten. Als ob sie sich nicht von Luis getrennt hätte, weil er zu wenig von ihr wollte. Sie hatte gehofft, dass er sie bitten würde, zu ihm zurückzukehren. Doch das hatte er nicht getan, und so hatte sie die schwierigste Entscheidung ihres Lebens allein treffen müssen. Sie hatte nicht geglaubt, dass sie jemals darüber hinwegkommen würde, aber als sie Peter traf und sofort klar war, dass auch er Kinder wollte, und Tom sich nach kurzer Zeit ankündigte, vergaß sie Luis langsam.

Kristina hatte nicht gewusst, ob sie sich freuen oder sauer darüber sein sollte, dass Luis ihr wieder schrieb, nachdem er vor so langer Zeit aus ihrem Leben verschwunden war. Er ist wie immer entspannt und frei, dachte sie, als sie die Einkaufstüten in die Wohnung schleppte und dann lange brauchte, um Feli – die schon viel zu schwer war, um getragen zu werden – dazu zu bewegen, die Treppe selbst hinaufzugehen. Aber eine Stunde später saß Kristina auf ihrem Balkon mit Blick auf die Ilmenau, und die Kinder hielten ruhig ihren Mittagsschlaf. Und sie wusste, dass sie damals alles richtig gemacht hatte.

***

Jetzt, wo er am Strand von Nazaré war und den heranrollenden Wellen zusah, die sich kurz vor dem Strand brachen und weißliche Gischt emporschleuderten, um dann sanft auf dem Sand auszulaufen – was dieses wunderbare, sirrende Geräusch verursachte –, konnte sich Luis Schröder überhaupt nicht mehr vorstellen, jemals woanders gelebt zu haben als hier.

Er hatte in seinem Leben schon an so vielen Orten seine Zelte aufgeschlagen, an wunderschönen und hässlichen, aber er hatte sich nirgendwo so zu Hause gefühlt wie in diesem kleinen Ort Nazaré an der portugiesischen Atlantikküste. Nur ungefähr 150 000 Einwohner lebten in dem Landkreis. In den Sommermonaten, wenn die Touristen einfielen, waren es natürlich deutlich mehr, aber der Strand war so breit und lang gestreckt, dass man sich selbst in der Hochsaison nicht auf die Pelle rückte. Jetzt waren die kleinen, weißen Stoffzelte, die hinter ihm in Reihen aufgebaut waren, verlassen.

Gerade hatte Luis' Schicht im Krankenhaus *Hospital da Confraria de Nona Senhora da Nazaré* aufgehört. Was für ein Wahnsinnsname für dieses kleine Kreiskrankenhaus – *Hospital der Bruderschaft unserer Frau von Nazaré* hieß das auf Deutsch –, aber es war schon Wochen her, dass Luis alles ins Deutsche übersetzte oder deutsch dachte. Jetzt träumte er auf Portugiesisch, dachte in Portugiesisch, nur manchmal fielen ihm die portugiesischen medizinischen Fachausdrücke nicht ein, aber das war kein Problem, denn das meiste Fachvokabular war sowieso international.

Luis sah auf die Wellen hinaus. Heute war der Wind genau richtig für ihn. Nicht zu stark und nicht zu flau. Und die Wellen waren so hoch, dass er sie gerade noch unter sich würde bannen können. Es erstaunte ihn immer noch manchmal, dass er nach dem Segelunfall im vorigen Jahr auf der Elbe vor Hamburg, bei dem er um Haaresbreite ertrunken wäre, keine Angst vor Wasser hatte. Manchmal hatte er zwar noch Albträume, in denen er plötzlich unter Wasser gezogen wurde und langsam ertrank, aber die hatte er auch schon vor dem Unfall gehabt und war daran gewöhnt.

Ihm ging es sehr gut in Nazaré. Endlich fahre ich nach Hause, hatte er in Hamburg gedacht, als er sich kurz nach seinem Segelunfall dazu entschieden hatte, seinen Job im Barmbeker Krankenhaus aufzugeben und eine Stelle als Arzt in dem kleinen Krankenhaus hier vor Ort anzunehmen. Es bedeutete einen Neuanfang, auch wenn er ein Päckchen aus seinem alten Leben selbst hierher mitgenommen hatte. Seine Sehnsucht nach Kristina, seine unglückliche Liebe zu Kristina.

Als er beim Anlassen des Außenborders von Bord des geliehenen Folkebootes gekippt war, das Boot auf der Elbe einfach weiterfuhr und er wusste, dass er es nicht mehr erreichen würde, hatte er zuerst an gar nichts gedacht. Er war ganz automatisch geschwommen, obwohl er wusste, dass er gegen die Strömung, die gerade an dieser Stelle der Elbe sehr stark war, auf die Dauer nicht ankommen könnte und sie ihn nicht an Land bringen, sondern immer weiter rausziehen würde. Niemand war unterwegs. Am Horizont sah er Boote, aber die Besatzungen an Bord hatten anscheinend nicht bemerkt, dass in dem Folkeboot, das immer noch in Richtung Brunsbüttel fuhr, niemand mehr saß.

Ich hätte meine Schwimmweste anziehen sollen, dachte er, aber es war so heiß gewesen, und er war nicht davon ausgegangen, dass er bei Flaute über Bord fiel.

Er schwamm und schwamm. Sein T-Shirt und die Hose wurden schwerer und schwerer, die Schuhe hatte er schon verloren. Er versuchte, sich darauf zu konzentrieren, in Richtung Ufer zu schwimmen, und sich vorzustellen, dass das möglich war. Er versuchte, seine Gedanken auf seine Freundin Evelyn zu lenken. Aber sie hakten sich nicht bei ihr fest, sondern zogen weiter zu Kristina. Er sah ihre hellblauen Augen und ihre strohblonden Haare, ihr Lächeln, das ihm immer Herzrasen bereitet hatte, wenn es ihn unvermittelt traf. Er hörte ihre Stimme. »Halt durch, Luis, du wirst es schaffen. Du bist stark. Vertraue mir.« Als er merkte, dass die Strömung stärker wurde und er wenig dagegen tun konnte, legte er sich für einen Moment aufs Wasser, um wieder Atem zu holen, und hatte das Gefühl, dass sie bei ihm war und ihn in ihren Armen wiegte. Die nächste Welle schlug ihm ins Gesicht, und er schluckte zu viel Wasser, er rang nach Luft und ging kurz unter. Seine Kleider waren so schwer und er so erschöpft. Aber wieder hörte er Kristinas Stimme, diesmal war es ein Flüstern. »Du wirst es schaffen, schwimm.«

Luis nahm die Motorengeräusche des Motorbootes, das langsam auf ihn zukam, nicht wahr. Er bemerkte es erst, als es direkt neben ihm stoppte und ihm ein Rettungsring zugeworfen wurde, an dem er sich festhalten sollte. Mit letzter Kraft tat er das und merkte, wie jemand ihn an das Boot heranholte.

»Steig auf die Leiter«, hörte er eine Stimme rufen. Mit letzter Kraft fand er sie, hielt sich an ihr fest und zog sich so weit hoch, dass Arme ihn greifen konnten. Er spürte das Deck unter seinen Füßen, merkte, dass jemand ihn stützte, und dann wurde alles dunkel. Als er aufwachte, lag er unten in der Kajüte auf einer Koje. Jemand hatte ihm seine nassen Sachen ausgezogen und ihn mit einer Decke zugedeckt. Ihm war kalt, er fühlte sich zerschunden und erschöpft. Er schloss die Augen und sackte weg.

Als er zu sich kam, sagte man ihm, dass sein Folkeboot schon abgeschleppt worden war und sie sich auf dem Weg in den Wedeler Jachthafen befanden. Dort wartete bereits ein Rettungswagen. »Sollen wir jemanden anrufen?«, wurde er gefragt. Automatisch nannte er Evelyns Namen, Kristina würde nicht kommen, das wusste er. Aber als seine Freundin dann mit besorgtem Blick neben ihm im Rettungswagen saß und seine Hand hielt, wusste er, dass er sich von ihr trennen würde.

Luis atmete tief ein. Der Geruch war eine Mischung aus Salz, Fisch, Wasser und Sand. Es war angenehm warm, vielleicht um die 25 Grad, und das um acht Uhr abends. Wie hatte er es die vergangenen zehn Jahre in Norddeutschland nur aushalten können? Gut, Hamburg war eine schöne Stadt, und sie lag ja fast am Meer, aber wann war es dort mal so warm gewesen wie jetzt hier? Auch in Nazaré kam es vor, dass der Nebel oder graue Wolken schwer über der Bucht hingen und sich tagelang nicht verzogen, aber dabei war es im Sommer selten kühl.

Doch er musste zugeben, dass er von Hamburg in den letzten zehn Jahren herzlich wenig gesehen hatte. Er hatte gearbeitet, seine Facharztausbildung zum Internisten mit Nachtdiensten, Wochenenddiensten, wieder Nachtdiensten absolviert, und an seinen spärlich bemessenen Urlaubstagen hatte er sich oft weitergebildet, denn es war sein Ziel gewesen, so gut zu werden, wie sein Vater es von ihm erwartete. Er arbeitete bis an den Rand der Erschöpfung und oft darüber hinaus. Evelyn hatte meist Verständnis dafür, wie belastet er war. Sie kam sehr gut ohne ihn zurecht, das war der Vorteil an alleinerziehenden Müttern. Ihre Kinder und ihr Beruf füllten sie nahezu vollkommen aus. So war es nicht schlimm für sie, wenn er nicht immer für sie erreichbar war und ihr auch nach fünf Jahren noch nicht den Vorschlag gemacht hatte zusammenzuziehen.

Er lebte in einer geräumigen Zweizimmerwohnung am Rübenkamp und fuhr mit dem Fahrrad zur Arbeit im Barmbeker Krankenhaus. Wenn er freihatte, war er zwar die meiste Zeit bei Evelyn und den Kindern, die auch nicht weit weg in Alsterdorf wohnten. Aber wenn es ihm zu viel wurde mit den Kindern, konnte er sich in sein eigenes Domizil zurückziehen, wo ihn Evelyn selten besuchte, weil sie fand, dass seine Wohnung nicht besonders liebevoll und geschmackvoll eingerichtet war.

Evelyn war nicht seine große Liebe, das wusste er, aber was war schon die große Liebe? Gab es sie überhaupt? Er hatte in seinem Leben sicher schon einige Male gedacht, dass er liebte, und Evelyn liebte er auch irgendwie. Sie passte gut in sein Leben, und das war absolut ausreichend, wie er fand. Daher ließ er sich auch schließlich darauf ein, zu ihr und den Kindern zu ziehen, als er aus seiner eigenen Wohnung rausmusste, weil der Vermieter sie selbst nutzen wollte.

Eigentlich hätte Luis wissen müssen, worauf das hinauslaufen würde. Er war bereits 45, hatte es aber bisher vermieden, mit einer Frau zusammenzuziehen. Er mochte es nicht, wenn man ihm auf die Pelle rückte, und brauchte seinen Freiraum. Er konnte sich noch nicht einmal erklären, warum. Es war immer so gewesen, und ihm ging es gut damit, warum sollte er es da ändern? Aber damals hatte er Kristina wiedergesehen, und die hatte ihm ins Gewissen geredet. »Hör auf zu spielen«, hatte sie gesagt, »stell dich einer Beziehung, renn nicht wieder davon wie damals bei uns. Evelyn hat das Recht, mit dir zusammen etwas aufzubauen, nachdem ihr schon so lange zusammen seid.«

»Werde endlich erwachsen«, hatte sie noch gesagt und ihn mit ihren unglaublichen Augen so intensiv angesehen, dass er wieder einmal das Gefühl gehabt hatte, ihre Blicke gingen durch ihn hindurch bis auf den Grund seiner Seele.

Er hatte sich überzeugen lassen und war bei Evelyn und den Kindern eingezogen. Schon nach einem Monat hatte er begriffen, dass das ein Fehler gewesen war, aber er kam irgendwie nicht mehr aus der Nummer heraus. Er hasste es, dass es sie nicht störte, wenn sie nebeneinander im Badezimmer standen und sich die Zähne putzten. Er mochte es nicht, ihr abends einen Kuss auf die Wange zu drücken, wenn er sich schlafen legte, um sich dann umzudrehen und mit dem Rücken zu ihr einzuschlafen, weil er einfach zu kaputt war, um mit ihr Sex zu haben, und sie auch.

Es war vollkommen normal, dass nach so vielen gemeinsamen Jahren nicht mehr ständig die Leidenschaft ausbrach, wenn sie zusammen waren, aber Luis hatte das Gefühl, dass, seitdem sie zusammenwohnten, gar nichts mehr zwischen ihnen passierte, weil ihn die permanente Anwesenheit von Evelyn lähmte. Er wollte sie nicht immer um sich haben. Er wollte nicht, dass sie mit dem Essen auf ihn wartete. Er wollte nicht, dass sie immer schon zu Hause war, wenn er aus dem Krankenhaus kam. Er konnte nicht den Vaterersatz für ihre Kinder spielen, zu dem sie ihn machen wollte. Er mochte ihre Kinder einfach nicht gern genug. Keine Ahnung, wieso, aber sie waren ihm nicht sehr sympathisch. Das war natürlich nicht mehr zu verbergen, als er mit Evelyn zusammenwohnte. Bald gab es deshalb Streit, und dann, weil er so unordentlich war, zu lange arbeitete, nichts im Haushalt tat und so weiter und so weiter. Nach zwei Jahren war er so weit, dass er nur noch selten gut gelaunt nach Hause kam. Er wollte das alles nicht mehr, wollte ausbrechen, wieder allein leben. Aber dann hätte er sich als ein Versager gefühlt, der nicht in der Lage war, das Leben zu führen, das seine Eltern gelebt hatten und das er ja eigentlich auch irgendwann für sich vorgesehen hatte. Er schätzte den Wert der Familie, aber irgendwie hatte er es verpasst, eigene Kinder zu zeugen. Er war sich sicher, dass er mit denen wesentlich besser zurechtgekommen wäre als mit fremden Kindern. Er hielt aber durch, so war sein Leben halt, er hatte seine Chance auf eigene Kinder und eine eigene Familie vertan. Es blieb ihm also nichts anderes übrig, als solch eine Beziehung zu führen, da war er sich sicher. Und so setzte er sich, bevor er die Wohnung betrat, eine Maske auf, entdeckte das Fernsehen für sich, nachdem er früher nur sehr selten ferngesehen hatte, und flüchtete sich in Tagträume, wenn es zu schlimm wurde und die Langeweile oder der Streit überhandnahmen.

Er wollte eine Veränderung, aber er wusste nicht, wie er sie anstellen sollte. Er war gefangen, kam nicht weg, war ja auch jetzt schon 47, und in diesem Alter musste man sich dreimal überlegen, ob man eine Frau verließ. Er war zwar nicht jemand, der bei Frauen gar nicht ankam, aber sicher auch kein Frauenheld, der sich ohne jegliche Scheu an Frauen heranmachte. Er hielt durch, biss die Zähne zusammen. Er übernahm noch mehr Dienste im Krankenhaus, besuchte noch mehr Fortbildungen, nur um dieser lähmenden Situation zu Hause zu entkommen.

Kurz nach seinem Segelunfall änderte sich alles für ihn. Sein Vater starb überraschend, und seine Mutter Sofia ging wieder zurück nach Portugal in ihren Heimatort Nazaré. Sie wusste, dass er unglücklich war. Er hatte sich gerade von Evelyn getrennt und lebte vorübergehend bei einem Freund. Seine Mutter war eine der wenigen Frauen, die ihn fast immer verstanden hatten, ohne dass er viele Worte machen musste. Nach zwei Monaten hatte sie ihm geschrieben, dass der Chef der Klinik in Nazaré, anscheinend ein Schulfreund und jetziger Verehrer von ihr, einen Internisten suchte und sie ihn bei einem Kaffee und einem Likör ins Spiel gebracht hatte.

»Ich weiß, hier wird nicht so gut bezahlt wie in Deutschland, und ich bin mir sicher, dass sie dich nicht nehmen würden, wenn du kein halber Portugiese wärst. Gepaart mit der deutschen Genauigkeit, warst du gleich sein Favorit. Das Leben besteht nicht nur aus Arbeit, Luis, auch wenn du das vielleicht vergessen hast. Es geht darum, wirklich zu leben. Überleg es dir«, hatte sie in einer Mail geschrieben.

Ich muss Kristina noch einmal sehen, bevor ich meine Entscheidung treffe, dachte Luis und fuhr am nächsten Tag nach Lüneburg. Er wollte ihr nahe sein, deshalb hielt er sich im Umkreis ihrer Wohnung auf. Er traute sich nicht zu klingeln, aber vielleicht würde es ja ausreichen, sich in die Nähe ihrer Wohnung zu begeben, um eine Entscheidung in Sachen Portugal zu treffen. Er setzte sich auf eine Bank und blickte auf die Ilmenau, die an ihrem

Haus vorbeifloss. Er wanderte auf und ab. Zwei Stunden vergingen. Als er sich gerade wieder nach Hamburg aufmachen wollte, ohne mit seiner Entscheidung einen Schritt vorangekommen zu sein, traten Kristina, Peter und ihre Tochter aus dem Haus. Peter hielt Kristina im Arm, und sie schien sehr glücklich zu sein. Sie redete mit ihrer Tochter und lachte. Es nahm Luis die Luft, als er sie so sah. In seinen Träumen, die er seit der Erkenntnis, dass er nur Kristina liebte, immer wieder hatte, war Kristina unglücklich in ihrer Ehe gewesen. Wie oft schon hatte er sie, kurz bevor er in den Schlaf gesunken war, im Geiste in den Armen gehalten, und manchmal war es ihm sehr schwergefallen, sich klarzumachen, dass das nur ein Wunschtraum war, denn es fühlte sich so unglaublich real an. Und wenn er in seinen Wunschträumen mit ihr schlief, war es so, als ob er ihre Hände auf seinem Körper wirklich spürte und ihren wunderbaren Duft einatmete.

Es ist vorbei, ich habe keine Chance bei ihr, werde sie nie wieder haben, dachte Luis. Ich muss unbedingt weg von hier. Noch am selben Tag rief er seine Mutter an und berichtete ihr von seiner Entscheidung.

Als er die Zusage aus Nazaré bekam, kündigte er sofort. Er hinterließ einen großen Scherbenhaufen, aber das kümmerte ihn nicht. Er musste so weit weg wie möglich, und er hoffte, dass der Schmerz darüber, Kristina niemals wieder zurückgewinnen zu können, in Portugal kleiner sein würde als in Hamburg, so dicht in ihrer Nähe.

Luis hatte Nazaré gegoogelt und war gleich auf atemberaubende Aufnahmen von turmhohen Wellen gestoßen, die in halsbrecherischen Manövern von Surfern geritten wurden. Und diesen unglaublichen Strand, der fast so breit war wie der in Sankt Peter-Ording und sich in einer perfekten Kurve an die Küste schmiegte. Auf einer Seite wurde er von rauen und gleichzeitig unglaublich schönen Felsen überragt, auf denen Sítio, die ursprüngliche Stadt Nazarés rund um die Kirche, und das Fort São Miguel errichtet worden waren. Vielleicht kann ich endlich auch mal wieder surfen, dachte er. Es war schon viel zu lange her, dass er das regelmäßig gemacht hatte.

Er war im Oktober nach Nazaré gekommen, als die Stürme über den Ort fegten und die halsbrecherischsten Surfer aus der ganzen Welt wieder in den Badeort kamen. Seine Mutter hatte damals in Sítio eine geräumige Wohnung für ihn gefunden. Aus dem Fenster hatte er zwar keinen Blick aufs Meer, aber wenn er aus der Tür trat, brauchte er nur fünf Minuten bis zum Miradouro neben der Bergstation des Aufzuges von Nazaré. Dort setzte er sich auf eines der steinernen Bänkchen und genoss den Anblick dieser Bucht, der ihn schon beim ersten Mal mitten ins Herz getroffen hatte. Als Junge war er manchmal mit seiner Mutter hier gewesen. Damals war der Ausblick für ihn aber nicht so atemberaubend gewesen wie die langen Haare seiner Cousine, die in der Sonne glänzten, und die spannenden Tage am Meer mit seinen Cousins.

Seine Mutter Sofia kannte fast alle Leute in Sítio. Luis wurde oft eingeladen. Manchmal versuchte sie auch, ihn mit einer alleinstehenden Tochter von Freunden zu verkuppeln, aber damit hatte sie kein Glück. Er genoss es, allein zu sein, und vermisste nichts. Es gefiel ihm, dass er nach der Arbeit nicht so kaputt war wie früher in Hamburg. Er fand es großartig, nicht ständig die Konkurrenz im Auge behalten zu müssen, sondern von den Schwestern und sogar von einigen Ärzten mit einer gewissen Ehrerbietung behandelt zu werden.

Jetzt war Juli, und alles war gut. Nur die Gedanken an Kristina suchten ihn immer noch heim, besonders nachts vor dem Einschlafen, wenn er sie nicht kontrollieren konnte.

Es bringt nichts, an Kristina zu denken, sagte er sich und öffnete die nächste Flasche Bier, während er dabei zusah, wie die Sonne – dramatisch rötlich aufleuchtend – im Wasser versank. Das Surfen verschob er auf einen anderen Tag.

***

Wenn ich schon so orientierungslos bin, dass ich mir ernsthaft überlege, bei *Astro TV* anzurufen, um eine Lebensberatung zu bekommen, muss ich irgendetwas dagegen unternehmen, dachte Kristina. Niemand aus ihrer Familie brauchte sie. Und daran musste sie sich erst gewöhnen. Sie fühlte sich aus schneller Fahrt ausgebremst. Noch gestern hatte sie sich um Feli gekümmert, und heute war ihre Tochter weg und hatte nur eine kurze SMS geschickt, dass sie den Anschlussflug nach Mexiko City in Amsterdam bekommen hatte. Wenn Kristina zu viel an ihre Tochter dachte, kam sie um vor Sorge, also durfte sie das nicht tun. Es war Zeit, Feli loszulassen, das wusste sie doch. Warum fiel es ihr dann so schwer?

Tom rief an, um sich zu erkundigen, wie alles so lief. Das tat er einmal die Woche, und Kristina wusste, dass ihr Sohn nicht nur aus Pflichtbewusstsein anrief, sondern weil er sich mit ihr verbunden fühlte und wirklich wissen wollte, wie es ihr ging.

»Alles gut«, sagte Kristina. »Feli sitzt im Flugzeug und scheint sich wohlzufühlen.«

»Ja, sie hat mir gesimst. Die anderen in dem Programm sind ziemlich heiß. Sie hat sie in Amsterdam getroffen«, sagte Tom.

»Wie meinst du das?«, fragte Kristina und wusste, dass sie extrem uncool klang.

»Sag mal, so alt bist du doch noch gar nicht. Männer meint sie damit«, sagte Tom genervt.

Kristina nahm ihrem Sohn die schnippische Bemerkung nicht übel. Sie wusste, wie er es meinte. Seit er erwachsen war und sich erfolgreich von ihr emanzipiert hatte, oder eher *emuttizipiert,* wie er es nannte, nahm er sie gerne mal auf den Arm. Aber sie wusste, dass er es nicht ernst meinte oder zumindest nicht allzu sehr.

»Ich spiele gerade mit dem Gedanken, nach München zu fliegen«, sagte Kristina unvermittelt, auch wenn sie wusste, was für eine Antwort sie bekommen würde.

»Das finde ich klasse, aber ich habe nur Zeit für ein Abendessen, mehr ist nicht drin, die Prüfungen«, sagte Tom.

»Das weiß ich doch. Vielleicht hat ja Brigitte Zeit, die habe ich so lange nicht mehr gesehen, es wäre sicher nett mit ihr.«

Aber als sie ihre Schulfreundin Brigitte anrief, die seit 15 Jahren in München lebte, winkte diese ab. »Ich habe einfach zu viel zu tun. Sei nicht böse, du weißt doch, die Prüfungen.«

Brigitte war Lehrerin und nahm ihren Job in Bayern sehr ernst. Also fiel München als Reiseziel aus. Aber was sollte sie bloß sonst tun? Vielleicht einfach einen Flug nach Neu-Delhi buchen und Peter in seinem Yoga-Ashram besuchen? Er würde sicher Augen machen und sich freuen, dass sie mit ihm auf seinem neuen erleuchteten Weg wandeln wollte. Ja, das mache ich, dachte Kristina, und fühlte sich gleich nicht mehr so allein. Aber eine Mail ihres Mannes brachte sie von diesem Gedanken wieder ab.

»Hier ist es einmalig. Wir machen fünf Stunden am Tag Yoga, meditieren, arbeiten im Ashram, bereiten das Essen selbst zu. Es ist alles sehr ursprünglich und vielleicht auch ein wenig karg. Aber großartig. Ich schlafe vor Erschöpfung wie ein Baby. Ich rauche nicht mehr, ich trinke keinen Alkohol. Eine absolut neue Erfahrung, aber einfach fantastisch.«

Wollte sie das? Meditieren, beten, Yoga, Essen machen? Jetzt, wo ihre Kinder keine Fürsorge mehr brauchten? Sie hatte vorgehabt, auszugehen, zu feiern, auf keinen Fall viel Zeit in der Küche oder zu Hause zu verbringen, um sich unnötigen Hausarbeiten hinzugeben. Sicher könnten die Fugen zwischen den Badezimmerfliesen auch eine Schönheitskur vertragen, und Salpeterreiniger hatte sie noch, aber wenn sie damit anfinge, würde sie immer mehr Baustellen in der Wohnung finden. So würden die Wochen ins Land ziehen, und sie hätte sich überhaupt nicht selbst verwirklicht, bis Peter zurückkäme.

Sie hatte den Anbruch dieser neuen Ära mit Peter feiern wollen. Liebte er sie etwa doch nicht mehr? Das war zwar möglich, aber wenn es wirklich den Tatsachen entsprach, würde er ihr doch nicht jeden Tag zwei Mails schicken. Und in einer von beiden stand immer, dass er sie vermisste. Sie spürte, dass er das ernst meinte, trotz der Askese und mentalen Reinigung, die ihm anscheinend momentan sehr gut bekam.

Er würde sich sicher auch freuen, wenn sie ihn besuchte. Sie könnten dann ja gemeinsam das Essen für den gesamten Ashram vorbereiten. Das wäre eine ganz neue Erfahrung für sie als Paar, denn bisher war die gemeinsame Küchenarbeit nicht ihr Thema gewesen, dachte Kristina. Aber sie wollte das gar nicht, sie musste sich emanzipieren. Es konnte doch nicht möglich sein, dass die Tatsache, einige Wochen ohne ihre Familie zu sein, sie schon am ersten Tag aus dem Gleichgewicht brachte.

»Meine Güte, du hast Probleme«, stöhnte ihre Freundin Betty, die sich zwischen ihren drei Kindern, ihrem Mann und ihrer Arbeit aufrieb. »Ich würde, glaube ich, fast alles tun, um nur mal zwei Tage freizuhaben, und du beschwerst dich darüber, machen zu können, was du willst? Vielleicht passt du einfach mal auf meine drei Kinder auf, und ich mache Wellnessurlaub – am besten für eine ganze Woche!«

Kristina winkte ab. Sie liebte ihre Freundin, die sie schon so lange kannte. Betty war auch beim Kinderturnen gewesen, allerdings damals noch als kinderlose Leiterin, die sich schnell mit Feli anfreundete, weil sie das kleine Mädchen so oft vom Boden aufklauben musste, wenn sie mal wieder das Gleichgewicht verloren hatte. Aber die Vorstellung, auf Bettys Kinder im Alter von 9 bis 15 Jahren aufzupassen und dann womöglich auch noch deren Mann zu bekochen, der beruflich unglaublich eingespannt war, verbesserte Kristinas Laune überhaupt nicht.

»Bist du nicht mal geritten?«, fragte Betty, nippte an ihrem Kaffee und reckte ihr Gesicht in die Sonne. Sie saßen vor *Anna's Café* am

Stintmarkt und genossen die köstliche Schokoladentorte, eine Spezialität des Hauses.

»Ich habe sogar drei Jahre Reitstunden genommen, bevor ich angefangen habe zu arbeiten, aber weißt du, wie lange das her ist? Danach habe ich nicht mehr die Kurve bekommen und war nie wieder im Reitstall«, sagte Kristina.

»Warum eigentlich nicht?«

»Zu teuer, zu wenig Zeit, Peter und die Kinder hatten keine Lust dazu, zu viel Arbeit.«

»Ist dir schon mal aufgefallen, dass jeder in deiner Familie Hobbys hat außer dir?«

»Das stimmt nicht. Ich gehe doch regelmäßig joggen.«

»Aber wohl eher, damit du fit bleibst. Macht dir das wirklich Spaß, tust du es aus Leidenschaft?«

Kristina stöhnte. Wenn sie daran dachte, wie sie schon nach einer halben Stunde mit hochrotem Kopf und hechelnd durch den Wald trabte und betete, dass es endlich vorbei war, konnte sie nicht behaupten, dass sie großen Spaß am Joggen hatte.

»Peter geht zum Yoga, Feli rettet die Welt und liebt Facebook, Tom kraxelt durch die Berge, wenn er nicht lernt, oder fährt nach Italien«, sagte Betty.

»Ja, das stimmt alles. Bisher war ich immer viel zu kaputt, um mir auch so eine Leidenschaft zuzulegen. Du weißt selbst, wie das ist: Kinder, Arbeit, Haushalt und dann wieder von vorn. Wir haben es nicht gerade weit gebracht mit unserer Emanzipation, findest du nicht auch?«

Betty nickte, aber es war klar, dass sie mit Kristina nicht in das Horn des Selbstmitleids der Frauen ihrer Generation stoßen wollte, die es zwar geschafft hatten, nicht nur Mutter, sondern auch eine arbeitende Frau zu sein, aber das damit bezahlten, dass sie vollkommen ausgepowert und unterbezahlt waren, weil sie das mit der gerechten Aufgabenverteilung zu Hause nicht hinbekamen.

»Wie war das denn, bevor du Kinder bekommen hast? Hattest du da Hobbys? Womit hast du dir die Zeit vertrieben, wenn du nicht in der Uni warst?«

Bevor ich Peter kennenlernte?, dachte Kristina. Mit Luis. Und es war meistens großartig gewesen, wenn sie sich nicht gerade stritten oder er mal wieder unvermittelt abgehauen war, weil er von irgendetwas genervt war. Aber das wollte sie Betty nicht erzählen. Luis durfte kein Thema mehr sein. Seit er mit Evelyn zusammenlebte, vermied sie es, über ihn zu sprechen. Er war nicht mehr Bestandteil ihres Lebens, und das war gut so. Er hatte sie extrem glücklich und extrem unglücklich gemacht. Das wollte sie nie wieder erleben.

Natürlich hätte sie Luis jetzt mit Leichtigkeit treffen können, schließlich arbeitete er im Barmbeker Krankenhaus. Aber sie konnte ihn nicht anrufen, auch wenn sie sich immer mal wieder nach seiner Stimme sehnte. Luis hatte jetzt Evelyn. Kristina glaubte zwar, dass er sie nicht wirklich liebte, aber das war eigentlich egal. Er hatte sich entschieden. Er lebte jetzt das Leben, das Kristina sich früher mit ihm vorgestellt hatte. Also hatte es nicht daran gelegen, dass er das nicht wollte, sondern daran, dass er es mit ihr nicht gewollt hatte. So unsinnig das war, aber es tat immer noch weh. Und es machte es auch nicht besser, als sie bei ihrem letzten Treffen – bei dem er ihr erzählte, dass er mit Evelyn zusammenziehen wollte – bemerkte, dass sie Luis auch an diesem Abend hätte haben können, wenn sie nur gewollt hätte. Glücklicherweise war sie nicht auf seine Blicke und Berührungen eingegangen und hatte so getan, als ob sie ihn überhaupt nicht mehr attraktiv fände.

»Was ich gemacht habe? Ich bin viel gereist, kreuz und quer durch Europa. Meistens mit dem Auto. Habe ich dir erzählt, dass ich nach dem Abitur mit meinem damaligen Freund spontan nach Portugal gefahren bin? Sein rotes VW Cabrio ist sieben Mal liegen geblieben. Wir sind fünf Tage in Évora, einem kleinen Provinzkaff im Alentejo, hängen geblieben, weil wir auf ein Ersatzteil warten mussten. Wir hatten so gut wie kein Geld und kochten jeden Tag Spaghetti auf dem Campingkocher. Und bis nach Lissabon haben wir es dann nicht mehr geschafft. Wir verbrachten stattdessen unsere Zeit auf einem Zeltplatz an einem windigen Strand im Norden von Portugal.«

»Aber das war doch bestimmt wildromantisch.«

»Nein, eigentlich nicht, weil mein Freund, der auf dem besten Weg war, nicht mehr mein Freund sein zu wollen, mehrere Tage nicht aus dem Zelt herauskam, da es ihm zu windig und zu kalt war.«

»Klingt nicht so großartig.«

»War es auch nicht. Ich bedauere bis heute, nicht nach Lissabon gefahren zu sein. Diese Stadt wollte ich schon immer gerne kennenlernen.«

»Das ist es«, rief Betty so laut, dass sich die Tischnachbarn nach ihnen umdrehten.

»Was?«

»Lissabon. Da fährst du hin.«

»Allein? Du spinnst.«

»Warum nicht? Ich würde fast schon morden, um irgendwo mal allein hinfahren zu können. Stell dir doch mal vor, du mietest dir dort eine Wohnung. Das ist nur gerecht, wenn die anderen aus deiner Familie sich in weiter Ferne selbst verwirklichen. Vielleicht bleibst du ein paar Wochen und gehst shoppen, liegst in der Badewanne, ohne dass jemand an die Tür klopft oder *Mama* quengelt. Du könntest Inspirationen für deine nächsten Theaterprojekte sammeln. Die Stadt soll ja so poetisch sein«, seufzte Betty.

Kristina war gerührt. Sie machte doch lediglich Theaterprojekte mit Jugendlichen, und ihre Freundin feierte ihre Premieren jedes Mal so, als ob sie eine anerkannte Regisseurin wäre. Betty hatte tatsächlich großen Respekt vor dem, was sie tat. Seit sie selbst Kinder hatte, verspürte sie überhaupt keine Lust mehr, irgendwelche fremden Kinder zu erziehen.

»Du fliegst nach Lissabon. Ich habe keine Zeit, das länger zu diskutieren. Ich muss jetzt wieder ins Hotel«, sagte Betty und sprang auf.

»Ich übernehme die Rechnung«, rief Kristina ihrer Freundin hinterher, die aber mit ihren Gedanken schon längst wieder bei ihrer Arbeit war.

Was für ein Blödsinn, dachte Kristina, als sie versuchte, sich mit einem Einkaufsbummel abzulenken. Ihr hatte es noch nie gefallen, von Geschäft zu Geschäft zu ziehen und in Sachen zu stöbern. Sie war einfach nicht der Einkaufstyp. Sie mochte Mode und hatte auch einige wirklich schöne Kleider im Schrank, die Peter ihr mitgebracht hatte. Sie selbst war mehr der Jeans-und-T-Shirt-Typ, und das störte sie auch nicht. So waren viele in ihrem Alter und ihrer Berufsgruppe – irgendwie ein wenig in den Siebzigerjahren hängen geblieben. Wie toll hatte sie es vor einigen Jahren gefunden, als die Schlaghosen wieder modern geworden waren.

Fast hätte sie nun vergessen, dass sie an diesem Abend mit Rüdiger und Gabriele verabredet war, zwei Lehrerkollegen, die etwas älter als sie waren und die sie ab und zu traf, um sich mit ihnen über ihre Arbeit auszutauschen und – mit steigendem Weinkonsum – über ihre Schüler zu lästern. Sie wollten sich am Stintmarkt in der Musikkneipe *Ulcus* treffen.

Es regnete, und Kristina hatte mal wieder ihren Schirm zu Hause vergessen. Als sie mit 20 Minuten Verspätung eintraf, musterte Gabriele sie streng, um ihr zu verstehen zu geben, dass sie es nicht gewohnt war, auf jemanden zu warten. Rüdigers Gesichtsausdruck hingegen war ausgesprochen erleichtert. Er hatte wohl Angst gehabt, dass sie nicht mehr kommen würde, und stand sogar auf, um sie zu begrüßen.

Rüdiger trug ein Jeanshemd, das fast so aussah wie die Hemden, die die Jungs Anfang der Achtziger anhatten. Früher hatte sie das verwegen gefunden, an Rüdiger sah dieses Hemd aber alles andere als cool aus. Man musste schlank sein, um so etwas tragen zu können, fand Kristina, und das war Rüdiger leider nicht. Er war allerdings auch nicht wirklich dick, sondern hatte lediglich wie die meisten über 50-jährigen Männer mit einem kleinen Bauch zu kämpfen. Peter jedoch nicht mehr, dachte Kristina. Sie vermisste ihren Mann. Endlich hätten sie – ohne die Kinder – Zeit gehabt, viele Stunden im Bett zu verbringen, aber er musste ja unbedingt seinen Yogakopfstand perfektionieren und seine innere Mitte finden, anstatt seine Liebeskunst mit ihr zu verfeinern. Sie hätte ihm doch helfen können, die innere Mitte zu finden. Da fielen ihr spontan einige Dinge ein, die sie schon lange nicht mehr mit ihm gemacht hatte.

»Wie schön, dich zu sehen, Kristina«, sagte Rüdiger und nahm sie andeutungsweise in den Arm, nur so, dass sie merken konnte, wie anziehend er sie fand. Sie roch sein Aftershave. Er hatte mal wieder zu viel aufgetragen, und der intensive Tannenduft passte gar nicht zu ihm. Er war ein sanfter Mann, dessen Weichheit durch sein herbes Aftershave noch unterstrichen wurde, was er beim Kauf des teuren Duftes sicher nicht beabsichtigt hatte.

Rüdiger tat ihr leid. Nach einer hässlichen Scheidung vor zwei Jahren war er immer noch Single. Als wenn das nicht genug wäre, hatte er sich wohl in den Kopf gesetzt, dass Kristina die richtige Frau für ihn war. Er glaubte, es sei nur eine Frage der Zeit, bis sie endlich erkennen würde, dass Peter nicht zu ihr passte. Gabriele hatte es ihr vor Kurzem erzählt, als sie in der Pause vor der Tür eine Zigarette rauchten. Kristina wusste nicht genau, wie sie sich jetzt verhalten sollte. Sie fühlte sich ein wenig geehrt, auch wenn Rüdiger gar nicht ihr Typ war.

»Dein Mann ist in Indien?«, eröffnete Rüdiger das Gespräch, und Kristina warf einen wütenden Blick zu Gabriele hinüber. Sie hatte ihr zwar ihr Leid geklagt, war aber davon ausgegangen, dass sie den Kollegen nichts davon erzählen würde. Wie hatte sie nur so naiv sein können? Schließlich erzählte Gabriele auch die Geheimnisse ihrer Schüler, die sich ihr anvertrauten, brühwarm weiter.

»Wie geht es dir denn damit?«, ließ Rüdiger nicht locker.

»Gut«, sagte Kristina und nahm einen großen Schluck von ihrer Caipirinha. Diese Situation bedurfte härterer Getränke als einer Weinschorle.

»Ist es nicht eigenartig, dass er dich so lange allein lässt?«, setzte Gabriele nach.

»Überhaupt nicht. Wir mailen jeden Tag. Er vermisst mich. Aber er kann doch auch mal etwas für sich tun. Wir sind freie Menschen.«

»Ja, sicher«, sagte Rüdiger. »Ich habe gehört, die Yogaleute seien besonders frei.«

Kristina überhörte seinen Unterton und widmete sich weiter ihrer Caipirinha.

»Und was wirst du machen in der Zeit? Hast du schon Pläne?«, fragte Gabriele, obwohl sie ganz genau wusste, dass Kristina mal wieder nichts geplant hatte, weil ihr dafür irgendwie immer die Zeit gefehlt hatte.

»Ja, ich fahre nach Lissabon. In drei Tagen geht es los«, sagte sie und hoffte, dass sie Gabriele mit dieser Nachricht so sehr verblüffte, dass sie nicht weiter nachfragen würde.

»Lisboa«, geriet Rüdiger ins Schwärmen. »Was für eine fantastische Stadt! So poetisch, der Fado. Ich habe dort unvergessliche Tage verbracht, als ich Anfang der Achtziger ein Jahr in der Algarve lebte, ihr wisst schon.«

»Ja, klar«, sagte Kristina lahm. Sie wollte ihn auf keinen Fall anfeuern, jetzt über die Hippiephase seines Lebens, die sie überhaupt nicht interessierte, zu philosophieren. Aber er war nicht zu stoppen.

»Da war dieses Mädchen, Juanita. Sie wohnte im Barrio Alto. Ich habe sie in einem Café kennengelernt. Sie studierte Politik, ihr wisst ja, die Diktatur war gerade vorbei, und Portugal befand sich im politischen Umbruch. Ihre Eltern waren im Widerstand gewesen. Wir haben Nächte durchdiskutiert und sind dabei durch Lissabon geschlendert, spontan ans Meer gefahren, haben nackt gebadet und uns am Strand von Sesimbra geliebt.«

Gabriele legte Rüdiger die Hand auf den Arm, um ihn davon abzuhalten, noch weitere Details seines verflossenen Liebeslebens vor ihnen auszubreiten.

»Kristina, erzähl mal. Wie lange wirst du dort bleiben? Und wo wirst du wohnen?«

»In der Alfama«, sagte sie. Etwas anderes fiel ihr auf die Schnelle nicht ein. Auch wenn sie damals gar nicht nach Lissabon gefahren war, hatte sie Reiseführer darüber gelesen, und da hatten ihr die Beschreibungen der Alfama, des ältesten Teils von Lissabon, am besten gefallen. Dort gab es unzählige Fado-Kneipen, enge Gassen, Restaurants und vom Castelo de São Jorge fantastische Ausblicke auf den Tejo und die Stadt.

»Ist es da nicht zu gefährlich?«, fragte Gabriele. »Vor Kurzem habe ich mich mit einem amerikanischen Touristen darüber unterhalten, der mich im Café angesprochen hatte.«

Kristina wusste, dass ihre Kollegin jetzt erwartete, dass sie nachfragen würde, aber sie hatte keine Lust dazu. Gabriele lernte alle paar Wochen irgendwo einen zumeist jüngeren Mann kennen, flirtete auf

Teufel komm raus mit ihm und kehrte dann ermattet, aber befriedigt in den Schoß der Familie zurück. Ihr Mann machte es ebenso, es war also kein Problem.

»Nein, es ist nicht besonders gefährlich, wenn man sich an die Spielregeln hält«, sagte Kristina so nachdrücklich, dass die beiden nicht mehr nachfragten, weil sie davon ausgingen, dass sie sich bestens auskannte.

Nach dem zweiten Drink sagte sie, dass sie nach Hause müsse, um noch eine Mail an ihren portugiesischen Vermieter zu schicken. Da Rüdiger und Gabriele genauso wenig wie sie über ein Smartphone verfügten, hatten sie großes Verständnis dafür und ließen sie ziehen. Allerdings nicht ohne dass Rüdiger sie noch einmal – diesmal aber bestimmter – in die Arme zog und ihr zuraunte, er würde sie sehr vermissen, und sie sollte ihm, wenn sie zurückkäme, genau darüber berichten.

Oh Gott, was soll ich nur sagen, wenn ich sie zufällig in der Stadt treffe?, fragte sich Kristina. Sie hatte ja schon immer gute Geschichten gemocht, und die mussten auch nicht unbedingt wahr sein, solange sie hervorragend erzählt waren. Aber aus dieser Nummer würde sie so schnell nicht wieder herauskommen. Sie hoffte sehr darauf, dass Gabriele mit ihrem Mann und ihren zwei Kindern wie jedes Jahr in den Urlaub nach Dänemark fahren würde und dass Rüdiger auch verreiste – solange er nicht den spontanen Entschluss fasste, nach Lissabon zu fliegen, um Erinnerungen an bessere Zeiten wieder aufleben zu lassen und ihr nahe zu sein.

Bin ich eigentlich bescheuert?, dachte sie, als sie beschwipst durch die Fußgängerzone nach Hause ging. Jetzt glaube ich meine Notlüge schon selbst.

2. Kapitel

Luis hatte ganz vergessen, was für ein fantastisches Gefühl es bereits war zu wissen, dass man am frühen Abend surfen gehen würde. Den ganzen Tag über dachte er während seines Dienstes an das Board, das er sich vor Kurzem gekauft hatte. Seit Garrett McNamara am 28. Januar 2013 vor Nazaré eine legendäre Welle gesurft war – die Experten stritten sich immer noch darüber, ob sie wirklich 100 Fuß hoch gewesen war, also 30 Meter –, war das Surfen in Nazaré noch präsenter als zuvor.

Hinter dem Leuchtturm in Sítio, auf dem Weg zum Nordstrand, parkte ein roter VW-Bus, wo man T-Shirts und andere Andenken kaufen konnte. Luis hatte sich auch ein McNamara-Shirt gekauft – auf dem zu sehen war, wie er die legendäre Welle reitet –, aber es bisher nur nachts getragen, denn er fand, dass er vielleicht doch ein wenig zu alt für so etwas war. Aber er war auf keinen Fall zu alt zum Surfen und fühlte sich fit.

Seit er in Nazaré arbeitete, hatte er wieder Zeit zum Laufen gefunden. Er lief mindestens zweimal in der Woche den Strand rauf und runter. Zuerst hatte er nicht annähernd die halbe Strecke geschafft, aber jetzt ging es ziemlich locker. Er joggte nicht nur am Strand, sondern auch die Promenade entlang. Jetzt war er so weit, dass er keine lächerliche Figur mehr machte. Allerdings war sein Oberkörper noch nicht wieder so trainiert, dass er auch dem Drang nachgeben würde, ohne T-Shirt zu laufen. Er wusste nicht, warum, aber viele portugiesische Männer liefen so oft wie möglich mit freiem Oberkörper herum, und zwar nicht nur die durchtrainierten jungen Männer, sondern auch die beleibteren Älteren. Es schien hier eine Frage der Ehre zu sein, dass man sich keine Gedanken darüber machte, wie man ohne Shirt aussah.

Natürlich bemerkte Luis, wie zwei Krankenschwestern auf der Station hinter seinem Rücken miteinander tuschelten, nachdem er ihnen erzählt hatte, dass er heute endlich wieder surfen gehen wollte. Im besten Fall stellten sie sich vor, wie toll er im eng anliegenden Neoprenanzug aussehen würde. Aber er war sich nicht so sicher, ob ihre Bemerkungen wirklich in diese Richtung zielten. Gestern Abend hatte er seinen Surfanzug in seinem kleinen Wohnzimmer anprobiert und wäre dabei fast umgefallen. Seit wann war er bloß so ungelenkig? Er brauchte einige Zeit, bis er den Reißverschluss auf dem Rücken ganz in die Höhe gezogen hatte. Es zerrte im Brustbereich und schmerzte im Nacken, aber er gab nicht auf. Er wollte es unbedingt. Auch wenn er sich nicht sicher war, ob es ihm heute Abend überhaupt gelingen würde, auch nur eine Welle zu reiten. Sehr wahrscheinlich würde er die meiste Zeit damit verbringen, zunächst einmal zu den Wellen zu paddeln, ohne dabei vom Brett zu rutschen. Er freute sich darüber, dass er mit seiner für portugiesische Verhältnisse normalen Größe von 1,77 beim Surfen im Vorteil war. Man musste wendig sein, schnell, und es brachte wenig, sehr lange Beine zu haben.

Es war windig, und die Wellen waren so hoch gewesen, dass die Rettungsschwimmer an Nachmittag Badeverbot verhängt hatten. Aber er würde ja erst am Abend losziehen. Da waren die Jungs in ihren coolen rostroten Hosen und den gelben Hemden schon längst zu Hause. Er würde seinen ersten Versuch nach Jahren nicht am Nordstrand machen, wo McNamara seine Traumwelle geritten hatte. Dort konnten schon mal gigantische Wellen entstehen, weil ein 5000 Meter tiefer Canyon bis fast an die Küste führte. Er wollte nicht riskieren, dass sich die anderen Surfer dort über ihn lustig machten, wenn er es vielleicht nicht mal schaffte, auch nur einmal aufzustehen.

Also ging er zu dem Strandabschnitt, der weit genug entfernt von den Felsen unterhalb des Forts lag, aber auch nicht zu nah an der Promenade. Er suchte sich ein verlassenes weißes Zelthäuschen und zog dort seinen Neoprenanzug an. Diesmal ging es schon etwas besser. Dann schnappte er sich sein Board und begab sich möglichst lässig zum Wasser. Neben ihm machte sich gerade eine junge Surferin bereit. Sie lächelte ihm zu und hob den Daumen, dann stieß sie das Board ins Wasser und lag mit einem Satz darauf. Genau richtig – nicht zu weit vorn –, sodass die Nase des Bretts sich leicht aus dem Wasser hob.

Mit langsamen, aber kräftigen Bewegungen fing sie an zu paddeln. Sie machte das hervorragend, ihr Board glitt elegant durchs Wasser. Luis sah ihr bewundernd nach. So würde es bei ihm wohl nicht mehr aussehen, dachte er ein wenig frustriert, aber er wollte sich durch die Frau, die bestimmt 20 Jahre jünger war als er, nicht entmutigen lassen.

Seit dem Tod seines Vaters war ihm bewusst, wie oft er darüber nachgedacht hatte, was andere wohl von ihm hielten. Früher hatte er geglaubt, allzeit bereit sein zu müssen, Kritik abzuschmettern, jetzt spürte er, dass er ständig die Stimme seines Vaters im Ohr hatte, die alles, was er tat, kommentierte.

»Wie kannst du nur Zeit für ein Hobby haben?«, fragte sein Vater ihn, als er in Cascais mit seinen Freunden das Surfen entdeckt hatte. »Ach, ich verstehe. Jemand, der in der Schule keine Höchstleistungen bringen will, hat natürlich Zeit fürs Surfen. Dann viel Spaß.«

Luis musste an diese Sprüche seines Vaters denken, als er beobachtete, wo sich die Wellen brachen, und sich überlegte, wie er paddeln musste, um den besten Ausgangspunkt für einen Ritt zu haben. Tja, Vater, ich habe dennoch einen Studienplatz für Medizin ergattert, dachte er, auch ohne glänzendes Abitur. Er hatte damals seinen Studienplatz per Losverfahren bekommen. Aber jetzt wollte er nicht mehr an die strenge Stimme seines Vaters denken. Auch damals, als sie einige Jahre in Cascais wohnten, hatte er sie sofort vergessen, wenn er auf dem Board lag und anfing zu paddeln.

Es war wie früher. Er ließ alles hinter sich und entspannte sich augenblicklich.

Die Sonnenstrahlen glitzerten auf dem Wasser. Er schmeckte das Salz und spürte jede Faser seines Körpers. Ich bin frei, dachte er, keine Evelyn, die mich vom Surfen abhalten will, weil es ihrer Meinung nach zu gefährlich ist. Keine Kinder, die seine Aufmerksamkeit haben wollten, keine kritischen Beobachter. Nur er und das Meer und vor sich die sportlich schöne Silhouette der jungen Frau auf ihrem Brett. Sein Board glitt durch das Wasser, er hatte noch den Dreh raus. »Wow«, schrie er gegen den Wind.

Jetzt war er genau in der richtigen Position für das Line-up. Er saß auf dem Brett und wartete auf die nächste Welle, die er ganz in seiner

Nähe erreichen würde. Mit ihm wartete die junge Frau. Sie saßen auf ihren Brettern, beobachteten den Horizont, und er fühlte ein wortloses Einverständnis zwischen ihnen. Sie waren hier, weil sie wussten, dass es kaum etwas Besseres gab als das Glücksgefühl beim Reiten einer Welle.

Bei der ersten stand er nicht schnell genug und wurde vom Brett geschleudert. Er tauchte, um der Wucht der Welle auszuweichen. Japsend kam er auf der anderen Seite an die Wasseroberfläche und sah, dass die Frau die Welle genommen hatte. Er schwang sich wieder auf sein Board und sah zum Horizont. So zu scheitern, war normal beim Surfen. 80 Prozent des Surfens bestanden aus Paddeln, beruhigte er sich und wartete auf die nächste Welle. Er würde diesmal schneller reagieren und sich auf die Bewegung, die er machen musste, um in die Hocke zu kommen, vorbereiten. Fast gelang es ihm auch. Er war in der Hocke, aber er rutschte ab und landete wieder im Wasser. Die Welle brach über ihm. Diesmal war sie größer und gewaltiger. Er hatte unter Wasser kurz die Orientierung verloren. Vielleicht war er zu weit draußen und sollte lieber zurückschwimmen, um wie als 13-Jähriger mit den kleineren Wellen zu üben? Das Problem war aber jetzt, dass er nur dann sicher an den Strand kam, wenn er eine Welle erwischte. Die junge Surferin mit dem dunkelbraunen Zopf sah sich nach ihm um und reckte fragend den Daumen. Alles gut, gab er ihr zu verstehen. Es musste jetzt klappen. Er durfte sich nicht vor ihr blamieren. Die nächste Welle kam, und er musste an *Die perfekte Welle* von *Juli* denken, dem Hit von 2004. Es stimmte. So fühlte es sich an.

Die nächste Welle kam, er hatte sie rechtzeitig bemerkt und war in der richtigen Startposition in der Hocke. Er richtete seinen Oberkörper auf und tat das, was er am Strand zwischen Estoril und Cascais unzählige Male geübt hatte. Und er dachte nicht mehr nach. Er stand und ritt die Welle, es war großartig. Jedenfalls für einen kurzen Moment, dann verlor er das Gleichgewicht, stürzte vom Brett und wurde unter den Wassermassen der sich brechenden Welle begraben. Etwas traf ihn hart an der Stirn. Als er zu sich kam, war er im seichten Wasser. Sein Kopf tat weh. Er hatte das Board wohl gegen die Stirn bekommen. Wo war es? Sein Fuß war aus der Sicherheitsschlaufe gerutscht.

Aber er blutete glücklicherweise nicht. Und es fühlte sich auch nicht so an, als ob er eine Gehirnerschütterung hätte. Vor ihm tauchte sein Board auf, das an den Strand gespült worden war. Ein Rettungsschwimmer nahm es in Empfang. Luis kraulte schnell an den Strand, bevor die nächste Welle brach.

»Alles klar?«, fragte der 20-jährige bärtige Mann.

»Ja, alles klar«, sagte Luis. Er war froh, dass der Rettungsschwimmer ihm half, aus dem Anzug zu kommen, und ihm ein Handtuch hinhielt, ohne dabei mitleidig zu grinsen.

»Die Wellen sind ziemlich tückisch heute«, sagte der Rettungsschwimmer stattdessen.

Luis war dankbar für seine gnädige Lüge. Er blickte schweigend aufs Meer und bewunderte die Frau, die anscheinend völlig ohne Anstrengung eine Welle nach der anderen ritt.

»Das ist Inez«, sagte der Rettungsschwimmer. »Sie macht das schon seit Jahren und ist fast so gut wie die Profis.«

Sehe ich so fertig aus, dass er mich damit aufmuntern muss?, fragte sich Luis. Das Altern lässt sich eben doch nicht aufhalten, egal, wie sehr man seinen Körper trainiert, dachte er. Wenn er ehrlich zu sich war, wollte er auch gar nicht extrem trainieren. Es war noch nie sein Ding gewesen, sich in irgendetwas fast bis zur Selbstaufgabe hineinzusteigern und dabei alles andere aus den Augen zu verlieren. Gut, das hatte er dennoch während der Jahre in Hamburg oftmals gemacht, aber jetzt glaubte er, dass er es nicht aus eigener Überzeugung getan hatte, sondern weil es sich angefühlt hatte, als stünde sein Vater mit der Peitsche hinter ihm und treibe ihn an.

»Du bist so portugiesisch«, hatte er oft zu ihm gesagt, wenn er mal wieder bummelte, sich Zeit ließ, die Dinge entspannter anging. Und das war kein Kompliment gewesen. Luis verstand damals schon nicht, wie seine Mutter die Kritik ihres Mannes an ihrem Land und ihren Landsleuten ausgehalten hatte. Es stimmte zwar: Im Vergleich zu den Deutschen mit ihrer Effektivität, die sich selten mal eine Verschnaufpause gönnten – besonders die erfolgreichen Männer der Generation seines Vaters –, kamen einem die Portugiesen mit ihrer Art, die Dinge anzugehen, nicht sehr ehrgeizig vor. *Com paciência* war ein Ausspruch, den er hier schon oft gehört hatte. Mit Geduld, immer mit der Ruhe. Aber was war daran schlimm? Gar nichts. Auch das Surfen sollte er vielleicht besser *com paciência* angehen. Beim nächsten Mal im flachen Wasser bleiben und sich langsam wieder an all das herantasten, was er vor 20 Jahren gemacht hatte, als er nach seinem Zweiten Staatsexamen einfach abgehauen war und als Schiffsarzt auf einem Kreuzfahrtschiff angeheuert hatte. Das war sicher mit die beste Zeit seines Lebens gewesen. Er hatte nicht viel arbeiten müssen, oft an Land gehen können und so zahlreiche fantastische Surfspots kennengelernt. Eigentlich war es perfekt gewesen.

Es gab in diesen Jahren immer mal wieder eine Frau, mit der er eine meist kurze und leidenschaftliche Affäre hatte oder die er nur ab und zu sehen konnte, wenn das Schiff mal wieder in ihrer Gegend war. Es gab keine langen Beziehungsgespräche, wenn etwas nicht so gut lief. Es war einfach keine Zeit dazu, sich auseinanderzusetzen, weil er ja schon bald wieder wegmusste. Eigentlich hätte er ewig so weitermachen können. Aber immer wieder hatte sein Vater darauf gedrungen, endlich mit dem Unfug aufzuhören und die Facharztausbildung zu beginnen. Meistens hatte Luis sein Drängen einfach ignorieren können. Doch eines Tages hatte ein Studienkollege angerufen und ihm erzählt, dass eine Stelle für eine Facharztausbildung zum Internisten kurzfristig frei geworden war und er, wenn er sich dazu entschließen könnte, gute Chancen hätte, diese zu bekommen. Es war gerade nicht so rund auf dem Schiff gelaufen, und Luis hatte sich gelangweilt. Also hatte er sich beworben und die Stelle auch ziemlich schnell erhalten.

War es eigentlich immer so, dass er die Richtung seines Lebens nur dann änderte, wenn andere Menschen ihm etwas anboten?, fragte er sich, als er sich mühsam aus seinem Surfanzug pellte. Er wusste nicht, woran das lag. Vielleicht waren es einfach diese Zufälle gewesen, die sein Leben immer wieder in eine neue Richtung gelenkt hatten. Mit vielen Veränderungen, was er aber nie richtig überblickt hatte, als er die Entscheidung getroffen hatte. Er war eben flexibel, passte sich den Umständen an, das war doch eine gute Eigenschaft. Oder war er einfach zu faul und zu unschlüssig gewesen, um sich selbst darüber Gedanken zu machen, was er wirklich wollte? Das war mit Sicherheit auch ein Teil seines Problems gewesen. Er hatte sich einfach treiben lassen. Jetzt wusste er zumindest, wen er wollte, aber half ihm das irgendwie weiter? Nein, denn er wusste auch, dass er Kristina nicht bekommen würde. Als er sie hätte haben können, hatte er geglaubt, dass vielleicht noch etwas Besseres kommen würde, und jetzt, wo er wusste, dass er niemals eine bessere Frau finden würde, war es zu spät. Nein, es war nicht immer schön zu wissen, was man wollte.

Die Generation seines Vaters hatte es einfach gehabt. Da war es nie eine Frage gewesen, ob man heiratete. Man tat es, sobald man eine passende Frau gefunden hatte. Den meisten Männern aus der Generation seines Vaters war es ja auch gut damit ergangen. Sie hatten nicht zurückstecken müssen, sondern hatten immer das machen können, was sie wollten. So schien es Luis jedenfalls. Wie hatte seine Mutter stolz gesagt? Ich halte ihm den Rücken frei. Diese Regelung hatte anscheinend auch fantastisch geklappt. Aber schon damals hatte er gewusst, dass er keine Frau haben wollte, die so wie seine Mutter war. Sosehr er Sofias Mütterlichkeit und ihre Fürsorge auch liebte. Er hatte immer nach einer Frau gesucht, die ihn nicht mit ihrer Liebe festhielt, sondern die verstehen würde, dass er frei sein wollte, auch wenn er mit einer Frau zusammen war.

Hatte er nicht einmal versucht, Evelyn sein Beziehungskonzept zu erklären? Danach hatte sie stundenlang mit ihm gestritten und ihm vorgeworfen, er sei ein Macho. Er würde sich nur einen Freifahrtschein holen wollen, um mit anderen Frauen schlafen zu können. Männer seien ja alle gleich, und so weiter und so weiter. Es waren Tage vergangen, bis sie endlich begriffen hatte, dass es ihm überhaupt nicht darum gegangen war, mit einer anderen zu schlafen als mit ihr, sondern dass er in einer Beziehung einfach manchmal in Ruhe gelassen werden wollte.

»Was meinst du denn damit?«, hatte Evelyn gefragt, und ihr Tonfall hatte schon wieder extrem säuerlich geklungen.

»Ich möchte nicht, dass du versuchst, mich zu ändern«, erklärte er ihr, aber es war wohl verkehrt gewesen, das zu sagen.

»Ich darf dich also nicht mehr kritisieren? Du meinst wohl, dass Männer sich überhaupt nicht ändern müssen, sondern nur wir Frauen? Was glaubst du eigentlich, wer du bist?«

Es hatte keine drei Minuten gedauert, bis sie wieder bei ihrem Lieblingsthema angekommen war: dass Männer sowieso nichts taugten und verloren wären, wenn ihre Frauen sie nicht zurechtstutzen würden. Ja, sie hatte damals tatsächlich zurechtstutzen gesagt, als ob er ein Bonsai wäre, der in Form gebracht werden müsse, um ihn dann hübsch dekorativ ins Regal zu stellen.

Es ist fantastisch, dass ich die Kurve gekratzt habe, dachte Luis, als er in einer einfachen Bar an der Promenade saß und sich nach dem anstrengenden Surfen ein paar Bier gönnte. Warum gab es nur so wenige Frauen, die verstanden, wie er tickte? Hatten sie nicht alle *Jenseits von Afrika* gesehen? Denys Finch Hatton wollte auch nicht, dass Karen Blixen ihm die Knöpfe annähte. Aber selbst diese fantastische Frau schmiss Denys raus, weil sie jemanden ganz für sich haben wollte und nicht verstand, dass er sie über alles liebte und ihr auch ohne Trauschein schon längst gehörte. Und als sie es endlich begriffen hatte, stürzte er kurz danach mit dem Flugzeug ab und starb. So lief das mit den Frauen. Wenn man sie zu sehr liebte, lief man Gefahr abzustürzen wie Finch Hatton. Dann lieber noch ein Bier, dachte Luis, lehnte sich zurück und genoss die Aussicht auf den Atlantik und die hübschen Frauen, die auf der Promenade an ihm vorbeispazierten. Vielleicht sollte er sich mal erkundigen, was diese Inez sonst so machte außer Surfen und wo man sie zufälligerweise treffen könnte. Irgendwann musste er doch wieder ins Boot steigen, auch wenn er eigentlich nur an Kristina dachte, sobald er sich vorstellte, mit einer Frau zu schlafen.

Seine Mutter Sofia riss ihn aus seinen Gedanken. »Hallo Luis, schön, dich zu sehen. Du denkst doch an die Hochzeit von Suzanna morgen? Ich habe dich an dem Hochzeitsgeschenk beteiligt, handbemaltes Geschirr mit Fischen. Das soll sie an Nazaré erinnern, wenn sie bald im Landesinneren wohnt. Du hast doch nichts dagegen?«

Luis nickte schwach. Er wusste, dass er seiner Mutter in diesem Fall nicht widersprechen konnte. Sie hatte sich auf den Stuhl neben ihn niedergelassen, ohne zu fragen, ob er noch frei war.

»Ja, du kannst dich gerne zu mir setzen«, versuchte Luis unterschwellig, Kritik zu üben, aber seine Mutter schien das gar nicht zu bemerken.

»Ich komme gerade von Maria. Du kannst dir gar nicht vorstellen, wie aufgeregt meine Schwester ist, weil ihre Enkelin heiratet. Als ob das so etwas Besonderes für sie wäre.« Sofia seufzte.

Luis wusste ganz genau, was das heißen sollte: Meine Schwester hat ihre drei Kinder schon verheiratet, und jetzt ist die erste Enkelin an der Reihe, und ich habe gar nichts vorzuweisen. Er war seit Jahren Meister darin, diese stummen Vorwürfe seiner Mutter zu ignorieren. Sie ärgerten ihn auch schon gar nicht mehr. Sie hatte ja aus ihrer Sicht auch recht. Für eine portugiesische Mutter ihrer Generation musste es schmerzhaft sein, den einzigen Sohn nicht verheiratet zu bekommen. Sie fasste das als Makel auf, das wusste Luis, aber er hatte schon lange aufgehört, sich schuldig dafür zu fühlen.

»Das mit dem Geschenk ist sehr lieb von dir, Mama«, sagte er. Sofia zuckte zusammen. Sie mochte es nicht, wenn er sie Mama nannte, weil sie meinte, dass sie das älter machte. Mit einem gezwungenen Lächeln stand sie auf und sagte: »Also morgen um Viertel vor elf Uhr an der Kathedrale. Sei bitte pünktlich, wir wollen doch gute Plätze haben.« Dann rauschte sie davon.

Luis hatte nicht vergessen, sich für den kommenden Tag freizunehmen, und würde es auch nie wagen, diesem Familienereignis fernzubleiben, aber eigentlich hatte er wenig Lust dazu. Er wusste schon, dass seine Tante Maria, seine Cousine Antonia und ihre Brüder, die natürlich alle respektabel verheiratet waren, ihn wieder mitleidig mustern würden, so, als wäre er ein Wesen aus einer anderen Zeit und Welt. Und hinter vorgehaltener Hand würde Sofia ihnen beim Essen erzählen, dass auch seine letzte Beziehung mit einer Frau in die Brüche gegangen war und Sofia jetzt den Wunsch, einmal Großmutter zu werden, endgültig begraben hatte.

Am nächsten Morgen ging er noch zum Friseur, weil er nicht riskieren wollte, dass seine Mutter ihm vor versammelter Hochzeitsgesellschaft durch die Haare fuhr. Sie meinte, sie seien zu lang und würden ihm unnötig ins Gesicht fallen. Er wusste schon, dass er sich irgendwann vor Ewigkeiten dagegen hätte wehren müssen, aber damals war er einfach zu faul gewesen und hatte sie nicht verletzen wollen, und in den vergangenen zehn Jahren hatte er seine Mutter sowieso nicht besonders häufig gesehen. Jetzt, dachte er, hatte er die Chance verpasst, sie noch zu erziehen. Sie war einfach zu alt, um so eine Kritik nicht als Zurückweisung aufzufassen, und er wollte sie nicht verletzen. Er war ihre Sonne, das wusste er, und manchmal genoss er es sogar, von ihr mit diesem besonderen Blick angesehen zu werden und ihre Hand in seinen Haaren zu spüren, gerade weil das ja niemand sonst seit Monaten getan hatte und ihm diese liebevollen Gesten fehlten.

Die Hochzeitsgesellschaft hatte sich schon auf dem Platz vor der Kirche *Nossa Senhora da Nazaré* versammelt. Er sah, wie Sofia mit ihrer Schwester ins Gespräch vertieft zu sein schien, aber gleichzeitig unruhig über den Platz schaute. Als sie ihn entdeckte, winkte sie, und Luis hätte am liebsten kehrtgemacht, weil sie etwas rief, das sich so anhörte wie: »Huhu, Luis!« Alle seine Verwandten drehten sich um. Er vermutete, dass er mit mindestens der Hälfte der Hochzeitsgesellschaft verwandt war, auch wenn er die meisten seit Ewigkeiten nicht gesehen hatte. Er ging auf seine Mutter zu, die ein seidenes smaragdgrünes Kostüm und einen dazu passenden Hut trug und damit die eleganteste Frau auf diesem Platz war. Er wusste, dass sie mit Absicht ihre Schwester Maria ausgestochen hatte, obwohl sie die Großmutter der Braut war und Maria es missbilligte, dass ihre Schwester, die erst seit einem Jahr Witwe war, kein Schwarz trug.

Sofia musterte ihn und nickte anerkennend. »Du siehst gut aus, deine Frisur gefällt mir.«

Und Luis fragte sich mal wieder, warum seine Mutter eigentlich immer noch meinte, ihm sagen zu müssen, was sie von seiner Frisur hielt, wo er doch längst erwachsen war. Aber eigentlich war er daran ja selbst schuld. Er hatte sie nicht rechtzeitig in ihre Schranken gewiesen, und jetzt war es dafür zu spät.

Antonia stürzte auf ihn zu. Sie hatte rote Flecken im Gesicht, die ihr Make-up nicht ganz abdeckte. Und sie schwitzte. Luis sah, dass ihr kleine Rinnsale in den Ausschnitt ihres Kleides – das dunkelblau mit weißen kleinen Punkten war – liefen. Wie habe ich sie damals, als wir klein waren und ab und zu die Sommer miteinander am Strand von Nazaré verbrachten, verehrt, dachte er. Sie war eine Gazelle gewesen, schlank und flink mit langen Beinen, und er hatte mehrere Sommermonate lang Fantasien über sie gehabt, bevor er überhaupt wusste, was sie bedeuten sollten. Mittlerweile war Antonia in die Breite gegangen und bewegte sich so anmutig wie ein kleines Nilpferd. Aber sie hat ja auch drei Kinder bekommen, dachte Luis. Da ist es nicht ungewöhnlich, dass man seine ursprüngliche Figur verliert. Jedenfalls passierte das vielen portugiesischen Frauen, dachte er. Kristina ist schlank geblieben trotz ihrer zwei Kinder, fiel Luis ein, und eine Welle der Sehnsucht überkam ihn.

Er gab allen möglichen Verwandten, an deren Namen er sich nur schwach erinnern konnte, Küsse auf die Wange. Daran muss ich mich wohl erst wieder gewöhnen, dachte er. In Deutschland hatte er auch Leute zur Begrüßung geküsst, aber eben keine Männer, und das fand er immer noch etwas eigenartig.

Sie begrüßten den Bräutigam, der mit seinem Vater und seinem Trauzeugen nervös auf und ab ging, als befürchtete er, Suzanna würde noch in letzter Minute abspringen. Aber wie Sofia ihn gestern aufgeklärt hatte, machte Suzanna ja eine sehr gute Partie mit ihrem Weingutbesitzer aus dem Douro. Sie hatte ihn in einem Flugzeug kennengelernt, als sie ihn bediente. Zu ihrer Enttäuschung war Suzanna nämlich nicht, wie ihre Mutter Antonia für sie vorgesehen hatte, Lehrerin für Portugiesisch, sondern Stewardess geworden.

»Schnell, wir müssen hinein, gleich kommt die Braut«, sagte Sofia und hakte sich bei ihm ein. Sie betraten die Kirche, gingen bis nach vorn und setzten sich auf die rechte Seite zu den anderen Gästen der Braut. Luis sah sich um. Er wusste nicht mehr, wann er zum letzten Mal an einem Gottesdienst teilgenommen hatte, geschweige denn an einem katholischen. Er hatte seine Vergangenheit als Messdiener im München seiner Kindheit zurückgelassen. In Hamburg war er in den letzten Jahren einige Male in der Krankenhauskapelle gewesen, wenn einer seiner Patienten trotz all seiner Bemühungen gestorben war.

Er hatte schon oft darüber nachgedacht, aus der katholischen Kirche auszutreten, aber es sich bisher nicht getraut, weil er Sofias Zorn fürchtete, so kindisch das auch war.

»Guck mal, wie wunderschön Suzanna aussieht«, sagte Sofia und hängte sich bei ihm ein. Luis wusste, dass sie nicht von seiner Seite weichen würde, bis die Feier vorüber war. Er musste heute ihren verstorbenen Ehemann vertreten und der Mann an ihrer Seite sein. Sofia hatte recht. Suzanna sah absolut umwerfend aus. Sie musste ungefähr 23 Jahre alt sein, Antonia war seines Wissens jetzt 50. Ihre Tochter hatte genau die gleiche Figur wie Antonia vor der Geburt ihrer Kinder. Selbst ihre Haarfarbe war identisch. Antonia hatte wunderschöne schwarze Haare gehabt, die ihr über die Schultern nach vorn fielen und die sie immer mit einer Bewegung zum Zopf hochband, die er bis heute nicht vergessen hatte. Besonders den Moment, wenn sie ihre Haare nach hinten gestrichen hatte, um ihren Zopf auf dem Hinterkopf zu flechten, und er dabei ihre Achseln sehen konnte.

»Das ist spanische Spitze«, raunte Sofia. »Es war unglaublich teuer, hat Maria erzählt. Sie hat auch etwas dazugegeben.«

Sofia sagte das mit einer gewissen Überheblichkeit, die Luis in Bezug auf ihre große Schwester schon immer herausgehört hatte. Es war ganz eindeutig, dass Sofia immer bessergestellt gewesen war als ihre große Schwester Maria, die es ja nur so weit gebracht hatte, den Sohn des Apothekers zu heiraten, der die Apotheke zwar übernommen hatte, aber natürlich keine Reichtümer hatte anhäufen können wie ihr verstorbener Mann.

Kristina würde jetzt sicher analysieren, warum Sofia sich so verhält, dachte Luis sehnsüchtig. Er hatte nie sonderlich viele Gedanken darauf verwendet, dass es so war, obwohl er es sich auch denken konnte. Es hatte sicher etwas damit zu tun, dass Maria und Onkel Enzo glücklich miteinander waren – zumindest so glücklich, wie man nach 52 Ehejahren sein konnte – und Sofia genau wusste, dass sie selbst mit ihrem Mann nie so an einem Strang gezogen hatte, wie es bei ihrer Schwester der Fall war.

Aber Sofia hatte wirklich recht. Suzanna sah einfach umwerfend aus. Das weiße Satinunterkleid war ihr auf den Leib geschneidert und brachte ihren wunderbar runden Po, ihre schmale Taille und ihre schönen Brüste zur Geltung. Die Spitze gab dem Kleid eine verspielte Note und war mit durchsichtigen Perlen bestickt, die in der Sonne funkelten. Von hinten erinnerte das Kleid mit seiner langen Schleppe, die von drei entzückenden kleinen Mädchen in weißen Kleidern getragen wurde – sie wirkten unglaublich konzentriert, weil sie Angst hatten, die Schleppe fallen zu lassen und dann darüber zu stolpern –, an Pippas Kleid bei der Hochzeit von William und Kate. Die hatte er sich mit Evelyn angeschaut, weil sie beide an diesem Tag freigehabt hatten und er sich nicht dagegen hatte wehren können. Luis wusste, dass die meisten anwesenden Männer – egal welcher Generation – vor Bewunderung die Luft anhielten, als Suzanna an ihnen am Arm ihres Vaters vorbeischwebte und sie die Braut dann von hinten in Augenschein nehmen konnten.

Während der Zeremonie – die Luis extrem lang vorkam und auch sehr anstrengend für ihn war, weil er nicht mehr genau wusste, wann man kniete und wann nicht, und er immer unauffällig dem Beispiel seiner Mutter folgen musste – streichelte Sofia ihm ab und zu die Hand, so wie nur sie das tat. Sie strich mit dem Daumen über seinen Handrücken, und Luis wusste plötzlich, dass er diese kleine Geste über alle Maßen vermissen würde, wenn seine Mutter irgendwann einmal gestorben war.

Glücklicherweise merkte niemand, dass er nicht textsicher war, denn Sofia sang neben ihm aus vollem Halse mit, und als der Bräutigam die Braut küsste, liefen ihr die Tränen hinunter. Luis wusste zwar nicht, warum, aber seine Mutter glaubte immer noch an die große, romantische Liebe, obwohl ihre eigene Ehe nicht gerade sehr romantisch verlaufen war, zumindest schien es Luis so. Und er wusste auch, dass sie es gerade mal wieder unendlich bedauerte, dass ihr einziger Sohn nicht diese romantische Liebe gefunden und dann auch standesgemäß geheiratet hatte.

Nach der Trauung zog das Brautpaar aus der Kirche aus, und Luis konnte Suzannas und Enzos strahlende Freude auf ihren Gesichtern sehen. Fast war Luis ein bisschen neidisch auf sie, weil sie tatsächlich der Überzeugung waren, die ganz große Liebe gefunden zu haben.

Luis fuhr mit der Hochzeitsgesellschaft mit dem Ascensor nach Nazaré in die Unterstadt. Das Restaurant, in dem sie feiern wollten, befand sich am Ende der Promenade, und sie mussten nicht weit gehen. Außerdem gab es hier unten nicht genug Parkplätze, jedenfalls nicht in der Nähe. Sie kamen an englischen Touristen vorbei, die sie unverfroren musterten, als ob sie in ihrem Urlaub auch für einige folkloristische Erlebnisse bezahlt hätten. Sie nahmen einen Aperitif auf der Terrasse des Restaurants *Il Mare*. Luis war froh, dass es auch weiße Sangria gab, denn er wollte sich schnell betrinken, da er sicher war, dass er das Essen mit all diesen Verwandten und die traurigen, fast strafenden Blicke seiner Mutter, weil sie keine Hochzeit für ihn hatte ausrichten können, sonst nicht aushalten würde.

***

»Sieht die Wohnung nicht fantastisch aus? Wie für dich gemacht. Guck es dir an, sie ist noch frei und auch kurzfristig zu mieten. Ich habe sie unverbindlich für dich reserviert. Du kannst es dir zumindest überlegen«, stand in Bettys Mail. Eigentlich geht ihre Fürsorge hier zu weit, dachte Kristina, aber sie konnte ihrer Freundin nicht böse sein. Betty würde noch viele Jahre nicht einfach so für einige Wochen allein irgendwohin verschwinden können, was sie sehr bedauerte. Aber wenn sie schon nicht ihre Träume verwirklichen konnte, sollte es zumindest Kristina tun. Sich die Wohnung mal anzuschauen, schadet ja nichts, dachte sie, öffnete den Link zu der Seite www.lissabon-altstadt.de und konnte es kaum glauben. Die Wohnung, die Betty ausgesucht hatte, war perfekt: Modern und schlicht eingerichtet, die Möbel sahen auf geschmackvolle Art nach Ikea aus. Zwei helle Zimmer, Parkettfußboden, eine große Küche, ein Badezimmer mit Badewanne. Die Unterkunft lag am Rande der Alfama und war im Verhältnis zu dem, was für die Selbstverwirklichung ihrer Tochter und ihres Mannes ausgegeben wurde, vergleichsweise günstig. Wie lustig, dass die Wohnung ausgerechnet in der Alfama lag, dachte Kristina, als ihr die kleine Notlüge einfiel, die sie für Rüdiger und Gabriele erfunden hatte.

Kristina überprüfte ihren Terminkalender auf dem Laptop. Für die nächsten drei Wochen herrschte gähnende Leere. Traurig, aber wahr: Sie hatte anscheinend ohne ihre Tochter, ihren Mann und ihre Arbeit nichts vor. Ihre Eltern waren weit weg in Neuseeland. Sie waren im Winter in Deutschland gewesen und hatten mit ihnen Weihnachten gefeiert. Ihr Schwiegervater Walter verbrachte gerade eine Woche in Hannover bei Sylvia, Peters älterer Schwester. Seit ihre Schwiegermutter Inge vor zwei Jahren gestorben war, versuchten alle aus der Familie, sich mehr um Walter zu kümmern. Aber das musste sie jetzt erst einmal nicht.

Betty hatte eh selten Zeit, und Kristinas andere Freundinnen waren gerade verreist. Und ob sie in Lissabon oder in Lüneburg war, machte für Feli, Tom und Peter keinen Unterschied. Warum sollte sie nicht mal wieder spontan sein? Bevor sie eine Familie gegründet hatte, war sie das doch auch gewesen.

Als sie mit Luis zusammen gewesen war, hatten sie sich oft vorgenommen, nach Lissabon zu fliegen, wo er seine glücklichsten Jahre verbracht hatte, wie er damals gesagt hatte. Aber es war nie etwas daraus geworden, wie aus allem, wovon sie geträumt hatten.

Warum dachte sie überhaupt wieder häufiger an Luis? In den letzten drei Jahren war er doch nur selten in ihren Gedanken und Träumen aufgetaucht, und sie hatte gehofft, dass sie ihn endlich vergessen würde.

Bis zu der Nacht, in der sie wieder von ihm geträumt hatte. Als ob er gespürt hätte, dass sie auf dem besten Weg gewesen war, ihn zu vergessen, aber das eigentlich nicht wollte. Sie spürte, dass sich die Qualität seines Schweigens verändert hatte. Es war nicht mehr leidenschaftslos und distanziert wie in den Jahren zuvor, sondern sehnsuchtsvoll. Sie hatte lange gebraucht, um zu akzeptieren, dass sie innerlich mit Luis verbunden war, selbst wenn sie das gar nicht wollte.

Sie hatte sich vor mehr als 23 Jahren von ihm getrennt, weil sie das Gefühl hatte, dass sie ihm nicht so viel bedeutete wie er ihr. Sie war von ihm weggegangen, damit er ihr folgte, aber das hatte er nicht getan. Sie war 24 gewesen und hatte nicht mehr ohne ein Ziel leben wollen. Sie wünschte sich Kinder und einen Mann, von dem sie nicht befürchten musste, dass er sie bei den ersten Schwierigkeiten im Stich ließ. Als er endlich anrief, war es schon längst zu spät gewesen, und sie hatte dem Impuls, zu ihm zu fahren und sich in seine Arme zu stürzen, widerstanden. Anders hätte sie sich nicht aus diesem Strudel aus Leidenschaft, Hoffen, Ablehnung und Schweigen befreien können. Luis wollte sich damals nicht festlegen. Immer kurz nachdem sie sich sehr nahegekommen waren und sie dabei unfassbar glücklich gewesen war, hatte er sich zurückgezogen. Manchmal meldete er sich tagelang nicht oder behandelte sie wie eine Fremde, was von allem am schlimmsten zu ertragen gewesen war. Sie hatte es nicht mehr ausgehalten und mit ihm abgeschlossen. Und das war zwar unfassbar schmerzhaft, aber richtig gewesen.

In ihren ersten Ehejahren mit Peter hatte sie Ruhe gehabt, aber dann hatte sie wieder angefangen, sehnsuchtsvoll an Luis zu denken, nachdem Luis' erste Postkarte gekommen war.

Vor drei Jahren hatte sie Luis zum letzten Mal gesehen und auch gesprochen. Er war endlich in einer stabilen Beziehung angekommen und sogar bereit gewesen, mit Evelyn zusammenzuziehen. Und sie hatte ihm dazu geraten, obwohl es ihr nach so langer Zeit immer noch wehtat, dass Luis für sie anscheinend nie das empfunden hatte, was er für Evelyn empfand.

Warum dachte er jetzt wieder an sie? Vor einigen Monaten war sie von seinen Gedanken geradezu überfallen worden. Sie hatte gerade Kuchen gebacken, und plötzlich hatte sie eine Welle der Sehnsucht überrollt. Luis war ihr aus dem Nichts heraus wieder so nahe gewesen, als ob er plötzlich neben ihr aufgetaucht wäre.

»Warum machst du das? Mir geht es gut. Ich brauche dich nicht. Hör auf damit«, hatte sie laut in die Stille der Küche gesagt und war froh gewesen, dass sie allein zu Hause gewesen war. Sie hatte Luis beschwören wollen, nicht so intensiv an sie zu denken, aber es hatte nicht geholfen. Er begleitete sie durch die nächsten Tage. Mehr als einmal ertappte sie sich bei dem Gedanken, ihn anzurufen und ihn zu fragen, was los war. Aber sie tat es nicht, denn was würde das bringen? Sie würde sich anhören müssen, wie glücklich er mit Evelyn war. Und würde ihm verschweigen, dass sie sich wieder nach ihm sehnte.

Vielleicht wäre es sogar gut, nach Lissabon zu fliegen, damit endlich einmal mehr als 50 Kilometer zwischen ihnen lagen.

Kristina öffnete die Internetseite von Air Portugal, um einen Flug zu buchen, und hatte Glück. Fünf Minuten später war sie die Besitzerin eines Flugtickets nach Lissabon für übermorgen und die stolze Mieterin der Wohnung in der Rua Cais de Santarém.

Betty konnte sie leider nicht zum Flughafen bringen, schickte ihr aber mehrere begeisterte SMS und versprach ihr, sich ein paar Tage freizuschaufeln, um sie in Lissabon zu besuchen.

Das klappt nie, dachte Kristina, aber sie fand die Aussicht gar nicht schlimm, nicht besucht zu werden. Auch wenn sie eher zufällig zu dieser Reise gekommen war, freute sie sich darauf, Lissabon zu entdecken. Als sie in der Bahn zum Flughafen saß, spürte sie etwas, das sie schon lange nicht mehr empfunden hatte: Aufregung, gemischt mit Angst und Neugierde – es fühlte sich großartig an, und sie fragte sich, wie sie über 20 Jahre darauf hatte verzichten können, auch mal allein unterwegs zu sein.

Im Flugzeug erkannte sie sofort, warum die letzte Reihe noch nicht ausgebucht gewesen war. Der Platz zur nächsten Bankreihe war sehr knapp bemessen. Ihr Sitznachbar stieß mit seinen Knien gegen den Vordersitz, ihr Vordermann senkte seine Lehne nach dem Start so weit nach hinten, dass Kristina befürchtete, eingequetscht zu werden.

»Ist das immer so in Flugzeugen?«, fragte sie ihr Nachbar, ein Mann in seinen späten Sechzigern. Was meint er wohl damit?, überlegte Kristina, aber da sie nicht darauf kam, antwortete sie ihm nicht.

»Ich bin ja ziemlich groß, aber sitzt man immer so beengt?«, fragte der Mann erneut.

»In der Regel nicht. Das ist hier wirklich unglaublich eng. Normalerweise hat man etwas mehr Platz«, sagte Kristina möglichst freundlich.

»Das ist gut. Wissen Sie, meine Frau und ich«, er wies auf eine Frau mit kurzen grauen Haaren, die zwei Reihen vor ihm saß, »wir fliegen zur Taufe unseres Enkelsohnes nach Porto.«

Eigentlich hatte Kristina keine Lust, sich zu unterhalten, aber der Mann wirkte ziemlich aufgeregt. »Das ist ja schön«, sagte sie. Das würde als Ermunterung ausreichen, um ihn seine Geschichte erzählen zu lassen, dachte sie mitfühlend.

»Mein Sohn und seine portugiesische Frau haben ein Kind bekommen.«

»Und wie lange lebt Ihr Sohn schon in Portugal?«, fragte Kristina.

»Gar nicht«, sagte ihr Nachbar.

Dieser Mann kam sicher aus Schleswig-Holstein. Sie konnte ihn sich gut auf einer Bank am Ostseestrand vorstellen, wie er schweigend eine Flasche Flensburger Pilsener aufploppte.

»Sie wohnen zum Glück beide in Hamburg«, fuhr der Norddeutsche fort.

»Aha«, erwiderte Kristina. Etwas anderes fiel ihr nicht ein.

»Aber meine Schwiegertochter wollte ihr Kind bei ihrer Familie in Porto taufen lassen.«

»Ihre Eltern wohnen dort?«

»Nö, die wohnen auch in Hamburg. Aber die weitere Verwandtschaft.«

Kristina schwieg.

Der Mann drehte sich, so gut er konnte, zu ihr um und sah ihr in die Augen. »Wissen Sie, das ist mein erster Flug«, sagte er. »Deshalb wirke ich vielleicht ein wenig nervös.«

Kristina hätte sich fast an ihrem Wasser verschluckt. Sie hatte noch nie jemanden in diesem Alter getroffen, der noch nie geflogen war.

»Es hat sich einfach nicht ergeben. Wir sind überall mit dem Schiff oder mit dem Auto hingefahren«, sagte er. »Ist ja auch nicht schlimm. Mein Großvater ist in seinem ganzen Leben nur bis ins nächste Dorf gekommen. Es war nicht nötig für ihn, woanders hinzufahren. Er hatte ja alles, was er brauchte. Und er war sehr zufrieden damit.«

Muss das ein einfaches Leben gewesen sein, dachte Kristina. Sie war in den vergangenen Jahren bereits unruhig geworden, wenn sie ein paar Wochen nicht aus Lüneburg herausgekommen war.

»Und gefällt es Ihnen zu fliegen?«, fragte Kristina.

»Ja, es ist ganz schön. Mir ist auch gar nicht übel. Ich habe im Internet gelesen, dass das manchmal passiert, wenn man zum ersten Mal fliegt.«

Zum Glück ist das bei ihm nicht so, dachte Kristina. Denn einen sich übergebenden Mann hätte sie neben sich wirklich nicht gebrauchen können. Tom hatte sich als Kind immer übergeben, wenn sie geflogen waren. Sie konnte sich noch gut daran erinnern, wie sie ihm die Spucktüte gehalten hatte.

Wann war sie das letzte Mal nicht vom Flughafen abgeholt worden? Es war doch immer jemand da gewesen, der hinter der Absperrung in der Ankunftshalle auf sie gewartet hatte. Und während ihrer Ehe war sie nur selten allein verreist. Zum 40. Geburtstag war sie zu ihrer Freundin nach München geflogen. Peter hatte keine Zeit gehabt mitzukommen, und sie wollte damals nicht länger als zwei Tage von ihren Kindern weg sein.

Einmal hatte Betty sie dazu überredet, ein verlängertes Wochenende mit ihr in London zu verbringen. Es war eines der lustigsten Wochenenden ihres Lebens gewesen. Sie waren durch die Bars gezogen, hatten sich am Freitagmittag in der *City* die Banker angeschaut und sich vorgestellt, wie es wäre, mit einem von ihnen im nächsten Hotel zu verschwinden. Sie waren in der *Tate Modern* gewesen und dort in der Cafeteria hängen geblieben. Abends landeten sie in einer Inszenierung von *Was ihr wollt,* die sich an den Shakespeareschen Originaltext hielt. Leider hatten sie so gut wie nichts verstanden und dann in der Pause beschlossen, sich den zweiten Teil des Kulturprogramms zu schenken und stattdessen zum angenehmen Teil des Abends überzugehen. Um drei Uhr morgens wankten sie dann wieder auf die Straße, nachdem sie eine ausgesprochen kurzweilige Nacht in einer Salsabar am Leicester Square verbracht und festgestellt hatten, dass sie nach drei Cuba libre fast so gut die Hüften schwingen konnten wie die anwesenden Südamerikanerinnen.

Im Flugzeug auf dem Rückweg von London hatten sie das letzte Piccolo getrunken und waren beschwipst und sehr fröhlich in Hamburg angekommen. Peter hatte Betty beim Abholen eifersüchtig und vorwurfsvoll angesehen. Mit Betty hatte sie so viel gelacht wie mit Peter in einem Jahr nicht. Das ist normal, hatte Kristina damals gedacht.

Als sie jetzt durch die Absperrung kam und die Blicke der Wartenden spürte, die sich für einen kurzen Moment erwartungsvoll auf sie richteten, suchte sie unwillkürlich nach Peter, Tom oder Feli. Sie dachte, dass alle sie anstarren würden, weil niemand sie abholte und sie allein ihren Koffer hinter sich herzog, die kornblumenblaue große Handtasche von George Gina & Lucy über ihre Schulter schwang und in Richtung Ausgang zum Taxistand ging. Aber als sie durch die Drehtür nach draußen kam und sich in die Schlange der Wartenden einreihte, dachte sie, dass man sie auch für eine Geschäftsreisende halten könnte, so, wie sie gekleidet war. Sie trug eine blaue Leinenhose im Marlene-Dietrich-Stil, ein weißes edles T-Shirt und halbhohe dunkelblaue Lack-Ballerinas. Betty hatte ihr das Outfit am Tag vor ihrer Abreise aufgeschwatzt. Sie war nicht davon zu überzeugen gewesen, dass es in Lissabon im Sommer meist zu heiß für Hosen war und vollkommen ausreichte, wenn Kristina neben ihren Sommerkleidern Jeans mitnähme.

»Du musst präpariert sein, wenn du in eines der schicken Hotels zum Mittagessen eingeladen wirst«, hatte sie gesagt.

Kristina war es einfacher erschienen, die Sachen zu kaufen, als Betty klarzumachen, dass sie bestimmt nicht irgendwelche Geschäftsleute zum Essen treffen wollte. Doch auch wenn sie sich in dem Outfit verkleidet fühlte, gefiel es ihr, dass sie in dieser Aufmachung die Möglichkeit hatte, sich anders darzustellen, als sie eigentlich war. Hier kannte sie niemand. Sie hätte dem Taxifahrer erzählen können, sie sei eine Geschäftsfrau aus Hamburg, sehr erfolgreich, glücklich geschieden oder noch nie verheiratet – wenn ihr Ehering sie nicht verraten würde. Während sie in Richtung Innenstadt fuhr, drehte sie an ihrem Ring und dachte darüber nach, ob sie ihn vielleicht einfach abnehmen sollte. Nur so. Peter trug ihn doch zurzeit sicher auch nicht, weil er beim Yoga und bei der Küchenarbeit störte.

Kristina war froh, sich keinen Mietwagen genommen zu haben. Sie war der Meinung, dass Frauen nicht in der Lage waren, im Ausland Auto zu fahren. Ihr war allerdings klar, dass diese Überzeugung aus ihrer Kindheit und Jugend stammte, als ihr Vater im Ausland niemals das Steuer aus der Hand gegeben hatte und ihre Mutter voller Bewunderung neben ihm gesessen und begeistert den Part übernommen hatte, den Stadtplan zu lesen und sich an der richtigen Aussprache der französischen, englischen oder spanischen Straßennamen zu versuchen. Erst später hatte sie begriffen, dass ihr Vater es ganz gut gefunden hätte, wenn seine Frau mal gefahren wäre. Aber er hatte sie nie gefragt. Er war schließlich der Mann und musste also auch Auto fahren. Selbst wenn sie das durchschaut hatte, traute sie sich dennoch nicht zu, sich jetzt in Lissabon ans Steuer zu setzen.

Sie fuhren die Avenida da Liberdade entlang, die nach dem Vorbild der Pariser *Champs-Élysées* gestaltet worden war. Irgendwie rührend, dachte Kristina, das ist die portugiesische kleine Schwester. Sie kamen am alten Theater vorbei, in dessen Innenhof Bäume und Büsche wuchsen. Die altmodisch majestätische Würde des Gebäudes passte zu den sanft geschwungenen schwarz-weißen Mustern auf den Gehwegen. Nostalgisch und poetisch, dachte sie. Am Rossio, dessen Pflasterung die Wellen des Tejo in unmittelbarer Nachbarschaft darstellte, standen sie im Stau. Kristina ließ das Fenster herunter und glaubte, das Meer zu riechen, obwohl sie wusste, dass es noch einige Kilometer entfernt war. Es war warm, aber es ging eine leichte Brise. Sie sah nach rechts, entdeckte das *Café Nicola* und erinnerte sich daran, dass es schon 1984 in ihrem Reiseführer – den sie damals in Évora gelesen hatte, weil sie dachte, sie würden noch nach Lissabon fahren – als das Café der Intellektuellen empfohlen worden war. Jetzt saßen nur Touristen davor, die sich leicht dadurch ausmachen ließen, dass sie schlechter gekleidet waren als die vorbeigehenden Passanten. Kristina stellte fest, dass sich das Klischee des Touristen in Shorts und schlecht sitzendem T-Shirt wieder einmal bestätigte. Merken die gar nicht, dass sie sich hier im Geschäftsviertel von Lissabon befinden?, fragte sie sich und wunderte sich über den fehlenden Respekt der Touristen gegenüber ihren portugiesischen Gastgebern. Ähnlich gekleidete Reisende hatte sie auch in Florenz, Rom, Paris und London gesehen, wenn es warm genug war, um Shorts zu tragen. Fiel den Touristen denn gar nicht auf, dass neben ihnen im *Café Nicola* kein Portugiesisch gesprochen wurde? Sehr wahrscheinlich fühlten sie sich gerade deshalb so wohl dort. Kristina nahm sich vor, zwar zunächst auch die Touristenorte zu besuchen, dann aber die ausgetretenen Pfade zu verlassen, eigene Lieblingsorte zu entdecken und kreuz und quer durch das alte Lissabon zu laufen.

Sie fuhren weiter in Richtung Fluss. Die Alfama lag am Hafen ganz in der Nähe des Tejo. Sandfarben und weiß, dachte Kristina, das ist Lissabon. Für sie hatte jede Stadt ihre Farben: London war ziegelrot und dunkelgrün, Paris hellgrau und rosa, Aix-en-Provence kornblumenblau und sonnengelb, Hamburg weißgrau und dunkelblau und Lüneburg lindgrün.

Sie kamen an den Tejo. Auf der Höhe der Praça do Comércio war er so breit, dass man die andere Seite nur als kleinen Streifen am Horizont erkennen konnte. Es war Mittag, trotz der Hitze joggten einige Frauen und Männer auf der Flusspromenade. Der Stau auf der Uferstraße direkt neben ihnen schien sie überhaupt nicht zu stören und der Lärm von der Baustelle auf der anderen Seite der Uferstraße auch nicht. Es ging nur sehr langsam voran. Kristina konnte jetzt über den Fluss und rechts zur Brücke des 25. April sehen, die der Golden Gate Bridge ähnelte. Sie beobachtete die Fähren, die schnell über das Wasser glitten, und die Touristen, die sich auf den Stufen – die flach zum Tejo führten und Ausläufer der Praça do Comércio waren – gesetzt hatten. Neben ihnen saßen Einheimische auf den in die Mauer eingelassenen Bänken und genossen ihre Mittagspause oder standen in kleinen Gruppen zusammen und unterhielten sich.

Com paciência, dachte Kristina. Und schon hatte sie wieder Luis' melodische Stimme im Kopf, die sie immer noch aus Hunderten von Stimmen heraushören würde.

Kurz nach der Praça do Comércio begann die schäbigere Hafengegend. Zwischen den renovierten Gebäuden sah Kristina immer wieder halb verfallene Häuser. Manche schienen noch bewohnt zu sein, bei anderen stand nur die Fassade, und dahinter wuchsen Bäume und Sträucher. Es sah trostlos aus. Kristina überlegte, ob die Gebäude wegen der Krise nicht renoviert wurden. Sie fragte den Taxifahrer und hoffte, dass es nicht unverschämt klang.

»Die Gebäude sind in diesem Zustand, weil sich Erbengemeinschaften nicht einigen können. Oder es sich für den Besitzer mehr lohnt, das Gebäude erst einmal verfallen zu lassen, um es dann komplett zu sanieren und viel teurer zu verkaufen. Aber es fehlen momentan auch die Investoren, Sie wissen, die Krise. Sie kommen aus Holland?«, fragte er auf Englisch.

»Ja«, sagte Kristina. Dem Taxifahrer würde es sicher nicht gefallen, dass sie Deutsche war.

»Sie machen hier Urlaub?«

»Ja, so ungefähr«, sagte Kristina. Sie wusste selbst nicht, wie sie ihren Aufenthalt beschreiben sollte. »Ich habe hier eine Wohnung gemietet. In der Alfama.«

»Ich weiß«, sagte der Taxifahrer.

Natürlich, dachte Kristina. Er bringt mich da ja hin. »Ihr Englisch ist sehr gut«, sagte sie.

»Ich habe einige Jahre in London gelebt«, sagte der Taxifahrer versonnen, und sie konnte sich denken, dass er dort nicht als Taxifahrer gearbeitet hatte, der mit einem Marienbild am Rückspiegel Touristen durch die Gegend fuhr.

»Aber es können längst nicht alle hier Englisch«, sagte er. »Sie sprechen ein wenig Portugiesisch?«

»Nein, aber Spanisch«, log Kristina. In Wirklichkeit konnte sie nur einige Brocken Italienisch.

»Gut, das geht zur Not. Wir Portugiesen verstehen Spanisch. Aber das heißt nicht, dass wir diese Sprache mögen. Sie klingt wie eine Halskrankheit.«

»Ja, ich finde Portugiesisch auch schöner. Es ist so weich, irgendwie melancholisch, und die Hälfte klingt so, als ob es eine Liebeserklärung wäre.«

»Wenn ich Ihnen einen Rat geben darf: Lernen Sie ein wenig Portugiesisch, wenn Sie Kontakt zu den Einheimischen wollen. Das ist gerade in der Alfama – wo täglich so viele Touristen durchrennen, die nie auf die Idee kommen würden, auch nur Hallo auf Portugiesisch zu sagen – sinnvoll.«

»Was heißt denn ›Guten Morgen‹?«

»*Bom dia,* und ›Guten Abend‹ heißt *Boa noite.*«

Kristina versuchte, die Aussprache des Taxifahrers nachzuahmen.

»Nicht schlecht. *Como vai?* heißt ›Wie geht's?‹. Und *mais ou menos* heißt ›mehr oder weniger‹.«

Kristina sprach nach: *masomensch*. So hatte es beim Taxifahrer geklungen. Sie wusste aber, dass es vollkommen anders geschrieben wurde.

»Wissen Sie, wie eine amerikanische Freundin von mir Portugiesisch gelernt hat?«

»Das interessiert mich. Wie denn?«

»Mit diesem Fernsehsender, *Food Network*. Am besten sind die amerikanischen Kochsendungen mit portugiesischen Untertiteln.«

Der Wagen hielt vor einem grauen Haus. Daneben entdeckte Kristina ein sehr alt wirkendes halbhohes Gebäude mit blau-weißen Kacheln, in dessen Innerem Bäume wuchsen.

»Das ist der alte Wasserspeicher«, sagte der Taxifahrer. »Und die Kacheln an der Wand nennt man Azulejos. Die gibt es hier zuhauf. Aber kommen Sie ja nicht auf die Idee, in einem der Touristenläden eine Kachel zu kaufen, wenn man Ihnen sagt, dass sie antik ist. Das stimmt meistens nicht.«

»Ich werde es mir merken. Vielen Dank«, sagte sie und zahlte. Der Preis für die Taxifahrt erschien ihr sehr moderat. 1984 hatte sie in Portugal noch mit Escudos bezahlt. Sie fragte sich, wie viele Portugiesen sich heutzutage wohl danach zurücksehnten.

Das Taxi fuhr ab, und sie blieb allein auf dem Bürgersteig zurück. Rechts von ihrem zukünftigen Wohnhaus warteten zwei Geschäftsleute vor einem Bankautomaten und musterten sie interessiert. Hellblonde Haare gab es hier wohl nicht so oft zu sehen und auch keine Frau, die 1,72 m groß war. Kristina kam sich verloren vor. Was machte sie eigentlich hier so ohne männlichen Begleiter? Wenn Peter jetzt da wäre, hätte der Mann es nicht gewagt, sie so ungeniert anzustarren. Sie gab vor, es nicht zu bemerken. Ihr blieb nichts anderes übrig, als zu warten. Sie hatte am Flughafen Marcos angerufen, der mit den Schlüsseln für die Wohnung dort auf sie warten wollte. Er hatte ihr gesagt, dass es eine halbe Stunde dauern würde, bis er da wäre. Kristina sah auf die Uhr. Die halbe Stunde war bereits vergangen. Aber sie erinnerte sich daran, was Luis ihr über die deutsche Pünktlichkeit gesagt hatte. »Es ist krankhaft, immer zu hetzen, nur um zur verabredeten Stunde und Minute irgendwo anzukommen. Es stört doch niemanden, wenn es nicht genau zehn Uhr ist. Du brauchst nicht sofort anzurufen und Bescheid zu sagen, wenn du dich verspätest. Ich merke das schon. Und freue mich dann umso mehr auf dich.«

Was für eine romantische Sichtweise, hatte sie damals gedacht und erst später begriffen, dass Luis auch gerne auf sich warten ließ. Peter passierte so etwas nie. Er rief an, wenn er sich verspätete, und bis vor Kurzem hatte sie fast immer gewusst, wo ihr Mann sich gerade befand. Wenn er früher etwas entspannter gewesen wäre, müsste er vielleicht jetzt nicht in einem Yoga-Ashram auf die Suche nach sich selbst gehen, dachte Kristina. Aber dann wäre ich auch nicht nach Lissabon gefahren.

Jenseits der großen Uferstraße konnte sie hinter metallenen Gitterzäunen den Tejo sehen. Das hier war nicht die feinste Gegend, aber es störte sie nicht. Es roch ganz anders als in Lüneburg. Der Himmel war zwar bedeckt, aber es war dennoch warm. Der Sommer in Deutschland hatte bisher vollkommen versagt, daher war sie ein wenig enttäuscht gewesen, als sie aus dem Flugzeug gestiegen war und den grauen Himmel über Lissabon gesehen hatte. Aber es war nicht so kalt wie in Norddeutschland in den vergangenen Wochen und Monaten, und es regnete auch nicht. Bestimmt ist das Wetter morgen besser, dachte Kristina. Gegenüber auf der anderen Straßenseite befanden sich Parkbuchten, und Kristina sah, wie ein kleiner, hutzeliger Mann mit einer Lederumhängetasche dem Fahrer des Wagens Zeichen gab, dass er in die Parklücke einbiegen könnte. Der nahm die Hilfe des Mannes gern an, stieg dann aus und gab ihm ein wenig Kleingeld. Der Mann bedankte sich und kam auf ihre Straßenseite. Er hatte freundliche, fast schwarze Augen und eine dunkle Haut, die auf arabische Wurzeln hindeutete. »Madame, help?«, fragte er.

Sie winkte freundlich ab und lächelte ihn an. Er lächelte zurück und entblößte dabei seine schadhaften Zähne.

Ein junger Mann in Shorts und einem weißen Tennishemd mit einem unter den Arm geklemmten schwarzen Ordner kam auf sie zu. »Mrs. Dierks«, sagte er. »Schön, Sie zu sehen. Haben Sie es gut gefunden?«

Marcos' Englisch war genauso bemerkenswert wie seine haselnussbraunen Augen, sein fast schulterlanges, dunkelbraunes, welliges Haar und sein jugendliches Alter. Er schloss die gläserne Haustür auf und nahm ihren Koffer. Kristina folgte ihm fasziniert.

»Schließen Sie bitte immer ab, wenn Sie das Haus verlassen«, riet Marcos ihr, während sie in einem engen Fahrstuhl in den dritten Stock fuhren. »Es ist zwar sicher hier, aber besser ist besser.«

Das klingt ja nicht sehr überzeugend, dachte sie und fragte sich, ob sie nicht doch besser nach Sylt gefahren wäre.

»Nein, wirklich, es wird Ihnen nichts passieren. Alles gut. Es ist nur wegen der Bettler.«

Diese Bemerkung beruhigte sie nicht wirklich, aber sie versuchte, einen zuversichtlichen Gesichtsausdruck zu machen.

Marcos öffnete die dicke, hellbraune Holztür der Wohnung 3b, die sie in den nächsten drei Wochen bewohnen würde. Kristina trat ein und war sofort begeistert. Die Wohnung war noch viel schöner als auf den Fotos. Der Parkettfußboden der Diele schien erst vor Kurzem abgeschliffen und lackiert worden zu sein. Auch die Schränke auf der anderen Seite der Diele waren aus lackiertem Holz. Marcos führte sie zuerst ins Wohnzimmer. Es war nicht besonders groß, aber gemütlich. An der Wand hing ein großes Foto mit einer Allee im Nebel. Das könnte auch in Norddeutschland sein, dachte Kristina etwas enttäuscht, aber ansonsten gefiel ihr alles. Aus dem kleinen Fenster in der Küche konnte sie in der Ferne die Kathedrale sehen. Das Bett im hellen Schlafzimmer sah genauso aus wie Felis. Eine Welle der Sehnsucht überkam Kristina. Wie es Feli wohl geht?, dachte sie. Auf ihre eMail, in der sie ihr mitgeteilt hatte, dass sie die nächsten drei Wochen in Lissabon verbringen würde, hatte ihre Tochter nur ein kurzes »Super, hab Spaß« geantwortet. Kristina wusste ja bereits, dass sie loslassen musste. Aber dennoch war es schwierig für sie, mit der plötzlich aufsteigenden Sehnsucht zurechtzukommen. Auch bei Tom war es ihr in den ersten Monaten nach seinem Auszug so ergangen, aber Feli würde ja nach einem Jahr wieder zurückkehren. Doch Kristina machte sich keine Illusionen. Es würde sicherlich nur ein kurzes Intermezzo sein, dann würde ihre Tochter aus Lüneburg wegziehen. Sie träumte schließlich schon seit Jahren davon, die Provinz hinter sich zu lassen und in einer Großstadt zu studieren. Manchmal hatten Kristina diese Aussprüche ihrer Tochter wütend gemacht. Lüneburg war schließlich nicht irgendeine Kleinstadt, sondern eine ehemalige Hansestadt, deren Pracht von damals man immer noch erahnen konnte. Und die alten Backsteinhäuser in der Innenstadt hatten durchaus ihren Charme. Kristina hätte sich zwar auch nicht vorstellen können, jemals dorthin zu ziehen, als sie in Hamburg-Ottensen aufwuchs oder in Berlin wohnte, aber sie lebte seit Langem sehr gerne in diesem überschaubaren Städtchen.

Sie zahlte Marcos die restliche Miete für die Wohnung und nahm die Schlüssel in Empfang. Als er die Tür hinter sich schloss und sie allein zurückblieb, wurde ihr bewusst, dass sie seit Ewigkeiten zum ersten Mal wieder die Einzige war, die einen Schlüssel zu ihrer Wohnung besaß. Und das fühlte sich fantastisch an.

Sie packte ihre Sachen aus. In einer Viertelstunde war alles erledigt. Ihre Kosmetikartikel, Badezusätze und ihr Duschgel, das nach Zitrone duftete, hatte sie im Badezimmer arrangiert und sich darüber gefreut, dass sie endlich mal genug Platz für ihre Sachen auf der Ablage des Waschtisches hatte und ihre Tochter nicht wie selbstverständlich ihr Shampoo, ihr Lipgloss und ihre Wimperntusche mitbenutzen würde. Irgendwann hatte Kristina es aufgegeben, sich darüber aufzuregen, und ohne Murren immer für Nachschub gesorgt. Sie sah sich im Badezimmer um. Die Handtücher, die Marcos dagelassen hatte, reichten für einige Wochen. Sie hingen ordentlich auf dem Handtuchhalter und würden dort auch morgen noch so hängen, wenn sie aus der Badewanne käme. Sie würde auch nicht aufs Klo gehen und dann erst feststellen, dass die leere Rolle nicht gegen eine neue ausgetauscht worden war und sich auch keine Ersatzrolle im Badezimmer befand. Kristina seufzte erleichtert. Wie sehr hatte es sie in den vergangenen Jahren genervt, dass sich niemand außer ihr um den Haushalt gekümmert hatte. Peter, Tom und Feli hatten nur vorgegeben, mitzuhelfen. Wenn sie ihre Familie zum Arbeiten anhielt, war sie auch fast immer dazu bereit gewesen, ihren Beitrag zu leisten. Aber eben nur dann. Natürlich hätte sie sich dagegen wehren können, dass sie immer die meiste Hausarbeit und Familienorganisation erledigte, obwohl sie ja schließlich auch arbeitete, aber Hand aufs Herz. Bei ihr war es nicht anders als bei fast all ihren verheirateten gleichaltrigen Freundinnen: Sie waren zwar berufstätig, aber sie arbeiteten meist nicht Vollzeit und hätten ihre Familie auch nicht von dem Geld ernähren können, das sie verdienten. Also hatten sie sich damit abgefunden, für den Haushalt zuständig zu sein. Und genau wie sie hätte Kristina, als sie jung war, niemals geglaubt, dass es einmal so enden würde. Sie hatte eigentlich noch Sozialpädagogik studieren wollen, war dann aber bereitwillig nach Lüneburg gezogen und hatte ihr Studium abgebrochen, als sie schwanger geworden war. Und Theaterpädagogik hatte sie mehr aus Leidenschaft als aus einer finanziellen Notwendigkeit heraus studiert. Es war doch auch gut so gewesen. Peter hatte sich in Ruhe auf seinen Beruf konzentrieren können und war ja auch erfolgreich. Er hatte es schließlich zum stellvertretenden Schulleiter eines sehr renommierten Gymnasiums in Lüneburg gebracht. Und sicher würde er auch noch Schulleiter werden.

Kristina schenkte sich eine Cola light ein, die sie noch schnell in einem Kiosk um die Ecke gekauft hatte, und setzte sich ins Wohnzimmer. Sie hoffte, dass Feli eine andere Lösung für sich finden würde als sie. Sie würde ihren Beruf mehr in den Vordergrund stellen und sich sicher auch nie von ihrem Mann abhängig machen, wenn sie überhaupt heiraten würde. Zurzeit war ihre Tochter nicht der Meinung, dass eine Ehe für sie infrage kommen würde. Feli hatte sich kurz vor ihrer Abreise von ihrem Freund getrennt. Sie wollte sich nichts verbieten und verbauen, solange sie in Mexiko war. Wie leicht so etwas heute ging, dachte Kristina. Sie hätte sich das damals nie getraut. Als sie in Felis Alter gewesen war, hatte sie ihrem Freund, der zum Studieren nach Freiburg gegangen war, natürlich die Treue versprochen und sich auch ein Jahr lang damit herumgequält, auch wenn es an Gelegenheiten nicht gemangelt hatte. Und dann war sie sehr verletzt und enttäuscht gewesen, als er die Beziehung wegen einer feschen Münchnerin beendete, obwohl sie eigentlich schon länger gewusst hatte, dass auch sie nicht mehr verliebt gewesen war. Daraufhin folgten einige kurze Affären, als sie nach Berlin kam, und dann hatte sie Luis getroffen.

Es klingelte. Kristina zuckte zusammen. Niemand wusste, dass sie hier war. Könnte das der Bettler sein, der sich unerlaubt ins Haus geschlichen hatte? Vielleicht war es aber auch nur Marcos, der vergessen hatte, ihr zu sagen, dass er sie unglaublich attraktiv fand, dringend mit ihr ausgehen wollte und gar nicht bemerkt hatte, dass sie fast 20 Jahre älter war als er. Kristina fuhr sich durch die Haare, ging ins Badezimmer, trug Lipgloss auf, sprühte sich noch einmal mit Givenchy III ein, rief: »Un momento«, und hoffte, dass Marcos auch Italienisch verstand. Dann machte sie sich daran, die beiden Schlösser aufzuschließen. Für das eine brauchte der Schlüssel fünf Umdrehungen, das hatte Marcos ihr erklärt. Vielleicht sollte ich doch nicht öffnen, dachte Kristina, vielleicht ist es der Bettler. Aber es klingelte erneut und so drängend, dass sie weiter aufschloss. Eigentlich wollte sie die Tür nur einen Spaltbreit öffnen, aber das fand sie dann doch etwas zu feige.

»Bom dia«, sagte eine Frau Anfang 30. Ihre Wangen waren gerötet, ihre langen, dunkelbraunen, gewellten Haare, um die Kristina sie auf Anhieb beneidete, waren zerzaust, was aber bei ihrer Haarfülle sehr gut aussah. Ihre dunkelbraunen Augen funkelten, und sie war außer Atem. Bevor Kristina noch etwas sagen konnte, redete die Frau auf Portugiesisch auf sie ein. Und das Schlimme war, dass Kristina kein Wort verstand, auch wenn sie den Sinn vielleicht erfasst hätte, wenn die Frau es ihr aufgeschrieben hätte.

»Sorry, I don't understand«, sagte sie, und es war ihr peinlich, dass sie noch nicht einmal diese Redewendung auf Portugiesisch gelernt hatte. Aber vielleicht war es auch einfacher so, denn sie hatte die Erfahrung gemacht, dass sie, wenn sie die entsprechende Redewendung kannte, mit einem weiteren Wortschwall rechnen musste, weil sie ja gezeigt hatte, dass sie ein paar Worte in der Sprache beherrschte.

»Entschuldigung«, sagte die Frau auf Englisch. »Ich hätte daran denken können. Das ist ja eine Ferienwohnung.«

Kristina nickte und wartete. Was sollte sie auch sagen? Die Frau schien ein dringendes Anliegen zu haben.

»Ich wohne nebenan und habe meinen Schlüssel vergessen. Kann ich bei Ihnen telefonieren? Mein Handy ist leider auch nicht aufgeladen. Ich muss meinen Freund anrufen, damit er mir einen Schlüssel vorbeibringt.«

»Klaro«, sagte Kristina und ließ die Portugiesin in die Wohnung.

»Sie können mein Handy benutzen, ich habe hier kein Telefon«, sagte sie auf Englisch.

»Das ist sehr nett. Ich lade Sie gern anschließend auf einen Kaffee ein«, erwiderte die Frau.

Kristina nickte. Sie fand die Idee großartig, mit einer Einheimischen einen Kaffee zu trinken. Sie gab der Frau, die sich mit Margarida vorstellte, ihr Handy und verschwand in der Küche, auch wenn sie ja sowieso nichts verstanden hätte.

Margarida kam gleich darauf zu ihr. »Herzlichen Dank. Er sagt, dass er bald hier sein wird. Haben Sie jetzt Zeit? Ich habe ihm gesagt, dass wir in der Bar um die Ecke auf ihn warten.«

»Ja, ich habe Zeit«, sagte Kristina. Eigentlich hatte sie einkaufen gehen wollen, aber mit Margarida einen Kaffee in einer Hafenbar zu trinken, gefiel ihr viel besser. Und es war ja niemand da, der deshalb Bedenken anmelden könnte. Peter hätte sicher abgeblockt und ihr eingeredet, dass es nicht nötig wäre, mit Margarida Kaffee trinken zu gehen. Er hatte es nicht so mit Spontaneität.

Sie holte ihre schwarze kleine Lederumhängetasche und ihr Portemonnaie. Der Himmel war immer noch bedeckt, also brauchte sie keine Sonnenbrille. Ich muss daran denken, die Tür nicht nur zuzuziehen, sondern auch mehrmals abzuschließen, dachte Kristina. In Lüneburg war es ihr manchmal passiert, dass sie sogar den Hausschlüssel draußen an der Tür stecken lassen hatte und dann weggegangen war. Aber das war dort kein Problem gewesen. Meistens hatten die Kinder, Peter oder ihre Nachbarin ihn entdeckt und abgezogen. Margarida lief vor ihr die Treppe hinunter, also konnte sie natürlich auch nicht den Aufzug nehmen. Aber sie fühlte sich auch schon fitter und irgendwie jünger als noch vor 24 Stunden in Hamburg.

Als sie die Haustür wieder abschließen wollte, sagte Margarida: »Das ist nicht nötig. Das macht niemand hier.«

»Und die Bettler?«, hätte Kristina fast gefragt, aber sie hielt sich zurück. Sie wollte nicht wie eine uncoole ältere deutsche Frau rüberkommen. Sie gingen nach links, bogen um eine Ecke und waren auch schon in der Cafébar, die nur aus einem kleinen fensterlosen Raum mit einer dunkelbraunen Holztheke und ein paar Tischen und Stühlen bestand. An einem Tisch saß ein alter Mann und trank roten Likör, am Tresen stand ein Geschäftsmann im Anzug und schlürfte einen Espresso.

»Dois café faz favor«, sagte Margarida und drehte sich zu ihr um.

»Pastéis de Nata?«, fragte sie. »Die sind hier zwar nicht ganz so gut wie in Belém und am Rossio, aber auch nicht schlecht.«

Kristina hoffte, dass die ältere Frau hinter dem Tresen kein Englisch verstand. Sie nickte. Sie wusste, was Pastéis de Nata waren: Blätterteigtörtchen, gefüllt mit Vanillecreme, die an der Oberfläche karamellisiert war und auf der Zunge zerging.

»Klaro«, sagte sie und hoffte, dass sie bald etwas mehr Portugiesisch sprechen könnte.

»Mach dir nichts draus. Du wirst es noch lernen. Wie lange bleibst du denn hier?«

»Drei Wochen«, sagte Kristina und wusste nicht, wie sie das finden sollte.

»Dann kannst du am Ende sicher schon einiges verstehen«, ermunterte sie Margarida und erzählte ihr dann, dass sie seit einigen Jahren als Fremdenführerin in Lissabon arbeitete und die Touristen mit dem Tuk Tuk durch die Altstadt fuhr. Ihre Station war am Castelo de São Jorge oberhalb der Alfama.

»Wenn du magst, kann ich dich morgen durch die Stadt kutschieren«, sagte Margarida.

»Was kostet das denn?«, fragte Kristina.

»Eine Stunde kostet 70 Euro, aber das gilt für zwei. Vielleicht möchte dein Mann ja mitkommen«, bot Margarida ihr mit einem Lächeln und einem Augenzwinkern an.

»Ich bin ohne meinen Mann verreist«, sagte Kristina und versuchte, so beiläufig wie möglich zu klingen.

Margarida blickte sie forschend an.

»Er ist zurzeit geschäftlich unterwegs. Unsere Tochter ist gerade für ein Jahr in Mittelamerika, und unser Sohn studiert in München«, sagte Kristina.

»Und du gönnst dir mal eine Auszeit«, sagte Margarida. »Das ist eine gute Idee. Wenn du Hilfe brauchst oder einen Sprachkurs besuchen willst, frag mich nur. Ich habe zwei Jahre in Hamburg gewohnt, eigentlich wollte ich nur zwei Wochen dort verbringen, aber dann …«, sagte sie versonnen.

Das muss aber eine heiße Liebe gewesen sein, dachte Kristina, fragte aber nicht nach, sondern sagte stattdessen: »Ich weiß noch nicht genau, was ich machen werde. Ich möchte mich erst einmal treiben lassen.«

»Das kann ich verstehen. Aber Fado musst du unbedingt hören«, sagte Margarida.

»Ich dachte, das sei nur etwas für amerikanische Touristen«, erwiderte Kristina.

»Nein, ganz und gar nicht. Viele Portugiesen lieben Fado. Es gibt hier ganz tolle kleine Fado-Lokale. Mein Freund spielt nächste Woche im *Fado de Alfama*. Er ist Gitarrist und verdient als Begleitung ziemlich gut. Und er ist brillant, anstrengend, aber brillant«, schwärmte Margarida weiter.

Ein schmaler, kleiner Mann mit kurz geschnittenen dunkelbraunen Haaren betrat das Café. Er trug Jeans, die ihm eine Nummer zu groß waren, ein graues T-Shirt und Segelschuhe. Er kam zu ihnen, küsste Margarida auf die Wange und musterte dann neugierig Kristina oder, besser gesagt, ihre hellblonden Haare.

Die blonden Haare scheinen hier ziemlich viel Aufmerksamkeit zu erregen, dachte Kristina und freute sich, dass sie vor ihrem Abflug noch einmal ihre Tönung hatte auffrischen lassen.

»Kristina aus Deutschland«, sagte Margarida und sah sie fragend an.

»Hamburg«, fügte Kristina hinzu. Lüneburg kannte hier bestimmt keiner, und sie wollte die Dinge nicht unnötig kompliziert machen.

»Hier ist der Schlüssel, ich muss wieder ins Studio«, sagte Jorge. »Wir sehen uns nachher.«

Kristina blickte ihm nach und bemerkte, dass Jorge einen ähnlichen Gang hatte wie Luis.

Auf dem Rückweg ging sie zum Supermarkt im nahe gelegenen Bahnhof und kaufte das Nötigste ein, wobei sie sich zurückhalten musste, nicht die Lieblingsspeisen von Feli und Peter in den Korb zu legen. Schließlich hatte sie eine überschaubare Menge an Waren im Korb und freute sich, dass sie nur wenig Geld ausgeben musste, was zum einen daran lag, dass sie nicht für drei einkaufte, und zum anderen daran, dass Lebensmittel in Portugal günstiger waren als in Deutschland.

Zurück in ihrer Wohnung, kochte sie Nudeln, schnitt Zucchini klein, briet sie mit Zwiebeln an und träufelte Zitrone darüber. Sie genoss es, nur für sich zu kochen. Zum Essen trank sie Rotwein. Anschließend legte sie sich ins Bett und hörte Musik von *Maria Rita*. Sie hatte sich einen Lautsprecher mitgebracht, auf den sie ihren iPod stecken konnte. Sie traute sich noch nicht, Musik über Kopfhörer zu hören, denn dann hätte sie sonst nichts mehr mitbekommen. Seit Margarida ihr gesagt hatte, dass das Haus und die ganze Gegend hier ziemlich sicher waren und sie nicht zu fürchten brauchte, dass jemand einbrach, fühlte sie sich deutlich wohler, aber sie wollte ihr Schicksal nicht herausfordern und lieber wachsam sein.

Die alte Holzfenstertür im Schlafzimmer war geöffnet. Kristina blickte auf die perfekt renovierte schwarz-weiß geflieste Fassade eines Hauses, das schon zur Alfama gehörte, und freute sich darauf, die Gegend bald auf eigene Faust zu entdecken.

Ihre Gedanken schweiften ab und landeten bei Luis. Sie hätte besser nicht diese Musik hören sollen. Natürlich musste sie immer an Luis denken, wenn jemand auf Portugiesisch sang.

Woran lag das wohl, dass sie in den letzten Monaten wieder so oft an ihn dachte? Sie hatte sich doch innerlich endgültig von ihm verabschiedet, als er mit Evelyn zusammengekommen war, und war sogar froh darüber gewesen, dass er endlich eine Frau gefunden hatte, die ihn länger als ein paar Monate halten konnte.

In den vergangenen Jahren hatte Kristina die innere Ruhe genossen und Luis auch nur selten vermisst. Aber jetzt war er wieder so präsent in ihren Gedanken, als ob er nie weg gewesen wäre. Lag es vielleicht daran, dass sie nun in Lissabon war und er hier in der Nähe, in Cascais, einige seiner glücklichsten Jahre verbracht hatte, wie er ihr erzählt hatte? Oder war irgendetwas mit ihm geschehen? Sie hätte ihn anrufen können, um das herauszufinden, aber sie wollte sich nicht noch mehr in den Strudel dieser Gedanken hineinziehen lassen. Bestimmt würde sie in ihrer Zeit in Lissabon mal nach Cascais fahren und sich dann natürlich vorstellen, wie er als Junge mit seinen Freunden dort im Sommer ins Hafenbecken gesprungen war. Aber das wäre dann eher Nostalgie als irgendetwas anderes, dachte Kristina.

Plötzlich sehnte sie sich wieder nach ihm, erinnerte sich wieder, wie sich seine Haut anfühlte, spürte das Prickeln auf der Haut, das seine Hände immer bei ihr ausgelöst hatten, wenn er sie auch nur beiläufig berührt hatte. Wie er sie unzählige Male zum Lachen gebracht hatte. Wie er unbewusst mit den Fingern schnipste, wenn er ungeduldig war. Mit welcher Bewegung er seine Haare aus der Stirn schob. Wie es sich anfühlte, neben ihm zu gehen. Und wie es sich anfühlte, mit ihm zu schlafen.

Stopp, dachte Kristina, stopp. Das durfte sie nicht tun. Das würde unweigerlich in Sehnsucht und Schmerz enden. Sie wusste doch, dass sie nie wieder mit ihm zusammen sein würde. Deshalb hatte sie doch diese Erinnerungen in einen schwer zugänglichen Bereich ihres Gehirns verbannt. Aber in der lauen Nachmittagsluft kamen sie jetzt an die Oberfläche, und sie konnte sich nicht dagegen wehren. Sie hatten im Bett so gut zueinandergepasst. Eigentlich wäre es die ideale Voraussetzung für eine lange, leidenschaftliche Liebe gewesen, aber sie hatten damals zu unterschiedliche Vorstellungen vom Leben gehabt. Jetzt war es zu spät, umzukehren. Er lebte sein Leben in einer langjährigen Beziehung, sie war verheiratet. Und sie wünschte sich schon lange nicht mehr, diejenige zu sein, die mit ihm zusammenlebte. Es war vorbei. Aber warum musste dann ausgerechnet jetzt die Sehnsucht sie wieder so brutal quälen? Sie wäre doch jetzt frei, mit Peter einen neuen Lebensabschnitt zu beginnen. Sie hatte sich so bemüht, Luis zu vergessen, aber es war ihr nicht gelungen. Alles war plötzlich wieder da.

Kristina lag in ihrem Bett und erinnerte sich an seine zärtlichen Berührungen und Küsse. Sie hatte auch nach dieser langen Zeit nichts vergessen. Sie sehnte sich nach der Leichtigkeit, der Freude und der grenzenlosen Lust, die sie mit ihm erfahren hatte. So etwas werde ich nie wieder erleben, dachte sie. Und das machte sie so traurig, dass sie weinen musste. Auch darüber, dass sie es nicht geschafft hatte, Luis zu vergessen, obwohl sie sich so bemüht hatte, genau das zu tun. Irgendwann schlief sie erschöpft ein. Als Kristina zwei Stunden später aufwachte, waren die Sehnsucht und die Gedanken an Luis vergangen wie ein zu Ende geträumter Traum. Ich habe es wieder überstanden, dachte sie erleichtert.

***

Es war wieder so heiß und stickig, dass er nicht schlafen konnte, und seine Gedanken an Kristina hatten ihn schon die halbe Nacht gequält. Luis nahm seinen Laptop, setzte sich in Shorts und mit nacktem Oberkörper an die geöffnete Terrassentür, steckte sich eine Zigarette an und lauschte. Wenn er sich anstrengte, konnte er das Rauschen des Atlantiks hören.

Obwohl er es eigentlich nicht tun wollte, weil es beim letzten Mal so schmerzhaft für ihn gewesen war, rief er Kristinas Facebook-Profil auf. Sie waren schon seit Jahren bei Facebook befreundet, schrieben sich aber nicht. Luis stellte sich gerne vor, dass Kristina ihn nicht vergessen hatte und ab und zu auf sein Profil ging, um sein Foto zu betrachten. Das letzte Mal, als er sich dazu hatte hinreißen lassen, auf ihre Facebook-Seite zu gehen, hatte er ein Foto von ihrer Tochter Felicitas gesehen und neben ihr Kristina und Peter. »Unsere Jüngste hat gerade Abitur gemacht, und wir sind sehr glücklich«, stand darunter. Er hätte vielleicht großherziger sein und ihr das Familienglück gönnen sollen, aber das konnte Luis nicht.

»Ich bin gerade in Lissabon«, las er Kristinas neuestes Post. »Es ist fantastisch. Ich wohne am Rande der Alfama gegenüber vom Tejo. Direkt neben unserem Haus ist ein römischer Wasserspeicher, aus dessen Mitte Bäume und Sträucher wachsen, sehr romantisch.« Und dann hatte Kristina noch das Foto vom Wasserspeicher hochgeladen.

Sie ist gerade in Portugal, dachte Luis, verschluckte sich am Rauch seiner Zigarette und hustete, bis ihm Tränen in die Augen stiegen. Weiß sie, dass ich in Nazaré lebe?, schoss es ihm durch den Kopf, als er sich wieder beruhigt hatte. Dann wurde ihm allerdings klar, dass sie es gar nicht wissen konnte, weil er es nicht gepostet hatte.

Ich muss Kristina unbedingt sehen, dachte Luis unvermittelt, aber dann fiel ihm ein, dass sie ja sicherlich mit ihrem Mann in Lissabon war. Was für eine Vorstellung! Wenn sie mit jemandem Lissabon kennenlernen sollte, dann ja wohl mit mir, dachte er plötzlich eifersüchtig, musste sich dann aber eingestehen, dass er es damals gewesen war, der die gemeinsame Lissabon-Reise immer wieder verschoben hatte. Ich werde doch nicht hinfahren, nahm er sich vor. Aber er googelte den Standort des Wasserspeichers und hatte schnell die Straße gefunden, in der sie wohnte. Er druckte die Angaben aus. Für alle Fälle, dachte er und legte den Zettel mit der Adresse in sein Portemonnaie.

Als Luis wenig später vier Tage freihatte, rief er spontan seinen alten Schulfreund Miguel in Cascais an, den er über 20 Jahre nicht gesehen hatte. Er lud sich bei ihm ein und brach nach Lissabon auf. Eigentlich hatte er die Zeit nutzen wollen, um an seinen Surfkünsten zu arbeiten. Er hatte bisher nur selten surfen gehen können. Doch der Muskelkater nach dem letzten Mal war so extrem gewesen, dass er keine Lust hatte, sich schon wieder solchen Schmerzen auszusetzen.

Und Sonja, eine attraktive junge Krankenschwester, hatte ihm eigentlich angeboten, mit ihr in das Wochenendhaus ihrer Familie zu fahren und dort zu entspannen. Das war sehr verlockend, und soweit er sich überhaupt erinnern wollte, war das letzte Mal Sex ziemlich lange her und nicht gerade sehr entspannt gewesen. Aber er wollte keinen beliebigen Sex mehr. Dann eben keinen Sex, solange er ihn nicht mit Kristina haben konnte, hatte er beschlossen. Und irgendwie hatte er ja auch ab und zu Sex mit Kristina, wenn er nachts wach lag, sich jede Einzelheit ihres Körpers vorstellte und wie es sich angefühlt hatte, mit ihr zu schlafen.

Miguel würde ihn ablenken, da war sich Luis sicher. Sie würden zusammen segeln gehen oder mit Miguels Kindern ins Hafenbecken springen wie damals als Jugendliche. Er freute sich sehr darauf, Cascais nach so langer Zeit wiederzusehen. Und es war ziemlich nah an Lissabon. Luis mietete sich ein Auto, packte seine Reisetasche und fuhr los. Auch wenn er jetzt schon über ein halbes Jahr wieder allein wohnte, genoss er es immer noch, niemandem Bescheid sagen zu müssen, wenn er beschloss wegzufahren, und nicht darüber diskutieren zu müssen, warum er wieder allein fuhr. Evelyn hatte nie verstanden, warum er nicht immer mit ihr zusammen sein wollte und manchmal seine eigenen Wege gehen musste. Sie glaubte, dass er sie nicht wirklich liebte, wenn er das tat. Okay, er wusste ja jetzt auch, dass er sie tatsächlich nicht wirklich geliebt hatte, aber das war nicht der Grund gewesen, warum er ab und zu allein unterwegs hatte sein müssen. Er brauchte das einfach. Eigentlich hatte das keine seiner Freundinnen verstanden, noch nicht einmal Kristina. Dabei hatten alle seine Freundinnen mit ihm *Jenseits von Afrika* sehen müssen. Aber sie hatten die Aussage des Films wohl nicht verstanden. Denys Finch Hatton liebte Karen Blixen wirklich sehr, das hatte auch Luis sofort erkannt, selbst wenn ihm so etwas nicht immer leichtfiel. Zwischen den beiden lief alles toll, bis Karen versuchte, ihn festzuhalten. Es war klar, dass das nicht gut gehen konnte. Sie wollte eine Garantie, aber er konnte ihr die Garantie nicht geben, sie bis ans Ende seines Lebens zu lieben, selbst wenn er überzeugt davon war, dass er es tun würde, wie Luis vermutete. Am Ende des Films hatte Luis 1985 in Berlin im Kino geheult, weil Denys sterben musste. Es war vielleicht albern, sich mit einer Figur aus einem romantischen Film zu identifizieren, und viele Männer mochten *Jenseits von Afrika* überhaupt nicht. Aber er liebte diesen Film. Er war so wie Denys. Kristina hätte das sicher verstanden, wenn er ihr nur einmal gesagt hätte, wie sehr er sie liebte. Das hatte er damals irgendwie immer versäumt. Und jetzt, wo er es endlich hätte sagen können, war es zu spät. Aber vielleicht würde er sie ja zufällig in Lissabon treffen.

Die Autobahn war frei, sein Ford Giulietta glitt dahin, er hörte *Kronos* von Cristina Branco und fühlte sich herrlich.

Ja, er war Portugiese, und er mochte Fado, Herrgott noch mal. Und manchmal war ihm auch zum Heulen zumute, wenn er Fado hörte. Er liebte sein Land, dieses dramatisch schöne, mit Sorgen belastete, melancholische, sonnendurchflutete Land mit seiner einzigartigen Musik und der Saudade, dieser speziellen Mischung aus Sehnsucht und Schmerz, die wohl nur Menschen empfinden konnten, die immer mit dem Blick auf den Atlantik, diesen unberechenbaren, gewaltigen, wunderbaren Ozean, gelebt hatten und aufgrund ihrer bedeutenden Vergangenheit als Seefahrernation wussten, wie groß die Welt war, aber eben auch, dass Ruhm selten von Dauer war.

Als er auf die Brücke des 25. April fuhr, den Tejo passierte und rechts die Silhouette der Altstadt von Lissabon sah, konnte er sich überhaupt nicht mehr vorstellen, dass er es jemals fertiggebracht hatte, Lissabon zu verlassen. Berlin und Hamburg waren zwar auch schön gewesen, aber sie konnten dem Vergleich mit Lissabon nicht standhalten.

Jetzt leuchtete die Stadt in der Sonne. Der Nebel hatte sich bereits verzogen, als er die Gegend um den Cabo da Roca passiert hatte.

Luis hatte sich erst für Samstag bei Miguel eingeladen. Heute hatte er den Abend und die Nacht für sich. Er hatte sich ein Zimmer im *Internacional Design Hotel* am Rossio gebucht. Miguel hatte Luis überreden wollen, bei ihm zu übernachten, aber das hatte er abwenden können. Er wollte nicht in einem Gästebett im Wohnzimmer schlafen, schließlich war er keine 20 mehr. Er wollte selbst bestimmen können, wann er kam und ging, ohne auf eine Familie Rücksicht nehmen zu müssen. Es hatte ihn noch nie gestört, allein im Hotel zu übernachten. Er genoss den Luxus und das große Bett. Er buchte auch für sich allein immer ein Zimmer mit Doppelbett. Er mochte die gemangelten Laken und dass jemand ihm das Frühstück zubereitete. Er bezog sein Zimmer und machte sich dann auf, eine Stadt wiederzuentdecken, die er vor so vielen Jahren verlassen hatte, ohne sich noch einmal umzusehen.

Als Erstes musste er schnell einen starken Kaffee und einen Snack zu sich nehmen. Sofia hatte ihm erzählt, dass es im Café Gelo gegenüber vom Nationaltheater den allerbesten Kaffee gab. Da er sich in der Hauptstadt seines eigenen Landes wie ein Tourist fühlte, folgte er ihrem Rat. Und sie hatte recht. Es war ein fantastischer Kaffee, dazu gab es die besten frittierten Pasteten mit Krabben, Fleisch oder Gemüse, die er jemals gegessen hatte. Er stand an der Theke und genoss es, Teil der mittäglichen Choreografie dieses ganz normalen Cafés zu sein. Es kamen und gingen Leute, die in dem Viertel arbeiteten. Sie bestellten sich einen Kaffee oder ein Bier und wählten sich kleine salzige Pasteten aus, die sie genau wie er an der Bar stehend aßen. Im hinteren Raum gab es auch Sitzplätze, und man konnte Menüs bestellen, dort saßen die Touristen. Das wollte Luis natürlich nicht, denn er fühlte sich als Einheimischer.

Anschließend schlug er den Weg durch die Fußgängerzone in Richtung Tejo ein. Im Vergleich zum beschaulichen Nazaré kam ihm Lissabon überfüllt vor. Natürlich wusste er, dass jenseits der Fußgängerzone und abseits der Touristenpfade nicht mehr so viel los war. Die Sommerferien hatten in Portugal gerade begonnen, und das machte sich natürlich auch in der Hauptstadt bemerkbar. Es waren keine Schulkinder in Uniform unterwegs. Alle, die es einrichten konnten, verließen die Stadt in Richtung Meer, und nahezu jede portugiesische Familie besaß irgendwo dort ein kleines Ferienhaus, das sich alle Familienmitglieder teilten. Seit er denken konnte, hatten seine Mutter und er jedes Jahr einige Wochen im Ferienhaus seiner Tante in der Nähe von Nazaré verbracht. Sein Vater hatte meist keine Zeit gehabt, sie zu begleiten. Die Erinnerung an glückliche Sommertage an einsamen Stränden mit seinen Cousins und Cousinen, unbeaufsichtigt von Erwachsenen, war mit einem Gefühl von absoluter Freiheit verbunden.

Ich bin so froh, dass ich wieder in Portugal bin, dachte er, als er auf der Praça do Comércio ankam und in Richtung Tejo blickte.

»Wollen Sie?«, fragte ihn ein Mann auf Englisch und zeigte ihm verstohlen ein kleines Päckchen.

Luis schüttelte den Kopf. Er wollte kein Marihuana und auch keine anderen Drogen kaufen, die der Mann so schockierend freimütig anpries. Der Dealer mischte sich wieder unter die Touristen, die den Platz um diese Tageszeit überwiegend bevölkerten.

Wenn ich jetzt nicht allein unterwegs wäre, würde ich mir einen Krug weiße Sangria bestellen, dachte Luis, aber er hielt sich zurück, weil er wusste, dass er den Liter sicher auch allein austrinken würde, und er wollte am nächsten Morgen nicht mit einem Brummschädel nach Cascais fahren. Also setzte er sich auf einen der Sessel in den Bar-Bereich des *Ministerium* auf dem Platz und bestellte sich ein Bier. Er sah über die Praça do Comércio und wollte in diesem Moment nirgendwo anders sein als hier auf diesem Platz in seiner wiederentdeckten zweiten Heimat. In Deutschland hatte er dieses Gefühl in den vergangenen Jahren nicht sehr oft gehabt.

»Ich würde Sie gerne einladen.«

Luis blieb stehen und sah sich nach der Frau um, die zu dieser melodiösen Altstimme gehörte. Eine Frau, so um die 50, mit rotbraunem Bob, kam auf ihn zu. Sie war sehr kunstvoll geschminkt. Ausgesprochen attraktiv, dachte Luis. Er bevorzugte eigentlich eher Natürlichkeit, aber ihrer Grandezza konnte er sich nicht entziehen. Sie trug ein lilafarbenes Abendkleid und ein schwarzes Tuch um die Schultern. Warum musste diese elegante Frau auf der Straße vor einem Fado-Lokal Gäste zu einem Besuch animieren?, wunderte sich Luis. Sie sah eher wie die Gastgeberin einer Teegesellschaft in einer der geräumigen Altbauwohnungen im feinen Estrela-Viertel aus.

»Seien Sie mein Gast«, sagte sie auf Englisch, wechselte aber sofort ins Portugiesische, als Luis auf Portugiesisch antwortete.

»In unserem Restaurant gibt es wirklich guten Fado. Ich brauche Ihnen ja nicht zu erklären, was das ist. Seien Sie mein Gast. Ich würde mich sehr freuen«, sagte die Frau so überzeugend, dass Luis sich tatsächlich persönlich von ihr eingeladen fühlte.

Er schaute durch die Tür ins Restaurantinnere und erblickte einen nicht allzu großen Gastraum mit vielleicht zehn Tischen, traditionell portugiesisch mit dunklen Holzmöbeln eingerichtet.

»Ich heiße Theresa«, sagte die elegante Dame und lächelte ihn entwaffnend an. »Wir haben diese Woche eine besonders junge Fadista zu Gast, Anita, die aber schon sehr gut singt«, sagte sie und hakte sich bei ihm ein.

Gegenwehr war im Falle von Theresa zwecklos. Luis hatte noch nie jemanden erlebt, der so gut darin war, Passanten zum Restaurantbesuch anzuregen. In den Touristenvierteln Lissabons war es üblich, dass die Kellner vorübergehende Passanten ansprachen und sie einluden, ihr Restaurant zu besuchen. Luis nahm an, dass sie eine Provision erhielten und deshalb versuchten, möglichst viele Gäste zum Restaurantbesuch zu überreden. Meistens fand er diese Kellner lästig und wedelte nur mit der Hand, um klarzumachen, dass er nicht interessiert war. Aber bei Theresa war das anders. Sie sprach mit ihm Portugiesisch und mit den vorbeigehenden Passanten Französisch, Spanisch oder Englisch. Luis wollte ihr eine Freude machen und willigte ein, den Abend im *Fado de Alfama* zu verbringen, obwohl er nicht so sicher war, dass der Fado dort wirklich Qualität hatte.

Theresa führte ihn ins Lokal. Die Hälfte der Tische war schon besetzt. Sie wies ihm einen kleinen Tisch für zwei Personen auf der linken Seite zu. Sobald er sich gesetzt hatte, kam ein dicklicher Kellner in Livree angeschlurft, der genau so war, wie die Nordeuropäer sich die Portugiesen vorstellten. Er sprach nur Portugiesisch und Spanisch, war unglaublich langsam, lächelte nicht und blickte ihn mit melancholischen Augen an.

Luis entschied sich für eine scharfe Wurst und *Azeitão*, einen Käse aus Distelmilch, den er sehr mochte. Danach würde er Reis mit Meeresfrüchten essen, dazu einen portugiesischen Rotwein aus dem Douro-Tal trinken und zum Abschluss einen Flan bestellen. Am Tisch ihm gegenüber hatte ein junges amerikanisches Paar Platz genommen, das sich ängstlich umsah, weil es nicht genau wusste, was es erwartete. Neben ihnen saß ein französisches Mutter-Tochter-Gespann. Die Mutter war blond, grazil, sah sehr skeptisch aus und beschwerte sich gerade bei dem Kellner in einem schnellen Französisch über irgendetwas. Er verstand sie nicht und blickte sich hilflos um. Nach kurzer Zeit kam Theresa an den Tisch und rettete die Situation.

Im hinteren Teil des Restaurants befand sich eine offene Küche. Eine Frau mit weißer Haube und Kittel, wie das in Portugal oft noch üblich war, arbeitete unter der strengen Aufsicht der Wirtin. Ihr

Mann kümmerte sich um die Getränke. Fado-Gassenhauer erklangen leise vom Band. An einer Wand hatte sich jemand in Wandmalerei versucht. Luis erkannte das Porträt der größten Fadista Portugals – Amália. Er erinnerte sich daran, dass sie am 6. Oktober 1999 in Lissabon beerdigt worden war. Die Kinder hatten an diesem Tag schulfrei bekommen.

Gegenüber der Wand thronte eine schwarzbraune Kommode mit Aufsatz im Kolonialstil, wie Luis sie aus dem Wohnzimmer seiner Tante Maria kannte. Jetzt kamen die Musiker – ein junger, gut aussehender Mann, wohl in den Dreißigern, und ein Weißhaariger – durch die Tür des Restaurants und gingen in den hinteren Teil des Gastraums. Die Fadista Anita fehlte noch.

Er beobachtete Theresa, die immer noch die Passanten vor dem Restaurant zum Fado einlud, und stellte fest, dass sie nicht jeden ansprach, sondern die Leute vorher genau betrachtete. Er fühlte sich geehrt, dass er Theresas Kriterien gerecht geworden war.

Der vordere Teil des Restaurants füllte sich mit immer mehr Gästen. An einem großen Tisch in der Ecke am Fenster saß eine Gruppe junger internationaler Geschäftsleute – Japaner, Franzosen und Portugiesen. Alle lachten laut und redeten in drei Sprachen durcheinander.

Hoffentlich wissen sie, dass man beim Fado-Hören vollkommen leise sein muss, dachte Luis. Die Fadista würde nämlich ihre Darbietung abbrechen, wenn es zu laut wurde, hatte ihm Theresa gesagt. Das ist auch richtig so, dachte er, das hatte ihm auch seine Mutter beigebracht. Er erinnerte sich daran, wie Sofia in München oft die Musik von Amália gehört hatte, dabei im Wohnzimmer unbeweglich auf ihrem Lieblingssessel gesessen hatte und für niemanden zu sprechen gewesen war. Manchmal hatte sie geweint und sich dann in ein großes, weißes, besticktes Taschentuch geschnäuzt, das Teil ihrer Aussteuer gewesen war.

Luis lenkte seine Aufmerksamkeit ganz auf seine köstliche Vorspeise. Plötzlich stand Theresa wieder neben seinem Tisch.

»Stört es Sie, wenn ich diese junge Dame zu Ihnen setze?«, fragte sie.

»Keineswegs«, sagte Luis, ohne aufzusehen. Eigentlich wollte er keine Gesellschaft, aber einer Frau wie Theresa konnte er keinen Wunsch abschlagen.

»Genießen Sie den Abend, und wenn Sie eine Frage haben, wenden Sie sich an mich«, sagte sie auf Englisch zu der Frau und rückte ihr den Stuhl zurecht.

Luis sah von seinem Azeitão hoch. Fast hätte er sein Besteck fallen lassen.

Es war Kristina, die ihm da plötzlich gegenübersaß. Gerade hatte er an sie gedacht, sich überlegt, was sie wohl in diesem Augenblick in Lissabon tat, gehofft und gleichzeitig gefürchtet, ihr zufällig zu begegnen, und jetzt war sie wirklich da – noch nicht einmal einen Meter von ihm entfernt. Er sah sie entgeistert an und hoffte, dass sein Blick nicht verraten würde, wie oft er nachts an sie dachte und wie sehr er sie begehrte. Auf einmal waren ihm seine Sehnsüchte schrecklich peinlich.

Kristina betrachtete ihn schweigend. Im Halbdunkel des Restaurants konnte Luis nicht erkennen, ob sie lächelte.

»Hallo«, sagte sie nach einer unerträglich langen Zeit. »Du hier?« Der Klang ihrer Stimme ließ sein Herz sofort schneller schlagen. Genau so wie immer, dachte er. Luis hätte ihre Stimme unter Tausenden heraushören können. Wenn sie das »S« aussprach, lispelte sie leicht. Und jetzt, wo sie nervös war, redete sie etwas zu laut. Aber sofort erinnerte er sich daran, wie sie seinen Namen geflüstert hatte, als er sie zum letzten Mal in den Armen gehalten hatte. Wie lange war das her? Acht Jahre?

Kurz nachdem Luis seinen Job in Barmbek angetreten hatte, hatte er Kristina in Lüneburg angerufen. Eigentlich nur aus Neugierde. Er hatte jahrelang nichts von ihr gehört, und sie war einer der wenigen Menschen, die er in Hamburg und Umgebung kannte. Gleich zu Beginn des ersten Telefonates war etwas geschehen, das er sich bis heute nicht erklären konnte. Ihre Stimmen hatten sofort angefangen, miteinander zu spielen und zu flirten, bevor ihnen überhaupt bewusst wurde, dass sie noch etwas füreinander empfanden. Sie führten einen Tanz auf, wie sie es in Berlin auch immer getan hatten und dessen Choreografie nur sie kannten.

Es wurden lange Telefonate. Luis wusste, dass sie mit Peter zusammenlebte, aber irgendwie war ihm das egal. Er rief sie manchmal an, wenn er Nachtdienst hatte. Sie schien es vorher zu erahnen und ging meist nach dem ersten Klingeln ans Telefon. Er wusste nicht, was sie Peter sagte, wenn sie ihm überhaupt etwas davon sagte, aber das interessierte ihn auch nicht. Es war wunderbar, mit ihr zu telefonieren, und eine willkommene Abwechslung zu seinem harten und manchmal tristen Krankenhausalltag.

Nach einigen Wochen hatten sie sich zu einem Treffen in Hamburg verabredet. Kristina hatte ihn in seiner Wohnung besucht, und am Ende hatten sie sich so intensiv geliebt, wie nur sie beide das konnten. Was danach kam, war weniger schön, aber daran wollte er jetzt nicht denken. Diese Nacht war einmalig gewesen, und auch noch, als er mit Evelyn zusammenwohnte und irgendwann eine erotische Flaute in ihrem gemeinsamen Bett herrschte, hatte er oft an diese Nacht denken müssen und sich noch schlechter gefühlt, weil er ja neben Evelyn lag und sich gleichzeitig nach einer anderen Frau sehnte. Aber zu dem Zeitpunkt hatte er nichts ändern können und wollen.

Und jetzt saß Kristina ihm tatsächlich gegenüber. Ihre Haare waren länger, aber genauso hellblond wie in seiner Erinnerung. Sie trug ein rotes Sommerkleid, das ihr knapp übers Knie reichte. Unwillkürlich sah Luis auf ihre Hände, und da war er noch, der Ehering, so, wie er vermutet hatte.

»Hallo, Luis«, sagte Kristina wieder.

Er wollte ihr antworten, aber Theresa sah ihn strafend an. Die Fado-Sängerin und die beiden Gitarristen wollten mit ihrem Konzert beginnen. Das bedeutete, 20 Minuten schweigend gegenüber von der Frau zu sitzen, die er sich in den vergangenen Monaten so viele Male nackt in seinem Bett vorgestellt hatte.

***

Kristina konnte keinen klaren Gedanken fassen, so sehr tobte es in ihrem Inneren. Während die Fadista die ersten Töne anstimmte, blickte sie immer wieder verstohlen zu Luis hinüber. Er sah noch besser aus als in ihrer Erinnerung, wenn das überhaupt möglich war. Er war braun gebrannt und hatte nicht mehr diesen angespannten Zug um den Mund, der ihr bei ihrem letzten Treffen aufgefallen war. Trotz seiner vermehrt grauen Haare sah er jünger aus. Er hatte sich zur Seite gedreht, um die Sängerin besser sehen zu können. So konnte sie in Ruhe sein Profil betrachten. Kristina erinnerte sich daran, wie sie Luis vor Ewigkeiten gesagt hatte, dass sie sein Profil fantastisch fand. Vielleicht nahm er auch deshalb diese Sitzhaltung ein. Oder war er genauso unsicher wie sie?

Normalerweise konnte sie sich gut in andere Menschen einfühlen und deren Körpersprache lesen, aber bei Luis war ihr dies nicht möglich, denn sie war viel zu aufgeregt, um genau beobachten zu können. Luis war hier, und sie konnte ihn berühren, wenn sie nur ihren Arm ausstreckte. Sie musste sich sehr darauf konzentrieren, genau das nicht zu tun.

Er hatte eine Freundin und war sicher nur wegen eines Ärztekongresses in Lissabon. Und sie war doch verheiratet, das durfte sie auf keinen Fall vergessen. Kristina wollte keine Schwierigkeiten, aber als sie Luis entdeckt hatte und von Theresa an seinen Tisch gesetzt wurde, wusste sie, dass alles, was sie sich in den vergangenen Jahren eingeredet hatte, falsch war. Sie war immer noch in Luis verliebt. Sie hatte nie aufgehört, es zu sein. Als Luis auf ihren Ehering schaute, wünschte sie sich, ihn in der Wohnung liegen gelassen zu haben. Das hier war überhaupt nicht logisch. Sie durfte solche Gedanken nicht haben. Aber sie konnte es nicht ändern. Es war so, als ob sie sich an ihrem klaren Verstand vorbei Bahn brächen.

Die Fadista sang so wunderschön und traurig zugleich, dass Kristina Tränen in die Augen stiegen. Auch wenn sie den Text nicht verstand, wusste sie, dass es um die unmögliche Liebe ging, die verlorene, verzweifelte, und es war kaum auszuhalten, dem Mann gegenüberzusitzen, den sie so leidenschaftlich und schmerzlich geliebt hatte, dass sie auch noch nach so vielen Jahren so intensive Gefühle für ihn hatte. Sie war einfach nur glücklich, ihn wiederzusehen. Trotz aller Vorbehalte. Und es war kein Zufall, dass sie ausgerechnet hier aufeinandertrafen, in diesem kleinen Fado-Restaurant in der Alfama, und dass die wunderbare Theresa sie zusammengeführt hatte, dachte Kristina.

Wenn sich Luis jetzt zu mir umdreht, merkt er, dass ich immer noch in ihn verliebt bin, dachte Kristina und versuchte, etwas cooler zu wirken. In einer Pause zwischen zwei Liedern brachte der Kellner den bestellten Rotwein. Das Essen würde sie erst nach der Darbietung bekommen, aber das störte sie nicht. Sie trank ihr Glas in schnellen Zügen leer, füllte es wieder und stürzte den Wein hinunter, denn diese Situation konnte sie nur in einem beschwipsten Zustand durchstehen. Wie ist so etwas möglich?, fragte sie sich. Das Begehren war über all die Jahre nicht vergangen, auch wenn so viel Zeit zwischen ihren Begegnungen vergangen war und sie sich in den letzten 20 Jahren natürlich beide verändert hatten. War das die Liebe, von der die Fadista Anita sang? Die wahre, große, einzigartige, aber auch unglückliche? Und wenn ja, warum war ausgerechnet sie dazu verdammt, nicht auf Gegenliebe zu stoßen? Wie im *Reigen* von Arthur Schnitzler. Peter will Kristina, Kristina will Luis, und Luis will Evelyn. Es war traurig, aber so war eben das wirkliche Leben. Happy Ends gab es hier nicht, nur unerfüllte Sehnsucht und nicht gelebte Leidenschaft. Sie würde sich betrinken, essen, zuhören, wie Luis ihr von seiner glücklichen Beziehung mit Evelyn erzählte, sich dann schnell verabschieden und nach Hause wanken. Und wenn alles gut lief, würde sie nicht das Gesicht verlieren, und Luis würde nicht bemerken, wie sehr sie sich wünschte, von ihm in die Arme genommen und geliebt zu werden.

Sie erinnerte sich an ihre erste Begegnung. So oft schon hatte sie versucht, die Intensität ihrer Gefühle in diesem Moment zu vergessen, aber es war ihr nicht gelungen, egal, wie schmerzhaft die Dinge sich entwickelt hatten. Dieser Moment war einer der schönsten ihres Lebens gewesen.

Sie war mit einer Freundin – hieß sie nicht Kerstin? –, zu der sie schon lange keinen Kontakt mehr hatte, im *Café Bleibtreu* in der Nähe des Kudamms frühstücken gewesen. An einem gemütlichen Sonntagmorgen im September. Sie hatte sonst nichts vorgehabt an diesem Tag. Es regnete, und Kristina fragte sich gerade, warum sie zum Studium nicht nach München gegangen war, sondern ausgerechnet nach Berlin. In München war es jetzt bestimmt noch warm, und sie hätten im Biergarten den goldenen Herbst genießen können. Stattdessen hatten sie sich unter einem Regenschirm durch stürmische Regenschauer in das Café kämpfen müssen. Eigentlich war Kristina genervt von der eingeschlossenen Stadt, von ihrem Sozialpädagogikstudium, das sie doch nicht so spannend fand, wie sie eigentlich gedacht hatte. Es war bisher alles zu theoretisch. Das interessierte sie nicht. Sie wollte richtige Fälle mit echten Menschen untersuchen, aber davon war sie noch unendlich viele Scheine entfernt.

Als ein neuer Gast das *Café Bleibtreu* betrat, blickte sie automatisch auf, weil der Wind durch die Tür fuhr und der Mann, der sie geöffnet hatte, anscheinend nicht bemerkte, dass es dadurch kalt im Innenraum wurde.

»Komm«, rief der Mann nach draußen und hielt weiter die Tür auf. Kannst du die Tür bitte schließen?, dachte Kristina und hätte es auch gesagt, wenn sie richtig wach gewesen wäre. Stattdessen begnügte sie sich mit einem Murren. Endlich ging die Tür zu, und Kristina sah von ihrer Zeitung auf, weil sie doch neugierig war, wen der Mann gerufen hatte und weshalb sie hatte frieren müssen. Er ging gerade an ihrem Tisch vorbei. Oder hatte es zunächst vor, blieb dann aber stehen und sah sie an. Der Mann mit den wunderschönsten schwarzbraunen Haaren, die Kristina jemals gesehen hatte, beugte sich in ihre Richtung. Ihr blieb fast das Herz stehen. Seine tiefdunklen Augen sahen sie an und dann über sie hinweg zu Kerstin, die er mit Wangenküssen begrüßte.

»Lange nicht gesehen«, sagte er mit melodiöser Stimme. Hatte er einen Akzent? Aus welchem Land kam er wohl? Kristina konnte ihn nicht einordnen, aber die Stimme dieses Mannes traf sie mitten ins Herz. Sie war sanft, kraftvoll, nicht zu tief und nicht zu hoch, genau richtig. Auf dich habe ich gewartet, dachte sie und schämte sich für diesen Gedanken.

Der Mann beachtete sie überhaupt nicht, sondern sprach weiter mit ihrer Freundin.

Warum stellt sie mich denn nicht vor?, dachte Kristina. Ich muss irgendetwas tun, damit er nicht weitergeht, ohne mich zu beachten.

Sie merkte, wie sie ihn anstarrte. Er unterstrich seine Worte mit Gesten. Sie wollte sofort, dass er sie berührte. Sie hatte nicht gedacht, dass es das überhaupt gab, diese Liebe auf den ersten Blick, aber genau das passierte jetzt mit ihr. Und wie furchtbar wäre es, wenn er nach dem Gespräch mit ihrer Freundin einfach weitergehen würde, ohne sie zu bemerken? Sie musste etwas tun, aber was? Sie konnte nicht aufhören, ihn stumm anzustarren. Wie peinlich, dachte sie. Lass mich im Boden versinken.

Jetzt hatte er die Unterhaltung beendet und sah zu ihr hinüber. Kristina schluckte und spürte, wie sie rot wurde. Ihr Herz raste und ihr war heiß. Es war nur eine Frage der Zeit, bis er bemerken würde, was er in ihr auslöste. Sie kannte ihn doch gar nicht. Aber sie wusste, dass sie schon lange auf genau das gewartet hatte, was jetzt gerade mit ihr geschah, auch wenn sie gleichzeitig nie geglaubt hatte, dass ihr jemals so etwas passieren würde.

Er sah ihr in die Augen. »Hallo«, sagte er. Das war alles. Als ob er sie schon kannte.

»Hallo«, erwiderte sie. Bitte geh nicht wieder, hätte sie am liebsten gerufen. Vielleicht hatte sie das ja auch gesagt und nicht nur gedacht?

Er setzte sich neben sie auf die Bank.

Sein Begleiter stand unschlüssig der Kellnerin im Weg.

»Ich bin Luis.«

»Kristina.«

»Ich habe dich schon mal gesehen.«

»Wo denn?«

»In der Mensa.«

»Ja, da bin ich manchmal«, antwortete Kristina. Wie dumm das klang.

»Deine Haare sind toll«, sagte Luis.

Dieses Stroh, hätte Kristina fast geantwortet, aber sie konnte sich gerade noch zurückhalten und lächelte schweigend.

»In Portugal sieht man selten Leute mit weißblonden Haaren.«

»Du kommst aus Portugal? Dein Deutsch ist aber toll«, sagte Kristina.

»Mein Vater ist Deutscher«, sagte Luis. »Ich bin in München geboren.«

»Ich komme aus Hamburg«, sagte Kristina. Warum fiel ihr nichts Geistreicheres ein?

»Luis«, sagte der Mann jetzt ungeduldig. »Ich habe nicht ewig Zeit.«

Luis stand auf und machte Anstalten zu gehen.

Kristina wollte ihn zurückhalten, aber sie bekam kein Wort heraus.

Luis drehte sich noch einmal um. »Geht ihr gerne ins Kino?«, fragte er Kerstin.

»Ja, sehr gerne«, sagte Kristina und dachte: Meine Güte, mich hat er doch gar nicht gefragt.

Aber auch ihre Freundin nickte.

»Habt ihr nachher Zeit?«

»Ja«, sagte ihre Freundin schnell und kam damit Kristina zuvor.

»Wir treffen uns um 17 Uhr am Gloria-Palast. *Harry und Sally* läuft.«

Kristina nickte stumm. Alles andere wäre jetzt zu viel für sie gewesen. Sie bemerkte, dass sie am ganzen Körper schwitzte.

»Dann bis nachher«, sagte Luis, drehte sich um und folgte seinem Freund an die andere Seite des Raumes zu einem Tisch, den Kristina von ihrem Platz aus nicht sehen konnte.

»Der ist ja total scharf auf dich«, gluckste Kerstin.

»Blödsinn, der hat mich doch gar nicht angesehen«, sagte Kristina.

»Bitte? Er hat die ganze Zeit nur dich angeglotzt.«

Kristina merkte, dass sie schon wieder rot wurde. Es wäre so schön, wenn das wahr wäre, dachte sie.

»Ich kann übrigens nachher nicht mitkommen. Ich habe schon was anderes vor«, sagte Kerstin.

»Aber warum hast du dann gesagt, dass du Zeit hast?«

»Ich wollte sichergehen, dass du mit ihm ins Kino gehst und nicht kneifst.«

»Das kann ich doch jetzt immer noch«, sagte Kristina.

»Das wirst du nicht tun. Es ist doch süß, dass er *Harry und Sally* vorgeschlagen hat«, sagte ihre Freundin.

Kristina musste auf Luis warten, er kam zehn Minuten zu spät. Eigentlich war sie sauer, aber als er auf sie zukam und sie dann zweimal auf beide Wangen küsste, vergaß sie es. Sie hatte *Harry und Sally* später noch oft gesehen und festgestellt, dass sie beim ersten Mal gar nichts mitbekommen hatte, denn da war sie durch Luis' Nähe völlig abgelenkt gewesen: ihre Schultern, die sich berührten, ihre Arme, die sich eine Lehne teilten. Sie hätte sich auch den langweiligsten Dokumentarfilm über sauren Regen mit ihm gemeinsam angesehen, nur um neben ihm zu sitzen. Nach dem Film landeten sie irgendwo in der Nähe in einer Bar und tranken Tequila. Dann küsste Luis sie unter einer Laterne, und sie wusste, dass es das war, was sie immer gewollt hatte.

Wie war es möglich, dass ihr der Gesang der Fadista, die gerade mal Mitte 20 war, jetzt so ans Herz ging? Das Lied, das sie sang, schien jedes der widerstreitenden Gefühle, die Kristina jemals für Luis gehabt hatte, zu beschreiben. Sie hätte gleichzeitig lachen und weinen können. Obwohl sie den Text nicht verstand, war sie sich sicher, dass es um die Art von Sehnsucht, Liebe und Schmerz ging, die sie nur mit Luis verband. Sie war kurz davor, in Tränen auszubrechen. Ihr Herz tat so weh, als ob es in Stücke gerissen würde. Es war ein schreckliches und zugleich köstliches Gefühl. In diesem Gesang spiegelte sich die Quintessenz ihrer unmöglichen, aber auch unzerstörbaren Liebe wider, ihrer Sehnsucht nach Luis und ihrem Schmerz darüber, dass sie ihn bisher nicht hatte gehen lassen können, und ihrer gleichzeitigen euphorischen Freude darüber, weil sie genau das nicht hatte tun können. Sie liebte Luis immer noch, das wusste sie. Nichts war ihr in diesem Moment wichtiger, als diesen Mann ihr gegenüber anzusehen. Dass sie ihn hier in diesem Restaurant wiedergetroffen hatte, machte sie so unendlich glücklich, dass es schon wieder wehtat, und gleichzeitig nahm sie den Schmerz vorweg, der mit Sicherheit auch wieder auf sie zukommen würde, wenn sie jetzt nicht sofort aufstünde und ginge. Sie spürte den Impuls, genau das zu tun, und sie war sich sicher, dass das eigentlich die richtige Entscheidung wäre, aber Anita sang immer noch. Theresa würde sie mit Blicken kreuzigen, wenn sie aufstünde, solange die Fadista sang. Also blieb Kristina nichts anderes übrig, als sitzen zu bleiben.

Luis applaudierte und drehte sich zu ihr um. »Ist sie nicht fantastisch?«, sagte er.

Sie nickte stumm. Das, was sie sagen wollte, hatte sich in ihrem Hals quergelegt. Sie stürzte ein Glas Wasser hinunter. Sie durfte ihm nicht in die Augen sehen. Er würde bemerken, was sie wieder für ihn empfand, und sie wollte sich doch nicht zu erkennen geben. Er hatte Evelyn, und sie war verheiratet.

Anita verbeugte sich und setzte zum nächsten Lied an, aber Luis drehte sich nicht wieder um, sondern rutschte mit seinem Stuhl auf ihre Seite dicht neben sie. Ihre Schultern berührten sich.

»So verrenke ich mir nicht den Hals«, erklärte er ihr.

Es war zu eng, als dass sie der Berührung seiner Schulter hätte ausweichen können. Sie saß unbeweglich neben ihm und versuchte, an etwas Neutrales zu denken, um ihr stolperndes Herz zu beruhigen. Jetzt spürte sie sein Bein an ihrem. Das war keine zufällige Berührung. Und sie merkte, wie sie allen inneren Widerstand aufgab und seine Zärtlichkeiten erwiderte. Seine Energie und seine Wärme schossen durch ihre Schulter und ihr Bein und verteilten sich in ihrem ganzen Körper. Sicherlich konnten alle im Restaurant sehen, was mit ihr los war. Ihr Widerstand war in dem Moment, als sich ihre Schultern berührten, zu einem kläglichen Häufchen Asche verbrannt.

Es war ihr plötzlich vollkommen egal, dass er mit Evelyn zusammen und sie verheiratet war. Die Moralvorstellungen, die man ihr vor Ewigkeiten beigebracht hatte, fielen in sich zusammen. Peter würde es nicht erfahren, wenn sie mit Luis ins Bett ginge. Sie würde es ihm nicht erzählen, denn es würde ihn nur unnötig verletzen, und das wollte sie nicht. Aber sie würde es tun, wenn Luis wollte.

Anita rang die Hände, während sie sang, und schloss die Augen. Kristina wäre am liebsten aufgesprungen und hätte auch einen Fado gesungen. Aber sie konnte überhaupt nicht singen und musste bei der Vorstellung leise lachen. Theresa sah sie strafend an, Kristina lächelte und hob mit einem schnellen Seitenblick auf Luis entschuldigend die Schultern. Sie war sich sicher, dass die Portugiesin diese Geste selbst im Halbdunkel richtig deuten konnte. Sie schien eine Expertin in Sachen Liebe zu sein. Theresa nickte verstehend.

Nur noch ein Lied, und dann ist die Darbietung der Fadista vorbei, dachte Kristina. Sie würde mit Luis reden müssen, und er würde wieder auf seine Seite des Tisches rücken, weil er sonst dem Kellner im Weg wäre. Kristina presste ihr Knie an Luis und schloss die Augen. Das hier war besser als jedes Vorspiel.

Nachdem sich Anita und die beiden Gitarristen mehrmals verbeugt hatten und der Applaus verebbte, nahm Luis seinen Stuhl und setzte sich wieder auf die andere Seite des Tisches.

»Möchtest du noch mehr Wein?«, fragte er so unschuldig, als ob nichts gewesen wäre, und füllte ihr Glas, bevor sie ihm geantwortet hatte.

»Ich würde dir den Arroz de marisco empfehlen. Das ist Reis mit Meeresfrüchten. Der schmeckt köstlich.«

Seine Stimme klang so wollüstig, dass die Hitze wieder in ihre Oberschenkel fuhr. Der Ober stand neben ihrem Tisch und wartete auf ihre Bestellung. Kristina blätterte unschlüssig in der Karte. Sie wollte doch überhaupt nichts essen und auch nicht weiter Fado hören, sondern viel lieber sofort mit Luis in ihrer Wohnung verschwinden. Das Haus war noch nicht einmal fünf Minuten von hier entfernt. Aber sie konnte ja schlecht aufstehen und ihm sagen, dass sie auf der Stelle mit ihm ins Bett wollte. Oder doch? Der Ober verstand offensichtlich kein Deutsch.

»Eigentlich habe ich gar keinen Hunger«, sagte sie und versuchte, ihrer Stimme ebenfalls einen verführerischen Klang zu geben, aber irgendwie gelang ihr das nicht richtig. Luis hob interessiert – oder vielleicht auch spöttisch? – die Augenbrauen. Machte er sich etwa über sie lustig? Er wusste doch, dass sie nicht der hintergründig verführerische Typ war.

»Aber es schmeckt köstlich hier. Das solltest du dir nicht entgehen lassen«, sagte er und beobachtete sie interessiert.

Kristina wurde rot. Er musste doch bemerkt haben, wie sehr sie ihn wollte. Warum ging er nicht auf sie ein und orderte die Rechnung? Sie schwieg. Der Ober wurde ungeduldig.

»Die Dame nimmt auch den Arroz de marisco«, sagte Luis, »und wir möchten noch eine Flasche von dem Rotwein.«

Als der Ober weg war, prostete Luis ihr zu. »Ich dachte, du brauchst meine Entscheidungshilfe«, sagte er lächelnd.

Er weiß genau, was in mir vorgeht, dachte Kristina. Er spielt mit mir, sie kannte das von früher. Ihm hatte es immer Spaß gemacht, sie zu verunsichern – wenn er merkte, dass sie ihn wollte – und ihr dann dabei zuzusehen, wie sie sich verlegen wand. Das fand er sexy. Auch jetzt lehnte er sich zurück und beobachtete sie schweigend. Sie stürzte den Rotwein hinunter und betete, dass der Ober mit dem Essen kommen würde. Dann könnte sie ihre Hände beschäftigen und aufhören, nervös an der Tischdecke zu zupfen.

»Erzähl mal, was machst du denn hier? Und wo ist dein Mann? Pete, hieß er nicht so?«

»Peter, nicht Pete.«

»Stimmt ja, Pete klingt eher nach verwegenem Seefahrer. Das ist er ja nicht gerade, oder?«

»Er ist Geschichts- und Deutschlehrer.«

»Stimmt, wie konnte ich das vergessen. Aufregend. Also, wo ist er?«, fragte Luis.

»Geschäftlich unterwegs, und ich mache hier gerade Urlaub.«

»Aber ihr seid noch zusammen?«

»Ja, natürlich. Was denkst du denn? Und es geht uns großartig.«

Kristina hatte keine Ahnung, warum sie das sagte.

»Was ist mit Evelyn?«

»Sie ist nicht hier.«

»Das sehe ich. Aber ihr seid noch …?«

Der Ober kam mit einer weiteren Portion Azeitão. Hatte sie den bestellt?

»Darf ich?«, fragte Luis und fuhr mit einem Löffel in den weichen Käse.

»Natürlich«, sagte Kristina und hoffte, dass ihre Stimme nicht zu verrucht klang.

Der Azeitão war traumhaft und erst jetzt merkte sie, wie hungrig sie war. Sie aßen schweigend und tranken den Rotwein. Der Reis mit Meeresfrüchten, den der Ober brachte, bevor Anita wieder zu singen begann, schmeckte umwerfend köstlich.

»Ich bleib mal hier drüben, dann hast du mehr Platz zum Essen«, sagte Luis und wandte ihr wieder sein Profil zu. Aber das köstliche Gericht nahm Kristina so in Anspruch, dass sie sich diesmal nicht davon ablenken ließ. Leider konnte sie nicht genug sehen, um wirklich elegant zu essen. Ab und zu fiel ihr Reis auf die Tischdecke, und sie ärgerte sich darüber, dass sie zu eitel war, um die Brille aufzusetzen, die sie seit zwei Jahren ab und zu trug, weil sie immer weitsichtiger wurde. Luis kannte sie noch nicht mit Brille, und sie fürchtete, dass er nachrechnen würde, wie alt sie jetzt war, wenn sie sie hervorholte. Das war der Vorteil daran, wenn man sich schon so lange kannte. In der Vorstellung des anderen blieb ein Teil von einem immer jung. Glücklicherweise schien Luis nicht zu bemerken, dass sie gekleckert hatte. Er nahm sie gar nicht wahr, sondern konzentrierte sich auf die junge, blond gefärbte Fadista. Kristina merkte, wie sie plötzlich eifersüchtig wurde. So etwas Albernes, dachte sie. Hört das denn nie auf? Sie stellte sich vor, wie sie mit Luis mit über 70 in einem Park auf einer Bank sitzen und jeder jungen Frau, die an Luis vorbeiging, unterstellen würde, dass sie ihn anlächelt und unwiderstehlich findet, obwohl er dann schon über 25 Jahre mit Evelyn zusammen und sie so lange verheiratet wäre, dass sie jedes Mal, wenn sie nachrechnen würde, einen Schock bekäme. Sie wusste doch ganz genau, dass nicht alle auf diesen Typ Mann abfuhren. Für viele – zumindest für viele deutsche Frauen – war Luis sicher zu klein und zu schmal.

Was machte er hier, zum Teufel? Besuchte er tatsächlich einen Ärztekongress? Was hatte er vorhin damit ausdrücken wollen, als er sagte, dass Evelyn nicht hier war? Wollte er nicht darüber reden? Das wäre typisch für ihn. Luis hatte ihr schon immer nur bröckchenweise Informationen über sein Leben gegeben. Das mache ihn interessant, fand er. Mittlerweile ärgerte sie sich nicht mehr darüber, denn sie hatte seine Strategie durchschaut. Mit Luis verhielt es sich ungefähr so wie mit ihrem Ehemann. Sie hatte schon so viel Zeit damit verbracht, über sein Verhalten nachzudenken, dass sie irgendwann angefangen hatte, ihm seine Fehler zu verzeihen.

Wie war es möglich, dass diese alte Faszination, die sie vor einigen Jahren begraben zu haben meinte, sofort wieder da war, wenn sie ihn sah? Aber eigentlich fühlte es sich noch besser an als bei ihrem letzten Treffen. Ihre Kinder waren nun erwachsen, sie fühlte sich freier, hatte sozusagen ihr Soll erfüllt.

Sie aßen Flan, ohne viel zu reden. Kristina wusste nicht mehr weiter. Luis saß auf der anderen Seite des Tisches und schien nicht gerade an einer Unterhaltung interessiert zu sein. Sie wollte nicht auch noch die dritte Runde Fado über sich ergehen lassen, denn sie war sich sicher, dass sich beim nächsten Mal alle Schleusen öffnen würden und sie ihren Tränen freien Lauf lassen würde. Und sie wusste, wie sehr Luis Gefühlsausbrüche verabscheute.

»A conta, faz favor«, sagte sie in holperigem Portugiesisch und hoffte, dass Luis sie nicht wieder spöttisch ansehen würde.

»Du willst schon gehen?«, fragte er sie und sah auf einmal bestürzt aus. »Aber Anita singt doch noch einmal.«

»Ich bin müde, ich möchte nach Hause«, sagte Kristina.

»Warte, ich bezahle auch. Ich kann dich bringen. Du weißt doch, dass die Alfama nachts nicht ganz ungefährlich ist?«

»Das ist ein Gerücht der amerikanischen Touristen. Mir passiert schon nichts, ich bin groß«, antwortete Kristina schnippischer, als sie wollte. Was könnte es Schöneres geben, als von Luis nach Hause gebracht zu werden?, dachte sie insgeheim. Wenn sie ehrlich war, fand sie die Vorstellung, jetzt allein durch die nur spärlich beleuchteten Gassen der jahrhundertealten Alfama zu spazieren, auch nicht sehr verlockend. Vielleicht würde sie sich ohne Luis verlaufen.

Auf Luis' Geste reagierte der Kellner sofort und kam mit der Rechnung. Wie selbstverständlich bezahlte Luis für sie mit.

»Das kann ich auch«, sagte Kristina und wedelte mit ihrer Karte.

»Das wird ein wenig schwierig, denke ich, es sei denn, du willst zum Geldautomaten laufen. Sie nehmen hier nur Bargeld.«

Kristina steckte ihre Karte schnell wieder ein. Sie wusste doch, dass Luis nur selten zuließ, dass sie zahlte, und eigentlich hatte sie das immer sehr ritterlich gefunden.

Theresa kam an ihren Tisch. »Hat es Ihnen gefallen?«, fragte sie.

»Ja, sehr, wir kommen bestimmt bald wieder«, sagte Luis auf Portugiesisch. Zumindest vermutete Kristina, dass es etwas in der Art war.

Sicher war sie sich nicht, denn Theresa lachte ihr aufreizendes, etwas kokettes Lachen und legte ihre Hand auf Luis' Schulter. Er beugte sich zu ihr hinunter und küsste sie auf die Wangen. Kristina wusste nicht, wie sie sich verhalten sollte, und kam sich vor wie eine unhöfliche, trampelige Deutsche, die jemandem zum Abschied lediglich die Hand schüttelte.

»Vielen Dank, es war sehr schön«, sagte sie dann auf Englisch und war froh, als Theresa an einen anderen Tisch gerufen wurde.

»Komm, Kristina«, sagte Luis, legte seine Hand sanft auf ihren Rücken und führte sie nach draußen. Das war nicht fair. Plötzlich war alles wieder da. Wie er ihren Namen geflüstert hatte, als er zum letzten Mal mit ihr geschlafen hatte. Würde sie diese Erinnerungen nie loswerden? Was machte sie eigentlich hier? Wenn sie nicht sofort auf die Bremse trat, würde sie mit ihm in ihrer Wohnung landen. Sie dachte an Peter. Sie musste sich beruhigen und ganz entspannt neben Luis hergehen, in der Hoffnung, dass sie den Weg noch richtig erinnerte. Sie musste ruhig atmen, damit er nicht merkte, wie sehr ihr Herz vor Begeisterung und Aufregung hüpfte, weil er so unvermittelt wieder in ihrem Leben aufgetaucht war.

Sie hatte Glück, die Gassen waren breit genug, sodass sie sich beim Gehen nicht zufälligerweise berührten. Und sie hatte sich den Weg gut gemerkt. Es war noch kürzer, als sie erwartet hatte. Innerhalb von fünf Minuten standen sie vor ihrem Apartmenthaus. Kristina nahm den Schlüssel aus ihrer Tasche und drehte ihn im Schloss der Eingangstür. Gleich hatte sie es geschafft. Sie würde allein in ihrer Wohnung sein und dann erst einmal einen Kirschlikör auf ex trinken.

»Grüß Evelyn von mir«, sagte sie leichthin, und es klang so, als ob sie es wirklich meinte.

»Und du deinen Peter«, sagte Luis. Bevor er sie in seine Arme ziehen konnte, war sie schon halb durch die Tür.

»Bis dann.«

Sie schloss die Tür hinter sich und hoffte, dass es jetzt vorbei war. Aber bevor sie den Fahrstuhl erreicht hatte, hörte sie ein Klopfen an der gläsernen Eingangstür. Es war Luis. Sie konnte nicht so tun, als ob sie ihn nicht gehört hätte. Zögernd schloss sie wieder auf.

»Deine Handynummer ist immer noch dieselbe?«, fragte Luis.

»Ja«, sagte Kristina.

»Gut. Ich habe eine neue.«

»Die kannst du mir ja schicken«, sagte Kristina, drehte sich um und schloss die Eingangstür hinter sich. Im Fahrstuhl lehnte sie sich gegen die kühle Fahrstuhlwand. Ihre Hand zitterte so sehr, dass sie zunächst Schwierigkeiten hatte, die Wohnungstür aufzuschließen. Dann ging sie durch die Räume und riss alle Fenster auf, schenkte sich einen doppelten Kirschlikör ein und stürzte ihn in einem Zug hinunter. Seufzend ließ sie sich aufs Sofa fallen. Vielleicht half es ja, ganz still zu liegen, bis sich das Gefühlschaos in ihrem Innern beruhigt hatte. Wie sehr hatte sie Luis in dem Moment gewollt, als sie seine Hand auf ihrer Schulter spürte. All die Sehnsucht, die sie in den vergangenen Jahren immer wieder bei dem Gedanken an ihn gefühlt hatte, hatte sich in dieser Berührung konzentriert. Es war köstlich gewesen und doch gleichzeitig bedrohlich. Sie wusste, wenn sie die Grenze wieder überschritt, wäre sie in Schwierigkeiten. Was sagte Deny's Freund Berkeley Cole Karen in *Jenseits von Afrika*, als sie ihn über Denys ausfragen wollte? »Passen Sie auf, hinter dieser Grenze werden Drachen sein.«

»Schluss mit diesen kitschigen Vergleichen, reiß dich zusammen«, sagte Kristina laut zu sich selbst. *Jenseits von Afrika* war nur ein Film. Und er hatte wenig mit ihrer Realität zu tun. Sie war keine reiche Dänin, die sich hatte heiraten lassen, um nach mehreren gescheiterten Affären die respektable Ehefrau eines Barons und Bruders ihres ehemaligen Geliebten zu werden. Luis konnte auch nicht fliegen und würde sie nie vor einem Löwen oder irgendeinem anderen wilden Tier beschützen.

Sie befand sich im Jahre 2013, hinter ihrem Haus lief gerade eine Horde betrunkener Franzosen vorbei, die laut durcheinanderredeten, als ob ihnen das ganze Viertel gehörte. Sie war eine erwachsene, vernünftige, verheiratete Frau, die keine Komplikationen wollte. Kristina begab sich unter die Dusche, ließ warmes Wasser über ihren Körper laufen und hoffte, dass ihr Lavendelduschgel sie beruhigen würde. Eigentlich konnte sie stolz auf sich sein. Sie war allein in diese

Wohnung zurückgekehrt, und das bedeutete, dass sie morgen keinen Herzschmerz und kein schlechtes Gewissen haben würde, sondern nur diese diffuse Sehnsucht nach Luis, mit der sie mittlerweile schon so lange lebte.

Plötzlich klingelte es an der Tür. Kristina erstarrte. War es möglich, dass Diebe klingelten? Vielleicht stand ja der Obdachlose vor der Tür. Sie würde auf keinen Fall öffnen. Sie wickelte sich in ein Handtuch ein, stieg aus der Dusche und schlich in ihr Schlafzimmer. Es klingelte wieder, aber diesmal war es ihr Handy. Sie fand es erst, als sie den Inhalt ihrer Tasche auf dem Boden ausgeschüttet hatte. Sie kannte die Nummer nicht.

»Hallo«, sagte sie.

»Ich bin's. Luis. Mach auf. Ich bin nicht mehr mit Evelyn zusammen.«

Ohne zu überlegen, ging Kristina zur Tür und drückte auf den Türöffner, aber es klopfte an der Wohnungstür. Sie drehte den Schlüssel fünfmal im Schloss herum und hatte dabei immer noch ihr Handy am Ohr.

»Ich glaube, du kannst jetzt auflegen«, sagte Luis.

Er schloss die Tür hinter sich. »Aufreizendes Outfit«, sagte er.

Erst jetzt bemerkte sie, dass sie immer noch lediglich in ein Handtuch gewickelt war.

»Moment, ich zieh mir etwas an«, sagte sie und verschwand im Schlafzimmer, bevor er sich ihr hätte nähern können. Sie musste jetzt die Nerven behalten. Ihr Kleid lag auf dem Fußboden im Badezimmer. Was sollte sie bloß anziehen? Oder sollte sie einfach nackt aus dem Schlafzimmer spazieren und sich in Luis' Arme werfen? Ratlos setzte sie sich aufs Bett. Irgendwie konnte sie nicht klar denken.

»Kristina, ist alles in Ordnung?«, hörte sie Luis hinter der Tür fragen. Er wartete immer noch im Flur. Sie hatte ihm geöffnet, obwohl sie nur mit einem Handtuch bekleidet war. Also musste für ihn der Fall klar sein. Und jetzt saß sie auf der Bettkante, wusste nicht weiter und versteckte sich vor ihm? Wie albern, dachte sie.

»Sei souverän, sei sexy«, sagte sie leise zu sich selbst. Eine ähnliche Szene hatte sie sich doch schon so oft ausgemalt. Und da war sie nicht verwirrt auf der Bettkante sitzen geblieben, sondern hatte sich das geholt, was sie wollte. Aber in diesen Träumen hatte ihr Körper immer so ausgesehen wie mit 25, und ihre Beine waren perfekt enthaart gewesen. Vielleicht würde er ihre Makel aber auch gar nicht bemerken, wenn sie das Licht ausließe.

»Komm«, sagte sie durch die geschlossene Tür.

Luis trat zögernd ein. Sie stand auf und ging ihm entgegen. Er nahm sie vorsichtig in die Arme, als ob sie aus zerbrechlichem Glas wäre. Dann führte er sie zum Bett. Sie lagen Seite an Seite, ohne sich zu berühren.

»Es ist so unwirklich, aber wunderschön«, sagte Luis. Dann nahm er ihre Hand und drückte sie, als ob er sie nie wieder loslassen wollte. Das ist das vollkommene Glück, dachte sie.

Er drehte sich zu ihr um und öffnete das Handtuch. Vorsichtig strich er mit seinen Fingern über ihren Bauch, ihre Beine, ihre Arme. Sie zitterte und dachte gleichzeitig: Was mache ich hier eigentlich?

»Vielleicht sollten wir damit aufhören«, sagte sie.

»Es fühlt sich nicht so an, als ob du das wirklich wolltest«, flüsterte Luis. Er zog sich aus und kam zu ihr, streichelte sie weiter, die Hitze war überall in ihrem Körper. Sie öffnete ihre Beine. Komm, dachte sie, ich habe viel zu lange auf diesen Moment gewartet. Als er in sie eindrang, war sie für einen Moment starr vor Verblüffung. Das passierte wirklich. Es war kein Teil ihrer Fantasien. Sie versuchte, ruhig zu atmen und sich zu entspannen. Luis bewegte sich vorsichtig in ihr.

»Hilft dir das, dich wieder an mich zu gewöhnen?«, fragte er, als ob er wüsste, was sie dachte. Er hatte ihre Arme hinter ihren Kopf auf das Laken gedrückt und seine Finger in ihre verschränkt. Sanft, aber bestimmt gab er ihr seinen Rhythmus vor. Und sie ließ sich gehen, war ganz in ihrem Körper und gleichzeitig irgendwie außerhalb von ihm. Sie hörte nicht, wie unter ihrem Schlafzimmerfenster scheppernd Flaschen in den Müll geworfen wurden, wenig später Mülleimer über den Asphalt rappelten und quietschend in einem Wagen entleert wurden. Sie hörte nicht, wie sich nebenan ein Paar stritt und draußen jemand Fado sang, während er unter ihrem Fenster vorbeiging. Viel später schlief sie ein, ihr Bauch an seinem Rücken, ihre Beine um seine geschlungen, ihr Gesicht in seinem Nacken vergraben, mit seinem unvergleichlichen Duft in der Nase.

Kristina wurde wach, als die Glocken der nahe gelegenen Kathedrale Sé zehnmal läuteten. Das Schlafzimmerfenster war immer noch geöffnet, und sie dachte verlegen daran, wie laut sie gestern Nacht gewesen sein mussten. Luis schlief noch. Er hatte sich umgedreht und lag mit dem Gesicht zu ihr. Die Decke hatte er bis zu seiner Nase emporgezogen, obwohl warme Luft von draußen hereinwehte. Sie konnte nur seine wirren Haare und seine geschlossenen Augen sehen. Sie strich ihm sanft über das Haar. Er öffnete die Augen, blinzelte, sah sie an und verschwand wie ein kleines Kind, das nicht aufwachen wollte, ganz unter der Decke. Sie hatte keine Ahnung, was sie jetzt machen sollte. Wollte er, dass sie sich wieder an ihn schmiegte? Hatte sie vielleicht gerade etwas Abweisendes in seinen Augen gesehen? Oder erinnerte sie sich nur an eine andere Szene in einem anderen Bett, wo er so reagiert hatte? Wenn sie jetzt anfing zu grübeln, stand ihnen ihre gemeinsame Vergangenheit im Weg, und das wollte sie auf keinen Fall. Das hatte sie doch alles schon einmal durchgemacht. Sie beschloss, aufzustehen und Frühstück zu machen. Als sie gerade Brot röstete und Käse aufschnitt, hörte sie ihn hinter sich in die Küche kommen. Sie drehte sich um und war erstaunt. Er war schon angezogen, wohingegen sie nackt vor ihm stand.

»Entschuldige, ich muss weg, ich bin in Cascais mit Miguel verabredet, meinem alten Schulfreund«, sagte Luis.

Er kam zu ihr und wollte sie in die Arme nehmen, aber sie hob abwehrend die Hände. Das war so peinlich. Warum hatte sie sich nicht angezogen, bevor sie in die Küche gegangen war?

Jetzt sah er sie im vollen Sonnenlicht und würde endgültig entdecken, dass sie nicht mehr taufrisch war. Ihre Brüste hingen etwas mehr als noch vor einigen Jahren, ihr Bauch war zwar immer noch flach, und sie war schlank, aber hatte sie nicht gerade vorgestern bemerkt, dass ihre Haut an den Beinen schlaffer geworden war? Und er würde sicher bemerken, dass ihre Beine nur bis zu den Knien enthaart waren.

Luis wich zurück und sah verwirrt aus. »Gut, dann geh ich jetzt mal. Ich rufe dich nachher an«, sagte er und verschwand im Flur.

»Halt«, rief Kristina. Auf einmal war ihr vollkommen egal, wie sie aussah. So durfte er nicht weggehen. Luis wartete im Flur. Sie strich ihm über die Wange und gab ihm einen sanften Kuss auf den Mund. Seine Gesichtszüge entspannten sich. Für einen Moment sah er vollkommen glücklich aus. Er öffnete die Tür, die sie gestern Nacht vergessen hatten wieder abzuschließen, und verschwand im Fahrstuhl.

3. Kapitel

Sein Auto parkte fast direkt vor Kristinas Haus, natürlich steckte ein Ticket hinter der Scheibe. Luis hatte das Gefühl, dass die örtliche Polizei vor allem die Touristen auf dem Kieker hatte und daher Mietautos mit Vorliebe mit Tickets versah. Normalerweise hätte er sich über so etwas aufgeregt, er war ja schließlich kein Tourist, aber jetzt war er in einer so sanften und gleichzeitig euphorischen Stimmung, dass ihn die Tatsache, gestern nicht daran gedacht zu haben, dem selbst ernannten Parkwächter fünf Euro in die Hand zu drücken, damit er sich um diese Angelegenheit kümmerte, wenig störte.

Er ließ den Motor an und reihte sich in den Verkehr ein. Die Sonne leuchtete über dem Tejo, es war sehr warm. Luis legte eine CD von *Maria Rita* ein und drehte die Musik laut auf. Ihre sanfte Stimme, vermischt mit den brasilianischen Rhythmen, verstärkte seine Euphorie. Sein Körper fühlte sich so gut an wie seit Jahren nicht mehr. Von einem gewissen Moment an hatte er gestern Nacht nichts mehr wahrgenommen außer ihren Lippen, mit denen sie ihn in einer Weise liebkost hatte wie noch keine Frau zuvor. Es hatte sich so angefühlt, als ob er der einzige Mann in ihrem Leben wäre und sie auch nie einen anderen lieben wollte. Im Morgengrauen war er aufgewacht und hatte sie beim Schlafen beobachtet: ihre zerzausten hellblonden Haare, deren Farbe immer noch erstaunlich frisch und jugendlich aussah. Ihre Lippen, die gestern Abend im Restaurant noch schmal gewirkt hatten, waren jetzt weich und geschwungen. Sie schnaufte leise vor sich hin, was er unglaublich süß fand. Er hätte sie am liebsten aufgeweckt und wieder geliebt, aber sie sah so entspannt und friedlich aus, dass er es doch nicht tat. Das, was er in der Nacht mit ihr erlebt hatte, war viel großartiger und einmaliger gewesen als aller Sex, den sie bisher gehabt hatten, besser als der wütende Sex vor über 20 Jahren nach einem ihrer Streite. Besser als der etwas schuldbewusste und sehnsuchtsvolle vor einigen Jahren in seiner Wohnung in Hamburg. Es war zwar vollkommen unrealistisch, so etwas zu denken, aber als sie gestern Nacht neben ihm gelegen und er ihre Hand genommen hatte, hatte es sich für ihn so angefühlt, als ob das jetzt für immer wäre, als ob die Würfel endgültig gefallen wären und sie sich nie wieder trennen würden.

Bei Tageslicht sah es jetzt natürlich ganz anders aus. Kristina war nur für drei Wochen in Portugal, das hatte sie ihm gestern in einer kurzen Ruhepause gesagt. Danach würde sie selbstverständlich zu ihrem Mann nach Deutschland zurückkehren, und er würde sie auch nicht daran hindern. Falls sie sich wiedersähen, würde er ihr nichts von seinen Gefühlen erzählen. Wozu sollte er auch? Sie hatte sich vor langer Zeit für einen anderen entschieden, und das würde sie jetzt sicher nicht wieder rückgängig machen. Aber dennoch hatte es sich letzte Nacht so angefühlt, als ob sie seine Frau wäre, und sie hatte ihren Ehering abgenommen. Das hatte bei ihr etwas zu bedeuten, das wusste er. Er spürte Kristinas Körper immer noch, roch ihr Parfum, das sie in den vergangenen 20 Jahren nicht gewechselt hatte. Er hätte es unter Hunderten von Düften wiedererkannt: Givenchy III mit dem Duft von orientalischer Rose und Königsjasmin, gepaart mit dem holzigen Geruch von Eichenmoos. Er wusste es deshalb, weil er das Parfum mal vor Jahren Evelyn geschenkt hatte und dann enttäuscht gewesen war, weil es bei ihr nicht genauso roch wie bei Kristina.

Er fühlte sich so königlich, wie man sich nur fühlen konnte, wenn man wusste, dass man eine Frau zu leidenschaftlicher Ekstase gebracht hatte. Ich habe es also nicht verlernt, dachte er. Mit Evelyn war der Sex am Ende nur noch langweilig und quälend gewesen. Er hatte gedacht, es läge an seinem Alter und dass der Alltag ihre Leidenschaft erstickt hätte. Dass sie einfach nicht die richtige Frau für ihn gewesen war, hatte er bis zu seinem Segelunfall nicht zu denken gewagt.

Er kam am Strand von Carcavelos vorbei. Dort war er als Jugendlicher immer mit Miguel surfen gegangen. Luis fiel ein, dass seine Badeshorts noch im Hotel waren und alles andere auch: das Geschenk für Miguels Frau von Sofia – selbst gemachte Aprikosenmarmelade –, sein Cap, seine Sonnenbrille. Er sah auf die Uhr und beschloss, noch einmal ins Hotel zurückzufahren. Er hatte sowieso noch genug Zeit. Er sollte erst gegen 13 Uhr in Cascais ankommen, und es wäre auch nicht schlimm, wenn er erst etwas später dort eintreffen würde.

Bei der nächsten Gelegenheit machte er einen U-Turn und fuhr wieder in Richtung Altstadt.

Sein Handy klingelte. Es war Kristina. »Hallo«, sagte sie verlegen. Dann schwieg sie. Anscheinend hatte sie sich überhaupt nicht überlegt, was sie sagen wollte. Oh Gott, wie er ihre spontane Unbeholfenheit liebte. Er sagte selten etwas, ohne vorher darüber nachzudenken.

»Kristina«, sagte er.

»Ich wollte eigentlich nur sagen, dass ich es unglaublich schön mit dir fand«, sagte sie.

Meine Güte, er wollte sie schon wieder.

»Wann musst du zurück nach Nazaré?«

Er erinnerte sich, dass er ihr irgendwann, als sie ihren Hunger gestillt hatten, erzählt hatte, dass er dort arbeitete. »Morgen Abend.«

»Sehen wir uns noch einmal?«, fragte Kristina, und er hörte förmlich, wie sie sich sofort auf die Zunge biss, weil sie sich sicher vorgenommen hatte, auf keinen Fall fordernd zu klingen. Das war etwas gewesen, was er ihr früher oft vorgeworfen hatte, aber schon längst bereute, seit er wusste, wie fordernd andere Frauen sein konnten.

»Was hast du heute noch vor?«, fragte er spontan. Miguel würde sicher nichts dagegen haben, wenn er jemanden mitbrächte.

»Eigentlich wollte ich auf die Burg und dann ein wenig durch die Stadt laufen.«

»Das kannst du doch auch in den nächsten Tagen noch tun. Komm mit nach Cascais zu meinen Freunden. Dann kann ich dir zeigen, wo ich früher gewohnt habe«, sagte er.

Luis sah förmlich Kristinas ungläubiges Gesicht vor sich. Er will mich an seiner Vergangenheit teilhaben lassen, dachte sie sicher. Dagegen hat er sich doch früher immer gewehrt.

»Ich würde mich freuen. Ich fahre noch schnell ins Hotel, und danach hole ich dich ab. Und vergiss deinen Bikini nicht. Wir gehen bestimmt nachher schwimmen.«

»Du weißt doch, dass ich keine Bikinis mag. Ich hatte vor, auch hier in Portugal einen Badeanzug anzuziehen. Oder ist das doof, weil alle anderen Frauen Bikinis tragen?«, fragte Kristina unsicher.

»Nein, sicher nicht. Deine Haare verraten ja schon, dass du nicht von hier kommst. Und jeder sieht, dass du auch im Bikini fantastisch aussehen würdest.«

»Danke für das Kompliment. Ich habe übrigens noch nicht Ja gesagt«, erwiderte sie.

»Nicht? Ich hatte das so verstanden«, sagte Luis.

»Ja, ich möchte gerne mitkommen«, sagte Kristina seufzend.

Es würde ein fantastischer Tag werden. Und heute Nacht, wenn sie wieder allein wären, würde er sie in seinem Hotelzimmer lieben.

Sie trug ein grünes, knöchellanges, ärmelloses Kleid aus Leinen. Ihre Augen strahlten so unfassbar blau, dass ihm schwindelig wurde, als sie lächelnd auf ihn zukam. Sie hatte eine überdimensionierte Strohtasche und einen dazu passenden Strohhut dabei und roch wieder nach Givenchy III. Zwei Portugiesen drehten sich nach ihnen um, als er sie mit einem Kuss begrüßte, und guckten neidisch. Es war der perfekte Moment. Als sie ihre weiß gefasste Sonnenbrille im Ray-Ban-Stil aufsetzte, sah er, dass sie statt ihres Eheringes einen Blumenring aus Kristall trug.

Sie fuhren die Uferstraße entlang, *Maria Rita* sang. Luis spürte Kristinas Nähe, und es war wieder so wie an den guten Tagen in ihrer gemeinsamen Berliner Zeit. Er fühlte sich leicht, übermütig und unverwundbar. Er entspannte sich unter ihrem liebevollen Blick. Sie fragte ihn nicht, wo sie hinfuhren. »Es ist überall schön, wenn du da bist«, hatte sie ihm damals gesagt. Immer wenn er in Deutschland den Song von Bosse und Anna Loos *Frankfurt Oder* im Radio gehört hatte, hatte er lauter gedreht und »Und wir sitzen hier im Gartenpavillon, mir war's schon immer egal, wo wir waren. Und wir vernichten den Schnaps deines Vaters, ich bin froh, dass er da ist, ich bin froh, dass du da bist« mitgesungen. Eigentlich stand er nicht so auf Kitsch, aber dieses Lied war einfach grandios. Als sie an einer Ampel hielten, legte Kristina die Hand auf sein Knie. Dieser Moment war so perfekt. Er konnte es immer noch nicht fassen, dass sie jetzt neben ihm saß, ihn streichelte und er sie spüren und riechen konnte.

»Das ist schon was anderes als die Ostsee«, sagte Kristina, als sie hinter Belém ans Meer kamen. »Warum bist du bloß damals aus Portugal weggegangen?«

»Das weißt du doch. Ich hatte keine Lust auf das portugiesische Militär. Das wäre nicht so lustig gewesen. Die Diktatur war gerade erst beendet, der Drill war zu extrem. Und ich hab's nicht so mit Autoritäten.«

»Ich erinnere mich. Dafür musstest du aber deine doppelte Staatsbürgerschaft aufgeben. Wie hast du eigentlich die Zeit in der Klinik ausgehalten? Mit der Hierarchie und du noch ziemlich weit unten.«

»Zuerst dachte ich, das geht, man muss ja mal erwachsen werden und nicht jedem, der einen herumkommandieren will, eins auf die Fresse hauen wollen«, sagte Luis.

»Als ob du das jemals gemacht hättest.«

»Okay, das war bei mir immer mehr eine Wunschvorstellung. Ich bin froh, dass du meine Fantasien zu diesem Thema nicht kennst. Als mein Vater tot war, machte es irgendwie keinen Sinn mehr, sich anzustrengen und irgendwelchen Autoritäten zu gehorchen. Ich bin nicht interessiert daran, an der Spitze zu stehen. Ich will kein Chef- oder Oberarzt werden, ich will leben.«

»Du klingst ganz anders als noch vor drei Jahren«, sagte Kristina.

»Stimmt. Damals habe ich wohl Evelyns Meinung übernommen. Du weißt doch, wie leicht Frauen mich beeinflussen können«, gab Luis zu.

»Bei mir hat das nie geklappt«, sagte Kristina irgendwie bedauernd.

Luis sah sie von der Seite an. Wenn ich mutiger wäre, würde ich dir sagen, dass ich dich auch genau dafür liebe, dass du nicht versucht hast, mich zu ändern, dachte er.

***

Ihr war so, als ob sie mit Luis' Auto fliegen würden. Sie fühlte sich leicht, frei und jung, wie damals mit ihm in der Anfangszeit in Berlin, als noch alles gut und sie einfach nur unglaublich verliebt war und noch nicht wusste, was für eine Herausforderung es sein würde, Luis zu lieben. Jetzt war es so, als ob sie alles vergessen hätten, was jemals schwierig zwischen ihnen gewesen war. Es war so wie in dem Lied von *Lighthouse Family: I wanna run away with you.* Und das tat sie gerade. Sie fuhr mit Luis zu einem Freund, so, als ob sie seine Freundin oder Frau wäre. Sie hatte ihren Ehering abgelegt und kein schlechtes Gewissen deswegen. Vielleicht lag es daran, dass Peter so weit weg war. Sie konnte ihn gedanklich gar nicht erreichen, und das wollte sie auch nicht. Verdammt, jahrelang hatte sie sich immer darauf konzentriert, wie es den Kindern ging und Peter. Jetzt wollte sie nur an sich denken, das taten die anderen in ihrer Familie ja auch gerade. In den einschlägigen Serien und Romanen müsste sie jetzt zerknirscht sein oder ein schlechtes Gewissen haben. Aber ihr ging es einfach nur gut, jedoch nicht etwa, weil es ihr mit Peter schlecht gegangen war. Das waren zwei komplett verschiedene Paar Schuhe, und momentan gefiel es Kristina einfach, sie beide zu tragen. Sie würde nicht auf die Idee kommen, ihren Mann anzurufen oder ihm eine Mail zu schreiben und ihm alles zu beichten. Sie hatten beide eine Auszeit verdient, nicht von der Ehe, aber von ihrem normalen Leben, und sie fand, dass dazugehörte, dass jeder von ihnen machen konnte, was er wollte.

Kristina betrachtete Luis und dahinter das Meer, auf dem die Sonnenstrahlen glitzerten. Wenn sie jetzt in einem Cabrio säßen und sie eine Grace-Kelly-Sonnenbrille und ein weißes Tuch um den Kopf trüge, wäre das Klischee perfekt. Sie überlegte, wie Luis sie wohl bei Miguel vorstellen würde – sicher nicht mit: »… die verheiratete Frau, die ich gestern Nacht dreimal zum Höhepunkt gebracht habe.« Wie sie ihn kannte, würde er nur sagen: »Das ist Kristina, eine Freundin von mir. Sie macht gerade Urlaub in Lissabon«, und alles Weitere ihrer Fantasie überlassen.

Es ging ihr fantastisch. Gestern Nacht war es so unglaublich gewesen. Sie spürte immer noch seine Lippen und Hände auf ihrem Körper. Heute Nacht würden sie sich bestimmt wieder lieben. Ihr war vollkommen egal, was danach geschehen würde. Luis hatte die Fenster heruntergelassen und die Musik aufgedreht. Ab und zu sah er sie ungläubig lächelnd an, als ob er sich vergewissern müsste, dass das mit ihnen wirklich passierte und kein Traum war.

Fischer- und Segelboote ankerten in der Bucht vor Cascais, Motorboote tuckerten langsam vorbei. Die Sonne brannte hier nicht so sehr, weil ein salzig schmeckender Wind vom Meer herüberwehte. Die Autos auf der Straße und den Parkplätzen waren in Cascais deutlich größer als im Umkreis der Alfama. Hier kann man gut und sorgenfrei leben, schien alles auszudrücken.

Sie hielten in der Nähe des Jachthafens. Luis nahm sie an die Hand und zog sie über die Straße. Kristina konnte sich nicht erinnern, dass er früher jemals in der Öffentlichkeit ihre Hand gehalten hatte. War es wirklich möglich, dass er sich so verändert hatte? Für die anderen wirkten sie sicher wie ein Paar, wenn auch ein ungleiches: Sie war recht groß für eine Frau und hellblond, er eher dunkel und klein.

»Ist der nicht grandios?«, sagte Luis, blieb stehen und wies auf einen blau-weiß gestreiften, altmodisch wirkenden Leuchtturm mit rötlichem Dach, der hinter ihnen aufragte. »Ich habe schon sehr viele Leuchttürme gesehen, wie du dir denken kannst, aber dieser hier gefällt mir immer noch mit am besten«, sagte er. Seine Augen funkelten, und er gestikulierte mit den Händen.

Er wirkt hier viel lebendiger als in Berlin oder Hamburg, dachte sie, so, als wäre er angekommen. Auf jeden Fall glücklich, zumindest in diesem Moment, und sie war stolz, weil sie sich sicher war, dass auch sie daran einen Anteil hatte.

Luis hatte ihre Hand losgelassen, ging aber so dicht neben ihr, dass sich ihre Schultern und Arme ab und zu berührten. Sie betrachtete ihr gemeinsames Spiegelbild in einem Schaufenster. Miguel wird sofort sehen, dass wir miteinander schlafen, dachte sie. Aber nach dem heutigen Tag würde sie ihn und seine Familie bestimmt nicht mehr wiedersehen, also störte sie das nicht.

Sie kamen an den Hauptplatz von Cascais, auf dem sich Restaurant an Restaurant drängte. Vor jedem stand ein Kellner mit einer Karte und versuchte, die vorbeigehenden Touristen davon zu überzeugen, in seinem Restaurant zu essen.

Ein untersetzter, kräftiger Mann mit großen Händen kam lächelnd und mit ausgebreiteten Armen aus einem Restaurant auf sie zu. »Luis, mein Gott, wie schön, dich zu sehen«, sagte er und schloss ihn in die Arme, in denen der schmale Luis fast versank.

Die beiden Männer blieben stehen und musterten einander. Luis fuhr durch seine grauen Haare, und Miguel tätschelte sich den Bauch.

»Tja, wirklich schon 'ne Weile her, dass wir uns gesehen haben. Die Zeit geht nicht rückwärts«, sagte Miguel, »aber das stört uns doch nicht.«

»Nein, mein Alter, das stört uns nicht. Solange hier drinnen alles stimmt«, sagte Luis, deutete auf sein Herz und warf Kristina einen schnellen Seitenblick zu.

»Ich sehe, du hast jemanden mitgebracht. Deine Frau? Ich wusste gar nicht, dass du verheiratet bist.«

»Bin ich auch nicht. Das ist Kristina«, sagte Luis.

Kristina fühlte einen Stich in der Brust. Es scheint dir ganz recht zu sein, dachte sie.

»Aber sie ist eine sehr liebe Freundin aus Deutschland, die in Lissabon Urlaub macht und die ich zufällig dort getroffen habe. Ich dachte, es wäre schön, wenn sie ein wenig authentische portugiesische Küche und Gastfreundschaft erlebt. Du hast doch nichts dagegen? Sie versteht kein Portugiesisch. Sollen wir Englisch reden, oder kannst du noch ein wenig Deutsch aus deiner Schulzeit?«

»Lasst uns lieber Englisch sprechen. Herzlich willkommen, Kristina. Luis' Freunde sind auch meine Freunde, daran ändert auch nicht, dass die Zeit ziemlich vorangeschritten ist, seit wir uns das letzte Mal gesehen haben«, sagte Miguel. Er nahm sie in die Arme und drückte sie an sich.

»Danke, Miguel, immer noch so poetisch wie früher. Jetzt will ich aber endlich deine bezaubernde Frau treffen, in die wir in der Schule übrigens alle verliebt waren.«

»Und mich hat sie genommen, sicher, weil ich die besten Beziehungen hatte, was das Essen anging«, sagte Miguel lachend.

Kristina folgte Luis ins Restaurant. Hinter dem Tresen stand eine aparte, zierliche, dunkelhaarige Frau, die Kristina nur bis zur Nase reichte. Luis kam auf sie zu, nahm sie in die Arme und hob sie vom Boden hoch.

»Lass das, Luis. Immer noch der alte Charmeur«, sagte sie lachend. »Es ist so schön, dich zu sehen. Du hättest uns aber auch schon früher besuchen können.«

»Du kennst mich doch, Rosalia. Ich wollte schon so oft nach Cascais fahren, aber es ist immer etwas dazwischengekommen«, sagte er entschuldigend, mit gespielter Verzweiflung in der Stimme.

»Dafür hast du uns jetzt eine sehr bezaubernde Frau mitgebracht«, sagte Rosalia mit anerkennendem und interessiertem Blick. Es schien so, als ob sie vor langer Zeit auch einmal ein Auge auf Luis geworfen hätte.

»Kristina. Rosalia. Sie macht die besten Flans aller Zeiten.«

»Vielen Dank, Luis. Ich glaube dir dieses Kompliment jetzt einfach mal. Die Flans für das Restaurant mache ich allerdings nicht mehr selbst, aber ich überwache alle Arbeiten in der Küche. Und wenn meine Mitarbeiter etwas nicht so machen, wie ich es wünsche, bekommen sie meinen Zorn zu spüren.«

Kristina musste bei dem Gedanken, dass die zierliche Rosalia mit den Rehaugen laut werden könnte, schmunzeln. Miguel bemerkte es und sagte: »Lass dich ja nicht von ihrem Äußeren täuschen. Sie ist deutlich strenger als ich und eine wahre Tigerin.«

»Ohne sie wärst du doch verloren«, erwiderte Luis lächelnd.

»Setzt euch an den langen Tisch dort. Meine Eltern müssten auch gleich kommen. Und eigentlich wollten Paulo und Eduardo schon da sein, aber sie treiben sich sicher noch am Hafen herum. Erinnerst du dich an die Stelle, Luis, wo wir immer ins Wasser gesprungen sind? Die habe ich den beiden dummerweise vor einiger Zeit gezeigt. Jetzt habe ich schon zweimal Ärger mit der Polizei bekommen, weil sie Touristenmädchen ins Hafenbecken geworfen haben.«

Kristina setzte sich neben Luis. Auf dem Tisch standen Rot- und Weißweinflaschen sowie Karaffen mit Wasser. Ein Ober brachte schwarze und grüne Oliven, Teller mit kleinen Würsten, Käse und Brot.

»Das sind *chipolatas*«, sagte Luis und wies auf die Würstchen. »Sie sind scharf, aber extrem lecker.«

»Greift zu und esst schon einmal, solange wir auf die anderen warten«, sagte Miguel. »Rotwein oder Weißwein?«

»Rotwein«, sagte Kristina. Es war zwar erst Mittag, und sie würde in kürzester Zeit beschwipst sein, aber das war ihr egal. Das passte zu diesem federleichten Tag, der mit einem Blick in Luis' Gesicht begonnen hatte. Zwei Jungs im besten Teenageralter kamen in Badeshorts und mit nassen Haaren die Fußgängerzone hinunter. Die Handtücher hatten sie lässig um die Schultern geworfen.

»Jungs, zieht euch um, wir haben Gäste«, sagte Rosalia und scheuchte die beiden mit einer Handbewegung ins Haus.

»Sie sind so unzuverlässig und haben nur Blödsinn im Kopf«, sagte Miguel seufzend, aber sein liebevoller Tonfall verriet seine Zuneigung.

»Hast du auch Kinder?«, fragte Rosalia, die sich gegenüber von Kristina gesetzt hatte.

»Ja, zwei«, beeilte sich Kristina zu antworten und hoffte, dass Rosalia nicht weiterfragen würde.

»Lissabon ist fantastisch, oder?«, sagte Rosalia mit einem Seitenblick zu Luis.

Kristina merkte, wie sie schon wieder rot wurde. »Ja«, sagte sie und war froh, dass die Jungs jetzt in Shorts, T-Shirts und Flipflops zum Tisch zurückkehrten.

Kurze Zeit später trafen auch Miguels Eltern, Andrea und Filipe, ein. Miguels Vater hatte ein wettergegerbtes faltiges Gesicht unter einer Baskenmütze. Er trug eine schwarze Hose, ein weißes Hemd und eine schwarze Weste. Seine ziemlich füllige Frau hatte ein geblümtes Kleid an. Ihr graues Haar war zu einem strengen Knoten gebunden. Ihre große schwarze Handtasche, aus der sie Schokolade für ihre Enkelsöhne hervorkramte, stellte sie auf den Stuhl neben sich. Filipe saß an einem Ende der Tafel, Miguel setzte sich an das andere Ende.

Automatisch sprangen die Unterhaltungen ins Portugiesische über, und keiner achtete mehr darauf, dass Kristina nichts verstand. Zuerst versuchte sie noch, den Sinn der Gespräche mitzubekommen. Aber nach dem zweiten Glas Wein, das sie viel zu schnell zum Käse trank, lehnte sie sich entspannt zurück. Es war so wunderbar, neben Luis zu sitzen und ihm beim Reden zuzuhören. Sie genoss es, sich mal nicht für die Unterhaltung verantwortlich zu fühlen. Keiner störte sich daran, dass man nichts über sie wusste. Sie war mit Luis hier, und das reichte, um sie in dieser Runde herzlich aufzunehmen. Nur Rosalia schien Interesse daran zu haben, in welchem Verhältnis sie und Luis zueinander standen. Als Kristina ihre Hand auf seinen Arm legte, um ihn darum zu bitten, ihr noch Wasser nachzuschenken, nickte die Portugiesin versonnen und wissend.

Der Tisch bog sich unter immer neuen portugiesischen Spezialitäten, die Miguel bei seinen Angestellten orderte. Kristina wurde angehalten, alles zu probieren. Die gegrillten Sardinen hatte sie köstlich gefunden und auch die Calamares und den wunderbar aromatischen Tomatensalat mit dem selbst gemachten Kräuteröldressing von Rosalia. Sie aß Muscheln in Wein- und Tomatensoße, unglaublich würziges Rindfleisch, das in dünnen Streifen gegrillt serviert wurde, und in Öl gebackene Kartoffeln. Aber bei der Krake, die als Ganzes auf den Tisch kam und bei Luis einen Freudentaumel auslöste, passte sie, was zu allgemeinem Gelächter am Tisch führte, weil sie voller Abscheu das Gesicht verzog. Luis zerschnitt die Tintenfischarme mit einem genüsslichen Lächeln und kaute mit geschlossenen Augen.

»Köstlich, Miguelito. Ich werde dich in Zukunft oft besuchen«, sagte Luis.

»Jederzeit«, erwiderte Miguel. »Es ist immer gut, einen Arzt im Freundeskreis zu haben.«

»Stets zu Diensten«, erwiderte Luis und prostete seinem alten Freund zu.

Wie fröhlich hier alle sind, dachte Kristina. Es war ganz anders als in Deutschland. Und wann hatte sie überhaupt in einer so großen Runde gegessen? In Lüneburg hätte sie zu den Essen, bei denen sie eingeladen war, bestimmt niemanden unangekündigt mitbringen können. Hier war das anscheinend vollkommen normal. Kristina liebte diese ungezwungene, laute, weinselige Gastfreundschaft. Die Leute schienen wenig Wert darauf zu legen, woher jemand kam und was er darstellte. Es zählte lediglich, dass er nett war. Und sie liebte die verschwörerischen Blicke von Rosalia, die ihr zuzwinkerte, als wolle sie sagen: Die Liebe ist fantastisch, oder?

Gestern Nacht hatte Kristina irgendwann nicht mehr gewusst, wo ihr Körper anfing und Luis' Körper aufhörte. Die Grenzen zwischen innen und außen hatten sich aufgehoben. Sie hatte nicht mehr die Kontrolle darüber gehabt, was sie tat und wie sie reagierte. Sie hatte nur noch gefühlt. Und das wollte sie wieder erleben, möglichst bald, denn das war der Himmel gewesen, die vollkommene Hingabe, die vielleicht so nur mit einem besonderen Menschen möglich war. Sie wusste, dass es Luis auch so ergangen sein musste.

»Kristina, träumst du?«, fragte Luis leise und strich mit der Hand leicht über ihren Rücken. »Ich glaube, ich weiß, wovon.« In seiner Stimme lag ein leiser Triumph, und Kristina hätte sofort mit ihm geschlafen, wenn er sie gebeten hätte, jetzt mit ihm nach oben in eines der Schlafzimmer zu gehen. Wie viel Zeit hatte sie nur in den letzten Jahren damit verschwendet, sich irgendwelche Szenarien auszudenken, damit der Sex zwischen ihr und Peter wieder aufregend wurde? Es hatte auch meistens geklappt. Sie waren gut aufeinander eingespielt und wussten genau, wie und wo sie einander stimulieren mussten, um zum Höhepunkt zu kommen. Aber diese Nacht mit Luis hatte alles verändert. Es ging weit über das hinaus, was sie jemals im Bett mit Peter oder mit jemand anders erlebt hatte. Und Kristina konnte es eigentlich gar nicht glauben, dass sie solch eine Erfahrung gemacht hatten, nachdem ihre letzte Liebesnacht vor einigen Jahren so in die Grütze gegangen war.

Peter war damals mit den Kindern zelten gegangen, und sie hatte ein ganzes Wochenende für sich gehabt. Am Freitagabend hatte sie sich mit Betty getroffen und war in der Lüneburger Altstadt in einer Cocktailbar abgestürzt. Zwei Drinks hatten schon ausgereicht, um sie betrunken zu machen, aber bei Betty war die Wirkung so durchschlagend gewesen, dass sie ihre Freundin lieber bis zur Haustür gebracht und auf sie aufgepasst hatte, bis sie die Tür hinter sich geschlossen hatte und Kristina sicher sein konnte, dass sich Bettys Mann um sie kümmern würde.

Erstaunlicherweise war es Kristina am nächsten Morgen recht gut gegangen, und sie hatte spontan beschlossen, zum Einkaufen nach Hamburg zu fahren, weil sie neue Kleider für den Sommerurlaub auf

Sylt brauchte. Doch als sie ihr Auto an der Außenalster in der Nähe des Restaurants *Cliff* geparkt hatte und auf der Terrasse mit sensationellem Blick auf die Alster einen Kaffee trank, wurde ihr klar, dass sie nur nach Hamburg gekommen war, um Luis zu sehen. Sie wollte dieses sonnenhelle, federleichte Flirren in ihrem Herzen und ihrem Bauch wieder spüren, das nur er verursachen konnte. Sie rief ihn an, und er war sofort am Telefon. Als sie sagte, dass sie in Hamburg war und ihn sehen wollte, klang seine Stimme überhaupt nicht überrascht, obwohl sie sich seit Wochen nicht bei ihm gemeldet hatte. Es schien so, als ob er gerade an sie gedacht hätte. In den letzten Jahren hatten sie sich ab und zu in Hamburg getroffen, manchmal waren sie dann in Luis' Wohnung gelandet und hatten miteinander geschlafen. Ein Blick von ihm genügte, eine zufällige Berührung ihrer Finger oder auch nur, wenn sie dicht nebeneinander im Auto saßen, um ihr sofort Lust auf ihn zu machen. Sie hatte Peter bisher nichts davon erzählt, weil sie nicht das Gefühl hatte, dass sie ihm irgendetwas wegnahm, aber eigentlich wusste sie, dass es ihn wahnsinnig kränken würde.

An diesem Samstag musste Luis noch etwas erledigen, also verabredeten sie sich für den Abend.

»Wir können uns um halb acht treffen«, sagte er. »Auf dem Anleger kann man gut sitzen.«

Pünktlich um Viertel nach sieben war sie wieder beim *Cliff* und setzte sich mit einem Drink auf den Ponton. Er hatte ihr gesagt, dass er vor ihrem Treffen noch mit einem Freund segeln würde. Er hätte es ihm versprochen, sie könnte ihm ja dabei zuschauen.

Kristina setzte sich mit ihrem Drink in Position. Sie hoffte, dass Luis sie vom Wasser aus sehen würde, und bemühte sich, lässig und gleichzeitig verwegen auszusehen. Sie hatte leider vergessen, was für einen Bootstyp Luis segelte. Es wurde halb acht, kein Luis. Vielleicht muss er noch abtakeln, dachte Kristina und bestellte sich einen zweiten Drink. Sie würde ja heute Abend eh nicht mehr weit fahren müssen, Luis wohnte ganz in der Nähe der Außenalster, und sie hatte vor, die Nacht bei ihm zu verbringen. Es wurde Viertel vor acht, dann acht. Luis war immer noch nicht da. Langsam ärgerte sie sich darüber, dass er so viel zu spät kam. Hatte er nicht am Telefon gesagt, wie sehr er sich auf sie freute? Und nun kam er nicht! Sie sah auf ihr Handy und stellte fest, dass der Akku leer war. Und Luis' Handynummer hatte sie nicht im Kopf. Der gut aussehende, durchtrainierte Kellner, der eigentlich Musical-Darsteller war, wie er ihr beim Bestellen des ersten Drinks ungefragt erzählt hatte, kam und fragte sie, ob sie noch etwas bestellen wolle.

»Ist das der einzige Platz, an dem man Segelboote mieten kann?«, frage sie ihn.

Er sah sie etwas genervt an, antwortete ihr aber dennoch: »Nein, drüben auf der anderen Seite auch und natürlich bei *Bobby Reich.*«

Oh Gott, dachte Kristina. Jetzt fiel es ihr wieder ein. Luis hatte ihr gesagt, dass er bei *Bobby Reich* ankommen würde und nicht beim Bootsverleih neben dem *Cliff.* Sie hätte dort auf ihn warten sollen. Das war typisch für sie: Sie war so besoffen von seiner Stimme gewesen, dass sie sich auf das, was er sagte, nicht hatte konzentrieren können.

»Ist das weit weg?«, fragte sie hektisch.

»Wenn Sie schnell gehen, nicht. Vielleicht eine Viertelstunde zu Fuß.«

Kristina beschloss, ihr Auto auf dem Parkplatz vom *Cliff* stehen zu lassen und zu Fuß zu *Bobby Reich* zu gehen. Wenn sie Glück hatte, würde Luis noch warten. Sie rannte in Richtung Krugkoppelbrücke an der Außenalster entlang, soweit das mit ihren leichten Sommersandalen möglich war. Wie blöd muss ich zwischen all den Joggern aussehen, dachte sie, verdrängte aber diesen Gedanken schnell wieder. Es ging ja um eine aufregende Nacht, da konnte man sich auch mal lächerlich machen.

Luis war nicht mehr bei *Bobby Reich.* Kristina ging zweimal durch die Reihen, aber sie konnte ihn nirgendwo entdecken. Das war typisch für ihn, dachte sie. Er selbst verspätete sich so oft, aber wenn sie es mal tat, fühlte er sich sofort auf den Schlips getreten und wartete nicht lange. Das hatte sie schon in ihrer Berliner Zeit erlebt. Sie beschloss, ihr Auto vom Parkplatz des *Cliff* zu holen und zu ihm zu fahren. Als sie auf die Uhr sah, während sie immer wieder in der Nähe seiner Wohnung durch die Seitenstraßen fuhr, aber keinen Parkplatz fand, erschrak sie. Es war bereits neun Uhr. Wahrscheinlich war Luis mittlerweile richtig sauer, und sie würde all ihren Charme aufbringen müssen, um ihn wieder zu beruhigen. Endlich fand sie einen Parkplatz drei Straßen von seiner Wohnung entfernt. Sie war vollkommen außer Atem, als sie bei seinem Wohnhaus ankam. Sie hatte noch nicht mal eine Bürste dabei und auch keinen Spiegel. Und ihr Schminkzeug hatte sie auch im Auto vergessen.

Sie klingelte und erwartete, dass Luis ihr etwas wütend, aber dann doch erleichtert, sie zu sehen, die Tür öffnen würde. Aber es öffnete niemand. Sie klingelte noch einmal und wartete. Wieder keine Reaktion. Dann hörte sie eine Frauenstimme, die rief: »Luis, es hat geklingelt!« Und dann Luis, der sagte: »Geh mal aufmachen, ich kann jetzt nicht.« Kristina schaffte es nicht, rechtzeitig zu reagieren und wegzulaufen. Die Tür öffnete sich, und eine sehr junge Frau stand in einem von Luis' weißen Hemden vor ihr. Sie sah sie fragend an. Kristina hob die Arme, drehte sich um und lief die Stufen hinunter. Sie brauchte nicht auf Luis zu warten. Er würde es nicht aufklären können. Es war so, wie es war. Sie hatte ihn versetzt, wie er annahm, und er hatte sich sofort Ersatz besorgt. Wie hatte sie nur jemals denken können, dass sie ihm nicht egal war?

Sie fuhr nach Lüneburg zurück, meldete sich nicht bei Luis und er auch nicht bei ihr. Anscheinend war er sauer auf sie, weil sie nicht gekommen war, und hatte sie abgehakt. Anschließend hatten sie sich nur noch einmal gesehen. Er hatte ihr erzählt, dass er nun mit Evelyn zusammen war, und sie hatte ihm geraten, mit ihr zusammenzuziehen.

Aber das jetzt fühlte sich nicht wie die Fortsetzung ihrer Affäre an. Sie wusste nicht genau, wann gestern es sich verändert hatte. Ob es in dem Moment gewesen war, als sie anfangs nebeneinander auf dem Bett gelegen und er ihre Hand genommen und gedrückt hatte? Als wolle er sagen: Ich habe so lange auf dich gewartet, und jetzt lasse ich dich nicht mehr los.

»Kristina, du siehst so aus, als ob du mal wieder zu viel grübeln würdest«, sagte Luis neben ihr und legte ihr die Hand auf den Arm. Seine Berührung brachte sie augenblicklich in die Gegenwart zurück.

Es war wirklich kein Traum. Sie saß hier in Cascais mit Luis und seinen Freunden. Die Sonne schien, es war warm und alles so leicht.

»Lass uns einen Rundgang durch den Ort machen. Ich will dir zeigen, wo wir gewohnt haben«, sagte Luis. Er zog sie vom Stuhl hoch und umarmte sie. Rosalia sah wieder interessiert zu ihnen herüber und lächelte. Kristina glaubte immer noch, dass Rosalia auch mal in Luis verliebt gewesen war, aber konnte sie ihr das verdenken? Er sah hinreißend aus, war charmant und fröhlich. Auch die anderen Frauen mussten so hingerissen von ihm sein wie sie. Allein mit seiner Stimme konnte er einen Orkan an Gefühlen in ihr heraufbeschwören, sehr schöne und auch zerstörerische, je nachdem, welche Klangfarbe er ihr gab. Jetzt war seine Stimme sanft und gleichzeitig sehr männlich und fröhlich.

»Ich komme gleich nach zum Hafen«, sagte Miguel. »Wir müssen ja noch die Stätten unserer wilden Jugend inspizieren.«

»Wilde Jugend?«, fragte Kristina interessiert.

»Miguel übertreibt«, sagte Luis lachend. »Eigentlich war es harmlos. Wir haben ein paar Mädchen ins Hafenbecken geworfen, weil wir nicht wussten, wie wir es sonst anstellen sollten, sie anzufassen.«

»Und hattet ihr mit dieser Aktion Erfolg?«

»Bis auf dass wir sie angefasst haben, nicht. Sie standen nicht so darauf, ohne Vorwarnung im Wasser zu landen. Ich war nicht gerade sehr geschickt in diesem Bereich«, sagte Luis und zuckte mit den Schultern.

»Das hat sich ja vollkommen geändert«, sagte Kristina. Sie sah an dem Leuchten in Luis' Augen, dass er sofort verstand, worauf sie anspielte. Es war immer leicht gewesen, mit ihm einen intimen Subtext auszutauschen. Sie hatten im Gespräch miteinander schon immer mit Stimme und Tonlage gespielt. Jetzt fühlte es sich an wie ein Tango. Auch wenn Luis sie gar nicht berührte – während sie durch die Gassen von Cascais schlenderten und er ihr erklärte, was sich früher wo befunden hatte –, hielt er sie mit seiner Stimmlage fest im Arm und führte sie, nachdem sie die Bemerkung über seine Fähigkeiten als Liebhaber gemacht hatte. Sie wusste, dass sie dieses aufregende Spiel nicht sehr lange würden durchhalten können, und hoffte, dass sie bald zu seinem Hotel aufbrechen würden.

Sie waren wieder auf der Meerespromenade, und Luis wies auf die andere Straßenseite zu einem imposanten Wohnhaus mit verglaster Veranda. Rechts und links daneben befanden sich genauso vornehm aussehende Wohnhäuser. Den Leuten hier geht es gut, dachte Kristina. Was für ein Unterschied zur Alfama mit ihren engen Gassen und kleinen Wohnungen. Dennoch war sie froh, nicht hier in der Wohlstandsblase, sondern in der Alfama zu wohnen. Das schien ihr authentischer.

»Dort drüben im ersten Stock, wo die Veranda ist, war unsere Wohnung. Nicht schlecht, oder? Meine Mutter liebte es, bei Sonnenuntergang mit einem Portwein auf der Veranda zu sitzen. Ich werde dieses Bild nie vergessen. Sie sah dort so unglaublich friedlich und glücklich aus. Mein Vater war zu diesem Zeitpunkt meist noch nicht zu Hause.«

»Und deine Eltern sind dann auch nach Deutschland zurückgegangen?«, fragte Kristina.

»Ja, als mein Vater sich vor einigen Jahren zur Ruhe setzte, entschied er, dass meine Mutter und er wieder in seine Heimat zurückkehren würden«, sagte Luis.

Das klingt nicht sehr harmonisch, dachte Kristina.

»War das nicht sehr schwer für deine Mutter?«

»Ja, aber sie hat sich gefügt, wie immer. Eigentlich ging es ihr erst wieder gut, als sie nach dem Tod meines Vaters nach Nazaré gezogen ist.« Luis presste die Lippen zusammen.

»Haben deine Eltern sich denn nicht geliebt?«, fragte Kristina weiter. Damals in Berlin hatten sie sich darüber nie unterhalten, dachte sie. Es war nahezu unmöglich gewesen, ihm auch nur irgendetwas über seine Kindheit und Jugend zu entlocken.

»Wir leben jetzt«, hatte Luis immer gesagt, wenn sie versucht hatte, etwas über seine Vergangenheit in Erfahrung zu bringen. »Das, was war, spielt doch überhaupt keine Rolle mehr.«

In der Zwischenzeit schien er begriffen zu haben, dass man seine Vergangenheit nicht einfach abstreifen und zu den Akten legen konnte, ohne sich mit ihr auseinanderzusetzen, dachte Kristina. Und dass die Menschen, die einem nahestanden, ein Recht darauf hatten, etwas darüber zu erfahren. Wahrscheinlich ist das Evelyns Verdienst, dachte Kristina. Bei aller Eifersucht, die sie beim bloßen Gedanken an Evelyn verspürte, war es vielleicht nicht so schlecht gewesen, dass Luis endlich mal mit einer Frau zusammengewohnt hatte und nicht bei den kleinsten Schwierigkeiten hatte flüchten können. Evelyn war eine starke Frau, die sicher nicht akzeptiert hatte, wenn er sich einer Auseinandersetzung entziehen wollte, sondern nachhakte. Dass ihr das wohl am Schluss zum Verhängnis geworden war, störte Kristina keineswegs. Zuvor hatte sie Luis sicher sehr mühevoll einige Partnerschaftsregeln beigebracht, von denen sie selbst während ihrer Berliner Zeit niemals angenommen hatte, dass Luis sie jemals lernen würde. Kristina war damals so fassungslos gewesen, dass er einige Grundregeln überhaupt nicht beherrschte, dass sie gar nicht erst versucht hatte, sie ihm zu vermitteln. Meistens hatte Luis nicht einmal verstanden, wovon sie sprach, wenn sie dieses Thema angeschnitten hatte.

Miguel tauchte neben ihnen auf. »Komm, jetzt ist es Zeit fürs Hafenbecken«, sagte er verschwörerisch. Luis nickte, und die beiden Männer hakten Kristina unter und führten sie zu einem kleinen Schiffsanleger links neben dem Platz. Dort lagen moderne kleine Fischerboote. Ein alter Fischer saß auf einem Schemel und besserte sein Netz aus, andere standen zusammen und rauchten. Die Leute an der Praia da Ribeira und auf der Promenade sehen alle zu mir herüber, dachte Kristina. Wie peinlich.

»Bist du bereit?«, fragte Luis.

Erst jetzt begriff sie, was ihr gleich blühen würde. »Ich will nicht ins Wasser geworfen werden«, rief Kristina, vermutete aber, dass Gegenwehr nicht besonders hilfreich sein würde. Miguel und Luis schienen entschlossen zu sein, sie ins Becken zu werfen. Es fehlten nur noch wenige Meter bis zur Kante des Anlegers. Kristina hoffte, dass das Wasser hier tief genug war. Sollte sie darauf bestehen, vorher ihren Schmuck abnehmen zu dürfen? Oder würde das zu unlocker wirken? Luis hatte es schon immer geliebt, sie zu necken. Sie seufzte und ergab sich in ihr Schicksal.

Plötzlich ließen Miguel und Luis sie gleichzeitig los und sprangen simultan mit einer Bombe ins Wasser. Kristina blieb verdutzt stehen.

»Du lässt dich noch genauso leicht hochnehmen wie früher«, sagte Luis erfreut. »Das macht so viel Spaß! Wenn du dein verdutztes Gesicht sehen könntest. Hattest du wirklich gedacht, wir würden dich reinschmeißen? Eigentlich hatten wir das ja vorgehabt, aber Rosalia hat es uns verboten.«

Die beiden Männer schwammen an Land und kletterten, immer noch lachend, aus dem Wasser. Luis kam mit ausgebreiteten Armen auf sie zu, aber Kristina floh vor ihm.

»Lass mich, ich will nicht nass werden«, rief sie lachend.

Luis lief hinter ihr her.

»Ihr benehmt euch noch alberner als wir damals«, sagte Miguel. »Muss eine neue Liebe schön sein«, seufzte er.

»So neu ist sie gar nicht«, sagte Luis, nahm Kristina an die Hand und sah ihr in die Augen.

Oh Gott, dachte sie, das ist eine Liebeserklärung. Früher hätte sie diesen Satz missverstanden und gedacht, dass Luis damit meinte, sie sei alt. Aber nun konnte sie verstehen, was er damit sagen wollte. Es bedeutete: Ich habe nie aufgehört, an dich zu denken und dich zu lieben.

»Sei mir nicht böse, aber wir werden jetzt mal ins Hotel fahren«, sagte Luis zu seinem Freund.

»Das kann ich verstehen«, sagte Miguel versonnen. »Aber kommt vorher noch mal kurz mit zu uns. Rosalia wäre bestimmt gekränkt, wenn ihr euch nicht persönlich von ihr verabschieden würdet.«

»Das würde ich nie wagen«, sagte Miguel grinsend. »Ich weiß doch, was für eine Furie sie sein kann, wenn sie wütend ist.«

»Meinst du die Situation, als wir ihr die Ray-Ban-Sonnenbrille weggenommen haben und sie kreischend und zeternd hinter uns hergelaufen ist, um sie wiederzubekommen? Wir haben damals so getan, als ob wir sie wegschmeißen wollten.«

»Ihre Schreie und Verwünschungen dröhnen mir heute noch in den Ohren. Ich musste nach diesem Streich drei Wochen lang Abbitte leisten«, sagte Miguel.

»Das war sicher nicht sehr angenehm«, sagte Luis.

»Es war leichter, in Fátima auf Knien zur Kirche zu rutschen«, seufzte Miguel.

»Aber es hat sich gelohnt«, sagte Luis und klopfte seinem Freund auf die Schulter.

»Ja, Luis«, sagte Miguel.

Kristina ging hinter den beiden Männern her. Sie wollte sie nicht stören, nachdem sie ihre Freundschaft mit dem gemeinsamen Sprung ins Hafenbecken gerade erneut besiegelt hatten. Wie leicht es die Männer manchmal hatten, dachte Kristina. Sie brauchten nicht lange darüber zu lamentieren, dass sie sich eine Ewigkeit nicht gesehen hatten. Sie heckten gemeinsam wie früher einen Schabernack aus, und alles war wieder im Lot. Luis hatte keine Geschwister. Vielleicht hatte er damals in Berlin nicht verstehen können, warum sie mit ihm Beziehungsgespräche führen wollte, weil er wie ein Mann dachte und nicht begriff, dass Frauen anders waren. Sie hatten damals zusammen *My Fair Lady* gesehen, und das Lied *Kann eine Frau nicht sein wie ein Mann?* war Luis' Lieblingslied gewesen.

Sie hatte sich fürchterlich über ihn aufgeregt und nicht fassen können, dass er so wenig feinfühlig war und immer abblockte. Heute störte sie das nicht mehr. Er dachte durch und durch männlich, und das hatte, was den Sex anging, enorme Vorteile. Warum kamen ihr diese Erkenntnisse erst jetzt? Hätte ich sie früher gehabt, wäre ich heute vielleicht nicht mit Peter verheiratet, sondern mit Luis und hätte mit ihm zusammen Kinder, dachte sie. Kristina betrachtete Luis von der Seite. Seine Haare klebten an der Stirn, sein Hemd und seine Hose waren klatschnass. Jedes Mal, wenn er einen Schritt machte, gaben seine Schuhe ein quietschendes Geräusch von sich. Immer wieder blickten sich Passanten nach ihm um, aber das schien ihn überhaupt nicht zu stören.

Unsere Kinder wären sicher bildschön geworden, dachte sie. Vielleicht hätten wir ein Mädchen mit hellblonden Haaren bekommen und einen Jungen, der genauso aussieht wie Luis? Bei dieser Vorstellung zog sich ihr Herz zusammen. In Berlin hatte sie damals oft davon geträumt. Aber Luis hatte nie etwas davon wissen wollen und sie nur belustigt angesehen, wenn sie versucht hatte, das Thema Kinder anzuschneiden, oder so getan, als ob er nicht wüsste, wovon sie sprach. Und dann war etwas geschehen, was diese Möglichkeit für immer zunichtegemacht hatte. Nicht daran denken, beschwor sich Kristina, es tat zu weh.

Jetzt war es zu spät. Sie beide waren zu alt. Es würde niemals gemeinsame Kinder geben. Obwohl sie auf keinen Fall noch einmal Kinder bekommen wollte, machte dieser Gedanke sie traurig. Aber dann spürte sie die Wärme der Sonnenstrahlen auf ihrer Haut und machte sich wieder klar, wo sie war: hier in diesem entzückenden kleinen ehemaligen Fischerort Cascais, der jetzt zu den exklusivsten Badeorten Europas zählte und ein wenig an den Elbvorort Blankenese im Hamburger Westen erinnerte. Auch hier schien alles leicht zu sein. Niemand schien Sorgen zu haben, und nicht nur die Touristen strahlten ein entspanntes Urlaubsgefühl aus. Kristina konnte sehr gut verstehen, dass Luis sich sofort heimisch gefühlt hatte, als er mit zehn Jahren hierherkam. Wenn ich in Berlin nicht so ungeduldig mit ihm gewesen wäre und länger gewartet hätte, würden wir jetzt vielleicht gemeinsam hier wohnen, dachte Kristina wehmütig, und unser Sohn hätte auch seinen ersten Schwarm ins Hafenbecken gestoßen. Dieser Gedanke stieg in ihr auf, ohne dass sie ihn kontrollieren konnte. Aber sei ehrlich zu dir, schalt sie sich. Wir wären keine Familie geworden. Er hätte mich nicht geheiratet. Er wollte keine Kinder mit mir. Dieses Glück mit ihm jetzt war ein Bonus oder etwas ganz Neues, das nichts mit dem zu tun hatte, was damals zwischen ihnen passiert war.

Rosalia hob schimpfend den Zeigefinger, als sie die beiden Männer sah, lachte aber gleichzeitig und ließ sich sogar von Miguel in den Arm nehmen, obwohl auch ihre Kleidung dadurch feucht wurde. Das ist Liebe, dachte Kristina. Ich hätte bei Peter genauso reagiert. Zum ersten Mal seit gestern Abend musste sie an ihren Mann denken, und sie merkte, dass sich mit diesem Gedanken auch ihr schlechtes Gewissen meldete. Aber das wollte sie jetzt nicht. Das würde später kommen. Nicht heute.

Luis ging mit Miguel nach oben in Miguels und Rosalias Wohnung und kam in Shorts und einem T-Shirt von Miguel zurück. An den Füßen trug er aber immer noch die nassen Schuhe.

»Das muss gehen«, sagte er. »Miguel hat viel größere Füße als ich.«

Kristina sah an ihrem Geliebten hinunter. Seine für einen Mann zierlichen Füße und seine schmalen Fesseln hatten sie von Anfang an fasziniert.

»Lass uns jetzt ins Hotel fahren«, sagte Luis leise zu ihr. »Ich glaube, wir müssen dort dringend etwas erledigen.« Er legte ihr die Hand kurz auf die Hüfte, und ein leises Prickeln zog ihre Beine hinauf.

»Kommt bald wieder«, sagte Rosalia und gab Kristina drei Küsse. »Und genieß es.« Es klang so, als ob sie hinzufügen wollte: … solange es dauert. Ich weiß, dass du verheiratet bist.

Kristina konnte zum Glück nicht weiter über das nachdenken, was Rosalia gesagt hatte, da Miguel sie in diesem Moment in seine Arme zog und hochhob.

»Du bist ab jetzt meine Lieblingsdeutsche«, sagte er. »Und beim nächsten Mal bringen wir dir bei, auch Krake zu mögen.«

Kristina lachte und versprach, bald wiederzukommen. Die beiden Jungs winkten ihnen lässig aus einem Fenster der Wohnung zu.

Luis hatte es eilig, zum Wagen zu kommen. Er nahm sie bei der Hand und zog sie fast hinter sich her. Das war zwar nicht wirklich bequem, aber Kristina genoss es, weil er eigentlich sonst nie Hand in Hand mit ihr gegangen war. Es fühlte sich so an, als wolle er zeigen, dass sie jetzt wirklich zusammengehörten.

Auf dem Weg in die Altstadt von Lissabon redeten sie wenig. Luis hatte den Jazzsender eingestellt, und die sanfte, erotische Stimme von Frank Sinatra erfüllte das Auto. Es war sehr warm, sie hatten die Fenster heruntergelassen. Kristina streckte den Arm in den Fahrtwind. Die Sonne tanzte auf dem Meer, der blaue Himmel war von zarten Federwolken durchzogen. Kristina konnte es immer noch nicht fassen, dass sie sich in dieser wunderbaren Stadt befand, die sie auf Anhieb ins Herz geschlossen hatte. Sie liebte den sanften, manchmal melancholischen Klang der portugiesischen Sprache, die sich in ihren Ohren immer nach Liebeserklärungen anhörte. Sie liebte die ruhige Gelassenheit der Portugiesen, ihre stolze Freundlichkeit.

Luis sah immer wieder zu ihr herüber. Sie spürte, dass er es auch kaum glauben konnte, dass sie jetzt neben ihm saß. Als sie ihm gestern Nacht gestanden hatte, wie wunderschön sie es fand, dass er bei ihr war, hatte er ihr tief in die Augen gesehen und »Ich war nie weg« gesagt. In seiner Zeit mit Evelyn hatte er also genauso von ihr geträumt wie sie von ihm. So fühlt sich also absolutes Glück an, dachte Kristina.

***

Luis spürte noch immer Kristinas Hände und Lippen auf seiner Haut. Sie saß wirklich neben ihm in diesem unspektakulären Leihauto, bei dem auch noch die Aircondition kaputt war. Evelyn hätte sich schon längst darüber aufgeregt, aber Kristina schien es überhaupt nicht zu merken. Sie drehte sich kurz zu ihm um und lächelte ihn an. Ein kleines Rinnsal Schweiß floss von ihrem Hals in ihren Ausschnitt, und das erregte ihn sofort. Er wollte seine Hand dorthin legen oder den salzigen Tropfen ihres Schweißes auf seiner Zunge schmecken wie gestern Nacht. Kristina schien überhaupt nicht zu merken, wie sehr sie ihn erregte. Ihr Kleid war bis zu den Knien hochgerutscht, und sie hatte ihre linke Hand locker auf ihren Oberschenkel gelegt. Luis konnte sich nur schwer auf den Autoverkehr konzentrieren. Er hätte sie am liebsten am nächsten Strand zu einer einsamen Stelle geführt und im Sand geliebt, aber er wollte sich nicht mit irgendwelchen Polizisten anlegen, die gelegentlich den Strand entlanggingen, um freizügige Pärchen zurechtzuweisen.

Portugal war noch immer sehr katholisch. Luis wollte nicht riskieren, dass jemand Kristina wegen entblößter Brüste am Strand tadelte. Nach den vielen nackten Brüsten, die er überall an den Stränden in Deutschland ungefragt zu sehen bekommen hatte, empfand Luis es als Wohltat, dass die Portugiesinnen sich nie ohne Oberteil sonnten. Er war längst aus dem Alter heraus, in dem ihn Brüste grundsätzlich angemacht hatten, egal welche Form und Größe sie hatten. Zurzeit wollte er sowieso nur Kristinas Brüste sehen. Natürlich waren auch an ihnen die letzten Jahre nicht spurlos vorbeigegangen, und in ihr Dekolleté hatten sich hier und da kleine Fältchen eingegraben. Ihre Brüste waren auch nicht mehr so fest wie vor 20 Jahren, aber immer noch perfekt, wie er fand. Nicht zu groß und nicht zu klein. Auch ihr heutiges Kleid hatte ein Dekolleté, das unglaublich sexy war, gerade weil es nicht übermäßig sexy war. Er wusste nicht, warum, aber sie war beim Sex viel entspannter als früher gewesen und hatte sich gehen lassen. Auch er selbst hatte nicht wie bei Evelyn darüber nachdenken müssen, was ihr gefallen könnte.

»Hast du Lust, schwimmen zu gehen?«, fragte Kristina und sah ihn mit diesem besonderen Funkeln in den Augen an. Eigentlich wollte er mit ihr gleich ins Hotel fahren, um ihr dieses ungemein betörende Kleid auszuziehen und sie bei geöffnetem Fenster auf dem äußerst bequemen Bett zu lieben, aber diesem Blick konnte er nichts abschlagen. Sie waren gerade auf der Höhe seines Lieblingsstrandes. Er blinkte und zog den Wagen auf die andere Spur in Richtung Parkplatz. Es war ein etwas waghalsiges Manöver. Evelyn hätte sicher laut aufgeschrien und geschimpft, dass er sie beide damit in Gefahr brachte. Kristina hielt sich nur kurz an der Schlaufe über ihr fest, sagte jedoch nichts.

Es war gerade noch ein Parkplatz frei, was um diese Zeit eigentlich einem Wunder gleichkam. In Ordnung, dachte Luis, anscheinend sollten sie schwimmen gehen. Und ein verzögertes Liebesspiel hatte ja auch seinen Reiz.

Kristina nahm ihre Sachen vom Rücksitz und setzte ihren großen Strohhut auf, der eher zu einer Safari in Afrika als an einen portugiesischen Strand passte. Aber ihr schien das entweder nicht bewusst oder egal zu sein. Er wartete etwas, um für einen Moment hinter Kristina hergehen zu können. Wie er ihren Po liebte, der aufreizend hin und her wippte, wenn sie sich bewegte. Sie war immer noch schlank und schien auch in Lüneburg regelmäßig etwas für ihre Figur getan zu haben. Ihr Gang war sexy und gleichzeitig sportlich. Es konnte passieren, dass sie in einem Moment sehr weiblich die Hüften schwang und im nächsten Moment eine Treppe hinaufrannte und dabei zwei Stufen auf einmal nahm. Was ihm besonders gefiel, war, dass sie gar nicht zu wissen schien, was für eine Ausstrahlung sie hatte. Die meisten Frauen, die er kennengelernt hatte, hatten ganz genau gewusst, wie sie wirkten.

Luis war sich sicher, dass Kristina noch nie irgendwelche Posen oder Gesichtsausdrücke vor dem Spiegel geübt hatte. Sie war eindeutig weniger eitel als er und strahlte auch noch mit über 40 eine jugendliche Unbekümmertheit aus, die man eigentlich nur haben konnte, wenn man nicht ständig in den Spiegel sehen musste, um zu überprüfen, wie man aussah, weil man im Grunde davon überzeugt war, dass man gut aussah. Bei ihm hatte es lange gedauert, bis er endlich davon überzeugt gewesen war, dass er gut aussah, und deshalb bedeutete es ihm jetzt wohl auch so viel. Seine Mutter hatte ihn zwar immer sehr hübsch gefunden und ihm das auch oft gesagt, aber sein Vater, der ihn um anderthalb Köpfe überragte und einem breitschultrigen Germanen glich – Luis' Freunde konnten kaum glauben, dass dies sein Vater war –, hatte ihm zu verstehen gegeben, dass man mit einer Größe von weniger als 1,80 nicht männlich aussehen konnte. Das war ein weiterer Grund für Luis, in Portugal zu leben. Er musste nicht mehr ständig hochgucken, wenn er mit Männern sprach. In Deutschland war das oft so gewesen, da überragten ihn die meisten. Hier war er einer unter vielen und gehörte nicht mehr zu den Kleineren.

Kristina drehte sich nach ihm um und lächelte ihn an. Sein Herz schlug für einen Moment schneller. Das Lächeln dieser wunderbaren Frau galt heute nur ihm, und er wusste, dass er der glücklichste Mann an diesem Strand war. Sie zogen sich in den Kabinen um. Dann musste Luis Kristinas Rücken und ihren Nacken eincremen. Er tat es langsam und genussvoll und stellte sich dabei vor, wie er nachher ihren ganzen Körper einölen würde, aber sie schien an etwas ganz anderes zu denken.

»Warum habe ich nur diese helle Haut?«, schimpfte sie. »Schau dir die anderen Frauen an mit ihren dunkelbraunen Haaren und ihrem fantastischen Teint. Meine Haut sieht dazwischen aus wie der Käse, den wir heute Mittag gegessen haben. Und dann dieser Badeanzug. Wie altmodisch. Sicher denken die anderen Frauen, dass ich einen vollkommen vernarbten Körper habe.«

Luis sah sie erstaunt an. Es war so, als ob er plötzlich nicht mehr dieselbe Kristina vor sich hätte. Sie sprach mit einem anderen Tonfall, ihre Stimme war tiefer, und sie klang sachlicher. So redet sie bestimmt mit ihrem Mann, dachte er. Er mochte es überhaupt nicht, wenn

Frauen sich über ihr Aussehen beschwerten, vor allem, wenn er sie so schön fand wie Kristina. Normalerweise ignorierte er solche Ausbrüche oder machte einen Witz, um zu zeigen, wie lächerlich es war, was die Frauen über sich sagten. Aber seit er durch Evelyns strenge Schule gegangen war, wusste er, dass Witze über vermeintliche Makel bei Frauen nicht gut ankamen, selbst wenn sie offensichtlich überhaupt nicht der Wahrheit entsprachen wie bei Kristina.

»Du siehst toll aus«, murmelte er und dachte im gleichen Moment, dass ihr Mann jetzt so etwas Ähnliches zu ihr gesagt hätte. Verdammt, er wollte doch gar nicht an diesen Peter denken, den er bisher nur aus ihren Erzählungen kannte und der sicher der Mann war, den er am wenigsten leiden konnte, obwohl er ihm noch nie persönlich begegnet war.

Kristina hatte immer noch nicht zu ihrem Lächeln zurückgefunden. Vielleicht sollte er doch einen Witz machen, sie liebte seine frechen Sprüche, und meistens verstand sie sie auch, dachte Luis. Aber er traute sich nicht. Stattdessen legte er ihr die Hand auf die Hüfte und zog sie an sich.

»Ich finde dich unglaublich sexy«, flüsterte er ihr ins Ohr und strich ihr mit der anderen Hand sanft über Schultern, Rücken und Po. Sie entspannte sich sofort und bekam eine Gänsehaut. Und sie lächelte auch wieder. Er fühlte sich wie Superman. Es war ziemlich lange her, dass die Berührungen seiner Hände bei einer Frau so eine starke körperliche Reaktion ausgelöst hatten. Ich muss ins Wasser, sonst bekomme ich Probleme mit meinen Badeshorts, dachte Luis.

»Wer zuerst im Wasser ist«, rief er und rannte vor ihr her, in der Hoffnung, dass sein Training in Nazaré ausgereicht hatte, um dabei sportlich auszusehen. Kristina kam hinter ihm her und lief ins Wasser, ohne anzuhalten. Sie stürzte sich kopfüber in die nächste Welle und sah dabei aus wie ein Junge. Er machte es ihr nach. Die anderen Badenden blieben dicht am Strand, aber sie tauchten immer wieder unter den Wellen hindurch, bis sie in ruhigere Wasserabschnitte kamen. Dann legten sie sich nebeneinander auf das Wasser und sahen zum Strand. Ein Rettungsschwimmer hüpfte dort winkend auf und ab.

»Der meint uns«, sagte Kristina. »Gibt es hier Haie?«

»Nein, natürlich nicht. Aber die Strömung ist ziemlich stark. Ich glaube, wir sollten zurück. Kannst du noch?«

»Natürlich, ich bin doch keine Memme. Wer zuerst am Strand ist«, rief sie und schwamm los.

Es war anstrengend zu schwimmen, aber er hatte sie nach kurzer Zeit eingeholt. Die Wellen waren in den letzten fünf Minuten noch höher geworden.

»Du musst den richtigen Moment abpassen und dich dann wie beim Surfen von ihnen tragen lassen«, sagte Luis. »Dann kommst du schneller an den Strand.«

»Natürlich. Das machen meine Kinder auch immer so, wenn wir auf Sylt sind. Wir haben es ihnen vor Jahren beigebracht, damit sie nicht untergehen«, sagte Kristina. Sie hörte auf zu schwimmen und sah sich nach den Wellen um, die vom Meer heranrollten. Wie selbstverständlich sie *wir* sagt, dachte Luis. Sie ist mit ihrem Mann nicht unglücklich. Plötzlich war es ihm unangenehm, dass er das angenommen hatte, nur weil er selbst die meiste Zeit unglücklich mit Evelyn gewesen war.

Bei der nächsten Welle passten sie gemeinsam den höchsten Punkt ab und ließen sich dann von ihr in Richtung Strand tragen. Im flachen Wasser schwamm Kristina auf Luis zu, legte die Arme um seinen Hals und schlang die Beine um seine Hüften.

Egal, was sie sonst mit ihrem Mann erlebte. Das war der perfekte Moment, dachte Luis. Er würde die Zeit so lange genießen, wie sie es zuließ. Und dann allein seine Wunden lecken und wissen, dass er solch ein vollkommenes Glück nie wieder mit einer Frau erleben würde. Nicht nach ihrem Mann fragen, nicht eifersüchtig werden, wenn sie von ihrer Familie erzählt, nahm er sich vor. Er konnte nicht sagen, ob es ihn wirklich störte, dass er selbst es verpasst hatte, eine eigene Familie zu gründen. Es war damals einfach nicht der richtige Zeitpunkt gewesen, als Kristina mit der Idee angekommen war.

Eigentlich hatte sie ja nie konkret gesagt, dass sie ihn heiraten wollte, aber sie hatte ihm erzählt, dass sie sich etwas Ernstes mit ihm vorstellen könnte. Er wusste noch genau, was er getan hatte, als sie nach einem leidenschaftlichen Sonntagvormittag im Bett damit herausgekommen war. Er hatte gelacht und überhaupt nicht gewusst, was er mit dieser Aussage anfangen sollte. Kristina sollte zu diesem Zeitpunkt schon an einer Familiengründung interessiert sein? So hatte er sie gar nicht eingeschätzt. Sie war unabhängig, studierte Sozialpädagogik, wollte etwas aus ihrem Leben machen und war anders als die Töchter der Freunde seines Vaters, die er ihm immer wieder ans Herz gelegt hatte. Seine Freundin hing nicht an seinem Rockzipfel. Und es würde noch ewig dauern, bis er Arzt wäre und genug verdienen würde, um eine Familie zu ernähren. Außerdem wusste er nicht, ob er überhaupt jemals heiraten wollte. Die meisten Ehen waren doch sowieso nicht glücklich. Er wusste nicht, wie er reagieren sollte. Er dachte, Kristina würde einen Scherz machen, also lachte er und merkte zu spät, dass das die verkehrteste aller Reaktionen war, für die er sich hätte entscheiden können. Kristina funkelte ihn wütend und verletzt an und schlug die Wohnungstür hinter sich zu. Er blieb perplex und überrumpelt zurück. Eigentlich war doch gerade alles so schön gewesen. Er war entspannt aufgewacht, sie hatten gleich miteinander geschlafen, im Bett gefrühstückt und dann noch einmal miteinander geschlafen. Und jetzt rannte sie irgendwo durch Charlottenburg, weil er mal wieder etwas Falsches gesagt hatte? Das passierte ihm doch öfter, das kannte sie schon. Am Anfang ihrer Beziehung hatte sie ihn nur mitleidig angesehen und den Kopf geschüttelt, wenn er mit seinen Scherzen mal wieder danebengelegen hatte. Warum tat sie das jetzt nicht mehr? Er wusste selbst, dass sein Lachen keine angemessene Reaktion gewesen war. Aber sie kannte ihn doch. Er reagierte hilflos und unpassend, wenn er auf etwas nicht vorbereitet war.

In den nächsten zwei Stunden wartete er auf sie. Als sie zurückkam, trug er immer noch seinen Bademantel. Er hätte sich natürlich anziehen und sie suchen können. Aber das hatte er nicht getan. Er wusste, dass das wohl nicht richtig gewesen war, aber er konnte es nicht ändern. Endlich war sie wiedergekommen. Er hatte sie umarmt, sie waren wieder im Bett gelandet und hatten nie wieder über diesen Vorfall gesprochen. Viel später erst hatte er festgestellt, dass er mit seinem Lachen das Ende ihrer Beziehung eingeläutet hatte. Und noch viel später hatte er angefangen, das zu bereuen.

Sollte er ihr das jetzt erzählen? Aber vielleicht war es viel zu früh, ihr seine wahren Gefühle zu offenbaren. Wahrscheinlich betrachtete sie ihn nur als Zeitvertreib, bis sie nach Lüneburg zurückkehren und ihr Leben mit ihrem Mann und ihren Kindern wiederaufnehmen würde. Vielleicht würde er sie verschrecken, wenn er ihr gestand, dass er endlich verstanden hatte, dass sie »die eine« für ihn war. Und hatte er überhaupt das Recht, sie in die Situation zu bringen, zwischen ihm und ihrem alten Leben wählen zu müssen, das ihr ja offensichtlich auch gefiel?

Luis drückte Kristina an sich und sah über das Meer. Er durfte es nicht noch einmal so vermasseln wie damals. Er musste den richtigen Moment abwarten, um ihr zu sagen, was er von ihr wollte. Doch das hatte noch Zeit.

»Mir wird langsam kalt«, sagte Kristina.

Erst jetzt bemerkte er, dass sie zitterte, und sie verließen schweigend das Wasser. Die Leichtigkeit von eben war wie weggeblasen. Hatte Kristina seine Gedanken erraten? Oder dachte sie an ihre Familie und die gemeinsamen Urlaube auf Sylt? Vermisste sie ihren Mann vielleicht? Luis rief sich zur Ordnung. Er wollte sich nicht selbst quälen. Ob sie an ihren Mann dachte, während er sie in den Armen hielt? Er musste aufhören, sich mit dieser Frage zu beschäftigen, wenn er die Sache mit Kristina weiter genießen wollte. Sie gingen zu den Kabinen und zogen sich um.

»Wollen wir zum Hotel fahren?«, fragte Luis. Warum war er plötzlich nur so verunsichert? Schließlich hatte sie gestern Nacht ihren Ehering abgelegt und trug ihn auch jetzt nicht mehr. Das hatte bei Kristina viel zu bedeuten. Bei ihren wenigen Treffen in den vergangenen 23 Jahren hatte sie ihn immer anbehalten.

Kristina antwortete nicht auf seine Frage. Sie fuhren los. Luis stellte wieder den Jazzsender ein. Michael Bublé sang *Feeling good*. Vor einer Viertelstunde hätte Luis noch laut mitsingen wollen. Jetzt fuhr er mit einer schweigenden Kristina neben sich zurück in die Altstadt von Lissabon und wusste nicht, welchen Weg er einschlagen sollte.

Sie hatte ihre Arme verschränkt und schien unerreichbar für ihn zu sein. Sie schaute auch nicht mehr zu ihm herüber. Plötzlich fühlte er sich, als ob er durch dicken Morast watete. Stimmungsschwankungen kannte er auch von Evelyn und den anderen Frauen, mit denen er es in den vergangenen zwei Jahrzehnten versucht hatte. Meistens hatten sie ihn dann nur genervt, mit Kristina war es aber immer anders gewesen. Denn bei ihr war die Fallhöhe viel größer als bei den anderen, meist hatte sie ihn in einem besonders glücklichen Moment abgeschossen und in die Tiefe gerissen. Nach weiteren zehn Minuten verstockten Schweigens, als sie im Stau an der Praça do Comércio darauf warteten, dass der Touristenstrom zum Tejo versiegte, hielt er es nicht mehr aus.

»Was ist denn los?«, fragte er. Eigentlich sollte das nicht so unwirsch klingen, wie es herauskam.

»Ich weiß nicht mehr, ob ich mit dir ins Hotel möchte«, sagte Kristina.

Ihr Satz traf ihn wie ein Schlag in die Magengrube. Wie konnte sie ihre Meinung innerhalb von so kurzer Zeit ändern? Sie hatte doch eben noch im Meer ihre Beine um ihn geschlungen und sich an ihn geschmiegt, und jetzt wusste sie nicht mehr, ob sie die Nacht mit ihm verbringen wollte? Da kam er nicht mit. Also bog er nicht Richtung Praça dos Restauradores ab, sondern fuhr weiter am Tejo entlang zu ihrer Wohnung.

Sie sah ihn wütend von der Seite an, als er vor ihrem Haus hielt. »Du willst mich hier einfach absetzen?«, fragte sie. »Das lass ich mir nicht gefallen. Ich gehe.« Sie stieß die Autotür auf und stieg aus dem Auto. Ohne sich noch einmal nach ihm umzudrehen, rannte sie über die Straße und hatte Glück, dass gerade kein Auto kam. Ihre Tasche hatte sie auf dem Rücksitz vergessen.

Der selbst ernannte Parkwächter wollte von Luis wissen, wie lange er bliebe.

»Ich fahre gleich wieder«, sagte Luis, denn das sollte er am besten sofort tun. Es war genau wie früher. Kristinas plötzliche Stimmungsschwankungen hatten ihn schon in Berlin fertiggemacht. Meistens war er damals so schnell wie möglich verschwunden, hatte sich einige Tage nicht gemeldet und abgewartet, bis sie anrief und sich entschuldigte. Sein erster Impuls war, jetzt wieder das Gleiche zu tun, aber er konnte sich nicht durchringen loszufahren. Dass Kristina ihre Tasche auf dem Rücksitz vergessen hatte, war doch ein Zeichen dafür, dass sie gar nicht allein sein wollte. Vielleicht tat ihr es schon wieder leid, dass sie ohne Vorwarnung aus dem Wagen gestürmt war. Was hatte Evelyn ihm immer wieder vorgeworfen? Dass er nicht um sie gekämpft hatte? Sie immer die Initiative hatte ergreifen müssen? Das wollte er jetzt anders machen und zumindest versuchen, die Situation gleich zu klären. Er holte die Tasche vom Rücksitz und lief über die Straße. Vielleicht war er ja auch wieder unsensibel gewesen und hatte gar nicht bemerkt, was er falsch gemacht hatte. Damals hatte er immer gedacht, dass es an Kristina lag, wenn sie plötzlich eingeschnappt war. Mittlerweile wusste er, dass es auch oft an ihm gelegen hatte. Er würde klingeln, und wenn sie nicht öffnete, würde er in die nächste Bar gehen und sich betrinken.

Nach seinem zweiten Klingeln drückte Kristina auf den Türöffner. Er hatte keine Lust, auf den Fahrstuhl zu warten, und lief die Treppen in den dritten Stock hinauf. Atemlos erreichte er Kristinas Wohnungstür, die offen stand. Er ging hinein und schloss sie hinter sich. Kristina lehnte mit dem Rücken zu ihm am Schlafzimmerfenster und drehte sich nicht zu ihm um, als er hinter sie trat.

Er nahm all seinen Mut zusammen und legte ihr die Hand auf die Schulter. »Was ist los?«, fragte er, diesmal aber sanft.

»Es tut mir leid, dass ich abgehauen bin, das war albern. Aber am Strand wurde mir plötzlich klar, dass wir in den vergangenen zwei Jahrzehnten sehr wenig Zeit miteinander verbracht haben«, flüsterte Kristina. »Du hast viele Frauen geliebt in dieser Zeit und warst mit ihnen sicher auch sehr glücklich.«

Nicht so glücklich wie mit dir, wollte er sagen, brachte es aber nicht heraus. Denn er war auch nie so unglücklich wie mit Kristina gewesen.

»Ich finde es wunderschön, dass du wieder da bist, aber reicht das?«, sagte Kristina.

»Ich war nie weg«, sagte Luis. Das hatte er auch vorige Nacht geflüstert, aber sie hatte nicht darauf reagiert.

Sie drehte sich zu ihm um und sah ihn fragend an. Sie schien nicht zu verstehen, obwohl doch klar war, was er damit meinte.

»Ich habe nie aufgehört, an dich zu denken«, sagte er, aber das traf es irgendwie nicht. Er zog sie an sich und küsste sie. Hoffentlich hat sie meine versteckte Liebeserklärung mitbekommen, dachte er. Mittlerweile wusste er selbst, dass er in diesem Bereich nicht sehr begabt war. Aber so, wie Kristina ihn zurückküsste, schien sie ihn verstanden zu haben.

»Ich habe auch nie aufgehört, an dich zu denken und mich nach dir zu sehnen«, sagte sie und zog ihm das Hemd aus der Hose. Ihre Hände streichelten seinen Rücken. Jede ihrer Berührungen zeigte ihm, wie sehr sie ihn begehrte. Sofort war seine Leidenschaft wieder geweckt. Er konnte plötzlich nicht mehr länger warten, fuhr mit der Hand unter ihr Kleid und in ihren Slip. Sie war genauso bereit wie er. Gemeinsam ließen sie sich aufs Bett fallen. Plötzlich waren alle Dämme gebrochen. Er wollte sofort mit ihr schlafen. Es blieb keine Zeit für lange Vorspiele oder zärtliche Worte. Er öffnete seine Hose. Ohne ihn auszuziehen, schob er Kristinas Slip beiseite und drang in sie ein. Es war wild und ungehemmt, fast so, als ob sie miteinander kämpften. Kristina stöhnte laut, und ihr Stöhnen törnte ihn nur noch mehr an. Er steigerte seinen Rhythmus, bis er merkte, dass sie sich vollkommen gehen ließ. Ihr Orgasmus war so intensiv, er kam bei ihren letzten Zuckungen, es war himmlisch. Als er nach langer Zeit wieder ruhig atmen konnte, zog er sich nicht zurück, sondern blieb in ihr. Sie umarmte ihn, und er fühlte sich geborgen, sicher und unglaublich entspannt.

»Bin ich zu schwer?«, fragte er.

»Nein«, sagte sie lachend. »Du bist so leicht.«

Luis zuckte zusammen. Sie hatte ihn gerade mit ihrem Mann verglichen. Jetzt wusste er, dass Peter wesentlich schwerer war als er, wenn er auf ihr lag. Das wollte er doch gar nicht hören. Wenn er mit ihr schlief, hatte Kristina für ihn keinen Ehemann. Aber warum regte ihn die Tatsache eigentlich so auf, dass sie mit einem anderen Mann geschlafen hatte, seit sie ihn damals in Berlin verlassen hatte? Er hatte bestimmt mit einem Dutzend Frauen geschlafen, die One-

Night-Stands gar nicht mitgerechnet, sondern nur seine sogenannten Beziehungen, die länger als einen Monat gedauert hatten. Vielleicht war es aber genau das, was ihn störte. Er hatte die meiste Zeit einfach nur wahllos durch die Gegend gevögelt, sicher auch, um zu vergessen, wie Kristina roch und schmeckte, wie sie sich anfühlte und anhörte, wenn sie kam. Ihr hatte ein Mann ausgereicht, um die Erinnerung an ihn so verblassen zu lassen, dass sie den anderen sogar heiratete, obwohl sie doch eigentlich ihn hatte heiraten wollen.

Von draußen hörte er die Kirchenglocken elfmal läuten und stellte fest, dass sie jetzt schon über eine Stunde miteinander schliefen. Er hatte nie Probleme mit seiner Standfestigkeit gehabt, aber so etwas hatte er dann doch selten erlebt. Viel später schliefen sie erschöpft Rücken an Bauch ein. Und als er aufwachte, lag er immer noch dicht bei Kristina. Das war ungewöhnlich für ihn. Sonst rollte er sich im Schlaf immer auf seine Seite und versuchte, Raum zwischen sich und die Frau zu bringen. Kristina hatte hinter ihm gelegen und ihn wahrscheinlich die ganze Nacht in ihren Armen gehalten. Sie mussten sich simultan bewegt haben. War so etwas wirklich möglich? Luis fühlte sich so frisch und ausgeruht wie schon lange nicht mehr. Er hatte nicht mehr viel Zeit. Spätestens am frühen Abend musste er in Nazaré sein. Er hatte seiner Mutter versprochen, mit ihr zu Abend zu essen, und er wollte sie auf keinen Fall enttäuschen. Außerdem musste er ins Hotel, duschen und frische Kleidung anziehen. Luis klaubte seine Sachen vom Boden und vom Bett und zog sich leise an, weil er Kristina nicht aufwecken wollte. Eigentlich wollte er leise verschwinden und einen Zettel hinterlassen, auf dem stand, dass er Kristina um 14 Uhr auf der Praça do Comércio zum Mittagessen erwartete. Aber dann dachte er an seine vielen kleinen Fluchten in Berlin, bei denen er nie einen Zettel hinterlassen hatte, und besann sich eines Besseren. Er ging in die Küche und machte zwei Espresso in der metallenen Kanne, die er im Schrank fand. Während er darauf wartete, dass das Wasser kochte, sah er aus dem Fenster auf die Kathedrale, die im Sonnenlicht weiß schimmerte. Diese Stadt schien heute Morgen der Fantasie eines besonders poetischen Schriftstellers entsprungen zu sein. Hier entstanden Sehnsüchte, konnten sie dramatisch und sehr schmerzhaft begraben oder weggespült werden, wie nach dem Erdbeben 1755 und dem Tsunami, der dann folgte, und dem großen Brand, der zum Abschluss fast ganz Lissabon zerstörte. Die Alfama war damals verschont geblieben.

Kristinas und seine Liebe war auch schon mehr als einmal fast zerstört worden, am stärksten wohl vor sechs Jahren, als er so dumm gewesen war, sich mit einer ihm völlig unwichtigen Frau zu trösten, weil Kristina nicht zum verabredeten Zeitpunkt bei *Bobby Reich* erschienen war. Er hatte angenommen, dass sie wegen ihres Mannes nicht gekommen war. Die Krankenschwester, deren Namen er vergessen hatte, hatte in dem Moment angerufen, als er wutentbrannt und enttäuscht bei *Bobby Reich* gesessen und sich vor allen Leuten zum Affen gemacht hatte, weil er auf eine verheiratete Frau gewartet hatte, die ihn versetzt hatte. Er hatte sich mit der Krankenschwester verabredet, und eins hatte zum anderen geführt. Josie hatte ihm genüsslich von Kristinas entsetztem Blick und ihrer Flucht erzählt. Er hatte sich wochenlang zerfleischt und beschimpft, dass er so ein Idiot gewesen und aus Rache mit einer Frau ins Bett gegangen war, die ihm gar nichts bedeutete. Er hätte wissen müssen, dass sie sich missverstanden hatten und Kristina nur an einem anderen Ort auf ihn gewartet hatte. Er schrieb mehrere Entwürfe für einen Entschuldigungsbrief und speicherte sie auf seinem Laptop ab. Aber sollte er ihr einen dieser Briefe schicken? An ihre Privatadresse? Bestimmt nicht. Er wollte nicht, dass ihr Ehemann Peter den Brief auch nur in die Hand nahm, selbst wenn er ihn höchstwahrscheinlich direkt an Kristina weitergegeben hätte. Er hätte den Brief als Anhang einer eMail verschicken können. Peter würde nie ihre eMails lesen, hatte Kristina gesagt, aber Luis gehörte zu sehr zur alten Schule, um einen solchen Brief per Mail zu verschicken. Anrufen wollte er auch nicht, obwohl Kristina ihm mehrmals gesagt hatte, dass das kein Problem sei, weil ihr Mann niemals an ihr Handy gehen würde und sowieso die meiste Zeit nicht in ihrer Nähe war. Vielleicht würde er sie doch bei einem trauten familiären Beisammensein stören, wenn er anriefe, und dann würde Kristina ihn abwürgen, und er würde mit den Bildern von ihrem glücklichen Familienleben zurückbleiben, die ihn seit Jahren immer mal wieder quälten. Ich habe sie endgültig verloren, dachte Luis in den nächsten Wochen, und er brauchte viel Alkohol und andere Ablenkungen, um den Schmerz zu betäuben, den dieser Gedanke bei ihm auslöste. Nach einem Vierteljahr ging es ihm wieder besser, und er machte sich auf, eine Frau zu finden, mit der er ernsthaft zusammen sein könnte. Denn so ging es einfach nicht weiter.

Als er dann nach Jahren wieder Kristinas Stimme am Telefon hörte, fühlte er sich besoffen vor Glück, hatte aber gleichzeitig auch ein schlechtes Gewissen, weil Evelyn in der Zwischenzeit in seinem Leben aufgetaucht war und er sich mit ihr eingelassen hatte. Aber das schien überhaupt keinen Einfluss auf die Gefühle zu haben, die er für Kristina empfand, als ob sie alle in einer unzerstörbaren Seifenblase überlebt hätten. Sie war anscheinend glücklich, wieder ein – wenn auch nur kleiner – Teil seines Lebens zu sein, rief ihn zweimal im Monat an, und ihre Stimmen tanzten jedes Mal miteinander Tango, Samba oder Rumba, sodass ihn die Erinnerung an diese Gespräche noch tagelang zum Lächeln brachte.

Was würde jetzt passieren?, dachte Luis. Wie würde er sich nachher verabschieden? War wunderschön mit dir, man sieht sich? Wie er sich kannte, würde er vielleicht sogar solch eine Floskel bringen, wenn ihm beim Abschied nichts anderes einfiele. Er brachte Kristina den Espresso ans Bett. Sie hatte sich umgedreht und schlief immer noch. Sie lag auf dem Bauch. Das dünne Laken, das sie heute Nacht als Decke benutzt hatten, war verrutscht, sodass Luis ihren Po sehen konnte. Augenblicklich reagierte er darauf. Er wollte sofort noch einmal mit ihr schlafen. Sie hatten so viele Jahre nachzuholen. Er ließ sich neben sie ins Bett gleiten und begann, ihren Po zu liebkosen. Im Halbschlaf öffnete sie ihre Beine und ließ seine Hand dazwischen gleiten. Langsam fing sie an, sich genussvoll zu bewegen und zu stöhnen. Wie er das liebte. Ihre kehligen Geräusche machten sein Begehren fast unerträglich. Kristina drehte sich zu ihm um, ohne die Augen zu öffnen.

»Komm«, sagte sie und nahm ihn wieder in sich auf.

4. Kapitel

Margarida hätte den letzten Drink mit Jorge, den sie noch auf der Dachterrasse genommen hatten, eindeutig weglassen sollen. Sie hatte nicht einschlafen können, und die Lautstärke des Liebespaares nebenan hatte die Sache auch nicht verbessert. Die Lustschreie waren eindeutig aus Kristinas Wohnung gekommen. Margarida hatte schon oft erlebt, dass deutsche Frauen viel freizügiger waren als portugiesische, aber das hier erstaunte sie nun wirklich. Wie war es möglich, dass Kristina in so kurzer Zeit einen Liebhaber an Land ziehen konnte? Sie hatte ja keine Vorurteile, aber eigentlich stand das doch eher Frauen ihres Alters zu. Dagegen war bei Jorge und ihr wieder nichts gelaufen. Vielleicht hätte sie ihm auch nicht vorwerfen sollen, mit Anita, die eindeutig zu blond und unnatürlich vollbusig war, während des Auftritts geflirtet zu haben. Jorge hatte natürlich genervt reagiert, sie hatten sich gestritten, und wenn sie nicht sicher gewesen wäre, dass Kristina und ihr geheimnisvoller Liebhaber zu abgelenkt waren, um an der Wand zu lauschen, hätte sie sich etwas wegen der Lautstärke geschämt, mit der sie zurückgekeift hatte. Meistens endeten diese Streite in einer heißen Umarmung, aber vorige Nacht war es nicht mehr dazu gekommen, weil Jorge mitten im Streit eingeschlafen war, während sie die ganze restliche Nacht im Halbschlaf vor sich hingedämmert hatte, bis der Radiowecker um sechs Uhr mit dem Jazzsender angegangen war. Das war normalerweise ein schönes Aufwachen, aber nicht heute, nachdem sie viel zu wenig geschlafen hatte und Jorge selig weiterschlafen konnte, während sie sich mühsam aus dem Bett quälen musste.

Am liebsten hätte sie Anna angerufen, um ihr abzusagen, aber sie wusste, dass sie bei ihrer großen Schwester mit jeder Ausrede auf Granit beißen würde. Sie war heute dran, das hatten sie bei ihrem letzten Familientreffen besprochen, und daher musste sie sich auch ohne Widerrede daran halten. Es war zwar meistens ein Vorteil, die Jüngste von vier Kindern zu sein, aber wenn es darum ging, etwas zu bestimmen, zog sie in der Regel den Kürzeren.

Margarida duschte nur kurz und zog sich an. Sie wollte niemanden im Haus durch ihr Rumoren im Badezimmer aufwecken, und wie sie ja heute Nacht wieder bemerkt hatte, waren die Wände nicht besonders dick. Sie holte ihr Fahrrad aus dem Keller und trat auf die Straße. Um diese Zeit waren noch wenige Leute unterwegs. Die Sonne ging gerade auf, vom Tejo wehte eine leichte Brise herüber. Sie schwang sich aufs Rad und radelte Richtung Praça do Comércio. Es war eigentlich herrlich, so früh in der Stadt unterwegs zu sein, und sie genoss die Stille. Sie grüßte nach rechts zur Reiterstatue von *José dem I.*, die in der Mitte des Platzes auf einem hohen Steinsockel thronte. Um diese Zeit war auch dieser Platz leer, selbst die Drogenhändler, die hier in den Nächten am Wochenende ihre Ware anboten, waren jetzt schlafen gegangen. Margarida überholte einige Jogger, die auf der Uferpromenade unterwegs waren. Der Weg zum *Mercado da Ribeira* in der Straße des 24. Juli war nicht weit. Die ersten Händler verkauften dort ihre Waren schon ab fünf Uhr morgens. Aber der Familienrat hatte beschlossen, dass sie erst um sieben Uhr anfingen. Margarida schloss ihr Fahrrad an einem Laternenpfahl an und grüßte die selbst ernannten Parkwächter, die auf die Touristen warteten, um ihnen für ihre Einwinkdienste ein wenig Geld abzuknöpfen. Sie hatte schon oft versucht, ihren Gästen klarzumachen, dass es nicht notwendig war, die Parkwächter zu bezahlen, wenn man ihre Hilfe gar nicht freiwillig in Anspruch nahm, aber sie befürchtete, dass sie nicht sehr erfolgreich mit ihren Erklärungen war. Sie ging zu dem Kastenwagen, den ihr Schwager Carlos gestern Nacht hier abgestellt hatte, und öffnete die Kofferraumklappe. Zuerst musste sie die Holzplatte und die Böcke in die Markthalle schleppen. Sie wusste, dass ihre Schwestern das nie machen mussten, ihre Söhne oder ihre Männer nahmen ihnen diese Arbeit ab. Und irgendwie gingen alle davon aus, dass auch Jorge ihr dabei helfen würde, aber was sollte sie machen? Ein Musiker fühlte sich nun einmal nicht dazu berufen, am frühen Morgen Spanplatten durch die Gegend zu schleppen. Als der Tisch in einer

Ecke der Markthalle in der Nähe des Blumenmarktes stand, lächelte sie. Jetzt musste sie nur noch die Kisten mit den Gläsern tragen, und dann würde der schöne Teil der Arbeit beginnen: die Gläser mit dem Kräutersalz, die getrockneten Kräuter aus Mutters Garten, die Marmeladen und den Honig aus eigener Produktion aufzubauen und auf Kunden zu warten. Eigentlich verging nie besonders viel Zeit, bis die ersten Käufer vorbeikamen und bei ihr stehen blieben. Es hatte sich herumgesprochen, dass der Honig und die Marmelade der Familie Mantez ausgesprochen schmackhaft waren. Ihre Mutter gab neben dem selbst hergestellten Honig auch immer eine Prise Zimt und Likör in die Aprikosenmarmelade. Einige Kunden kamen sogar extra aus Cascais, um sie zu kaufen.

Margarida war sich sicher, dass die Verkäufe dieses Marktstandes, den die Familie schon seit einigen Jahren betrieb, nicht so viel abwarfen, dass sie Gewinn machten, aber es reichte, um dem kleinen Farmbetrieb, den ihre Eltern in der Nähe von Évora aufrechterhielten, weiter seine Berechtigung zu geben. Und alle wussten, dass ihre Eltern sich ohne diese Aufgabe auf ihrem eigenen Stück Land zu Tode langweilen würden. Also hatten sich ihre Geschwister und sie geeinigt, sich am Wochenende immer abwechselnd auf den Markt zu stellen, um die Produkte ihrer Eltern zu verkaufen. Das waren sie ihnen schuldig, denn sie hatten schließlich unter anderem dafür gesorgt, dass ihre Kinder studieren konnten. Und besonders Margarida wollte ihren Eltern etwas zurückgeben, weil sie nach dem Portugiesisch- und Französischstudium in Coimbra nicht Lehrerin geworden war, sondern als Fremdenführerin durch Lissabon fuhr, was im Dorf ihrer Eltern nicht so respektabel erschien, wie Lehrerin zu sein. Zum Glück riss ihr Bruder Elias alles wieder raus. Er war Banker und hatte selbst in der Krise nicht aufgehört, gutes Geld zu verdienen. Niemand beschwerte sich darüber, dass er selten selbst am Marktstand war, sondern seiner Frau und seinen Söhnen die Arbeit überließ, während er sich ausschlief und dann in einem Café Zeitung las.

Als alles fertig aufgebaut war, holte sich Margarida einen Kaffee und Schmalzgebäck und setzte sich hinter den Stand auf einen Schemel. Der starke Kaffee belebte sie, und sie sah sich um. Langsam füllte sich die Halle. Noch waren aber fast nur Einheimische unterwegs. Sie hatten große Basttaschen dabei und gingen von Gemüsestand zu Gemüsestand, plauderten mit den Verkäufern, die sie meist kannten, handelten und ließen sich gerne etwas mehr aufschwatzen, als sie eigentlich hatten kaufen wollen. Für Margarida war es nichts Ungewöhnliches, dass Früchte und Gemüsesorten in großen Mengen auslagen, aber die Touristen, die sie regelmäßig hierherfuhr, brachen jedes Mal in Begeisterungsstürme aus, besonders wenn sie aus Nordeuropa, England oder den Vereinigten Staaten kamen. Dort gab es solche Markthallen anscheinend nicht. Die Touristen konnte man immer sofort erkennen, weil sie zögernd, mit großen runden Augen und meistens einem umgehängten Fotoapparat durch die Gänge schlichen und oft denjenigen, die wirklich einkaufen wollten, den Weg versperrten, ohne es zu merken. Wenn es nicht gerade Japaner waren, überragten sie die Einheimischen. Margarida hatte sich schon oft gefragt, warum die Touristen der Meinung waren, dass Shorts, ein T-Shirt mit einem albernen Aufdruck und Flipflops die richtige Garderobe für einen Stadtbummel waren. Es war erschreckend, wie viele Leute immer noch diesem Klischee entsprachen. Warum bemerkten die Touristen nicht, wie die Einheimischen gekleidet waren, wenn sie auf den Markt gingen? Sie trugen selten Shorts oder Flipflops. Sie waren ja auch nicht am Strand, sondern gingen einkaufen, um für die gesamte Familie zu kochen. Da zog man sich vernünftig an. Manchmal versuchte Margarida bei den Touren, die Touristen zaghaft darauf hinzuweisen, aber meistens ließ sie es, weil sie wusste, dass sie damit auf Unverständnis stoßen würde. Ähnlich verhielt es sich mit dem Bereich des Marktes, der den Fleisch- und Fischhändlern zugeteilt war. Viele Ausländer kamen nach kurzer Zeit mit bleichen Gesichtern wieder zurück und beschwerten sich darüber, dass es keine ausreichende Kühlung gäbe und unappetitlich wäre, das Fleisch so auszustellen, an Haken gehängt oder auf einem Haufen. Jedes Mal erklärte Margarida, dass die mangelnde Kühlung kein Problem wäre, weil die gesamte Ware in kurzer Zeit verkauft werden würde und immer frisch angeliefert wurde. Diejenigen, die sie davon überzeugen konnte, auf dem Fleischmarkt einzukaufen, waren manchmal einige

Tage später zu ihr an den *Miradouro del Sol* gekommen, wo ihr Tuk Tuk meistens parkte, um sich bei ihr dafür zu bedanken, dass sie ihnen die Vorurteile genommen hatte. Sie sagten, sie hätten noch nie ein so gutes Stück Fleisch gegessen.

Heute war es ruhig. In der ersten Stunde verkaufte sie nur drei Gläser mit Mamas Spezial-Kräutersalz an zwei ältere deutsche Frauen, die wohl schon viele Reisen zusammen unternommen hatten. Sie waren ein eingespieltes Team. Während die eine nach ihrem Portemonnaie in ihrem Rucksack suchte, bemühte sich die andere, sich mit ihr auf Portugiesisch zu unterhalten. Margarida hätte auf Deutsch antworten können, aber sie wollte der Touristin, die aus Frankfurt kam, wie sie ihr erzählte, nicht die Freude daran verderben, dass ihr Volkshochschulkurs Portugiesisch, den sie in ihrer Heimat besucht hatte, auch wirklich etwas gebracht hatte. Später kam Esther vom York House Hotel. Sie schwor auf Mamas Marmeladen und ihren Honig und ließ es sich nicht nehmen, sie selbst abzuholen, obwohl sie die Chefin war.

Margarida überlegte sich, ob sie Jorge anrufen und sich entschuldigen sollte, aber ein Blick auf die Uhr ließ sie von dem Gedanken Abstand nehmen. Es war erst neun Uhr, und da konnte sie ihren Freund auf keinen Fall schon wecken. Manchmal träumte Margarida davon, einen Mann mit einem soliden Beruf kennenzulernen, aber sie wusste, dass niemand gegen Jorge eine Chance haben würde, weil er so begnadet Gitarre spielte. Sie lehnte sich gegen den Pfeiler hinter dem Schemel und schloss die Augen für einen Moment. Sie war sich sicher, dass sich niemand an ihrer Kasse zu schaffen machen würde. Hier kannte jeder jeden wie in einer Familie. Familie, dachte Margarida. Vielleicht wird es doch Zeit, Kinder zu kriegen. Ihre Schwestern fragten sie jedes Mal danach, wenn sie mit ihnen zusammensaß. Aber Margarida wusste, dass es mit Kindern nichts werden würde, solange sie mit einem Fado-Gitarristen zusammen war, der sich wohl nie würde vorstellen können, Vater zu werden.

***

Montagmittag. Luis arbeitete sicher schon seit Stunden im Krankenhaus. Vielleicht flirtet er gerade mit einer Krankenschwester, dachte Kristina. Er hatte sich noch nicht bei ihr gemeldet, seit er gestern weggefahren war. Was wusste sie schon von seinem Leben? Darüber hatten sie überhaupt nicht gesprochen. Er hatte so gut wie gar nicht über sich geredet, sich hinter seiner altbekannten Maske versteckt. Wie hatte sie nur annehmen können, dass er sich geändert hatte? Oder dass sie es nun besser ertragen könnte, dass er so war, wie er war? Luis rief nicht an, um ihr zu sagen, dass er gut angekommen war und sie vermisste. Das hatte er noch nie getan.

»Das ist nicht mein Stil«, hatte er ihr damals gesagt, als sie ihn darum gebeten hatte, sich zu melden, wenn er allein auf Reisen war. »Wenn mir etwas passiert ist, wirst du es früh genug erfahren«, hatte er hinzugefügt und sie damit verletzt, ohne es zu merken. Sie wollte wissen, wie es denjenigen ging, die sie liebte, sie wollte sich melden, wenn sie allein unterwegs war und an sie dachte. Und es war schon schwer genug für sie, zu ihren Eltern nicht so engen Kontakt haben zu können, wie sie es sich wünschte. Aber Luis hatte sie damals nicht verstanden, und sie hatte es ihm auch nicht näher erklärt. Sie war nur diejenige, die klammerte, die ihm zu wenig Freiraum ließ, und er war damals nie darauf gekommen, dass er derjenige war, der zu viel erwartete. Sie war jetzt allein in Lissabon und vermisste Luis unglaublich. Und er hätte sie problemlos anrufen können, da war kein Mann, waren keine Kinder, die vielleicht ans Telefon hätten gehen können. Nur sie. All diese hässlichen Gedanken, nur weil Luis sie nicht anrief. Damals, als sie sich von ihm getrennt hatte, hatte sie sich geschworen, dass sie so etwas nie wieder erleben wollte. Und jetzt, über zwei Jahrzehnte später, wartete sie wieder genauso sehnsüchtig auf einen Anruf von Luis wie damals. Ich habe ja gar nichts dazugelernt, dachte sie resigniert. Sie hatte eigentlich gedacht, sie wäre mit den Jahren souveräner geworden.

Nachdem Luis gegangen war, hatte sie sich doch noch so gut gefühlt. Sie war zu Fuß zur Praça do Comércio geschlendert und hatte dort einen Kaffee getrunken. Sie hatte sich so lebendig, so glücklich gefühlt. Sie hatte Luis angerufen und ihm einen liebevollen Gruß auf die Mailbox gesprochen. Er muss gerade Auto fahren, hatte sie gedacht, und kann deshalb nicht ans Handy gehen.

Als Luis auch nach Stunden noch nicht zurückgerufen hatte, gingen ihr die Entschuldigungen für sein Verhalten aus. Mittlerweile war Kristina zurück in ihrer Wohnung, betrunkener, als sie zuvor angenommen hatte, und ihre Gedanken drehten sich mal wieder um Luis' Schweigen, wie schon unzählige Male, seit sie ihn kannte. Mittlerweile kannte sie zehn verschiedene Arten seines Schweigens. Es konnte verärgert, verlegen, wütend, sehnsüchtig, unsicher, liebevoll, euphorisch-erwartungsvoll, desinteressiert, unaufmerksam oder traurig sein. Wie war es jetzt? Liebevoll, sehnsüchtig? Oder vielleicht doch verlegen, weil er nicht wusste, was sie jetzt über ihr gemeinsames Wochenende dachte? Es gab ein Lied von *Wir sind Helden*, das brachte es auf den Punkt: *Bitte gib mir nur ein Wort*. Sie konnte den Text auswendig. Besonders gefiel ihr neben dem Refrain die Strophe: *Es ist verrückt, wie schön du schweigst, wie du dein hübsches Köpfchen neigst. Und so der ganzen lauten Welt und mir die kalte Schulter zeigst.* Genau so hatte sie sich oft mit Luis gefühlt. Und sich sicher schon tausendmal gesagt, dass das nicht gerade sehr erbaulich war. Und sich genauso oft vorgenommen, sich von ihm und seinem Schweigen zu trennen. Meine Bemühungen waren ja nicht gerade von Erfolg gekrönt, dachte Kristina. Mittlerweile hatte sie aufgegeben, sich gegen ihre Gefühle für Luis zu wehren. Es hatte eh keinen Sinn mehr. Was auch immer jetzt passierte, sie würde ihre Liebe zu Luis wohl sowieso ihr ganzes Leben nicht mehr loswerden. Was hatte Luis am Wochenende gesagt? Ich habe nie aufgehört, an dich zu denken. Das war alles gewesen. Kein »Ich liebe dich«. Sie hatte es während des Wochenendes mehr als einmal auf den Lippen gehabt, hatte aber nicht gewagt, es auszusprechen, weil sie ihn nicht hatte bedrängen wollen. Hatten sie wirklich wieder nur ihr altes Spiel gespielt? Es hatte sich doch so angefühlt, als ob es wesentlich mehr gewesen wäre als das. War es wieder ein stummer Tanz gewesen, in dem sich nur ihre Körper geliebt hatten? Andere mochten so etwas aufregend finden, Kristina nervte es. Sie wollte wissen, woran sie war. Wollte Klarheit und nicht aus der Bahn geworfen werden. Sie war keine junge Frau mehr. Hatte

Kinder großgezogen und stand mitten im Berufsleben. Sie war selbstständig und unabhängig. Aber gestern Nacht hatte sie wach gelegen, sich nach Luis gesehnt und zu oft nach ihrem Handy gegriffen, um zu kontrollieren, ob er sich gemeldet hatte. Erst im Morgengrauen war sie erschöpft eingeschlafen.

Gegen Mittag zog sie sich an und schleppte sich auf den Largo do Chafariz de Dentro vor dem Fado-Museum, um einen doppelten Espresso zu trinken und etwas zu essen. Die Sonne schien, es war warm. An den anderen Tischen saßen sowohl Touristen als auch Einheimische. Der Wirt begrüßte Kristina so, als ob er sie wiedererkannte. Ich gehöre dazu, dachte sie, obwohl ich erst ein paar Tage in Lissabon bin. Ich sollte glücklich sein, meine Freiheit genießen und mich treiben lassen, anstatt traurig zu sein, weil Luis sich nicht meldet. Früher – als die Pflichten mal wieder über sie hereingebrochen waren und eine kleine Kaffeestunde mit Betty schon ein großer Luxus gewesen war – hatte sie sich oft ausgemalt, was sie machen würde, wenn sie mehr Zeit für sich hätte. Bevor sie Luis wiedergetroffen hatte, war es ihr gar nicht schwergefallen, allein in Lissabon zu sein. Sie hatte sich nicht einsam gefühlt, sondern es sogar genossen, auf niemanden Rücksicht nehmen zu müssen. Jetzt saß sie allein an einem wackeligen Cafétisch und konnte das plötzlich nicht mehr genießen. Ihr Handy hatte immer noch nicht geklingelt. Ich hätte es in der Wohnung lassen sollen, damit ich mich auch mal auf etwas anderes konzentrieren kann, dachte Kristina. Peter, Feli und Tom schickten sowieso nur Mails. Ihre Freunde wussten, dass sie in Lissabon war, und riefen sie nicht an. Nur Betty schickte ab und zu eine SMS. Was würde ihre Freundin zu der neuen Entwicklung sagen? Kristina wollte Betty noch nicht einweihen. Sie war die Einzige, die über ihr Verhältnis zu Luis Bescheid wusste und ihr manchmal als Kummerkasten diente. Vor Jahren hatte Betty ihre Nachricht, dass es jetzt mit Luis endgültig vorbei war und sie auch nicht mehr an ihn denken würde, mit Erleichterung aufgenommen. Dass er schon seit Monaten wieder in ihren Gedanken präsent war, hatte sie Betty sicherheitshalber verschwiegen. Sie wäre bestimmt nicht begeistert gewesen.

»Süße, lass ihn ziehen, mauere deine Gefühle ein und verbiete sie dir. Er ist es nicht wert«, hatte sie ihr in den vergangenen Jahren mehr als einmal geraten. »Das ist doch gar keine Beziehung. Ihr seht euch nur, wenn er mal wieder keine Freundin hat. Und wie oft telefoniert ihr? Weiß er, wie es dir geht, was deine Kinder machen, interessiert er sich für deinen Beruf? Das mit Peter ist real, das mit Luis nur ein Hirngespinst.«

Kristina hatte ihr zugehört und war auch manchmal für kurze Zeit davon überzeugt gewesen, dass ihre Freundin recht hatte, aber sobald sie wieder Luis' Stimme am Telefon hörte, konnte sie nicht anders, als ihm begeistert zuzuhören. Sie brauchte Luis in ihrem Leben, auch wenn sie meist mit seiner Stimme am Telefon vorliebnehmen musste. In den vergangenen Jahren des Schweigens hatte sie immer geahnt, dass es noch eine Fortsetzung für sie beide geben würde. Sie hatte recht behalten, aber was brachte ihr das jetzt? Sie wartete wieder auf einen Anruf, der nicht kam, und versuchte, Luis' Schweigen zu interpretieren.

Margarida überquerte den Platz, entdeckte sie und kam zu ihr. Kristina versuchte zu lächeln.

»Darf ich?«, fragte die Portugiesin und setzte sich. Der Wirt kam augenblicklich zu ihrem Tisch. Offensichtlich schwärmte er für Margarida, was ihr aber entging. Sie bestellte einen Kaffee und ein Sandwich, soweit Kristina ihr folgen konnte. Fing sie tatsächlich schon an, Brocken von Portugiesisch zu verstehen? Dann hat es tatsächlich etwas gebracht, dass beim Essen in Cascais fast nur Portugiesisch gesprochen wurde, dachte sie. Und sofort erinnerte sie sich, wie während des Essens Luis' Bein ihres berührt hatte.

»Da komm ich jetzt nicht mit«, sagte Margarida auf Englisch. »Eben sahst du noch traurig aus, und jetzt strahlst du? Ich würde mir gerne einbilden, dass das an mir liegt.«

»Leider liegt es nicht an dir – tut mir leid, wenn du nun enttäuscht bist«, sagte Kristina.

»Kein Problem. Also, was ist los? Ich habe Zeit. Meine nächste Tour beginnt erst in zwei Stunden, und der Weg zum Miradouro de Santa Luzia ist nicht lang. Dort steht mein Tuk Tuk. Kennst du diesen Miradouro schon?«

»Nein, da war ich noch nicht. Irgendwie habe ich nicht halb so viel von dem geschafft, was ich mir ansehen wollte.«

»Aber Langeweile scheinst du nicht gehabt zu haben«, sagte Margarida mit verschmitztem Gesichtsausdruck.

»Ihr habt uns gehört?«, rutschte es Kristina heraus.

»Ich muss gestehen, ja. Wir konnten uns gar nicht mehr auf unseren Streit konzentrieren.«

Wie peinlich, dachte Kristina. Warum musste sie immer das aussprechen, was ihr gerade durch den Kopf schoss? Was würde Margarida jetzt von ihr denken?

»Das braucht dir nicht peinlich zu sein. Ich war sogar ein wenig neidisch. Keine Ahnung, wann ich zum letzten Mal so viel Leidenschaft erlebt habe. Aber wie hast du so schnell einen so feurigen Liebhaber kennengelernt? Du bist doch erst seit ein paar Tagen hier. Obwohl, mit deinen Augen und Haaren …«

»Ich kenne Luis schon seit Ewigkeiten. Ich habe ihn hier zufällig wiedergetroffen«, sagte Kristina.

»Ich liebe solche Geschichten«, sagte die Portugiesin begeistert.

Wie von selbst erzählte Kristina ihr von ihrer Zeit mit Luis in Berlin, von den heimlichen Treffen in Hamburg, dem Glück und dem Unglück, das sie mit ihm erlebt hatte.

»Das klingt nach einer sehr leidenschaftlichen Liebe.«

»Sie ist wohl eher tragisch«, sagte Kristina seufzend.

»Warum? Ihr habt euch nach Jahren zufällig wiedergetroffen, er hat sich wieder sofort und heftig in dich verliebt oder vielleicht nie aufgehört, dich zu lieben. Was willst du mehr?«

»Ich weiß doch gar nicht, was er für mich empfindet. Er hat mich seitdem nicht angerufen«, sagte Kristina. Ich klinge wie eine naive 17-Jährige, dachte sie. Wie komme ich eigentlich dazu, einer mir nahezu unbekannten Frau von meinen Liebeswirren zu erzählen? Aber vielleicht gehörte es dazu, sich einfach jemandem anzuvertrauen, ohne darüber nachzudenken, wenn man allein unterwegs war. Und Margarida schien nicht an höflichen Oberflächlichkeiten interessiert zu sein. Sie sah sie mit einem warmen und verständnisvollen Blick an.

»Du liebst ihn sehr?«, fragte sie unvermittelt.

»Ja, aber das darf ich nicht.«

»Sagt wer?«

»Ich bin verheiratet.«

»Ja, ich habe deinen Ring am ersten Tag gesehen. Den trägst du jetzt nicht mehr?«

»Ich bin unmöglich«, sagte Kristina seufzend.

»Ach Quatsch. Wo, hast du gesagt, ist dein Mann? In Indien? Also weit weg. Es gibt keine bessere Zeit, um herauszufinden, was mit dir und deinem Luis ist.«

»Er ist nicht mein Luis. Und er ruft mich nicht an.«

»Das sagtest du schon. Ist dir mal in den Sinn gekommen, dass er zu unsicher sein könnte, um dich anzurufen?«, fragte Margarida.

»Warum das denn? Er weiß doch, wie sehr ich ihn liebe.«

»Wirklich? Du bist immer noch mit deinem Mann verheiratet. Du hast dich auch nicht von ihm getrennt, nachdem du das erste Mal in deiner Ehe über Luis gestolpert bist, und eure Ehe hat diese Affäre überstanden.«

»Stimmt.«

»Also, du hast ihn zwar angerufen, aber keine Nachricht hinterlassen? Vielleicht denkt er, du hättest dich nicht getraut, ihm zu sagen, dass du ihn nicht wiedersehen willst, weil du es bereust.«

»Meinst du wirklich? Er wirkte vollkommen unbekümmert, was Peter angeht.«

»Er scheint ein guter Schauspieler zu sein. Ist er Portugiese?«, fragte Margarida.

»Mütterlicherseits.«

»Dann ist er stolz. Das ist natürlich ein Klischee, aber es klingt so, als ob dein Luis sehr viel Portugiesisches hätte.«

»Was schlägst du denn nun vor?«, fragte Kristina.

»Ruf ihn an und sage ihm, wie sehr du die Zeit mit ihm genossen hast und dass du ihn wiedersehen willst.«

»Immer bin ich diejenige, die so etwas sagt. Warum kann er das nicht mal übernehmen?«

»Das weiß ich nicht. Er denkt aber sicher, dass er in einer schwächeren Position ist als du.«

»Das hat doch nichts mit stärker oder schwächer sein zu tun.«

»Kristina, er ist ein Mann. Seid ihr Deutschen wirklich davon überzeugt, dass die Unterschiede zwischen uns und den Kerlen aufgehoben sind?«, fragte Margarida.

»Manche schon. Zumindest in meiner Generation.«

»Und wo bleibt dann das erotische Spiel, die Leidenschaft?«

»Ist ein wenig verloren gegangen bei all der Emanzipation«, sagte Kristina seufzend.

»Jetzt bestelle ich zwei Portwein, und dann rufst du ihn an. Soll ich dir sagen, was *Ich vermisse dich* auf Portugiesisch heißt? Wenn du ihm das ins Ohr säuselst oder auf die Mailbox sprichst, wird er hingerissen sein«, sagte Margarida bestimmt.

Kristina nickte folgsam.

»Okay, *péro mas saudade.*«

Sie versuchte, es nachzusprechen. Beim fünften Mal konnte sie den Klang von Margaridas Worten ganz gut imitieren. Zwei portugiesische Männer mittleren Alters drehten sich interessiert nach ihnen um.

»Sie meint nicht mich«, sagte Margarida lachend. »Sie übt nur.«

Die Portugiesen lächelten ihr ermunternd zu und erhoben ihr Glas. Der Portwein stieg Kristina augenblicklich zu Kopf.

Margarida sah auf die Uhr. »Ich muss los«, sagte sie und machte Anstalten, Geld auf den Tisch zu legen.

»Diesmal zahle ich«, sagte Kristina.

»Gut, nächstes Mal bin ich wieder dran. Es ist schön, dass du in Lissabon bist. Und vergiss nicht, ihn anzurufen. Du weißt: *Péro mas saudade.*«

Kristina zahlte und machte sich auf den Weg zu ihrer Wohnung. Als sie den Schlüssel in ihrer Tasche suchte, klingelte ihr Handy. Gerade noch rechtzeitig konnte sie es in einer der Innentaschen ihrer Handtasche finden.

»Hallo«, sagte sie atemlos.

»Ich habe gerade Pause«, sagte Luis. »Du fehlst mir. Wann sehen wir uns wieder?«

Kristina konnte es kaum fassen, dass er so etwas zu ihr sagte. »Heute Abend. Ich komme nach Nazaré«, antwortete sie, ohne nachzudenken, denn nur das wollte sie. Es war ihr egal, wenn das zu klammernd klang.

»Wirklich? Du willst hierherkommen?«, fragte Luis.

»Ja, eigentlich schon. Es sei denn, du hast keine Zeit.« Da war sie wieder, die unsichere Frau von früher. Warum musste die immer wieder hervorkommen? Warum konnte Luis sie so schnell verunsichern?

»Machst du Witze? Natürlich habe ich Zeit. Ich bin hier gegen sechs Uhr fertig. Am besten treffen wir uns in dem Café gegenüber vom Krankenhaus. Das kannst du gar nicht verfehlen. Wenn du dich verspätest, warte ich einfach da«, sagte Luis.

»Schick mir am besten die Adresse. Du weißt, ich und Namen …«

»Ich erinnere mich. Egal, wann du kommst, ich werde auf dich warten«, sagte Luis.

Kristina konnte es nicht fassen. Das war eine Entschuldigung für sein damaliges Verhalten gewesen. Auch wenn sie etwas spät kam und natürlich nur indirekt ausgesprochen war, freute sie sich sehr darüber.

»Ich muss wieder rein. Bis heute Abend. Ich freue mich unglaublich auf dich«, sagte Luis.

»*Pero más saudade*«, sagte Kristina.

»Was hast du gerade gesagt?«, fragte Luis.

»*Ich vermisse dich* auf Portugiesisch.«

»Ich glaube, an deiner Aussprache müssen wir noch arbeiten.«

»Mit Vergnügen.«

Jetzt war es erst 14 Uhr. Sie hatte noch Zeit. Luis hatte gesagt, dass die Fahrt nach Nazaré zwei Stunden dauern würde. Ich muss erst einmal einigermaßen nüchtern werden, dachte Kristina. Sonst kann ich nicht Auto fahren. Sie duschte heiß und kalt und trank einen doppelten Espresso, der so stark war, dass ihr fast die Herzklappen wegflogen. Oder lag das an der Aufregung? Sollte sie eine Tasche für mehrere Tage packen? Oder war das zu aufdringlich? Was, wenn Luis nur die Nacht mit ihr verbringen wollte?

»Hör auf zu grübeln wie ein unsicherer Teenager«, schalt sie sich. Luis würde sie schon nicht am nächsten Tag wieder rauswerfen. Er wollte sie offensichtlich bei sich haben. Sonst hätte er nicht angerufen und gefragt, wann er sie wiedersehen könne. Er sehnte sich genauso nach ihr wie sie sich nach ihm. Sie war lange genug vernünftig gewesen. Hatte immer zuerst an andere gedacht, an ihre Kinder, ihren Mann, ihre Schüler, ihre Freundinnen, ihre Schwiegereltern, ihre Eltern. So ist es, wenn man erwachsen ist und Verantwortung trägt, hatte sie sich eingeredet. Sicher war das auch richtig. Aber Verantwortung zu tragen und besonnen zu handeln, spiegelte nur eine Seite ihres Wesens wider. Die andere Seite, die spontane und wilde, hatte sie in den vergangenen 20 Jahren oft unterdrücken müssen. Sie hatte das auch gerne getan, aber jetzt war damit Schluss. Sie wollte einfach nur leben, etwas riskieren und genießen. Und nicht daran denken, wie sehr sie verletzt werden könnte, wenn sie nur ihrem Herzen folgte.

Voller Aufregung packte sie ihre Tasche. Warum sollte sie noch länger warten? Sie würde jetzt schon nach Nazaré fahren. Sie konnte die Wartezeit ja am Strand verbringen.

»Bin zu Luis nach Nazaré gefahren und sehr glücklich. Danke«, schrieb Kristina auf einen Zettel und klebte ihn an Margaridas und Jorges Tür. Dann schloss sie ihre Wohnung ab und rannte die Treppen hinunter. Jetzt beginnt mein neues Leben, dachte sie.

Unten im Hausflur traf es sie wie ein Schlag. Sie konnte gar nicht nach Nazaré fahren. Sie hatte ja gar kein Auto. Ihre Beine sackten weg. Sie musste sich an die Wand lehnen. Wie hatte sie dieses Detail in den vergangenen Stunden vergessen können? Es war unfassbar. Sie konnte überhaupt nicht mehr klar denken. Was sollte sie jetzt machen? Am besten wäre es wohl, ein Taxi zum Flughafen zu nehmen. Dort gab es immer Autovermietungen. Wenn sie Glück hatte, würde sie sofort einen Wagen bekommen. Sie stellte sich an die Straße und wartete auf ein Taxi. Sollte sie Luis anrufen und ihm von ihrem Problem erzählen? Er würde wahrscheinlich den Kopf schütteln, lachen und ihr die Geschichte später immer wieder auftischen. Es kam kein Taxi vorbei. Mist, dachte Kristina. Sonst fahren sie ständig hier entlang, aber jetzt, wo ich mal eins brauche, kommt keines. Sollte sie zur *Praça do Comércio* laufen? Dort gab es bestimmt Taxis. Oder sollte sie die Situation als einen Wink des Schicksals sehen, in ihre Wohnung zurückkehren und die Geschichte mit Luis als eine kurze unbedeutende Affäre abhaken? Noch hätte sie die Möglichkeit, das zu tun. Sie würde nach Deutschland zurückkehren, sich immer mal wieder an dieses fantastische Wochenende mit Luis erinnern, und das war alles. Sie könnte Luis wieder in ihre Traumschublade legen, es sich ab und zu gönnen, von ihm zu träumen, und ansonsten ihr normales Leben wieder aufnehmen. Sie hatten immer noch nicht darüber gesprochen, was das zwischen ihnen war.

Kristina stand unschlüssig an der Straße und wusste nicht, was sie machen sollte. Betty wäre so etwas nie passiert, dachte sie. Die verlor in keiner Situation den Überblick. Vielleicht sollte sie ihre Freundin anrufen. Nach einer kurzen Einführung in die Situation würde die sicher einen Rat wissen. Wahrscheinlich würde sie es auch schaffen, selbst von Lüneburg aus die nächstgelegene Autovermietung in Lissabon ausfindig zu machen, per Internet ein Auto für sie zu reservieren, telefonisch ein Taxi zu bestellen und dem Taxifahrer auch noch mitzuteilen, wohin er fahren sollte. Ihre Freundin war eine Weltmeisterin im Organisieren. Sie selbst hatte es gerade mal bis zur Bezirksmeisterschaft gebracht. »Wenn überhaupt«, hörte sie Betty lachen. »Aber das macht nichts. Dafür liebe ich dich auch. Du planst die Dinge nicht Monate im Voraus. Du lebst einfach und siehst, was passiert. Immerhin bekommst du Arbeit und Familie unter einen Hut, auch wenn es manchmal etwas improvisiert wirkt. Also entspann dich, alles gut, und lass mich mal eben schnell organisieren.«

Reifen quietschten schrill, Kristina machte einen Satz nach hinten. Direkt neben ihr hielt ein Tuk Tuk mit der Aufschrift *Eco Tuk Tours Lisboa* aus voller Fahrt an. Margarida sprang heraus.

»Entschuldige, wenn ich dich erschreckt habe. Das wollte ich nicht. Aber ich war so erstaunt, dich hier stehen zu sehen. Was ist los? Fährst du nicht zu Luis?«

»Es ist mir peinlich, das zu erzählen, aber ich hatte ganz vergessen, dass ich gar kein Auto habe, mit dem ich nach Nazaré fahren könnte.«

»Wie meinst du das? Wo ist denn dein Leihwagen? Ist er gestohlen worden? Soll ich die Polizei rufen?«

»Nein, ich habe gar kein Auto gemietet. Keine Ahnung, wieso ich das vergessen habe«, gab Kristina zu.

Margarida warf ihren wunderbaren dunkelbraunen Haarschopf zurück, um den Kristina sie insgeheim glühend beneidete, und lachte lauthals.

»Danke für die Schadenfreude, das kann ich jetzt gebrauchen«, murmelte Kristina.

»Du bist so süß, coraçãozinho. Vor lauter Liebe hast du alles vergessen. Das ist entzückend, genau wie mein Freund Tim damals in Hamburg. Der konnte so leidenschaftlich sein, dass mir die Luft wegblieb«, sagte Margarida versonnen.

»Ich muss mir ein Auto mieten. Ich wollte gerade zum Flughafen fahren, bekomme aber kein Taxi«, versuchte Kristina, die Portugiesin auf ihr eigentliches Problem aufmerksam zu machen.

»Du brauchst nicht zum Flughafen zu fahren. Ein Cousin von mir hat eine Autovermietung hier in der Nähe. Den rufe ich jetzt an und frage ihn, ob er dir ein Auto vorbeischicken kann.«

»Margarida, das musst du nicht tun. Du hast doch sicher gleich eine Tour«, sagte Kristina, allerdings nur, um höflich zu sein. Ihre einzige Chance, aus diesem Schlamassel herauszukommen, war die Portugiesin.

»Erst in einer Stunde. Die Leute, die für zwei Uhr einen Termin mit mir abgemacht hatten, sind einfach nicht gekommen. Das passiert immer häufiger. Als ob sie alles mit uns machen könnten und wir Südeuropäer ihr Fußvolk wären«, schimpfte Margarida.

Kristina hätte die Portugiesin am liebsten geschüttelt. Sie schien ihr eigentliches Problem schon wieder aus den Augen verloren zu haben. Aber zum Glück bekam Margarida von selbst wieder die Kurve. »Einen Moment, ich hab es gleich«, sagte sie und holte ihr Handy aus der Tasche.

Kristina konnte nichts von dem verstehen, was Margarida sagte. Es war ein einziges *sch* und *eii* und *tsch*. Sie hörte ihren Namen, und sofort lief ihr ein Schauer über den Rücken, weil ihn bisher nur Luis so melodiös und weich ausgesprochen hatte. Mein Gott, wie sehr sie ihn begehrte. Sie kam sich vor wie eine 17-Jährige, die erst vor Kurzem entdeckt hatte, wie fantastisch Sex war, und jetzt nicht genug davon bekommen konnte.

»Es gibt leider ein kleines Problem«, sagte Margarida mit hochgezogenen Augenbrauen.

Oh nein, dachte Kristina, was jetzt noch?

»Mein Cousin ist allein in der Autovermietung. Er kann also leider nicht weg und dir ein Auto vorbeibringen.«

»Aber er hat eins für mich?«

»Ja, es ist allerdings nichts Besonderes. Ein *Fiat Punto,* glaube ich. Ich hoffe, das ist in Ordnung.«

»Natürlich. Mir ist es vollkommen egal, um was für ein Auto es sich handelt. Hauptsache, es fährt«, sagte Kristina.

»Wieder ein Klischee, das sich nicht bestätigt. Ich dachte, ihr Deutschen legt so viel Wert auf Autos.«

»Viele sicher schon, aber ich nicht.«

»Gut, du kannst ihn in einer halben Stunde abholen. Aber wie kommst du da jetzt hin? Ich habe in den letzten Minuten kein Taxi gesehen.« Margarida sah sich um.

»Kann ich nicht laufen?«, fragte Kristina hoffnungsvoll.

»Das würde zu lange dauern. Lass mich kurz nachdenken.« Margarida sah auf die Uhr, dann griff sie wieder zu ihrem Handy. »Gut, es ist alles geregelt«, sagte sie lächelnd, als sie auflegte. »Hüpf rein.« Sie wies auf das Tuk Tuk.

»Du fährst mich? Aber was ist mit deinen Touristen?«

»Die übernimmt meine Kollegin Beatriz. Ich habe ihr gesagt, dass es ein Liebesnotfall ist. Dafür hat sie immer Verständnis. Sie lässt dich grüßen und wünscht dir viel Glück. Und nun spring rein, wir müssen los.«

Kristina hatte eigentlich nicht vorgehabt, jemals in so einem Gefährt unterwegs zu sein. Ihr kam es nicht gerade sicher vor. Es ähnelte einem umgebauten Motorrad mit einem Kasten darauf. Und war Margarida überhaupt in der Lage, es sicher durch den Verkehr zu steuern? Hatte sie nicht eigentlich in Coimbra Literatur studiert und war an dem Job als Fremdenführerin nur hängen geblieben? Brauchte man für ein Tuk Tuk in Portugal überhaupt einen Führerschein? Und wenn ja, brachte das etwas? Aber es half alles nichts. Sie musste einsteigen. Sie setzte sich und hielt ihre Tasche krampfhaft auf ihrem Schoß fest.

»Los geht's! Festhalten!«, rief Margarida.

Oh Gott, dachte Kristina. Jetzt wird mir auch noch übel.

»War nur ein Scherz, Kristina, keine Angst«, rief Margarida lachend. Sie wendete und fuhr auf der Küstenstraße stadtauswärts.

Kristina war sich sicher, dass das Tuk Tuk viel schneller fuhr, als man eigentlich mit so einem Gefährt fahren durfte.

»Es dauert nicht sehr lange. Europcar liegt am Centro do Oriente. Du wirst sehen, wir sind im Handumdrehen da.«

Auch wenn das Tuk Tuk schnell fuhr, rauschten die Autos – gefährlich nah – an ihnen vorbei.

»Dein Luis wird von dieser Geschichte begeistert sein«, sagte Margarida.

»Ich weiß noch nicht, ob ich sie ihm überhaupt erzählen werde«, meinte Kristina.

»Warum nicht? Sie ist doch unglaublich süß.«

»Bin ich nicht ein wenig zu alt für diese Art von süß?«

»Auf keinen Fall. Man ist nie zu alt für verrückte Aktionen aufgrund von Verliebtheit. Und gerade siehst du so aus wie ein Teenager. Das steht dir unglaublich gut.«

Margarida schaute sie an und legte ihr die Hand auf den Arm. Vielleicht sollte sie lieber geradeaus gucken und beide Hände am Steuer behalten, dachte Kristina. Nach unendlich langen 20 Minuten hielt das Tuk Tuk in der zweiten Reihe vor dem Bahnhof.

»Ich kann hier schlecht parken. Dort drüben ist es«, sagte Margarida und wies auf ein Europcar-Schild in der Nähe. »Diogo hat alles vorbereitet.«

»Danke, Margarida«, sagte Kristina und küsste sie auf die Wange. In Deutschland hätte sie das bei einer Frau, die sie erst so kurz kannte, sicher nicht getan, aber hier schien alles anders zu sein.

Diogo wartete schon mit den Schlüsseln und den Papieren an der Rezeption der Autovermietung. »Sind Sie Kristina?«, fragte er in etwas holperigem Englisch.

Es tat ihr leid, dass sie ihm nicht auf Portugiesisch antworten konnte.

»Meine Cousine hat gesagt, dass Sie nach Nazaré müssen. Ich habe Ihnen schon die Promenade von Nazaré ins Navi eingegeben. Die

Papiere sind auch fertig. Sie brauchen nur zu unterschreiben. Ich habe Ihnen den Wagen für eine Woche reserviert. Ist das in Ordnung?«

Sie gab ihm ihre Mastercard und unterschrieb den Vertrag, ohne ihn durchzulesen. So etwas sollte man nicht tun, hörte sie Peters und Bettys Stimme im Chor in ihrem Kopf.

»Hört auf damit!«, sagte sie.

»Wie bitte?«, fragte Diogo.

Hatte sie das eben laut gesagt? »Entschuldigen Sie, ich habe nur laut gedacht. Alles in Ordnung.«

Diogo gab ihr den Schlüssel und sagte: »Der Wagen steht direkt vor der Tür. Viel Spaß damit! Und alles Gute!« Er lächelte verschmitzt. Auch er schien über den Grund ihrer Fahrt nach Nazaré informiert zu sein.

Erst als Kristina im Wagen saß und eine weibliche deutsche Stimme sie freundlich, aber bestimmt aufforderte, sich nach links in den Verkehr einzufädeln, fiel ihr wieder ein, dass sie ja eigentlich Angst davor hatte, im Ausland Auto zu fahren.

Was soll's? Schlimmer als mit dem Tuk Tuk kann es sicher nicht werden, dachte Kristina, blinkte, wartete eine Lücke im Verkehr ab und reihte sich beherzt ein. Weit nach vorn gebeugt, das Gesicht direkt hinter der Scheibe, kämpfte sie sich durch den Verkehr. Vor jedem Spurwechsel, den sie vornehmen musste, bekam sie feuchte Hände, und wenn jemand in der Nähe hupte, bezog sie das sofort auf sich. Zu dumm, dass sie kein deutsches Kennzeichen am Auto hatte. Dann wäre gleich klar gewesen, dass sie sich in Lissabon nicht auskannte. Aber es kommt sicher auch so jeder darauf, dass ich nicht von hier stamme, wenn er an mir vorbeifährt, dachte Kristina verzweifelt. Sie war froh, dass die Stimme im Navi deutsch mit ihr sprach. Selbst wenn ihr jetzt eine ungemein warme, sexy Männerstimme den Weg auf Portugiesisch gewiesen hätte, wäre sie rechts rangefahren, hätte das Auto stehen lassen und so lange gewartet, bis ein Taxi vorbeigekommen wäre, das sie sicher zu ihrer Wohnung zurückgebracht hätte. Die weibliche deutsche Stimme störte sich nicht an ihren Flüchen beim Spurwechseln und Abbiegen und leitete sie unerschütterlich zur Autobahn nach Nazaré. Geschafft, sagte Kristina zu sich selbst, als sie die Autobahnauffahrt passiert hatte. Ihr war heiß, und sie drückte auf Knöpfe, von denen sie meinte, dass sie zur Aircondition gehörten, aber nichts passierte. Peter, dachte sie verzweifelt. Wenn er jetzt hier wäre, säße sie entspannt auf dem Beifahrersitz, und die Aircondition würde laufen.

Sie kam an eine Tollstation. Ihre Handtasche lag auf dem Rücksitz, und ihr Portemonnaie befand sich irgendwo in den Untiefen dieser Tasche. Jetzt wusste sie, warum Betty immer eine Handvoll Münzen in der Konsole bereitliegen hatte, wenn sie im Ausland mit dem Auto unterwegs war. Kristina sah sich um. Wenn sie sich jetzt nicht beeilte, würden sich gleich mehrere Autos hinter ihr stauen. Sie konnte nicht aussteigen, um ihre Handtasche vom Rücksitz zu angeln, weil sie zu dicht an den Kassenautomaten herangefahren war und ihre Wagentür nicht aufging. Also musste sie sich abschnallen und auf den Rücksitz klettern. Als sie endlich die Münzen zusammengeklaubt und in den richtigen Schlitz gesteckt hatte, raste ihr Puls, und der Schweiß lief ihr in Bächen den Rücken hinunter. Jemand hupte. Kristina legte krachend den Gang ein, und das Auto hoppelte nach vorn. Es war wohl der dritte statt des ersten Ganges.

»Wir haben nur noch ein Auto mit Gangschaltung«, hatte Diogo entschuldigend gesagt.

»Kein Problem«, hatte Kristina lässig geantwortet. Aber das war es wohl doch.

In einer Autobahnraststätte, deren Parkplätze gegen die Hitze mit Wellblech überdacht waren, wechselte sie in einer viel zu engen Toilettenkabine ihr Kleid, wusch sich die Achseln, rieb sich Arme und Beine mit kaltem Wasser ab und hoffte, dass jetzt niemand hereinkommen würde. Auch nachdem sie ihr Gesicht mehrmals mit kaltem Wasser abgetupft hatte, war ihre Haut noch gerötet. Ihre Haare sahen zerzaust aus, und ihr Versuch, sie mit einer Haarbürste in Form zu bringen, war ziemlich erfolglos. Aber zumindest sind sie hellblond, dachte Kristina. Allein damit konnte sie überall in Portugal punkten. Und es spielte hier keine Rolle, dass diese strahlende Farbe – mit den Goldreflexen, sobald die Sonne auf sie fiel – einzig das Werk ihres begnadeten Friseurs war. Sie war sich sicher, dass Luis annahm, es sei immer noch ihre natürliche Haarfarbe, und sie würde ihn auch weiter in diesem Glauben lassen. Im Gegensatz zu Peter kannte Luis ihre kleinen Schönheitsgeheimnisse nicht. In dem Moment, in dem er heute Abend womöglich entdecken würde, dass sie bei ihrer Oberweite mit einem Push-up nachgeholfen hatte, würde es ihm vollkommen egal sein, weil er dann ihre nackten Brüste in den Händen hielt.

Kristina sah auf ihre rote Swatch-Uhr, die sie gegen Bettys Rat seit Jahren mit Begeisterung trug. Sie hatte noch Zeit für einen Kaffee und ein Mineralwasser. Sie versuchte, auf Portugiesisch zu bestellen, und war sehr stolz, als sie gleich das Richtige bekam. Vielleicht werde ich diese Sprache doch noch lernen, dachte sie.

»Bist du gut losgekommen?«, simste Luis.

»Ja, alles bestens«, simste sie zurück. Sie sah aus dem großen Raststättenfenster auf den Parkplatz und die Autobahn. Es stimmte. Es war alles bestens.

Dank Diogos Hilfe gelangte sie ohne Zwischenfälle an die Strandpromenade von Nazaré. Allerdings nur, nachdem sie in den engen Gassen des ehemaligen Fischerortes – durch die das Navi sie wahrscheinlich führte, weil das der kürzeste Weg ans Meer war – fast einen Herzinfarkt bekommen hätte, weil ein großer BMW-Geländewagen an ihr vorbeiwollte, keinen Zentimeter zurückwich und sie rückwärts den Berg hochmusste, um nach einer Parklücke zu suchen. Jetzt hatte sie zwar einen freien Blick auf das unglaublich blaue Meer und einen sagenhaft breiten Strand, aber hier schien es überhaupt keine Parkmöglichkeit zu geben. Und hatte Luis nicht gesagt, dass das Krankenhaus im oberen Teil der Stadt lag? Sie sah auch das Fort auf einer eindrucksvollen Klippe und die Kirche. Dort oben musste es sein, aber wie kam sie da um Gottes willen rauf? Sie konnte nirgendwo anhalten und das Navi neu einstellen. Außerdem hatte sie vergessen, wie der Hauptplatz in Sitio hieß, oder hatte Luis ihr das gar nicht gesagt? Es blieb ihr nichts anderes übrig, als auf dieser Straße weiterzufahren und zu hoffen, dass irgendwann ein Parkplatz auftauchen würde, auf dem sie das Auto abstellen könnte, um sich zu Fuß auf den Weg zu machen. Sonst würde sie auf der Suche nach der richtigen Abzweigung sicherlich noch stundenlang herumkurven und Luis deshalb vielleicht wieder verpassen.

»Parkplatz, bitte, bitte«, murmelte sie und wischte sich mit dem Handrücken über die Stirn. Sie schwitzte schon wieder. Eine Straße ging nach links ab. Sollte sie die nehmen oder weiter geradeaus fahren und sich somit immer mehr von ihrem Ziel entfernen? Sie blinkte und bog ab, obwohl sie befürchtete, sich in dem Straßengewirr zu verlieren, weil auch das Navi den Weg bald nicht mehr ansagen, sondern sie nur mit *Bei nächster Gelegenheit bitte wenden* nerven würde. Aber halleluja, was war das? Vor ihr sah sie ein Parkplatzschild mit einem Pfeil nach rechts. Und wirklich, nach kurzer Zeit kam sie zu einem bewachten Parkplatz in der Nähe des Hafens. Er war zwar nicht asphaltiert und wirkte etwas provisorisch, aber als sie auf das Gelände abbog, wies ihr ein Mann freundlich den Weg. Kurz darauf hatte sie den *Fiat Punto* geparkt, zahlte sechs Euro an den Parkplatzwächter, nahm ihre Tasche aus dem Kofferraum und beschloss, sich erst einmal irgendwo ein Café im Schatten zu suchen, bevor sie sich auf den langen Weg den Hügel hinauf machte. Wenn Luis hörte, wo ihr Auto stand, würde er sich sicher vor Lachen kringeln, sie liebevoll in den Arm nehmen und sie *meine kleine Chaotin* nennen. Den Kosenamen hatte er ihr früher in Berlin gegeben. Sie hatte ihn damals nicht gemocht, aber jetzt fand sie ihn lustig und süß. Es stimmte ja. Sie war manchmal eine *kleine Chaotin*.

Sie ging in Richtung Strandpromenade. Glücklicherweise war der Parkplatz in der Nähe des Hafens, es war nicht so schwer, die richtige Richtung zu finden. Im ersten Café auf der Straßenseite gegenüber von der Promenade setzte sie sich in den Schatten, bestellte Kaffee und Wasser. Sie war viel zu aufgeregt, um etwas zu essen. Nachdem sie ein Glas kühles Wasser in einem Zug heruntergestürzt hatte, ging es ihr besser. Sie entspannte sich und sah sich um. Es war fantastisch hier. Meist weiße, höchstens vierstöckige Häuser reihten sich aneinander, wenn sie nach rechts sah. Auf der anderen Seite der Promenade gab es mehrere höhere Hotelgebäude, die der Schönheit der Bucht aber keinen Abbruch taten. Die Straße direkt an der Promenade störte den wunderbaren Blick aufs Meer hier nicht so, wie es manchmal an der Côte d'Azur der Fall war. In Nazaré schienen die Einheimischen das Meer zu lieben und ihm den nötigen Respekt entgegenzubringen. Es gab nicht ein Restaurant, das direkt ans Wasser gebaut war und die Sicht auf das Meer versperrte, nur Promenade, Strand und Meer. Das war genauso schön und ursprünglich wie auf Sylt, aber eben wesentlich wärmer, nicht so windig und auch sicher nicht so schick. Es gefiel Kristina, dass ganz normale Leute auf der Promenade vorbeispazierten. Und dieser Ort schien nicht nur von ausländischen Touristen bevölkert, sondern auch bei Portugiesen sehr beliebt zu sein. Kristina fühlte sich wie in einer ihrer Fantasien. Ein absolut perfekter Atlantik lag vor ihr, dunkelblau, immer rau, aber heute auch gleichzeitig lieblich. Wellen brachen sich am Strand, der sich in einem harmonischen Bogen ans Meer schmiegte. Die bunten Zelte und Liegestühle, die in Kolonnen im hinteren Teil des Strandes aufgebaut waren, erinnerten Kristina an die Strände in der Toskana, die aber nicht so ursprünglich waren wie dieser hier. Jetzt wusste sie, woher ihre Fantasiebilder kamen. Luis hatte ihr früher in Berlin oft von Nazaré erzählt, und dabei hatten seine Augen gestrahlt, seine Gesichtszüge waren weich geworden, und sie hatte ihn dann noch mehr geliebt als sonst schon. Eigentlich hatte sie damals mit ihm hierherfahren wollen, aber dazu war es nicht mehr gekommen. Sie hätte nie gedacht, dass sie tatsächlich mal am Ort ihrer damaligen gemeinsamen Träume ankommen würde.

Aber jetzt war sie hier und würde Luis gleich sehen. Und die Zeit, die inzwischen vergangen war, spielte gar keine Rolle mehr, seit sie in Lissabon das erste Mal wieder in seinen Armen gelegen hatte.

»Wie kommt man auf den Hügel?«, fragte sie die junge Portugiesin beim Bezahlen, die aussah wie eine Studentin.

»Sie gehen die Straße hinunter bis zum Ascensor de Nazaré, den können Sie gar nicht verfehlen«, sagte sie in genauso gutem Englisch, wie es Margarida sprach. Das liegt daran, dass wir die amerikanischen Filme und Serien nur im Original mit portugiesischen Untertiteln sehen können, hatte sie ihr erklärt. Der Rat des Taxifahrers auf dem Weg zu ihrer Wohnung fiel Kristina wieder ein, und sie nahm sich vor, die amerikanischen Kochsendungen mit portugiesischen Untertiteln zu sehen, wenn sie wieder in Lissabon war. Vielleicht half das beim Portugiesischlernen, und sie konnte zumindest ihren passiven Wortschatz verbessern. Erst vor ein paar Tagen war sie in Lissabon angekommen, aber Lüneburg war gedanklich so weit weg, dass sie sich momentan gar nicht vorstellen konnte, irgendwann dorthin zurückzukehren. Was würde sie auch erwarten? Ein leeres Haus. Nur Peter würde abends nach Hause kommen, und dann würden sie in ihre Routine verfallen. Kuss auf die Wange. Er würde in seinem Arbeitszimmer verschwinden, dann würden sie vielleicht gemeinsam essen, wenn er nicht so spät dran war, dass er schon unterwegs gegessen hatte. Sie würden sich die Tagesschau um acht Uhr ansehen und dann vielleicht bei einer Flasche Wein vor dem Fernseher hängen bleiben. Vielleicht würde es dann noch nach zehn Uhr Sex geben, wenn sie nicht zu müde wären. Sie würden gemeinsam gegen Mitternacht ins Bett gehen. Er würde seinen Wecker auf sechs Uhr stellen, und sie würde sich darüber freuen, dass ihr Wecker erst um halb acht klingeln würde, weil ihr Unterricht nie vor zehn Uhr begann und meistens sowieso nachmittags stattfand. Sie würde aufstehen, in die Küche gehen, sich einen Kaffee machen und sich dann erst daran erinnern, dass Feli ja nicht mehr da war und sie sie nicht daran erinnern musste aufzustehen. Sie wusste nicht, wie es ihr damit gehen würde. Es war schon bei Tom schlimm gewesen, obwohl Feli ja noch zu Hause gewohnt hatte. Sie hatte sich so gefühlt, als ob man ihr einen Teil ihres Herzens herausgerissen hätte und sie jetzt irgendwie mit den Überresten klarkommen müsste. Die Verlorenheit, die sie jedes Mal empfunden hatte, wenn sie an seinem fast leer geräumten Zimmer vorbeigekommen war, hatte sie erschreckt und traurig gemacht, und es war erst besser geworden, als sie beschlossen hatten, Toms Zimmer zu einem Gästezimmer umzuwandeln.

Sie waren jetzt keine richtige Familie mehr, sondern ein Paar mit erwachsenen Kindern, die nur ab und zu vorbeikamen. Wie oft hatten sie diese Zeit herbeigesehnt, sich überlegt, was sie dann alles machen würden, gemeinsam Pläne geschmiedet, aber jetzt schien es so, als ob ihre Vorstellungen darüber, wie sie ihre freie Zeit verbringen wollten, weit auseinandergingen. Indien, dachte Kristina wütend, Yoga, pah!

Eigentlich hat Peter damit angefangen, sich von mir zu entfernen. Wer weiß, vielleicht hat er ja doch eine Yoga-Maus, mit der er sich gerade im transzendenten Austausch übt. Kein Wunder also, dass sie sich wieder auf Luis eingelassen hatte.

Kristina nahm ihre Taschen und ging die Strandpromenade entlang. Vielleicht sollte ich Luis anrufen, damit er mich abholt, dachte sie, aber die Blöße wollte sie sich dann doch nicht geben. Sie war eine selbstständige Frau und würde den letzten Teil des Weges auch noch allein bewältigen.

Es ist so unglaublich schön hier, dachte Kristina. Sie wusste, dass sie hier sehr glücklich sein könnte, und ihr war es egal, wie lange es dauern würde. Sie lebte jetzt, an diesem Tag, in diesem wunderbaren Land. Und sie würde gleich einen wunderbaren Mann treffen, der sie sehr glücklich machte. Es war doch egal, was später passieren würde. Sie hatte wegen Luis schon alle Schmerzen durchlebt, sodass sie sich sicher war, dass sie alles, was nach diesen Tagen passieren würde, ertragen könnte.

Nach Sítio zu gelangen, war tatsächlich nicht schwer. Ein Aufzug oder eher eine Bahn brachte die Passagiere das Kliff hinauf. Sie musste nicht lange warten, bis die Schienenbahn kam, die den ziemlich steilen Abhang in kurzer Zeit überwand. Kristina sah aus dem Fenster aufs Meer, damit ihr nicht schwindelig wurde. Ihr Herz schlug schneller, es war wie im Traum. Wie oft hatte sie solche Bilder im Kopf gehabt, während sie in ihrem alltäglichen Leben in Lüneburg eingesperrt gewesen war. Sie spürte wieder diese Art von Freiheit, die sie in Berlin kennengelernt, die ihr damals aber Angst eingejagt hatte. Jetzt störte es sie nicht, dass Luis ihr nicht gesagt hatte, in welche Richtung es mit ihm gehen würde, und alle Möglichkeiten offen waren. Damals hatte sie das verunsichert, jetzt machte es sie glücklich. Denn sie hatte sich das erfüllt, was sie sich vorgenommen hatte. Eine Familie zu gründen und Kinder großzuziehen. Was jetzt kam, musste nicht mehr geplant werden.

Oben angekommen, hatte sie wenig Ruhe, die fantastische Aussicht vom Miradouro do Sítio zu genießen, weil sie sich nicht sicher war, ob sie den Hauptplatz und das Krankenhaus finden würde. Aber es war ganz einfach. Sie musste nur einmal um die Ecke gehen, und schon stand sie auf dem weißen Platz, den Luis gemeint haben musste. Auf der einen Seite befanden sich die Kathedrale und der Eingang des Krankenhauses, in der Mitte ein Pavillon und gegenüber davon einige Cafés. Kristina sah auf die Uhr. Es war erst 17.15 Uhr. Geschafft, dachte sie stolz. Diesmal würde sie nicht an einem falschen Ort auf Luis warten wie vor Jahren. Vor dem Café waren nur wenige Tische besetzt. Der touristische Trubel von unten drang kaum nach hier oben, was die Ladenbesitzer auf der Rückseite des Platzes, die Ponchos, Kacheln, Holzboote und anderen Kitsch feilboten, sicher sehr bedauerten. Kristina setzte sich an einen Tisch in der ersten Reihe des Cafés, um sicherzugehen, dass Luis sie auch gleich entdecken würde.

»Sie müssen hineingehen und drinnen bestellen«, sagte eine ältere Dame auf Deutsch, die neben ihr allein an einem Tisch saß und einen Kirschlikör und einen Kaffee vor sich hatte.

»Herzlichen Dank«, sagte Kristina, war aber ein wenig beleidigt, weil sie, ohne etwas zu sagen, gleich als Deutsche erkannt worden war.

»Und bestellen Sie sich auf jeden Fall ein Pain au Chocolat oder ein Pastel de Nata. Die Muffins sind übrigens auch sehr zu empfehlen. Hier gibt es das beste Gebäck von ganz Nazaré«, sagte die Dame, die sehr gepflegtes weißgraues Haar und perfekt manikürte Fingernägel hatte. Sie trug eine Sonnenbrille von Dior, hatte ein seidenes Tuch von Chanel über die linke Schulter ihres türkisfarbenen Sommerkleides drapiert und verlieh dem einfachen Café und dem gesamten Platz durch ihre bloße Anwesenheit Eleganz.

Kristina stand auf und betrat das Innere des Cafés. Die Dame, die fast akzentfrei deutsch sprach, hatte recht. Alle Backwaren, die hinter der Theke ausgestellt waren, sahen fantastisch aus. Eigentlich hatte Kristina keinen Hunger, aber sie wollte die nette ältere Dame nicht enttäuschen. Deshalb bestellte sie sich ein Schokoladencroissant, Kirschlikör und einen Milchkaffee. Dann ging sie in den Waschraum, wusch sich das Gesicht, kämmte sich die Haare und trug Lipgloss auf. Sie kramte ihr Gyvenchy III aus der Tasche und sprühte sich den Duft noch einmal auf die Handgelenke, hinter die Ohren und in den

Ausschnitt. Das hatte sie zwar schon an der Tankstelle gemacht, aber in diesem speziellen Fall würde etwas mehr sicher nicht schaden.

Als sie wieder zurückkam, konnte sie ihre Bestellung mit auf die Terrasse nehmen. Die Dame hatte jetzt eine portugiesische Zeitschrift hervorgeholt und blätterte darin herum.

Kristina merkte jedoch, wie sie immer wieder zu ihr hinüberschaute. Es wäre sicher nicht schlecht, sich ein wenig zu unterhalten. Dann bin ich vielleicht nicht mehr so nervös, dachte sie. »Ein wunderbarer Platz«, begann sie das Gespräch mit der Dame.

»Ja, finde ich auch. Gerade, weil er nicht so spektakulär ist. Mir gefällt es auch, dass es hier oben nicht so hektisch ist wie dort unten. Wie schmeckt Ihnen das Schokoladencroissant?«, fragte die Dame.

»Ich glaube, es ist einer der besten, die ich jemals irgendwo gegessen habe, Paris eingeschlossen«, antwortete Kristina.

»Erlauben Sie, dass ich das nachher der Besitzerin erzähle? Sie wird sich über dieses Kompliment sicher sehr freuen.«

»Gerne. Leider reicht mein Portugiesisch nicht aus, um es ihr selbst zu sagen.«

»Sie machen hier Urlaub?«, fragte die Dame. Es schien sie sichtlich zu freuen, deutsch zu sprechen.

»Ja, so in etwa. Ich besuche hier einen Freund.«

»Das muss ein wunderbarer Mensch sein, so, wie Sie strahlen«, sagte die Portugiesin.

Normalerweise fand Kristina derartige Äußerungen von Fremden plump, aber in diesem Fall störte es sie gar nicht. Sie war sogar froh, mal wieder mit jemandem über Luis reden zu können.

»Ja, er ist ein ganz besonderer Mann«, sagte sie. »Wir haben uns zufällig in Lissabon wiedergetroffen, ausgerechnet in einem Fado-Lokal, nachdem wir einige Jahre keinen Kontakt hatten.«

»Das klingt romantisch«, sagte die ältere Dame seufzend.

»Ja, ich konnte es kaum glauben, als ich ihn erkannte. Und das Verrückteste war, dass ich mich sofort wieder in ihn verliebt habe, obwohl ich mir vor Jahren vorgenommen hatte, das nie wieder zu tun.«

»Das klingt nach einer langen und leidenschaftlichen Liebe«, sagte die portugiesische Dame.

»Ja, das stimmt, aber auch sehr kompliziert«, sagte Kristina.

»Die leidenschaftlichsten Lieben sind oft die schwierigsten«, erwiderte die Portugiesin und blickte versonnen über den Platz.

Kristina trank den Kirschlikör in zwei Zügen leer. Jetzt waren es nur noch zehn Minuten bis sechs Uhr. Sie hätte am liebsten gesungen oder sogar getanzt, so glücklich war sie bei dem Gedanken, dass sie gleich ihren Geliebten wiedersehen würde. Denn das war Luis für sie, ihr Geliebter, auch wenn sie bisher noch nicht gemeinsam definiert hatten, was sie diesmal eigentlich füreinander waren.

Die portugiesische Dame bestellte noch einen Kirschlikör bei der Bedienung, die neben ihnen aufgetaucht war. Die Dame setzte die Unterhaltung nicht fort, schien aber auch nicht gehen zu wollen, bis sie gesehen hatte, auf wen Kristina wartete.

Luis kam über den Platz. Er trug immer noch einen weißen Kittel und weiße Hosen. Er entdeckte Kristina im Café und winkte ihr zu. Sie winkte zurück – und die portugiesische Dame auch.

Als er näher kam, sah er verwirrt zwischen der älteren Dame und ihr hin und her, dann steuerte er auf die ältere Dame zu und sprach mit ihr portugiesisch. Kristina verstand nicht viel außer »Sofia«.

Jetzt wandte sich Luis an Kristina, beugte sich zu ihr hinunter und gab ihr einen flüchtigen Kuss auf die Wange. »Du hast meine Mutter schon kennengelernt?«, sagte er mit distanziertem Unterton und wandte sich dann an seine Mutter. »Das ist Kristina Dierks, Mutter, ich kenne sie aus meiner Studienzeit«, sagte Luis, ohne deutlich zu machen, dass das nicht das Einzige war, was sie verband.

Kristina stand auf und begrüßte Luis' Mutter mit einem Händeschütteln. »Ich wusste nicht …«, sagte sie überrascht.

»Ich auch nicht. Sofia Schröder de Luzia«, sagte die Portugiesin vorwurfsvoll in Luis' Richtung und nahm ihre Sonnenbrille ab.

Sofort erkannte Kristina, woher Luis seine wunderschönen Augen hatte.

»Wollen wir gehen?«, fragte Luis unwirsch.

Seine plötzliche Kühle tat Kristina weh. So hatte sie sich ihr Wiedersehen nicht vorgestellt. Sie hatte gedacht, Luis würde mit schnellen Schritten auf sie zukommen, sie vom Sitz hochziehen, stürmisch umarmen und küssen. Nichts von alldem war geschehen. Luis hatte für sie nur einen seiner distanzierten Küsse auf die Wange übriggehabt, die sie aus Berlin so gut kannte und schon immer nicht gemocht hatte. Und es war ihm unangenehm, dass seine Mutter sie kennengelernt hatte. Hatte er ihr wirklich noch nie etwas von ihr erzählt? Sie war doch ein wichtiger Teil seines Lebens. Aber vielleicht steht er seiner Mutter nicht so nahe, dass er so etwas mit ihr bespricht, versuchte Kristina sich einzureden, damit es sie weniger kränkte, dass sie offensichtlich in Luis' Familie noch nie ein Thema gewesen war.

Er ergriff ihre Tasche und nahm sie am Arm. »Auf Wiedersehen, Sofia«, sagte er über die Schulter zu seiner Mutter. Dann führte er Kristina schnell über den Platz. Er ging schweigend neben ihr her, bis er vor einem weißen Haus stehen blieb.

»Hier wohne ich«, sagte er und zog einen Schlüssel aus seiner Tasche. Er ging vor ihr. Kristina betrachtete seine schmalen Knöchel, die bei jedem Schritt aus den Hosenbeinen hervorlugten, und seinen Po. Auf einmal war es ihr egal, dass er in den letzten zehn Minuten beinahe unfreundlich zu ihr gewesen war. Sie wollte diesen Mann sofort haben.

Seine Wohnung war nicht besonders groß, ein Schlafzimmer und ein Wohn-Ess-Zimmer, von dem aus man in einen idyllischen Innenhof mit einer Palme und Blumenkübeln und einer kleinen Terrasse mit metallenen verschnörkelten Stühlen und Tischen sehen konnte.

Luis öffnete die Terrassentür und drehte sich zu ihr um. »Es gibt zwar keinen Meerblick, ist aber trotzdem schön, oder?«, sagte er. Die Möbel waren modern und schlicht, ähnlich wie in ihrer Wohnung in Lissabon. Im Schlafzimmer und im Wohnzimmer lag Parkett, die Fliesen in der Küche waren aus gebranntem Ton.

»Ich habe alles so übernommen, die Möbel, selbst die Vorhänge. Das englische Ehepaar, dem die Wohnung gehört, konnte sie zu selten nutzen, deshalb suchten sie einen dauerhaften Mieter.«

»Schön«, sagte Kristina und war gerührt darüber, dass es ihm wichtig zu sein schien, was sie von seiner Wohnung hielt.

Luis lächelte, er wirkte jetzt viel entspannter. Wenn er wüsste, wie sehr ich ihn liebe, würde ihm das vielleicht Angst machen, dachte

Kristina und ging auf ihn zu. Sie nahm ihn in die Arme, und er entspannte sich sofort, als sie über seinen Rücken strich und ihn küsste.

»Ich bin so froh, dass ich gekommen bin«, murmelte sie, während sie ihm das T-Shirt über den Kopf zog.

Viel später lagen sie auf seinem Futon eng nebeneinander. Luis hatte Pfirsiche, Schinken, Käse, Brot und Melonen auf einem Tablett angerichtet, das zwischen ihnen stand. Sie tranken einen Vinho Verde, fütterten sich gegenseitig mit Käse und Obst, hörten Musik von Jason Mraz und betrachteten die Sterne, von denen immer mehr am Himmel erschienen. Es war der perfekte Moment, und Kristina hütete sich, eine Bemerkung über Luis' Verhalten bei der Begegnung mit seiner Mutter und ihr fallen zu lassen. Sie hatte im Laufe ihrer Ehe gelernt, nicht immer alles sofort zu diskutieren, was ihr nicht gefiel. Irgendwann würde Luis vielleicht von selbst davon anfangen. Jetzt wollte sie dieses Glück auskosten, sich an den Mann zu schmiegen, der vorhin so leidenschaftlich mit ihr geschlafen hatte, dass jetzt noch alles in ihr vibrierte, und der sie jetzt mit Melonenstücken fütterte.

5. Kapitel

Sein Handywecker ging um sechs Uhr mit ohrenbetäubendem Vogelgezwitscher los. Luis wachte unsanft aus einem aufregenden Traum auf, in dem er gerade mit Kristina schlief. Er sah zur Seite. Kristina hatte sich in das Laken gewickelt und schlief auf dem Bauch. Sie scheint Übung darin zu haben, Wecker zu überhören, die um diese Zeit klingeln, dachte er. Er stand auf und ließ sich ein Bad ein. Er liebte es, im warmen Wasser zu liegen und den Tag ganz langsam zu beginnen. Aus der Wohnung gegenüber hörte er, wie die beiden Nachbarskinder von ihren Eltern geweckt wurden und durch die Wohnung tobten. Er dachte an die Morgen mit Evelyn, die er eigentlich nie besonders gemocht hatte. Ihre Kinder mussten geweckt werden und ins Bad, Evelyn auch. Er hatte bei ihr so gut wie nie die Gelegenheit gehabt, morgens in die Badewanne zu gehen, und meistens nur schlecht gelaunt duschen können. Luis war froh, dass in dieser Wohnung jetzt keine Kinder gegen die Tür donnerten. Er war sich sicher, dass er dieses Kapitel seines Lebens für immer abgeschlossen hatte, auch wenn das bedeutete, dass er selbst niemals eigene Kinder haben würde. Kristinas Kinder waren erwachsen, und das war großartig. Anders als bei ihren wenigen Treffen in den vergangenen Jahren waren sie diesmal fast kein Thema, und sie sprach auch kaum über ihren Mann, was ihm sehr entgegenkam. Er war immer eifersüchtig auf Peter gewesen, auch wenn er das Kristina gegenüber niemals zugegeben hätte. Als seine Freunde ihm von Kristinas Heirat erzählt hatten, hätte er seinen Konkurrenten am liebsten verprügelt, sich Kristina unter den Arm geklemmt und entführt. Wenn er ehrlich zu sich war, hatte er nie damit gerechnet, dass Kristina ihn je verlassen würde. Er war sich einfach zu sicher gewesen, dass sie ihn zu sehr liebte. Sie hatte ihm immer wieder verziehen, wenn er für einige Zeit verschwunden war, sie nicht angerufen hatte und ihr auch keine Erklärungen abgegeben hatte. Er hatte zwar jedes Mal ihre Wut besänftigen müssen, aber das hatte er durch Lächeln und Küsse immer ziemlich schnell geschafft. Er wusste immer noch nicht, warum er damals manchmal ohne sie sein musste und das Gefühl hatte, ihre Gegenwart und Liebe würden ihn ersticken.

Nachdem sie ihn verlassen hatte, merkte er schnell, dass er einen Fehler gemacht hatte, sie nicht zurückzuhalten, aber er war zu stolz gewesen, um das zuzugeben. Seine Gefühle für Kristina waren manchmal so extrem und auch chaotisch gewesen, dass es ihn selbst schon genervt hatte. Weglaufen war viel einfacher gewesen, als zu kämpfen. Und es gab ja noch so viele andere Frauen. Also redete er sich ein, dass sie sowieso nicht die Richtige für ihn gewesen wäre, weil sie so chaotisch und planlos war. Und dann traf er Ulla, die ordnend in sein Leben eingriff und ihm eine Richtung vorgab. Er bemerkte, wie er dadurch leistungsfähiger wurde, und war ihr dankbar, weil sie ihm zeigte, dass er wirklich etwas konnte und in seinem Bereich sogar sehr gut war, was ihm bis dahin gar nicht bewusst gewesen war. Sie war etwas älter als er gewesen, Stationsärztin auf der Gynäkologischen, keine Kinder. Sie hatten zuerst viel Zeit miteinander verbracht, bis ihm langweilig wurde und er sie mit einer Frau betrog, die er auf einer Party kennengelernt hatte. Dann machte er den Fehler, Ulla davon zu erzählen, und sie verließ ihn sofort. Bald darauf ging er aufs Kreuzfahrtschiff.

Evelyn hatte ihm oft vorgeworfen, dass er sein Leben planlos angegangen war und bisher immer nur auf den Rat von anderen gehört oder auf äußere Umstände reagiert hatte. Aber so war er nun mal. Er hatte zwar versucht, sich zu ändern, aber das war ihm nicht gelungen. Eigentlich wollte er das jetzt auch nicht mehr. Was nützten ausgeklügelte Pläne, wenn man nach ihrer Erfüllung ein langweiliges Leben führte? Er hatte immer noch keinen festen Plan für sein Leben. Wozu auch? Die besten Dinge passierten sowieso überraschend. Kristina hatte er zufällig in Lissabon wiedergetroffen, und was konnte fantastischer sein als das? Die Vorstellung, dass sie jetzt nackt in seinem Bett lag und nach seinem Dienst mit ihm am Strand essen würde, erregte ihn und machte ihn glücklich. Sie hatte gestern Nacht geflüstert, dass sie noch bei ihm bleiben wolle und es nicht schlimm fände, wenn er am nächsten Tag arbeiten müsse. Dass sie sich auf jede Sekunde mit ihm freuen würde. Früher hätte ihm so etwas Angst gemacht, weil es ihn zu etwas verpflichtete. Er hatte unabhängige Frauen mit einem eng gestrickten Terminplan bevorzugt, bis er gemerkt hatte, dass gerade sie allzu genaue Vorstellungen davon hatten, wie er sein sollte, und ihn hartnäckig danach formen wollten. Das hatte Kristina nie versucht. Er genoss die Vorstellung, sie anzurufen, sobald er wusste, wann er mit seinem Dienst fertig sein würde, und dass sie dann unten am Meer auf ihn warten würde. Eigentlich bin ich doch ein Macho, dachte er, als er sich bei geöffnetem Fenster abtrocknete und die Wärme auf seiner Haut spürte.

Er musste erst um acht Uhr im Krankenhaus sein. Er ging zurück ins Schlafzimmer, Kristina lag immer noch schlafend unter dem weißen Laken. Augenblicklich hatte er Lust, sich wieder zu ihr zu legen und sie mit Liebkosungen zu wecken. Aber er wusste, dass er sich dann nur sehr schwer von ihr trennen könnte, alles hektisch werden würde, und das wollte er nicht. Also ging er in die Küche, machte sich einen Kaffee und aß ein geröstetes Brot mit Marmelade. Er schrieb Kristina einen Zettel und legte ihr den zweiten Wohnungsschlüssel hin, an den er ein rotes Bändchen geknotet hatte, das er in einer Küchenschublade gefunden hatte. Er erinnerte sich daran, wie lange es gedauert hatte, bis er ihr in Berlin einen Schlüssel für seine Wohnung gegeben hatte. Das hat sie damals bestimmt gekränkt, dachte Luis kopfschüttelnd. Eigentlich erstaunlich, dass Kristina ihn nach allem, was sie mit ihm erlebt hatte, immer noch liebte. Aber er hatte ihr ja auch einiges verzeihen müssen, vor allem, dass sie so schnell nach ihrer Trennung eine Familie gegründet und in den ersten Jahren danach keinen Gedanken an ihn verschwendet hatte. Erst als er angefangen hatte, ihr zu ihrem Geburtstag Postkarten zu schicken, hatte sie sich wieder an ihn erinnert.

Aber die Zeit an Bord war eigentlich super gewesen. Er hatte viele kurze Affären und unzählige Gelegenheiten, mit irgendwelchen Frauen an Bord ins Bett zu gehen. Manchmal hatte er auch etwas mit einer Kollegin aus der Crew, oder es ergab sich ein kurzer Flirt an Land. Die Erinnerungen an Kristina verblassten langsam, aber er behielt seine Gewohnheit bei, ihr zum Geburtstag zu schreiben. Sie antwortete ihm nie, aber er wusste, dass sie sich über seine Karten freute. Als er sie dann aber vor einigen Jahren bei einem Aufenthalt in Hamburg spontan anrief und sie sich zum Abendessen trafen, war sie noch viel schöner, als er sie in Erinnerung hatte. Er verliebte sich sofort wieder in sie und landete mit ihr nach dem Essen in einem Hotelbett. Sie rief ihren Mann an und erzählte ihm, dass sie bei ihrer Freundin übernachten würde, und Luis dachte in diesem Moment: Wie leichtfertig sie lügen kann. Ob sie das mit mir früher auch gemacht hat?

Aber was sollten diese alten Geschichten? Seit dem Moment, in dem er Kristina in Lissabon wieder in den Armen gehalten hatte, fühlte sich alles zwischen ihnen neu und anders an. Sie waren sich in dieser Nacht nicht nur körperlich unglaublich nahegekommen. Sie hatten sich in den Armen gehalten, sich erzählt, wie sie sich in den vergangenen Monaten nacheinander gesehnt hatten, darüber gestaunt, wie sehr sie miteinander verbunden gewesen waren, auch wenn sie sich nicht gesprochen hatten. Ihnen war klar geworden, dass sie wirklich etwas ganz Besonderes verband. Vielleicht war es ja tatsächlich die eine große Liebe, um die es in Liebesfilmen immer ging und an die er bisher noch nicht gewagt hatte zu glauben. Er war jetzt fast 50 Jahre alt. Er hatte verschiedene Frauentypen ausprobiert und war immer wieder bei Kristina gelandet. Er wusste, dass er sie liebte und sie behalten wollte. Vielleicht war es langsam an der Zeit, ihr das zu sagen? Oder war es noch zu früh dafür? Würde diesmal sie ihn auslachen, wenn er ihr sagte, dass er wirklich mit ihr zusammen sein wollte? Schließlich würde das ja für sie bedeuten, ihren Mann und ihr bisheriges, gewohntes Leben zu verlassen.

Denk nicht weiter darüber nach, rief Luis sich zur Ordnung. Im Augenblick war doch alles gut. Er fühlte sich doch wieder so, wie wenn er früher Des'rees Lied »Life« gehört hatte. In einer Saison hatten sie es auf dem Schiff immer wieder gespielt, wenn sie auf dem Achterdeck eine Party mit der Crew veranstaltet hatten. Damals hatte er einen kleinen Flirt mit einer Schwedin gehabt, die im Restaurant arbeitete. Er hatte sich sofort in sie verliebt. Viel später war ihm klar geworden, dass es nur daran gelegen hatte, dass ihre Haarfarbe Kristinas ähnelte. Es war eine unbeschwerte Zeit gewesen, sie hatten viel gelacht und in ihrer spärlichen Freizeit aufregenden Sex gehabt. Ebba wollte genauso wenig wie er etwas Ernstes. In einer ihrer wenigen Unterhaltungen, in denen sie nicht bloß über oberflächliche Dinge sprachen, hatte sie ihm anvertraut, dass sie jemanden vergessen wollte und deshalb auf dem Kreuzfahrtschiff angeheuert hatte. Er erzählte ihr damals nicht von Kristina, aber er hatte das Gefühl, dass sie beide Ähnliches durchlebten.

Kristina war sicher die Frau, die er am meisten in seinem Leben geliebt hatte. Sie war die eine für ihn. Es gab so etwas wirklich, auch wenn er lange dafür gebraucht hatte, das zu begreifen. Die Tatsache, dass es so war, machte ihm Angst, denn Kristina hatte jetzt alles in der Hand. Allein sie würde darüber entscheiden, ob er zukünftig glücklich sein würde. Er wusste, dass sie ihn liebte, das verriet ihm jeder ihrer Blicke und jede ihrer Berührungen. Aber reichte diese Liebe aus, damit sie sich von ihrem Mann trennte? Er konnte nicht von ihr verlangen, nach Nazaré zu ziehen. Und was würde passieren, wenn ihr Mann plötzlich in Lissabon auftauchte? Würde sie mit ihm zurückfliegen? Könnte sie ihren Kindern überhaupt sagen, dass ihre heile Familie in Zukunft nicht mehr so heil sein würde, wie sie es immer angestrebt hatte? Würde sie mit dieser Entscheidung leben können? Klar, sie lebten nicht im 19. Jahrhundert, und sie war Kristina und nicht Anna Karenina. Sie würde nicht von der Gesellschaft geächtet werden, wenn sie sich von Peter trennte. Das war heute nichts Ungewöhnliches. Und ihre Kinder waren erwachsen. Aber war nicht ihre Familie über zwei Jahrzehnte lang das Wichtigste für sie gewesen? Und zu dieser Familie gehörte natürlich auch Peter. Er wusste, dass sie ihren Mann keineswegs verabscheute. Luis vermutete sogar, dass sie ihn auf eine andere Weise auch liebte. Sicher nicht so leidenschaftlich wie ihn, aber dafür beständiger und verlässlicher.

Wird sie mir jemals so vertrauen können wie ihrem Mann?, fragte Luis sich, während er zum Miradouro an der Aufzugstation ging und sich dort auf eine der Steinbänke setzte. Es war mal wieder ein wunderbarer Sommertag. Am Strand zogen schon einige Jogger ihre Bahnen. Ansonsten war noch wenig los. Er wusste, dass er es in Nazaré noch eine ganze Weile aushalten könnte. Hier gab es so viel, was er liebte: einen Job, der ihn nicht zu sehr forderte, das Meer. Er konnte surfen, die Sonne schien die meiste Zeit, die Leute waren nett und entspannt. Könnte Kristina hier leben? Und was würde sie dann tun? Sie war nicht der Typ, der nur herumsitzen und auf ihn warten würde. Sie brauchte eine Aufgabe, musste ihr eigenes Geld verdienen. Aber wäre es hier überhaupt möglich für sie, in ihrem Beruf etwas zu finden? Sie arbeite als Theaterpädagogin an Schulen, hatte sie ihm stolz erzählt, und er hatte bemerkt, wie viel Spaß ihr das machte. Soweit er wusste, sprach sie nahezu gar kein Portugiesisch. Hier könnte sie nicht in Schulen arbeiten, und außerdem konnte er sich nicht vorstellen, dass es zurzeit solche Projekte an den portugiesischen Schulen gab.

Stopp, rief sich Luis zur Ordnung. Warum fing ausgerechnet er jetzt an, sich Gedanken über die Zukunft zu machen? Es würde schon alles gut gehen, das war doch bisher immer sein Motto gewesen. Hauptsache, Kristina würde sich für ihn entscheiden. Um alles andere mache ich mir später Gedanken, dachte Luis. Wenn Kristina ihn noch einmal verlassen würde, weil sie es nicht schaffte, sich von ihrem Mann zu trennen, wäre es diesmal endgültig, und er würde sehr lange brauchen, sich davon zu erholen, und sie wohl nie wiedersehen können.

Als er Kristina abends am Meer traf und sie ihm begeistert erzählte, wie entspannt der Tag in diesem kleinen Ort am Strand für sie gewesen war, und dabei über das ganze Gesicht strahlte, wischte Luis alle Bedenken beiseite. Sie war hier, sie liebte ihn, später würde er wieder mit ihr schlafen. Was wollte er also mehr?

***

Nazaré, Nazaré! Kristina verliebte sich jeden Tag mehr in diesen Ort am Atlantik mit dem unfassbar breiten Sandstrand in dieser perfekt geschwungenen Bucht. Am Vormittag fuhr sie immer mit dem Ascensor nach Nazaré-Strand hinunter und konnte gar nicht genug von diesen Fahrten mit der altmodischen Zahnradbahn bekommen.

Sie brauchte ihr Wochenticket gar nicht mehr vorzuzeigen, jeder, der dort arbeitete, schien sie mittlerweile zu kennen. Sie lehnte sich ans Fenster, während die Bahn gemächlich den steilen Abhang hinunterfuhr, und blickte über das Meer. Wie habe ich es eigentlich so lange ohne das Meer aushalten können?, fragte sie sich. In ihrer Kindheit und Jugend war sie fast jeden Tag in Altona oder Övelgönne an der Elbe gewesen, an diesem gewaltigen Fluss, der seine Farbe so oft veränderte. Der selten lieblich war oder stahlblau aussah, der durch die Strömung immer in Bewegung und gefährlich war, wenn man nicht aufpasste. Mit ihren Freunden hatte sie am Strand oft ein Feuer gemacht, Würstchen und Marshmallows gegrillt und Bier getrunken. Unten an der Elbe hatte sie ihren ersten Kuss bekommen und war auf Spaziergängen von Altona nach Flottbek und wieder zurück ihrem ersten Liebeskummer davongelaufen und hatte ihn dann auch nach Wochen an der Elbe endgültig kaputt getreten.

Von Lüneburg für einen Tag nach Hamburg zu fahren und sich in ihrer alten Gegend herumzutreiben, war etwas ganz anderes gewesen. Denn sie hatte nicht das Gefühl gehabt, das Elbwasser riechen zu können, wann immer sie ihr Zimmerfenster öffnete. Ja, ihr hatte die Ilmenau auch gefallen, sie hatte diesen kleinen Fluss pittoresk gefunden. Aber jetzt, wo sie den Atlantik direkt vor sich hatte, sobald sie sich nur wenige Meter von Luis' Wohnung entfernte, merkte sie, wie sich etwas in ihr löste, das sie lange Jahre in ihrem Innern in Ketten gelegt hatte. Sie sog die würzige Luft ein und schmeckte das Salz auf ihren Lippen, sobald sie dichter ans Meer kam. Sie schloss die Augen und lauschte dem Klang der Wellen.

»Schließ die Augen und höre, wie hoch die einzelnen Wellen sind«, hatte Luis ihr am Abend zuvor gesagt, als sie nebeneinander am Meer lagen und die Sonne gerade untergegangen war. Zuerst hatte sie das nicht gewollt, hatte ihm weiter über den Bauch gestreichelt und daran gedacht, dass sie später wieder mit ihm schlafen würde.

Aber Luis hatte ihre Hand lächelnd von seinem Bauch geschoben. »Im Ernst, versuche es. Nach einer Weile wirst du einschätzen können, wie hoch die einzelnen Wellen sind«, hatte er sanft gesagt und ihr eine Strähne aus der Stirn gestrichen.

Also gut, hatte sie gedacht, wenn er es unbedingt will. Sie hatte sich neben Luis auf den Rücken gelegt und die Augen geschlossen. Zuerst hatte sie keinen Unterschied gehört, nur einen einzigen Klangteppich ausgemacht, aber nach einigen Minuten hatte sie festgestellt, dass sich der Klang der Wellen aus verschiedenen Tönen zusammensetzte. Je länger sie zugehört hatte, desto mehr hatte sie sich entspannt. Schon bald hatte sie das Hundegebell, das Lachen der Kinder, die in der Nähe Basketball spielten, die Familien, die streitend vorübergingen, nicht mehr wahrgenommen, sondern nur noch den Klang der Wellen. Sie wusste, dass sie noch einige Zeit brauchen würde, bis sie die Höhe der einzelnen Wellen anhand ihres Klanges erkennen könnte, aber sie war sich sicher, dass sie es irgendwann schaffen würde.

Sie trank ihren Morgenkaffee immer in der Nähe der Markthalle und kaufte sich dazu einen Muffin oder eine Zimtschnecke. Wie viele andere Gäste lehnte sie an der Theke, wenn es voll war, oder sie saß an einem Tisch und beobachtete die bunte Mischung aus Einheimischen und Touristen, die im Laden ein und aus ging. Die schwarz gekleideten Frauen faszinierten sie. Es waren Witwen, die ihre Männer auf See oder bei einem dramatischen Landemanöver verloren hatten. Sie hatte gelernt, dass die Fischer, bevor es in Nazaré den Hafen gab, ihre bunt bemalten Boote auf den Strand zogen und auch von dort durch die Wellen in See stachen, was ausgesprochen gefährlich war. In der kleinen Markthalle von Nazaré hatte sie sich mit einem Mann namens Antonio aus Nordspanien unterhalten, der 25 Jahre in Bayern gearbeitet hatte und dann in Nazaré hängen geblieben war.

»Es gibt die Portugiesen und die Nazaréner. Die Nazaréner stammen mit Sicherheit von Seeräubern ab«, hatte er gesagt und dabei gegrinst.

Ja, Kristina hatte dasselbe Gefühl. Die Leute hier wirkten stolz, frei und manchmal ein wenig verschroben.

»Wissen Sie, die ausländische Gemeinde in Nazaré ist sehr groß. Finnen, Deutsche, Engländer, Franzosen. Jeden Freitagmorgen treffen sie sich hier in der Pastelleria in der Markthalle um elf Uhr auf einen Kaffee und tauschen Informationen aus oder unterhalten sich einfach nur darüber, wo sie anschließend Mittag essen gehen werden.

Es ist kein Problem, hier Fuß zu fassen, wenn man sich ein wenig bemüht. Vielleicht dauert es etwas, bis man Einheimische kennenlernt, aber wenn man einmal mit ihnen befreundet ist, wird man sie so schnell nicht wieder los«, sagte Antonio.

»Ich kenne schon einheimische Portugiesen«, sagte Kristina und merkte, wie sie rot wurde.

»Ach, so ist das«, sagte Antonio, und sein Grinsen wurde noch breiter.

Sie mochte diesen kleinen Mann in den Sechzigern mit dem wettergegerbten Gesicht auf Anhieb und wusste, dass sie mit jedem Problem zu ihm kommen konnte. Er holte Geschäftsleute aus Lissabon ab und brachte sie nach Nazaré oder in die umliegenden Orte.

»Die Österreicher haben hier in der Nähe eine Plastikfabrik, die leben alle im Hotel«, sagte er. »Das ist für mich und die Leute aus der Gegend ein gutes Geschäft.«

Kristina war froh, dass es hier anscheinend nicht nur Tourismus gab, sondern auch Fabriken und Gewerbegebiete, es gab hier also auch noch andere Arbeitsplätze. Sie streifte kreuz und quer durch die schmalen Gassen, und nach kurzer Zeit wusste sie, dass sich die alten Männer mit ihren unvermeidlichen Schirmmützen ab elf Uhr gegenüber von der Promenade an einer Kreuzung trafen, um miteinander zu reden, übers Meer zu schauen und zu sehen, wer denn so in ihrem Örtchen unterwegs war. Auch die alten Frauen mit ihren traditionellen bunten Röcken und den Schürzen darüber, die am Straßenrand saßen und Nüsse verkauften oder einen ansprachen, um zu fragen, ob man eine Unterkunft suchte, fielen ihr auf. Am Strand weiter zum Hafen hin verkauften die Witwen und alte, dunkel gekleidete Männer kleine, silberne, getrocknete Fische, die auf niedrigen Gestellen hingen. Kristina kaufte manchmal welche, wenn sie dort vorbeikam. Sie schmeckten köstlich, und sie liebte es, den Geschmack des Meeres auf der Zunge zu haben.

Schon an ihrem zweiten Tag in Nazaré hatte sie sich getraut, ihre wenigen Portugiesischkenntnisse auszuprobieren. Sie hatte einige Zahlen aufgeschnappt und wusste mittlerweile, wie man einen Kaffee bestellte. Und sie bemerkte, dass alle Leute lächelten und sie freundlich ansahen, wenn sie ihr Glück an den vielen sch-Lauten versuchte.

»Wenn ich hierbleibe, werde ich mir einen Portugiesischlehrer suchen«, hatte sie zu Luis gesagt, und er hatte strahlend genickt. Sie wusste, dass es ihm gefiel, wie wohl sie sich in seinem Städtchen fühlte.

»Aber bitte keinen Lehrer, sondern eine Lehrerin«, hatte er gesagt. »Ich weiß ja, wie sexy du es findest, wenn dich jemand auf Portugiesisch an-schschht.«

»Nur bei dir klingt es sexy, Liebster«, hatte sie geantwortet, aber auch gewusst, dass das ein wenig gelogen war.

Schon bald konnte sie fast alle Hinweisschilder lesen und verstehen. Ihre Italienisch- und rudimentären Spanischkenntnisse halfen ihr weiter. Und die Aussprache ließ sich am besten lernen, indem man die Portugiesen danach fragte. Nur einmal in einem Supermarkt wurde sie von einer Kassiererin ausgelacht, weil sie so stolz war, dass sie auf Portugiesisch »Ich möchte bitte eine Tüte« sagen konnte. Aber eigentlich freute sie sich sogar über die Beleidigung, weil sie so merkte, dass sie auch verstehen konnte, was die Kassiererin ihrer Kollegin über sie sagte.

Sie dachte nicht oft an Peter und die Kinder, und wenn, dann konzentrierte sie sich bewusst darauf, dass die Gedanken an ihre Familie sich so schnell wieder verflüchtigten wie Kondensstreifen am Himmel. Es war wie Urlaub von der Realität, nein, es war mehr als das. Es war ein Ausprobieren einer neuen Wirklichkeit, die von dieser flammend roten Liebe zu Luis beherrscht wurde, von der wunderbaren Sonne, dem Strand und dem Klang der Wellen. Was wollte sie mehr als das? Die anderen Mitglieder ihrer Familie machten schon lange das, was sie wollten. Jetzt war sie auch mal dran.

Es war sogar schön, mit Luis Alltag zu spielen und festzustellen, dass es funktionierte. Er ging zur Arbeit, sie beseitigte die Spuren der letzten Nacht, räumte Geschirr in die Spülmaschine, das abends immer stehen blieb, weil sie nach dem Essen gleich zusammen im Bett verschwanden, wenn sie nicht ausgingen. Sie wischte den Tisch ab, ging ins Schlafzimmer und machte ihr Bett, ließ frische Luft durch die Terrassentür hinein, trat auf den kleinen Innenhof und goss die Pflanzen und räumte manchmal auch Luis' Wäsche weg. Früher hatte es sie immer gestört, dass in seiner Wohnung und in ihrem WG-Zimmer so vieles von ihm unordentlich herumlag, aber jetzt störte es sie nicht, es machte ihr sogar Spaß, Luis' Chaos ein wenig zu beseitigen. Durch Feli, Tom und Peter hatte sie gelernt, dass es keinen Sinn hatte, sich zu viel über herumfliegende Socken und Hosen aufzuregen, sondern einfacher war, sie kommentarlos wegzuräumen.

Als Luis am Donnerstagabend nach Hause kam, nahm er sie wortlos in die Arme. Er sah blass aus, hatte wohl einen anstrengenden Tag gehabt, wollte aber nicht darüber reden.

In Ordnung, dachte Kristina, und ließ ihn in Ruhe auf der Terrasse einen Kaffee trinken und in den Himmel starren. Wenn er mir sagen will, was heute geschehen ist, wird er es schon irgendwann tun.

Nach einer halben Stunde kam Luis zu ihr. »Lass uns ins *Estrela do Mar* gehen. Ich lade dich ein. Wir müssen eine Weile fahren, aber du wirst es nicht bereuen. Wenn wir uns beeilen, bekommen wir dort noch den Sonnenuntergang zu sehen.«

Sie kämmte sich die Haare, zog ihren Lippenstift nach und schlüpfte in ihre halbhohen Sandalen.

»Auch das liebe ich an dir«, sagte Luis. »Du brauchst nicht Ewigkeiten, um dich zum Ausgehen fertig zu machen, wie die meisten Frauen, und siehst dennoch hinreißend aus.«

Er hat gesagt, dass er mich liebt, tanzten die Gedanken in Kristinas Kopf und Herz. Das hatte er früher nie getan. Manchmal hatte sie versucht, ihn dazu zu bringen, es zu sagen. Aber er hatte es nicht gewollt und behauptet, dass er ihr das ja auf eine andere Art mitteilte.

»Weißt du eigentlich, wie oft du mir bisher gesagt hast, dass du mich liebst?«, hatte sie ihn letzte Nacht gefragt.

Er schüttelte den Kopf.

»Dreimal bisher, insgesamt«, sagte sie.

»Ich liebe dich. Das reicht für die nächsten zehn Jahre«, hatte Luis daraufhin geantwortet und sie an sich gezogen.

Als junge Frau wäre sie eingeschnappt gewesen, wenn er so etwas gesagt hätte, weil sie angenommen hätte, er würde damit meinen, dass er es lange Zeit nicht sagen werde. Jetzt wusste sie, was dieser

Satz bedeutete: Ich liebe dich, und so wird es auch noch in zehn Jahren sein.

»Du wirkst viel souveräner als damals«, hatte er ihr vorgestern beim Spaziergang am Meer gesagt.

Früher hätte sie gedacht, dass er sie damit kritisieren wollte, jetzt freute es sie, dass er so etwas sagte. Denn es stimmte. »Früher konntest du mich in kürzester Zeit auf die Palme bringen, weißt du noch?«, fragte sie mit einem Lächeln.

»Oh Gott, ja. Du hast mich mit Blicken getötet, und die Ader an deinem Hals ist immer so angeschwollen, wenn du sauer auf mich warst«, seufzte Luis. »Manchmal hatte ich Angst, sie würde platzen.«

»Das klingt schlimm.« Kristina musste lächeln.

»War es auch, weil ich meistens gar nicht wusste, was ich falsch gemacht hatte.«

»Ich weiß. Vielleicht habe ich bei dir manchmal zu sehr die Erzieherin raushängen lassen. Aber deine Witze waren auch manchmal zu beleidigend und nicht mehr lustig.«

»Anfangs hast du aber immer darüber gelacht und dann plötzlich nicht mehr.«

»Irgendwann habe ich vergessen, dass du es nicht ernst meinst, und sie gingen mir auch einfach auf die Nerven.«

»Ich gebe zu, einige waren superkindisch. Und dass ich Leuten mit meinem Humor auf die Nerven gehen kann, ist mir mittlerweile auch klar. Manchmal schieße ich übers Ziel hinaus und merke es nicht mal. Oder ich will einfach wissen, was passiert, wenn ich noch ein wenig weiter provoziere. Während der Zeit auf dem Schiff habe ich aber gelernt, dass das auch mal nach hinten losgehen kann. Da waren einige stärker als ich und haben auch keinen Spaß verstanden.«

Kristina schwieg.

»Und Evelyn hat mich dann endgültig darüber aufgeklärt, dass nicht alles ausgesprochen werden muss, nur weil die Pointe so super ist.«

»Sie war streng, oder?«, fragte Kristina.

»Ja, viel strenger als du«, sagte Luis grinsend. »Manchmal hatte ich richtig Angst vor ihr. Sie konnte auch mit Sachen nach mir werfen.«

»Das habe ich nie geschafft«, erwiderte Kristina seufzend.

»Das ist auch gut so«, sagte Luis und küsste sie.

Sie fuhren in Richtung Pataias, bogen dann ans Meer nach Pedro de Moel ab und hielten an einer Strandpromenade.

»Um diese Jahreszeit ist es im Estrela do Mar meist sehr voll. Ich habe heute Mittag reserviert, damit wir auf der Terrasse sitzen können.«

Luis stieg eine schmale Steintreppe hinunter, die von der Promenade abging. Sie kamen auf eine schmale Terrasse mit ein paar einfachen braunen Holztischen mit gelben Sonnenschirmen, die fast bis auf den letzten Tisch besetzt war.

»Und, gefällt es dir?«, fragte Luis stolz und wies auf das Meer. Kristina hätte am liebsten geweint, so schön war der Ausblick auf den Atlantik und die Wellen, die sich an dem Felsen unterhalb der Terrasse brachen. Es war, als ob ein Ort aus ihren Fantasiereisen, die sie als Kind und Jugendliche oft gemacht hatte, Realität geworden wäre.

Ein älterer Mann mit Halbglatze, weißem Hemd, schwarzer Hose und Schürze kam langsam aus dem Restaurant, das in einem einfachen Holzpavillon untergebracht war, der am Felsen klebte. Luis begrüßte ihn mit einer Umarmung. Wen kennt er eigentlich hier nicht?, fragte sich Kristina und sah den Männern bei der herzlichen Begrüßung zu. Dann stellte Luis sie vor, der Mann nickte ihr freundlich zu und gab ihr die Hand.

Luis setzte sich ihr gegenüber und schaute sie glücklich an. »Ist es nicht wunderbar hier? Ich habe vor einem Monat Paolos Nichte behandelt, die sich beim Kochen verbrüht hatte. Als Dank dafür hat er mich dann hierher eingeladen. Du wirst staunen, seine Nichte kann hervorragend kochen.«

Paolo kam mit Vinho Verde und Wasser an ihren Tisch zurück. »Fisch oder Fleisch?«, fragte er.

Luis sah sie fragend an.

Sie war so überwältigt vom Ausblick auf das Meer, dass sie gar nicht wusste, was sie essen wollte.

»Darf ich das für Sie übernehmen, Madame?«, fragte Luis mit einem charmanten Lächeln, bei dem sich ein Grübchen auf seiner linken Wange abzeichnete.

Kristina nickte.

»Also nehmen wir erst Muscheln in Knoblauch, und dann zeig uns doch bitte den Fisch und Seafood«, sagte Luis. Jedenfalls vermutete Kristina das, weil Paolo mit einer Platte voll Krabben und Hummer und einer weiteren mit frischem Fisch zurückkam. Er erklärte ihr alles auf Portugiesisch, und Luis vergaß zu übersetzen, deshalb wies Kristina auf einen Fisch.

»Ist sehr gut«, sagte Paolo, und sie vermutete, dass das die einzigen Worte waren, die er auf Deutsch beherrschte.

»Für zwei«, sagte Luis auf Portugiesisch.

Er trank Vinho Verde und sah gedankenverloren über das Meer. Kristina betrachtete ihn, sah seine schon ergrauten Haare und die feinen Linien auf seiner Stirn, die auch nicht weggingen, wenn er entspannt war. Es ist schon so viel Lebenszeit vergangen, dachte sie, und wir haben sie nicht gemeinsam verbracht. Es war wie ein Wunder, dass sich ihre Wege überhaupt noch einmal gekreuzt hatten und sie eine Chance bekommen hatten, sich erneut ineinander zu verlieben.

»Weißt du eigentlich, wie kostbar das Leben ist?«, fragte Luis seufzend. Er klang ungewöhnlich sentimental und philosophisch. Dieser Satz würde eher zu Peter passen, gefolgt von einem Vortrag über die Zustände in der Dritten Welt.

Luis sah plötzlich unglaublich erschöpft aus.

Kristina schwieg. Wenn sie jetzt irgendwelche aufmunternden Kommentare machen würde, dann würde er nicht weitersprechen und sich wieder verschließen.

»Heute musste ich einer Mutter sagen, dass ihr Kind nicht eine schwere Grippe hat, sondern etwas viel Schlimmeres, nämlich Leukämie. Das Mädchen ist erst neun Jahre alt. Kannst du dir das vorstellen? Die Mutter ist in meinen Armen zusammengebrochen. Ich habe viel Zeit damit verbracht, sie zu trösten. Und dann musste ich ihr auch noch sagen, dass wir nicht über die entsprechenden Mittel verfügen und dass es besser wäre, sie in eine andere Klinik zu überweisen. Die ist in Lissabon. Weißt du, wie schwierig es für die Eltern sein wird, sie in der Hochsaison dorthin zu bringen? Und sie werden nicht für sie da sein können. Sie arbeiten beide in ihrem kleinen Hotel, das um diese Zeit fast immer ausgebucht ist. Stell dir vor, wenn sie kein Personal finden, wird die Kleine allein in Lissabon in der Klinik liegen müssen. Diese Familie ist unglaublich nett, die Frau hat vor drei Jahren ihr Baby verloren, und jetzt das. Die Welt ist so ungerecht.«

Kristina nahm Luis' Hand und streichelte sie. Dass er so viel Mitgefühl äußerte, war neu für sie. Früher hatte er sich immer hinter einer Fassade versteckt und Scherze gemacht, als ob es ihm peinlich wäre, seine wahren Gefühle zu zeigen.

»Ach, Kristina. Als ich das Mädchen im Bett liegen sah, dachte ich: Wie wäre es, wenn ich damals eine Tochter bekommen hätte? Mit dir? Wenn ich damals nicht so dumm gewesen wäre, dich gehen zu lassen? Sie wäre jetzt schon erwachsen.«

Und ich hätte Feli und Tom nicht bekommen. Das ist unvorstellbar, dachte sie, aber das durfte sie Luis nicht sagen. Und das andere auch nicht. Sie hatte so lange nicht mehr daran gedacht und war unglaublich froh gewesen, dass sie es geschafft hatte, es zu vergessen. Und jetzt war es wieder da, stand plötzlich zwischen ihnen im Raum, und Kristina musste all ihre Kraft zusammennehmen, um es wieder zu verscheuchen.

Glücklicherweise kam nun der Fisch. Er duftete so köstlich, der Salat und die Kartoffeln sahen so appetitlich aus, dass es nur natürlich war, schweigend zu essen, ab und zu etwas Wein zu trinken und zu genießen. Nach und nach entspannte sich Luis wieder, bestellte noch eine Flasche Vinho Verde, und Kristina nahm sich vor, nach dem Essen Antonio anzurufen, damit er sie abholte. Vielleicht war er sogar gerade in der Gegend. Sie waren vorhin an dem Hotel vorbeigekommen, in dem die Österreicher von der Fabrik untergebracht waren. Kristina sah sich auf der Terrasse um. Erst jetzt fiel ihr auf, dass oft nur Männer gemeinsam an einem Tisch saßen und deutsch mit österreichischer Färbung miteinander sprachen. Das sind die Leute von der Fabrik, dachte sie und musste darüber schmunzeln, dass sie gerade inmitten von Österreichern in der portugiesischen Provinz saß. Sie wollte Luis darauf aufmerksam machen, merkte aber, dass er immer noch abwesend war. Er trank und aß schweigend, sah aufs Meer hinaus und beachtete sie wenig. Aber das störte sie nicht. Sie wusste, dass er irgendwann wieder aus seiner Welt auftauchen und sie dann anlächeln würde. Und es war schön, mal die Aufmerksamkeit nicht ausschließlich auf ihn zu richten, sondern über das Meer zu schauen. Die Sonne sank langsam und verfärbte sich dunkelorange. Meistens war Kristina zu ungeduldig, sich auf das Schauspiel eines Sonnenunterganges einzulassen, und sie fand das Klischee, dass Sonnenuntergänge so romantisch waren, auch blöd. Aber hier konnte sie sich diesem wunderbaren Schauspiel nicht entziehen, und auch die anderen auf der Terrasse unterhielten sich jetzt nicht weiter, sondern sahen über das Meer: die österreichischen Ingenieure, das portugiesische Pärchen ganz hinten in der Ecke der Terrasse, die Familie aus Frankreich mit den zwei quengelnden Kindern, Luis und sie. Auch Paolo, der gerade mit der zweiten Flasche Vinho Verde an ihren Tisch kam, hielt inne und schaute über das Meer. »Maravilhoso«, murmelte er, und Luis sagte seufzend: »Ja, maravilhoso.«

Luis wird niemals wieder in den Norden zurückgehen wollen, wurde Kristina plötzlich klar.

Am nächsten Nachmittag lag Kristina auf einer blau gepolsterten Holzliege am Strand unter dem Kliff. Sie hörte Musik, las im Schatten und hing ihren Gedanken nach. Eine englische Familie mit zwei kleinen Kindern hatte sich schräg vor ihr zwei Liegen gemietet. Anfangs versuchte die Mutter, die ihren bleichen Körper in einen Bikini mit Rosenmuster gezwängt hatte, zumindest ein paar Minuten ruhig auf ihrer Liege zu bleiben, jedoch ohne Erfolg. Immer kam eines der Kinder an und wollte etwas von ihr, mal etwas zu trinken oder zu essen, mal war ihm kalt, oder es wollte kuscheln. Ihr Mann mühte sich sichtlich, aber leider vergeblich, die Kinder von ihrer Mutter fernzuhalten.

Kristina sah der Familie voller Mitgefühl zu, bis das Ehepaar einen Streit anfing, und zwar so laut, dass Kristina jedes Wort verstehen konnte. Sie hoffte sehr, dass sie die Einzige an diesem Strandabschnitt war, die so viel Englisch verstand, dass sie dem Streit folgen konnte. Irgendwann wollte sie nicht mehr Zeugin der verbalen Entgleisungen sein, denn sie fing schon an, sich zu überlegen, für wen sie Partei ergreifen sollte. Sie zog sich ihr blaues Kleid mit den Spaghettiträgern über ihren dunkelbraunen Bikini, den Luis für sie ausgesucht hatte, nachdem sie eingesehen hatte, dass es wirklich albern war, beim Badeanzug zu bleiben, wo sie tatsächlich die Einzige unter 60 war, die hier einen trug. Und sie musste zugeben, dass er ihr ausgesprochen gut stand.

Sie setzte sich auf die Holzterrasse des Restaurants am Ende des Strandabschnittes in den Schatten, bestellte Kaffee, Wasser und ein Eclair. Sie verbrauchte zurzeit jede Nacht so viele Kalorien, dass sie sich keine Sorgen um ihre Figur machen musste, selbst wenn sie ab und zu diese wunderbaren Nachtische aß, die es hier überall gab.

Sie genoss den leichten, kühlenden Wind, der vom Meer herüberwehte. Das englische Elternpaar hatte seinen Streit jetzt beendet. Der Vater spielte mit den Kindern am Wasser, die Mutter saß auf ihrer Liege im Schatten und blätterte in einer Zeitschrift. An ihrer Körperhaltung merkte Kristina, wie sauer sie immer noch war.

Kristina lehnte sich zurück und seufzte. Wie sie es genoss, dass dieser Abschnitt ihres Lebens vorbei war. Natürlich hatten Peter und sie sich während ihrer Urlaube auch mehr als einmal wegen der Kinder gestritten. Meistens allerdings an den Stränden auf Sylt, wo es keine Liegen und keine Sonnenschirme gab und sie sich auf ein Handtuch in den Sand gelegt hatten. Als die Kinder klein waren, hatte Peter mit ihnen voller Hingabe – auch wenn das ja eigentlich auf Sylt verboten war – große Sandburgen geschaufelt oder einen Wall aufgehäuft, in dessen Innerem sie dann ihre Handtücher ausbreiten mussten. Feli war stundenlang damit beschäftigt gewesen, die Außenwände des Walls mit Muscheln zu verzieren. Das war ein Vorteil, aber Kristina hatte es nie gemocht, in einer Sandburg zu hocken, und war sehr erleichtert gewesen, als diese Phase ihrer Kinder endlich vorbei war. Sie war gerne mit den Kindern am Strand spazieren gegangen und hatte dabei über alles Mögliche mit ihnen geredet.

Als es noch erlaubt war, in den Dünen zu liegen, hatten Peter und sie sich mit ihren Kindern windgeschützte Plätze gesucht und dort ungestörte Stunden verbracht. Zwei Sommer hintereinander hatte in ihrem Sylturlaub sogar fast immer die Sonne geschienen, und die Erinnerungen an diese Zeit in den Dünen waren geprägt durch den Geschmack von Sandgebäck, den Duft der Blaubeersträucher und das Piksen des Strandhafers. Kristina konnte sich auch an kurze romantische Momente mit Peter erinnern, während ihre Kinder im Wasser spielten. Die Möglichkeit, entdeckt zu werden, hatte damals noch die Erotik des Augenblicks erhöht.

Es war verwunderlich, dass sie liebevoll an die Ferien mit Peter denken konnte, während sie in Nazaré am Strand saß und sich schon darauf freute, mit Luis die Nacht zu verbringen.

Das mit Luis – sie wusste noch nicht, wie sie es anders ausdrücken sollte – war so etwas vollkommen anderes, dass die Gedanken an ihre Familie ihr dabei nicht in die Quere kamen. Es war so, als ob sie mit Peter und ihren Kindern eine andere Frau gewesen wäre, die wenig mit der Kristina zu tun hatte, die hier auf der Terrasse saß.

»Es ist nicht so, dass ich Sie verfolge, aber wir scheinen die gleichen Vorlieben zu haben«, sagte eine Stimme, die Kristina vertraut vorkam. Sie war so in den Anblick des Meeres vertieft gewesen, dass sie gar nicht bemerkt hatte, wer an ihrem Tisch vorbeigegangen und stehen geblieben war.

»Frau Schröder de Luzia, schön, Sie zu sehen«, sagte Kristina und hoffte, dass der Nachname von Luis' Mutter nicht noch länger war. Sie wusste nicht, ob die Portugiesen auch so eine komplizierte Namensgebung hatten wie die Spanier.

»Ich wollte nicht einfach vorbeigehen, das erschien mir unhöflich. Ich wünsche Ihnen noch einen schönen Nachmittag«, sagte Sofia und wollte an einem Tisch am anderen Ende der Terrasse Platz nehmen.

»Kommen Sie doch zu mir. Ich habe mir gerade einen Kaffee bestellt.«

»Ich möchte Sie nicht stören.«

»Das tun Sie nicht. Es würde mich sehr freuen«, sagte Kristina. Und so war es auch. Sie fand Luis' Mutter nett und interessant. Und vielleicht kann ich ja mehr über seine Kindheit erfahren, dachte Kristina. Sofia setzte sich ihr gegenüber und nahm ihre Sonnenbrille ab. Wieder hatte Kristina fast das Gefühl, dass Luis sie ansah. Die Ähnlichkeit ihrer Augen war frappierend. Nur dass seine schmaler waren und die Augenwimpern nicht ganz so dicht wie bei ihr. Außerdem hatte er seine Augenbrauen natürlich nicht gezupft. Wenn ich eine Tochter mit Luis bekommen hätte, dann hätte sie vielleicht ganz ähnliche Augen, schoss es Kristina durch den Kopf.

»Es ist so schön hier«, sagte sie. Das Bild des kleinen Mädchens mit den hellblonden Haaren und den dunkelbraunen Augen lenkte sie ab, und sie hoffte, dass Luis' Mutter etwas geistreicher in das Gespräch einsteigen würde als sie.

»Ich glaube, hier war Luis als Junge am glücklichsten«, sagte Sofia. »Zumindest, solange wir in Deutschland wohnten.«

»Luis hat mir erzählt, dass er zehn war, als Sie nach Cascais umzogen.«

»Ja, so war es. Als mein Mann mir damals sagte, seine Firma wolle ihn nach Lissabon versetzen, war ich die glücklichste Frau der Welt. Nicht, dass mir Deutschland nicht gefallen hätte«, fügte sie mit einem schnellen Blick auf Kristina hinzu.

»Im Vergleich zu dem, was ich hier sehe, finde ich Norddeutschland entschieden zu grau«, sagte Kristina.

Sofia entspannte sich. »Wir wohnten ja in München, wie Sie sicher wissen. Genauer gesagt, in einem Vorort von München. Sehr idyllisch, sehr ruhig, mit viel Grün und Wäldern. Wir lebten in einem hübschen Haus, und ich fand schnell Anschluss an die anderen Frauen mit kleinen Kindern. Unsere Männer arbeiteten in der Innenstadt, aber wir blieben meist in unserer kleinen Vorortwelt. Haben Sie ›Zeiten des Aufruhrs‹ gesehen? In einer Szene darin sieht man die Männer aus dem kleinen idyllischen Ort im New Yorker Hinterland morgens auf dem Bahnsteig warten. Sie besteigen Tag für Tag denselben Zug, um in die Stadt zu fahren. Mein Mann nahm zwar immer den Wagen, aber tagsüber war auch unser Ort nahezu entvölkert von Männern unseres Alters.«

Kristina musste an den Vorspann der amerikanischen Fernsehserie *Weeds* denken und an das Titellied von Malvina Reynolds: *Little boxes on the hillside … made out of ticky tacky … and the people in the houses all went to the university … and they all look just the same …*

Sie konnte sich nicht vorstellen, dass Sofia, die hier am Meer aufgewachsen war, in so einer Umgebung glücklich gewesen war.

Luis' Mutter runzelte die Stirn. »Luis würde es sicher nicht gefallen, wenn er wüsste, dass ich Ihnen das erzähle«, sagte sie.

»Ja, vielleicht. In diesen Sachen war er schon immer etwas kompliziert. Als ob man ihm einen Teil seiner Identität stehlen würde, wenn man etwas aus seiner Vergangenheit erfuhr.«

»Ich weiß auch nicht, warum. Als er größer wurde, musste er um alles ein Geheimnis machen. Dabei hat er mir als kleiner Junge doch alles erzählt. Am Nachmittag haben wir stundenlang zusammen gespielt. Ich habe mich immer sehr gefreut, wenn es Zeit war, ihn aus dem Kindergarten abzuholen. Er ist auf mich zugelaufen, und wir sind Hand in Hand nach Hause gegangen. Dann hat er seinen kleinen Schemel geholt und mir beim Kochen geholfen. Er war so geschickt dabei und so lieb. Nicht so rowdyhaft wie die anderen Jungs in seinem Alter.«

Die Bedienung kam, und Sofia bestellte auch ein Schokoladeneclair und einen Kaffee. Kristina orderte für sie beide einen Kirschlikör. Langsam wird Alkohol am Nachmittag bei mir zur Gewohnheit, dachte sie.

»Sein Vater mochte es nicht, wenn er mir half. Er meinte, das wäre nichts für einen Jungen. Er fand, dass ich Luis zu sehr verzärtele, und meinte, das sei typisch für die Südländer. Bei uns würden die Jungen viel zu lange an Mamas Rockzipfel hängen. Es hat mich gekränkt, wenn er so etwas sagte. Ich denke, er mochte im Grunde seines Herzens keine Ausländer, und als Luis auf die Welt kam und ihn aus seinen dunkelbraunen Augen ansah und auch seine Haare nicht heller wurden, spürte man seine Enttäuschung darüber, dass sein Stammhalter nicht ihm glich, sondern mir. Aber für mich war er immer wie eine Sonne«, sagte Sofia.

Sein Vater hat ihn manchmal zu sehr schikaniert, und seine Mutter hat ihn mit ihrer Liebe erdrückt, blitzte es durch Kristinas Gedanken. Jetzt war ihr klar, warum er damals seine Meinung und das, was er wollte, immer so vehement und kompromisslos vertreten hatte, egal, ob sie das kränkte oder nicht. Meistens hatten sie am Schluss das gemacht, was Luis wollte, weil sie es zu anstrengend gefunden hatte, ihren Standpunkt zu vertreten. Das war ziemlich nervend auf die Dauer und sicher auch ein Grund, warum sie nicht immer glücklich mit ihm gewesen war. Evelyn war herrisch gewesen, soweit Kristina wusste. Da hatte er sich nicht immer durchsetzen können, und sie hatte ihm zudem beigebracht, auch die Wünsche anderer zu berücksichtigen. Evelyn war eher so wie sein Vater gewesen, dachte Kristina, und ich bin eher so wie Sofia. Er ist auch meine Sonne, dachte sie. Aber sie musste vorsichtig sein, sonst würde er sich wieder so erdrückt fühlen wie von seiner Mutter.

Kristina hatte aus Luis' Andeutungen geschlossen, dass sein Vater ihn nie richtig akzeptiert hatte. Luis wusste aber wohl nicht, weshalb, oder er hatte es ihr nicht sagen wollen.

Sofia stieß mit der Kuchengabel in ihr Eclair, das gerade an ihren Tisch gebracht worden war, und lehnte sich zurück. »Magdalena beliefert auch dieses Restaurant. Selbst in Paris habe ich selten bessere Eclairs gegessen«, sagte sie schwärmerisch.

Sicher war es Luis irgendwann zu viel geworden, immer der Mittelpunkt ihrer Welt zu sein, dachte Kristina.

»Als wir dann nach Cascais zogen, veränderte Luis sich schlagartig. Er war fast nur noch mit seinen Freunden irgendwo im Ort unterwegs und am Strand und hatte dauernd Blödsinn im Kopf. Sein Vater musste ihn oft bestrafen.«

Sofias bekümmerter Gesichtsausdruck ließ darauf schließen, dass die Bestrafung nicht immer nur mit Worten stattgefunden hatte.

Luis hatte es ihr nie erzählt, aber so verächtlich, wie er über seinen Vater sprach – wenn überhaupt mal –, hatte dieser ihn sicher mehr als einmal geschlagen. Aber das war ja in ihrer Generation fast normal gewesen. Kristina vermutete, es lag daran, dass die Väter dieser Generation mit anderen Idealen aufgezogen worden waren. Schließlich hatten sie als deutsche Jungs während des Dritten Reiches gehört, dass sie *flink wie Windhunde, zäh wie Leder und hart wie Kruppstahl* sein mussten. Luis' Vater war zwölf Jahre älter gewesen als seine Mutter. Das hatte Luis mal erwähnt, als er dafür plädierte, dass ein Paar niemals einen großen Altersabstand haben sollte, weil es sonst mit Sicherheit unglücklich werden würde.

»Ich habe Miguel kennengelernt. Ein sehr netter Mann, Rosalia ist toll, und ihre Jungs sind lustig.«

»Das stimmt.« Sofia seufzte. Sie brauchte gar nicht auszusprechen, was sie dachte. Kristina erriet auch so, dass sie es sehr bedauerte, bisher keine Enkelkinder zu haben.

»Ich konnte ihn verstehen, als Luis nach Deutschland ging. Aber es war sehr schwer für mich. Es wurde sehr still in unserer Wohnung.«

Kristina sah im Geiste Luis' Mutter durch die Räume ihrer großzügigen Wohnung an der Promenade von Cascais gehen – nachdem sie alle Erledigungen gemacht und alles geordnet hatte – und sich verzweifelt nach der Zeit zurücksehnen, in der Luis nach der Schule zu ihr nach Hause gekommen war.

»Aber was jammere ich Ihnen etwas vor! Jetzt ist es wunderbar. Ich sehe Luis ab und zu, weil er nicht weit entfernt von mir wohnt. Er hat sich hier so schnell eingelebt, und sein Portugiesisch, das mit den Jahren etwas eingerostet war, ist auch wieder ganz passabel geworden. Er wird hier nicht als Ausländer behandelt wie damals als Junge in Deutschland, weil er anders aussah und die Konsonanten weicher aussprach als die anderen Kinder. Er hat sich leider im Deutschen meinen portugiesischen Akzent angewöhnt. Aber das war ja auch klar. Ich habe immer am meisten mit ihm geredet. Die anderen Kinder haben ihn mehr als einmal gefragt, ob er Ausländer sei. Das hat ihn sehr gekränkt.«

Kristina fand es sehr interessant, was Luis' Mutter über Luis erzählte, war sich aber nicht sicher, ob sie einer nahezu wildfremden Frau – von der sie nur wusste, dass ihr Sohn wohl zurzeit mit ihr zusammen war – so viel über ihren Sohn erzählen würde.

»Sie wundern sich sicher, warum ich so offen zu Ihnen bin«, sagte Sofia, als ob sie ihre Gedanken gelesen hätte.

Kristina wusste nicht, was sie daraufhin antworten sollte.

Sofia sah sie mit einem langen Blick an, der fast so liebevoll war wie der von Luis.

»Er hat mir immer wieder von Ihnen erzählt. Nicht in der letzten Woche, daher war ich nicht darauf vorbereitet, dass Sie hier sind, als ich Sie traf.«

»Das macht doch nichts«, sagte Kristina. Ihr Herz geriet plötzlich ins Stolpern. Wollte sie wirklich wissen, was Luis über sie gesagt hatte?

»Ich glaube, er hat es jahrelang bedauert, dass er Sie damals hat gehen lassen.«

»Das fühlte sich aber nicht so an.«

»Ich weiß. Er ist zu leichtfertig mit Ihren Gefühlen umgegangen. Hat sie als selbstverständlich hingenommen. Vielleicht habe ich ihm immer zu sehr gezeigt, dass ich ihn liebe, deshalb wusste er nicht, was für ein großes Glück es eigentlich ist, eine Frau zu finden, die einen wirklich liebt.«

Kristina fühlte sich ein wenig unwohl dabei, dass seine Mutter so über Luis sprach.

»Als ihm endlich klar wurde, wie sehr er Sie liebt, waren Sie längst verheiratet.«

»Warum hat er mir das damals nicht gesagt?«, fragte Kristina.

»Ich nehme mal an, dass er zu stolz dafür war.«

»Aber nach mir hatte er doch noch einige andere Freundinnen«, sagte Kristina und fand es eigenartig, so etwas mit der Mutter ihres Geliebten zu besprechen.

»Davon weiß ich nicht viel, und darüber bin ich auch froh. Mir hat er nur sehr wenige vorgestellt. Gut, Evelyn habe ich kennengelernt …«

Sofias Tonfall machte deutlich, dass sie nicht sehr viel von Luis' letzter Freundin hielt.

»Er hat immer wieder versucht, Sie zu vergessen. Er wusste ja, dass Sie mit Ihrem Mann und Ihren Kindern zusammenbleiben wollen.«

Kristina beschloss, Sofia nicht zu erzählen, dass sie in den vergangenen 20 Jahren immer mal wieder übereinander gestolpert waren. War sie nicht katholisch? Wusste Luis' Mutter, dass sie noch verheiratet war? Und was dachte sie wohl darüber?

»Ich weiß nicht, wie es um Ihre Ehe bestellt ist, und es geht mich auch nichts an. Aber eines weiß ich: Mein Sohn liebt Sie sehr. Und er scheint unglaublich glücklich zu sein, diese Zeit jetzt mit Ihnen verbringen zu dürfen. Nach all den Jahren des Wartens und der letztendlich fehlgeschlagenen Versuche mit anderen Frauen.«

Kristina trank ihren Kirschlikör in einem Zug leer. Langsam wurde es ihr zu viel. Sie rief den Kellner und bezahlte die Rechnung für beide. Sofia protestierte schwach, aber Kristina merkte, dass der alten Dame ihre Zuvorkommenheit gefiel.

»Herzlichen Dank, meine Liebe«, sagte Sofia und küsste sie auf beide Wangen. »Und genießen Sie Ihre Zeit in Nazaré. Das Leben ist einfach zu kurz, um nicht glücklich zu sein, wenn man die Gelegenheit dazu hat.«

Nicht nur wegen des Kirschlikörs bei dieser Hitze war Kristina schwindelig, als sie wieder auf ihrer Liege lag. Bisher hatte sie sich eingeredet, dass Luis sie nicht so sehr liebte wie sie ihn. So hatte sie die Gedanken an die Zukunft wegschieben und sich einbilden können, dass er lediglich ein wenig Liebeskummer haben würde, wenn sie nach ihrer Zeit in Portugal zu ihrer Familie zurückkehren würde. Wenn Sofia recht hatte, und daran zweifelte Kristina nicht, konnte sie das jetzt nicht mehr. Sie würde Luis sehr wehtun, wenn sie leichtfertig mit seinen Gefühlen umginge, und um ihr das zu sagen, hatte Sofia wohl dieses Gespräch geführt.

Er hat mich immer gewollt und nie vergessen, dachte Kristina. Allein das zählte. Ihm war es anscheinend genauso gegangen wie ihr. Aber stimmte das wirklich? Sie war nicht unglücklich mit Peter gewesen und Luis sicher auch nicht mit seinen Freundinnen und Flirts. Aber das war wohl auch nicht das, was Sofia ihr hatte sagen wollen. Sie hatte vom Glücklichsein gesprochen und davon, dass einem das nicht oft im Leben passierte. Kristina hoffte, dass auch Sofia noch einmal erleben würde, wie es war, mit einem Mann wirklich glücklich zu sein. Sie würde Luis nicht erzählen, dass sie Sofia getroffen hatte, und sie war sich sicher, dass auch seine Mutter ihm gegenüber kein Wort darüber verlieren würde.

6. Kapitel

Als sie Luis an diesem Abend traf, sie die Strandpromenade entlanggingen, er ihr von seiner Arbeit erzählte und dabei die ganze Zeit ihre Hand hielt, wusste sie, dass es um viel mehr ging als um eine wieder aufgeflammte Leidenschaft. Es ging um ihr beider Leben. Und dazu gehörte auch, dass sie ehrlich war. Das hatte sie doch immer gewollt. Warum fühlte es sich dann plötzlich so beklemmend an? Die Leichtigkeit war weg. Wenn es das war, was Luis wollte, steuerte sie wirklich darauf zu, ihr altes Leben über Bord zu werfen und mit ihm ein neues zu beginnen. Aber wie sollte so etwas überhaupt aussehen? Würde Luis erwarten, dass sie nach Portugal zöge? Er hatte in den vergangenen Tagen mehr als einmal durchblicken lassen, wie froh er darüber war, dass es ihr in Nazaré so gut gefiel. Glaubte er tatsächlich, dass sie hier ohne Arbeit glücklich werden könnte? Denn wie sollte sie überhaupt hier arbeiten? Das Einzige, was sie konnte und wollte, war, mit Schülern Theaterprojekte durchzuführen. Und das war hier nicht möglich. Es würde Ewigkeiten dauern, bis sie überhaupt in der Lage wäre, eine halbwegs passable Unterhaltung auf Portugiesisch zu führen. Und es würde ihr wahrscheinlich nicht gelingen, so gut Portugiesisch zu lernen, dass sie mit den Schülern kreativ arbeiten könnte. Und wenn sie es entgegen ihrer Vermutung doch schaffen würde, könnte sie nicht davon ausgehen, eine Stelle zu finden. Sie war sich sicher, dass hier niemand nur darauf wartete, ihr einen Job anbieten zu können.

»Weißt du eigentlich, dass es in Cascais eine deutsche Schule gibt?«, fragte Luis unvermittelt.

Hatte er ihre Gedanken erraten? »Interessant«, antwortete Kristina vage.

»Was meinst du mit ›interessant‹?«, fragte Luis. Sie bemerkte die leichte Verärgerung in seiner Stimme, ging aber nicht darauf ein.

»Keine Ahnung.«

»Ich hab dir doch schon erzählt, dass auf der Schule viele Kinder von Geschäftsleuten sind.«

Kristina schwieg. Ich muss es ihm sagen, bohrte sich ein Gedanke in ihren Kopf. Ich kann es nicht länger verschweigen. Wenn es eine Affäre geblieben wäre, die nur die Leichtigkeit und Freude ihrer früheren Begegnungen gehabt hätte, wäre sie sicher drum herumgekommen. Aber so war es nicht. Es war mehr. Sie konnte sich nicht mehr herausreden, dass es so lange her war und keine Relevanz mehr hatte.

Aber wie sollte sie ihm etwas sagen, was er überhaupt nicht erwartete? Vielleicht sollte sie einfach Streit mit ihm anfangen, nach Lissabon zurückfahren, ihm einen Abschiedsbrief schicken, in dem sie irgendwelche fadenscheinigen Gründe vorschob, nur um ihm nicht die Wahrheit sagen zu müssen?

Sie wusste, dass sie Luis verärgerte. Normalerweise wandte sie sich den Themen, die er ansprach, sofort zu. Aber das Gespräch war ihr zu gefährlich, denn es führte unweigerlich zu einer Tür, die sie bisher nicht hatte öffnen wollen und hinter der reißende Löwen wohnten.

»Miguel kennt den Direktor sehr gut. Er ist Stammgast in seinem Restaurant«, versuchte Luis es weiter.

Bitte, lass jetzt jemanden vorbeikommen, den Luis kennt, dachte Kristina. Dann muss ich dieses Gespräch nicht weiterführen. Aber ausgerechnet jetzt schien niemand unterwegs zu sein, den Luis kannte, obwohl das sonst so gut wie nie passierte, wenn sie abends in Nazaré unterwegs waren und alle paar Meter stehen bleiben mussten, um sich mit jemandem zu unterhalten.

Luis sah sie erwartungsvoll an. Er wollte das Thema nicht fallen lassen, sosehr sie es auch versuchte. Er würde jetzt wohl selbst ihren Verführungsversuchen widerstehen.

»Also gut«, sagte Kristina seufzend. »Ich weiß, was du mir damit sagen willst: dass ich vielleicht in Cascais eine Stelle finden könnte.«

»Wir würden viel Zeit zusammen verbringen können. Wir könnten uns abwechselnd in Lissabon und Nazaré treffen, und vielleicht hätte ich nach einiger Zeit die Nase voll von der Provinz und würde mir eine Arbeit in Lissabon suchen.«

Kristina wich Luis' Blick aus. Jetzt war er endlich ehrlich und sagte ihr genau das, was sie schon so lange hören wollte. Und sie stand ihm mit hängenden Schultern gegenüber und wusste nicht, wie sie darauf reagieren sollte?

»Luis, ich muss dir was sagen«, fing sie an.

Augenblicklich verdunkelten sich seine Augen. Er schwieg, aber seine Körperhaltung verriet seine Gedanken. Du willst nicht mit mir leben, willst deinen Mann gar nicht verlassen?, schien er wortlos zu fragen.

»Nein, das ist es nicht«, sagte sie und wusste, dass er verstand, wovon sie sprach. »Damals ist etwas passiert.«

»Wann damals? Meinst du unser erstes oder unser zweites Damals?«

»Das erste. Als ich mich von dir getrennt habe, wollte ich eigentlich nur, dass du mich zurückholst und endlich richtig zu mir stehst.«

»Ja, das habe ich leider zu spät begriffen, und als ich dann bei dir anrief, warst du unglaublich abweisend. Da glaubte ich, es wäre zu spät.«

»Es war auf viele Weise zu spät«, sagte Kristina leise.

»Wie meinst du das?«

»Als du anriefst, war es schon vorbei.«

»Was?«

»Kannst du es dir nicht denken?«

Sie standen mitten auf der Promenade und bildeten ein Hindernis für die anderen Passanten.

»Hier ist nicht der richtige Ort. Gehen wir in die Wohnung«, sagte Kristina.

Luis nickte. Sie gingen schweigend nebeneinanderher, ohne sich zu berühren. Noch kann ich mir etwas ausdenken, dachte Kristina. Ihm irgendeine Lüge erzählen und dann aus seinem Leben verschwinden. Noch denkt er von mir, dass ich damals keine Fehler gemacht habe.

In der Wohnung war es stickig. Luis öffnete die Tür zum Innenhof.

»Also, was willst du mir sagen?«, fragte er.

»Das wird dir gar nicht gefallen«, sagte Kristina.

»Egal, erzähl es mir.«

»Kurz nachdem ich damals gegangen bin, habe ich herausgefunden, dass ich schwanger war.«

»Was?« Luis' Stimme klang plötzlich laut und schrill.

»Warte, ich erkläre es dir. Du hast mich gehen lassen, keine Anstalten gemacht, mich zurückzuholen. Und dann habe ich dich auf der Straße mit einer Frau gesehen. Du hattest sie im Arm und geküsst. Und sie hat über deine Scherze gelacht.«

»Ich kann mich überhaupt nicht daran erinnern. Das muss so schrecklich bedeutungslos gewesen sein«, sagte Luis.

»Leider nicht für mich. Als ich dich sah, war ich gerade auf dem Weg zum Frauenarzt. Und der sagte mir, dass ich schwanger sei. Dann bin ich zusammengebrochen. Ich erinnere mich nur noch daran, dass Kerstin mich in die WG gebracht hat, und da habe ich dann nur geheult, tagelang. Kerstin wollte dich anrufen, aber das habe ich ihr verboten. Ich war völlig überzeugt davon, dass du mich nicht mehr wolltest. Und schon gar kein Kind.«

»Und dann?«

»Habe ich es abgetrieben. Ziemlich schnell. Es war nicht schwer. Ein Beratungstermin und dann ein kleiner Eingriff. Eigentlich tat der gar nicht so weh. Es hat nur danach ziemlich geblutet, aber da war Kerstin glücklicherweise bei mir und hat mich getröstet.«

»Willst du mir sagen, dass du mein Kind abgetrieben hast, ohne mir vorher davon zu erzählen?«

»Ja, du wolltest mich ja nicht mehr.«

»Mein Sohn wäre jetzt erwachsen.«

»Oder deine Tochter. Es war noch zu früh, um das festzustellen.«

»Ich hätte ein Kind«, sagte Luis mit gepresster Stimme.

Und plötzlich wurde ihr das ganze Ausmaß ihrer damaligen Entscheidung klar. Sie war danach ihren Weg einfach weitergegangen, hatte die Abtreibung verdrängt und das umgesetzt, was sie gewollt hatte, wenn auch nicht mit Luis: Familie, Kinder. Und sie hatte wie selbstverständlich Luis unterstellt, dass er so etwas nie gewollt hätte. Aber stimmte das eigentlich? Plötzlich war sie sich nicht mehr sicher.

»Wie konntest du mir das all die Jahre verschweigen?«, fragte Luis. »Du hättest mehr als eine Gelegenheit gehabt, es mir zu sagen.«

»Es hat sich einfach nicht ergeben. Und wir waren uns ja auch nicht sehr nah.«

»Wie, nicht sehr nah? Waren wir uns in den letzten Tagen etwa nicht nah? Bin ich der Einzige, der dachte, wir würden gerade etwas ganz Besonderes erleben?« Luis schien verletzt zu sein.

»Nein, natürlich nicht. Ich liebe dich. Das weißt du. Glaub mir, ich wollte dich nicht verletzen. Und ich habe das damals einfach verdrängt. Es war sicher nicht richtig, aber auf die Weise konnte ich es leichter ertragen.«

»Und was soll ich jetzt tun? Einfach so weitermachen? Es auch verdrängen? Wieso hast du es mir damals nicht erzählt?«

»Da war diese andere Frau, das habe ich dir doch schon gesagt.«

»Das ist doch Schwachsinn. Es ging um mehr als um verletzten Stolz. Es ging um ein Leben.«

»Hättest du es denn damals haben wollen?«

»Die Frage stellt sich jetzt gar nicht. Wie du ja selbst weißt, habe ich keine Kinder. Es hat sich einfach nicht ergeben.«

»Hättest du denn gewollt, dass es sich ergibt?« Kristina stand immer noch auf der anderen Seite der Terrasse. Der Raum zwischen ihnen war zäh wie Morast, sie konnte ihn nicht überwinden.

»Für dich ist es gut ausgegangen. Du hast zwei Kinder, die Familie, die du wolltest. Und jetzt als Bonus auch noch einen Lover. Hättest du es eigentlich weiter verschwiegen, wenn es zwischen uns nur eine lockere Romanze geblieben wäre?«

Kristina schwieg. Sie wusste, dass alles, was sie darauf antworten könnte, irgendwie falsch klingen würde.

Luis' Haltung und Gesicht waren versteinert. Und sie verstand ihn. Egal, was sie damals auf der Straße gesehen hatte, sie hätte die Entscheidung gegen das Kind nicht ohne ihn treffen dürfen.

»Ich weiß nicht, was ich damit anfangen soll«, sagte Luis nach langem Schweigen. »Ich möchte allein sein.«

Kristina verstand. Es reichte nicht, dass sie die Wohnung für zwei Stunden verließ, er wollte nicht mehr, dass sie in Nazaré in seiner Nähe war.

»Ich fahre morgen nach Lissabon zurück«, sagte sie.

»Das ist wohl besser so«, sagte Luis.

Er schickt mich weg, dachte sie. Einfach so. Warum begriff er nicht, dass ihr damals nichts anderes übrig geblieben war, als abzutreiben? Sie war so verrückt vor Schmerz gewesen, als sie ihn mit der anderen Frau gesehen hatte. Ihr war doch damals gar nichts anderes übrig geblieben. Erinnerte er sich überhaupt daran, wie sehr er sie damals verletzt hatte, als er ihr erzählte, dass er nicht wüsste, ob er sich eine Zukunft mit ihr vorstellen könnte?

Es war im Februar gewesen. Sie waren zum Wannsee hinausgefahren und den Weg am Ufer Richtung Pfaueninsel gegangen. Es hatte in der Nacht geschneit, es war sonnig und kalt. Kristina hatte ihre Handschuhe vergessen und hätte sich gerne von Luis die Hände wärmen lassen. Aber er schien nicht zu bemerken, dass sie fror. Er ging wie immer neben ihr her, ohne sie an die Hand zu nehmen oder auch nur zu berühren. Sie sprachen über Belanglosigkeiten, obwohl sie sich in der Nacht leidenschaftlich geliebt und sich danach noch lange in den Armen gehalten hatten. Kristina lief neben Luis her, und ihr Herz war randvoll vor Liebe für diesen Mann, der mit auf dem Rücken verschränkten Armen neben ihr herging. Die Sonne zauberte silberne Schnüre auf das Wasser, der Geruch des Sandbodens, der Kiefern und des Schnees vermischte sich zu diesem einmaligen Duft, den Kristina so liebte. Es war still, bis auf ihre Schritte im Schnee und das Knacken der frostigen Äste.

Wenn er mich jetzt fragt, ob ich ihn heiraten will, werde ich Ja sagen, dachte sie. Es war albern, so etwas zu denken. Sie hatte nicht vergessen, wie er sie vor einigen Monaten ausgelacht hatte, als sie ihm durch die Blume einen Antrag gemacht hatte, und sie hatte überhaupt keine Veranlassung anzunehmen, dass er in der Zwischenzeit seine Meinung geändert hatte. Sie hakte sich bei Luis ein, er ließ es mit sich geschehen, aber schon nach wenigen Minuten kniete er sich hin, um seine lockeren Schnürsenkel festzuziehen. Sie wartete, bis er fertig war, und traute sich danach nicht mehr, seinen Arm zu nehmen. Luis schien gar nicht zu bemerken, wie sehr er sie mit seinem Verhalten verletzte. Und sie spürte, wie sie neben ihm schrumpfte, weil er mal wieder ihre Liebe zurückwies.

»Warum bist du plötzlich so still?«, fragte er sie nach einiger Zeit genervt.

»Ach, nichts«, sagte sie, aber sie merkte, dass ihre Stimme zitterte. Und sie schämte sich, weil sie wusste, wie sehr Luis das hasste. Und sie hasste sich, weil sie sich dafür schämte.

Sie gingen schweigend weiter und kamen an den Anleger der Pfaueninsel. Die kleine Fähre war gerade weggefahren. Eigentlich hatten sie vorgehabt, auf die Pfaueninsel überzusetzen und über die Insel zu laufen. Das war auch im Februar unglaublich romantisch. Sie sah zu Luis hinüber, der mit verschränkten Armen neben ihr stand und auf den Wannsee starrte. Er sah trotzig aus.

»Warum bist du so kühl?«, fragte sie in sein Schweigen hinein.

»Bin ich doch gar nicht«, erwiderte Luis verstockt.

»Doch, das bist du. Warum wärmst du mir nicht die Hände? Du merkst doch, dass ich friere. Gestern Nacht konntest du mir nicht nah genug sein, und jetzt willst du nicht einmal von mir berührt werden.«

Luis sah sie genervt an. Sie wusste genau, dass solch ein Gespräch nichts bringen würde. Er verstand sie nicht, und es war im Grunde auch vollkommen egal, warum. Vielleicht waren seine Eltern nie Hand in Hand gegangen. Vielleicht mochte er es auch einfach nicht. Ihre Gedanken wurden von der Angst verdrängt, dass er sie gar nicht liebte, und diese Angst schaltete jeden klaren Gedanken aus. Was gab es dagegen einzuwenden, ab und zu Hand in Hand zu gehen? Sie wollte auch außerhalb des Bettes spüren, dass sie zu ihm gehörte. Das war doch ganz normal. Luis musterte sie verstockt. Sie schwieg, denn das Zittern in ihrer Stimme hätte verraten, dass sie kurz davor war zu weinen.

»Ich denke, wir sparen uns den Ausflug zur Pfaueninsel«, sagte Luis kühl. Er drehte sich um, stapfte den Weg entlang, den sie gekommen waren, und ließ sie einfach stehen. Heute wäre sie dann allein auf die Pfaueninsel gefahren, hätte sich zwar nicht amüsiert, aber sich so bewiesen, dass sie auch ohne ihn zurechtkam. Früher war sie mit hängenden Schultern hinter ihm hergelaufen, bis sie ihn eingeholt hatte.

»Ich weiß nicht, was du von mir willst«, sagte Luis nach einem langen Schweigen. »Gestern Nacht war es doch perfekt. Und jetzt guckst du mich wieder mit diesem enttäuschten Hundeblick an, genau wie ein Basset. Aber ich hätte es mir denken können. Heute Morgen wollte ich eigentlich nach Hause gehen und allein sein. Aber ich wusste, dass ich dann Ärger mit dir bekommen würde. Warum reicht dir nicht das, was wir haben? Warum willst du immer noch mehr?«

Kristina hatte diese Gespräche schon so oft mit Luis geführt. Sie wollte das nicht mehr, und deshalb schwieg sie.

»Ich kann dir nicht mehr geben als das. Ich will mich nicht festlegen. Ich weiß nicht, was die Zukunft bringen wird. Es wäre alles in Ordnung, wenn du nicht immer so klammern würdest. Ich kann das nicht leiden«, sagte Luis.

Kristina hatte damals doch angefangen zu weinen, und Luis hatte sie nach Hause gefahren, ohne weiter mit ihr zu reden. Vier Wochen später hatte sie sich von ihm getrennt. Aber der Schmerz über seine Abfuhr hatte sie noch jahrelang immer wieder eingeholt.

Kristina sah jetzt den Schmerz in Luis' Gesicht und empfand plötzlich so etwas wie Genugtuung. Tut es weh?, hätte sie ihn am liebsten gefragt. Es war gut, dass er auch einmal spürte, wie sich so ein Schmerz anfühlte. Vielleicht hatte er so etwas zuvor noch nie erlebt.

Sie sprachen den ganzen Abend nicht mehr miteinander. Luis blieb im Innenhof, Kristina lag auf der Couch und sah fern. Sie schliefen zwar auch in dieser Nacht im selben Bett, drehten einander aber den Rücken zu.

Als Luis morgens das Bett verließ, stellte Kristina sich schlafend. Er machte keine Anstalten, sie zum Abschied zu küssen. Erst als er die Tür hinter sich zugezogen hatte, öffnete sie die Augen. Gestern hatte er geschwiegen, weil er beleidigt und verletzt gewesen war. Im Nachthemd ging sie in die Küche und machte sich einen Espresso. Sie packte ihre Tasche, duschte kurz, schrieb »Schöne Grüße, Kristina« auf einen Zettel und verließ die Wohnung. Den Schlüssel nahm sie mit. Luis hatte ihr nicht gesagt, was sie damit machen sollte.

Es war heiß, als sie an ihrer Wohnung in Lissabon ankam. An der Tür hing ein Brief von Margarida.

»Melde dich doch, wenn du wieder da bist, bin neugierig.«

Kristina freute sich darüber, dass sie eine Freundin gefunden hatte, auch wenn Margarida viel jünger war als sie. Sie nahm sich vor, bei ihr zu klingeln, nachdem sie etwas geschlafen hatte. Plötzlich war sie todmüde. Sie legte sich ins Bett, konnte aber nicht einschlafen. Ihre Gedanken trieben immer wieder zu Luis. Sie hätte ihn so gerne angerufen und sich für das entschuldigt, was sie damals getan hatte. Sie wusste jetzt genau, dass es ein Fehler gewesen war, ihm nie etwas von ihrer Entscheidung zu sagen. Sie glaubte allerdings immer noch nicht, dass er damals bereit gewesen wäre, mit ihr ein Kind aufzuziehen. Es ging ihm wahrscheinlich gar nicht so sehr um das Kind, sondern um die Tatsache, dass sie ihn bei einer Entscheidung, die ihn genauso anging wie sie, einfach übergangen hatte.

Ein Klingeln an der Tür riss sie aus ihren Grübeleien. Sie öffnete, ohne darüber nachzudenken, wer es sein könnte. Sie fühlte sich in der Wohnung und in diesem Viertel sicher, egal, was in den Reiseführern stand.

»Ich wollte dich auf einen Kaffee auf dem Platz abholen. Hast du Zeit? Ich bin für heute mit meiner Touristenrunde fertig und muss mich dringend mit einer Ausländerin unterhalten, die nicht so nervig ist wie die Amerikaner, die ich eben durch die Gegend kutschiert habe. Sie haben sich überhaupt nicht für das interessiert, was ich erzählt habe, und lediglich mein Englisch kritisiert.«

»Ich habe Zeit. Ich bin gerade aus Nazaré zurückgekommen.«

»Und, war's schön?«, fragte Margarida neugierig.

»Es war ziemlich verwirrend«, erwiderte Kristina, während sie ihre Tasche aus dem Wohnzimmer holte.

»Das klingt ja unglaublich spannend.«

»Ich weiß nicht, ob ich diese Art von Aufregung möchte.«

»Sie scheint dir aber nicht schlecht zu bekommen. Du siehst fantastisch aus.«

Im Café auf dem Platz vor dem Fado-Museum bestellte Margarida Kaffee, Rissóis und Wasser. Sie hatte beschlossen, mal auf den Alkohol zu verzichten. Es war schön, mit Margarida hier zu sein, auch wenn sie Betty nicht ersetzen konnte, die in dieser Situation sicher einen guten Rat gewusst hätte.

»Moment, das verstehe ich nicht. So, wie du strahlst, wenn du über Luis sprichst, ist er dein Traummann. Und in dem Moment, in dem er von einer gemeinsamen Zukunft spricht, rennst du weg?«, fragte die Portugiesin.

»Es war nicht ganz so.«

»Und wie war es dann?«

Kristina zuckte die Achseln. Sie wollte Margarida nicht noch mehr erzählen.

»Gut, ich muss es ja nicht wissen. Aber wie geht es jetzt weiter?«

»Das weiß ich nicht«, sagte Kristina. »Vielleicht gar nicht. Schließlich bin ich ja immer noch verheiratet.«

»Das warst du auch, als du dich in Lissabon wieder mit ihm eingelassen hast. O Gott, das klingt so moralisch. Soll es aber gar nicht sein. Ich versuche nur, dich zu verstehen. Du warst so glücklich, als du nach Nazaré gefahren bist. Ich erzähle die Geschichte oft und gerne, besonders von dem Moment, als dir eingefallen ist, dass du gar kein Auto hast. Alle finden das großartig«, sagte Margarida.

»Freut mich, dass sich die Leute über mich amüsieren«, sagte Kristina säuerlich.

»Sei nicht eingeschnappt. Es ist süß gewesen. Ich habe selten jemanden erlebt, der so verliebt war wie du in diesem Augenblick«, sagte Margarida. Ihre braunen Augen funkelten.

Das stimmt, dachte Kristina. Sie hatte sich so lebendig gefühlt. Sie hoffte so sehr, dass Luis ihr verzeihen würde, und gleichzeitig hatte sie Angst davor. Was wäre denn dann, wenn er noch einmal einen Schritt auf sie zumachen würde?

»Ich kann doch nicht einfach in Deutschland alles hinschmeißen und zu Luis nach Portugal ziehen«, sagte sie mehr zu sich selbst als zu Margarida.

»Wer sagt denn, dass du das gleich tun musst? Fernbeziehungen funktionieren doch auch, zumindest eine Zeit lang. Und es kann ziemlich sexy sein. Heiße Treffen am Flughafen, aufgeregter Sex, sobald ihr die Wohnung erreicht habt«, sagte Margarida genüsslich und leckte sich die Lippen.

»Bin ich dafür nicht schon zu alt? Ich habe zwei erwachsene Kinder.«

»Ist man irgendwann zu alt für die Liebe? Wenn das so ist, will ich nicht viel älter als jetzt werden. Denn ohne Leidenschaft und Liebe hat alles keinen Sinn«, sagte Margarida seufzend.

Kristina hätte der jungen Portugiesin einen Vortrag darüber halten können, dass es Phasen im Leben eines Paares mit Kindern gab, die überhaupt nicht leidenschaftlich sein konnten, weil keine Zeit dafür übrig blieb oder man einfach zu müde war. Als sie noch keine Kinder hatte, hätte sie auch nicht geglaubt, dass es auch ihr und Peter irgendwann so gehen würde wie ihren Eltern, aber so war es gewesen. Nur dass ihre Eltern schon lange wieder miteinander turtelten, so nannte ihre Mutter das zumindest. Kristina liebte dieses altmodische Wort. Aber wenn es ihr in den Sinn kam, fiel ihr dazu eher Luis als Peter ein.

Sie erzählte Margarida von ihrem Gespräch mit Sofia.

»Weißt du eigentlich, dass sie dir ihren Segen gegeben hat? Ich wünschte, Jorges Mutter würde mal so etwas Ähnliches zu mir sagen. Aber stattdessen gibt sie mir zu verstehen, dass sie glaubt, ich würde überhaupt nicht zu ihrem supertalentierten Sohn passen.«

»Sie ist bestimmt eifersüchtig«, sagte Kristina.

»Ja, das kann sein. Schräg, oder?«

Kristina erinnerte sich daran, wie Tom seine erste Freundin mit nach Hause gebracht hatte. Sie war nicht eifersüchtig gewesen, sondern hatte sich für die beiden gefreut.

»Was willst du jetzt tun?«, fragte die Portugiesin.

»Ich weiß es überhaupt nicht. Liebe ist ganz schön anstrengend. Oder besser gesagt: Luis zu lieben, ist ganz schön anstrengend«, sagte Kristina.

»Aber es lohnt sich doch, oder?«

Kristina dachte an seine Hände auf ihrem Körper. »Oh ja«, sagte sie seufzend.

»Ich glaube, du brauchst Ablenkung«, sagte Margarida. »Du kommst mit zum Stierkampf.«

Kristina wurde unsanft aus ihren Träumen gerissen. »Stierkampf? Ist das nicht Tierquälerei? Werden die Tiere nicht umgebracht?«

»Nicht in Portugal. Es ist ein Riesenspektakel, und es gehen immer noch viele Portugiesen hin. Zumindest in den Campo Pequeno.

Heute sind Rui Salvador, Filipe Gonçalves und Marcos Bastinhas die Stars. Es beginnt um 22 Uhr und geht bis 1 Uhr morgens.«

Kristina zögerte. Sie wusste nicht genau, ob sie es in ihrer Verfassung ertragen könnte zuzusehen, wie Stiere unnötig gequält wurden.

»Glaub mir, die Stiere leiden nicht sonderlich. Die Verletzungen mit den Banderillas sind nicht sehr tief. Eher wie Nadelstiche.« Margaridas Augen leuchteten. Sie schien ein Fan von Stierkämpfen zu sein.

»Besonders, wenn man so aufgewühlt ist wie du, ist der Stierkampf genau richtig. Andere gehen zum Fußball und brüllen sich dort die Seele aus dem Leib. Wir gehen zum Stierkampf. Wenn du es zu brutal findest, kannst du ja jederzeit gehen.«

»In Ordnung«, sagte Kristina seufzend. Sie hatte sich doch vorgenommen, sich ganz auf Lissabon einzulassen und portugiesische Besonderheiten zu erleben. Bisher hatte sie ja nicht allzu viel kennengelernt.

»Du wirst es nicht bereuen«, sagte Margarida begeistert.

»Was muss ich denn da anziehen?«, fragte Kristina.

»Was du möchtest. Einige Leute gehen in eleganten Kleidern zum Stierkampf, andere tragen Jeans und T-Shirt. Alles ist erlaubt.«

Sie fuhren mit der U-Bahn zum Campo Pequeno. Am Eingang der rotbraunen Arena hing ein großes Plakat, auf dem ein Stier mit kleinen Speeren im Nacken abgebildet war. Zwischen seinen Hörnern hielt sich ein junger Mann mit gelber Jacke, roter Schärpe und beiger Hose fest, der eine grüne Mütze trug.

»Sieht gefährlich aus«, sagte Margarida. »Ist es auch.«

»Springt tatsächlich jemand zwischen die Hörner?«, fragte Kristina besorgt.

»Ja, am Ende jedes Stierkampfes. Das sind die Forcados. Es sind acht junge Männer. Ihr Anführer springt und versucht, sich an den Hörnern festzuhalten, die anderen beruhigen den Stier, und zum Schluss hängt sich einer an seinen Schwanz. Du wirst sehen, es ist ein ziemlicher Spaß.«

Kristina konnte sich das zwar nicht vorstellen, aber sie sagte lieber nichts dazu und kam abends mit. Margarida war ganz in ihrem

Element. Sie traf immer wieder auf Leute, die sie kannte, redete mit ihnen oder winkte ihnen im Vorbeigehen zu. Sie hatte recht. Einige Zuschauer kamen im Anzug oder in schicken Kleidern.

Zuerst gingen sie in ein Restaurant an der Außenseite der Arena und aßen zu Abend. Eine alte, gebrechliche Frau, die mithilfe einer Krücke langsam von Wartenden zu Wartenden humpelte, erregte Kristinas Mitleid. Von einigen wurde sie einfach weggescheucht, als ob sie eine lästige Fliege wäre. Andere gaben ihr Geld. Als sie zu ihr kam, gab Kristina ihr einen Euro.

»Das ist viel«, sagte Margarida. »Aber ich verstehe dich. Sie ist wirklich bemitleidenswert.«

Die alte Frau bedankte sich freundlich und humpelte weiter.

»In Portugal ändern sich die Verhältnisse auch langsam. Es sorgt nicht mehr automatisch die Familie der alten Menschen für sie, so, wie es früher war. Das ist wohl der Preis des Fortschritts«, sagte Margarida seufzend.

Jetzt strömten immer mehr Menschen zur Arena. Auch kleine Kinder waren dabei. Die Mehrzahl der Zuschauer schien wirklich Portugiesen zu sein.

»Du hast Glück, dass du in Lissabon zum Stierkampf gehst. Hier ist es authentisch. An der Algarve werden die Stierkämpfe eher für die Touristen veranstaltet, die keine Ahnung davon haben. Da ist die Stimmung nicht so gut wie hier. Lass uns reingehen, die Türen sind jetzt offen. Willst du Popcorn?«, fragte Margarida, als ob sie ins Kino gehen würden.

Die Schlange am Popcornstand war lang. Sie wartete, bis Margarida mit Popcorn und Cola zurückkam, und genoss es, wieder in diesen weichen, flauschigen portugiesischen Klangteppich einzutauchen. Nur hier und da drangen deutsche, englische oder spanische Sprachfetzen an ihr Ohr. Margarida hatte nicht zu viel versprochen. Dieser Abend gehörte den Portugiesen. Sie betraten die Arena und suchten sich ihre Plätze in der Mitte.

»Hier haben wir gute Sicht, sind aber weit genug entfernt, falls du es nicht magst«, sagte Margarida. Kristina hatte Schwierigkeiten, sich auf dem Plastikklappstuhl bequem hinzusetzen. Sie saßen sehr eng zusammen. Immer wieder berührte sie Margaridas Ellbogen, aber das schien sie nicht zu stören. Der Platz auf Kristinas anderer Seite war glücklicherweise frei. Sie musste aufpassen, dass sie sich an der Vorderreihe nicht die Knie stieß. Vor ihr saß ein etwa zehnjähriges Mädchen, das in einer Zeitschrift blätterte, neben seinen Eltern. Kristina konnte ihr über die Schultern sehen und erkennen, dass es eine Stierkampfzeitung war, die *Barreira* hieß. Begeistert wies das Mädchen auf ein Foto, auf dem ein festlich gekleideter Reiter auf einem Pferd abgebildet war. Das schien eine der Hauptpersonen zu sein, und das Mädchen schien für ihn zu schwärmen wie für einen Popstar. Margarida hatte ihr erzählt, dass die Stierkämpfer nicht wie in Spanien zu Fuß kamen, sondern auf Pferden ritten, die fast immer aus der speziellen Lusitanozucht stammten, Araberblut hatten und zu den ältesten Pferderassen der Welt gehörten. Eine Blaskapelle spielte, die auf einer Empore an der Stirnseite der Arena über einer Ehrenloge saß und Kristina mit ihrem Enthusiasmus und ihrem Rhythmus an mexikanische Blaskapellen erinnerte. Jetzt betrat ein Paar die Ehrentribüne und ließ sich neben einem der Honoratioren der Stadt nieder. Die Frau war hochschwanger, was sie aber nicht daran hinderte, sich das Spektakel anzusehen, wie Kristina erstaunt feststellte.

Langsam füllte sich die Arena. Es herrschte eine aufgeregte Stimmung, fröhlicher und entspannter als im Fußballstadion, und es waren auch mehr Frauen da. Jetzt freute sich Kristina auf das Spektakel, auch wenn sie ein schlechtes Gewissen dabei hatte, weil sie es moralisch zweifelhaft fand, sich auf einen Stierkampf zu freuen.

Auf der Ehrentribüne erhob sich nun ein Mann mit einer Trompete und blies eine Fanfare. Ein Raunen ging durch die Menge. Die Kämpfe begannen. Kristinas Herz schlug schneller. Das war ein besonderer Moment, und sie war plötzlich froh, dabei zu sein.

»Das läuft alles nach einer festgelegten Choreografie ab«, sagte Margarida. »Sehr traditionell, alles ist schon seit Ewigkeiten so. Wir Portugiesen sind wohl immer noch ein Stück rückwärtsgewandt und haben mit wehem Herzen unsere glorreichen Zeiten im Blick, als wir noch eine Weltmacht waren.«

Junge Männer in ockerfarbenen Kniebundhosen mit roter Schärpe, weißen Stulpen und reich bestickten Bolerojacken kamen zu Fuß in die Arena und stellten sich zu jeweils acht in einer Gruppe auf. Jeder hatte eine grüne Mütze über die linke Schulter gelegt. In der rechten Hand hielten die Männer einen Stab.

»Das sind die Forcados. Einige von ihnen werden am Schluss der Corrida dem Stier zwischen die Hörner springen. Es ist für jeden Forcado eine große Ehre, hier mitzumachen. Sie gelten als sehr mutig und verwegen. Wenn jemand hier Erfolg hat, kann er jede Frau haben«, sagte Margarida.

Die Band spielte eine getragene Melodie. Kristina konnte von ihrem Platz aus sehen, dass einige Forcados sehr ernst aussahen. Ob sie wohl Angst haben?, fragte sie sich. Margarida hatte ihr erzählt, dass es bei den Sprüngen nicht selten zu Verletzungen kam. Hinter den jungen Männern bauten sich acht ältere auf. Die Arena füllte sich. Die Toreros zogen zu Fuß mit ihren Tüchern ein.

»Die spielen in Portugal keine große Rolle«, sagte Margarida abfällig. Ein Tusch erklang. Das Publikum jubelte und klatschte. »Jetzt kommen die Cavaleiros.«

Drei Männer in reich verzierten Reiterkostümen in Himmelblau, Weiß und Schwarz ritten Seite an Seite in die Arena. Die Mähnen ihrer Pferde waren geflochten, sie trugen einen Kopfschmuck. Die Cavaleiros lenkten diese stolzen Pferde mit einer Leichtigkeit, wie sie Kristina noch nie gesehen hatte. Pferd und Reiter bildeten eine perfekte Einheit. Sie hielten in der Mitte der Arena vor den Forcados und zogen ihre Hüte in Richtung Ehrentribüne.

»Der in dem weißen Reiterkostüm ist Marcos Bastinhas, mein absoluter Favorit. Er reitet wie der Teufel und ist ziemlich sexy, oder?«, sagte Margarida seufzend.

Kristina musste zugeben, dass die Portugiesin recht hatte. Bastinhas strahlte etwas Verwegenes und zugleich Jungenhaftes aus und sah dabei mit seinen dunklen Locken, seinem schmalen Gesicht und dem schlanken Körper sensationell aus. Die beiden anderen wirkten bulliger und durchtrainierter.

»Er ist vielleicht nicht so kräftig wie die anderen, aber er ist zäh.«

Unter den Klängen der Musikkapelle verließen alle die Arena. Ein Tusch, dann Stille. Die Atmosphäre war zum Zerreißen gespannt. Auf der anderen Seite öffnete sich ein Tor, ein Stier kam heraus – schwarz, kräftig, ein Koloss. Kristina wollte sich nicht vorstellen, was passieren würde, wenn ein solcher Stier einem Pferd oder einem Menschen zu nahe kam. Sie wusste, dass die Hörner mit einem Lederüberzug versehen waren, aber sicherlich könnten sie auch so enorme Verletzungen verursachen. Ich nehme ja Partei gegen den Stier, dachte Kristina verwundert. Das hatte sie doch gar nicht gewollt. Vor dem Beginn der Stierkämpfe hatten vor der Arena Tierschützer demonstriert, und sie hätte sich am liebsten zu ihnen gesellt. Und jetzt hatte sie kein Mitleid mehr mit dem Stier? Er blieb in der Mitte im Sägemehl stehen und sah sich um. Dann kamen zwei Toreros zu Fuß in die Arena und versuchten, den Stier mit ihren Tüchern zu reizen. Sein Schnauben war bis zu ihrem Platz zu hören. Die Kapelle spielte, die Luft war elektrisiert vor Spannung. Der Stier setzte sich in Bewegung und lief auf einen der Toreros zu. Mit einem eleganten Satz rettete der sich über die Bande der Arena, wo die jungen Forcados standen und sich bekreuzigten.

Und wieder ein Tusch, der einen Cavalheiro ankündigte. Es war Margaridas Liebling Marcos Bastinhas. Die Menge raunte und klatschte. Dann wieder gespanntes Schweigen.

»Er ist der Sohn eines sehr berühmten Stierkämpfers. Erst 27, kannst du dir das vorstellen?«

Der könnte mein Sohn sein, dachte Kristina erschreckt. Sie hatte gerade angefangen, auch für ihn zu schwärmen. Seine weiße Reituniform war mit goldenen Fäden reich bestickt, seine schwarzen Stiefel sahen sehr edel aus.

»Die Familie besitzt ein großes Anwesen mit eigener Pferdezucht und Arena. Marcos ist in seinen Beruf hineingewachsen. Ich denke, als kleiner Junge hat er seinen Vater oft in der Arena beobachtet. Da konnte er dann gar nicht anders, als auch Stierkämpfer zu werden. Seine Freundin ist sieben Jahre älter als er. Wenn man seinem Freund ständig dabei zusehen muss, wie er sein Leben riskiert, braucht man ziemlich gute Nerven«, sagte Margarida.

»Ist es für die Cavaleiros wirklich so gefährlich?«, fragte Kristina.

»Wenn er keine Fehler macht, dann nicht. Aber wenn er sich nicht konzentriert und das Pferd nicht genau das macht, was er will, kann der Stier wütend werden, das Pferd verletzen, der Reiter kann runterfallen und vom Stier zertrampelt werden. Ist alles schon passiert.«

Marcos Bastinhas nahm seinen reich geschmückten Hut ab und reichte ihn jemandem über die Brüstung der Arena hinweg. Es schien eine Ehre zu sein, auf den Hut aufpassen zu dürfen.

Die Kapelle verstummte. Marcos Bastinhas lenkte sein Pferd in Richtung Stier. Es tänzelte auf das massige Tier zu, das wieder in der Mitte der Arena stand und nicht genau zu wissen schien, was vorging. Bastinhas hielt mit seinem Pferd direkt auf das Tier zu, und es schien dabei keine Angst zu verspüren. Kurz bevor es mit dem Stier zusammenstieß, der sich immer noch nicht in Bewegung setzte, drehte Bastinhas ab und galoppierte durch die Arena in die andere Richtung davon. Ein Tusch erklang, und das ganze Spektakel wiederholte sich. Bastinhas rief »He, he« und versuchte, den Stier so zu reizen. Kristina konnte die Augen nicht mehr von dem Szenario abwenden. Es war unglaublich spannend. Ein Raunen ging durch die Menge. Bastinhas hatte die erste Banderilla in der Hand. Die Trompeten erklangen. Er galoppierte auf den Stier zu, der vor ihm weglief. Er setzte ihm nach und ritt haarscharf an seinem Hinterteil vorbei. Der Stier drehte sich um die eigene Achse, um den Reiter und das Pferd im Auge zu behalten. Wieder ritt Bastinhas dicht an ihn heran. Es war das waghalsigste Reitmanöver, das Kristina jemals gesehen hatte. Unwillkürlich hielt sie den Atem an. Jetzt ritt Bastinhas rückwärts, dagegen konnte jede Dressurvorstellung einpacken. Dann schwenkte er den kurzen Pfeil über seinen Kopf und preschte auf den Stier zu. Als er gleichauf mit ihm war, beugte er sich weit zur Seite, und Kristina hatte schon Angst, dass Bastinhas vom Pferd fallen würde, aber er hielt sich im Sattel. Er holte aus und steckte den Pfeil in den Nackenwulst des Stieres, der davon wenig gestört zu sein schien. Das ist vielleicht doch gar nicht so schlimm, dachte Kristina, aber als sich die Prozedur mehrmals wiederholte und zum Schluss sechs kurze Pfeile im Nacken des Stieres steckten und Kristina das Blut sah, hatte sie doch Mitleid mit dem Stier. Aber gleichzeitig war sie fasziniert von den fast archaischen triumphierenden Gesten des Cavaleiros und von seiner Reitkunst. Zum Schluss war er freihändig galoppiert und hatte zwei Banderillas in den Händen gehalten. Er musste Jahre gebraucht haben, bis er so gut hatte reiten können, dachte Kristina.

Begleitet von einer triumphierenden Musik, ritt Bastinhas aus der Arena. Der Stier, der immer noch aus seinen Wunden blutete, blieb zurück. Jetzt sprangen die Forcados über die Wände in die Arena und stellten sich in einer Reihe gegenüber von dem Stier auf. Der Erste von ihnen trat allein dem Stier entgegen und wiegte sich in den Hüften. Dann rief er »Touro, Touro«, als ob er den Stier damit locken wollte. Seine Kollegen blieben hinter ihm und taten so, als würden sie herumalbern, ließen ihn aber nicht aus den Augen. »Touro, touro«, klang es durch die Arena, und die Zuschauer raunten. Ansonsten war es still. Der Stier setzte sich in Bewegung. Der Forcado rannte auf ihn zu und sprang. Er versuchte, sich an den Hörnern des Stieres festzuhalten, rutschte jedoch ab und fiel zu Boden. Sofort waren die anderen Forcados zur Stelle und versuchten, den Stier abzulenken. Der Springer rappelte sich auf. Er blutete an der Stirn. Kristina nahm an, dass er jetzt durch einen anderen ausgewechselt werden würde, aber sie hatte sich getäuscht. Er stellte sich wieder in Position, wiegte sich in den Hüften und rief: »Touro, touro«, bis der Stier abermals reagierte. Unerschrocken rannte der junge Mann wieder auf ihn zu und sprang. Diesmal gelang es ihm, er konnte zwischen seine Hörner springen und sich an ihnen festhalten. Sofort waren die anderen Forcados an seiner Seite, hielten sich an dem Stier fest und versuchten so, ihn zu beruhigen, was ihnen auch tatsächlich gelang. Zum Schluss hängte sich ein Forcado an den Schwanz des Stieres, zog ihn im Kreis herum und brachte ihn endgültig dazu, stillzustehen. Die Forcados verneigten sich, Applaus brandete auf, die Kapelle setzte ein, und die jungen Männer sprangen mit eleganten Sätzen über die Brüstung der Arena. Jetzt wurde eine Herde Jungtiere in die Arena getrieben, die den Stier mit den Campinos zusammen in die richtige Richtung brachte, bis er zum Schluss in der Herde mitlief und durch das Tor verschwand.

»Und wie gefällt es dir?«, fragte Margarida.

»Es ist unglaublich spannend«, sagte Kristina. Später würde sie mit ihr darüber reden, ob es für die Stiere und auch für die Pferde nicht doch quälend war.

Sie war erst um zwei Uhr morgens in ihrer Wohnung und konnte lange nicht einschlafen. Das, was sie in der Arena gesehen hatte, wühlte sie immer noch auf. Er war eine Mischung aus Spannung, Aufregung, Angst und Freude, die sie in dieser Form noch nie erlebt hatte. Und sie fühlte sich unglaublich lebendig. Feli hätte die archaischen Gesten des Triumphes speziell von Bastinhas sicher machohaft gefunden und abgelehnt. Kristina hatte sie aufregend gefunden. So funktioniert der Tanz der Erotik: Ein Mann bleibt ein Mann, egal, wie sehr man das manchmal versucht zu ändern, dachte sie und war froh, nicht mehr jung zu sein und sich über diese Tatsache aufregen zu müssen.

7. Kapitel

Theresa sah auf die Uhr. Ein Uhr morgens, und es wirkte nicht so, als ob sie in der nächsten halben Stunde Feierabend machen könnte, wie es eigentlich in ihrem Vertrag stand. Aber wie naiv war sie auch gewesen zu meinen, dass man sich an das, was dort stand, halten würde. Es wussten doch alle im *Fado de Alfama,* wie dringend sie das Geld brauchte. Sie arbeitete jetzt seit einem Monat in dem Restaurant und hatte noch keinen Tag freigemacht. Gut, sie war selbst schuld. Sie wollte es so. Denn je mehr Gäste sie in das Restaurant brachte, desto mehr verdiente sie. Das war ein Vorteil an diesem Vertrag. Sie wusste, dass sie diese Klausel nur der Tatsache zu verdanken hatte, dass sie mit dem Besitzer des Restaurants flirtete. Ernesto hatte ihr auch diese Arbeit besorgt, nachdem sie ihn im *Museu Gulbenkian* bei einer Vernissage getroffen hatte.

»Aber du wirst doch von deinem Exmann gut versorgt?«, hatte er erstaunt gefragt, als sie anklingen ließ, dass sie eine Arbeit suchte. Sie merkte, wie sie errötete. Es war auch so peinlich. Ausgerechnet sie, die seit der Heirat mit Gabriel zu den besten Kreisen Lissabons gehört hatte, musste jetzt arbeiten.

»Ja, er zahlt Unterhalt für den Jungen und mich, aber die Wohnung im Estrela ist nicht billig, und ich bringe es nicht übers Herz, in eine schlechtere Gegend zu ziehen. Ich bin so froh, dass ich sie gefunden habe, nachdem Gabriel mir eröffnete, dass Leonore jetzt in unser Stadtpalais einziehen wird.«

Sie hatte damals mit Jesus das Feld räumen müssen, weil sie bei der Hochzeit, dumm, wie sie damals gewesen war, eine Gütertrennungsregelung unterschrieben hatte und das Haus allein auf Gabriel eingetragen war.

»Das wäre auch skandalös, wenn du woanders leben müsstest«, sagte Ernesto.

Theresa wusste schon lange, dass er ein Auge auf sie geworfen hatte, und schämte sich ein wenig, dass sie das jetzt ausnutzte, aber es half nichts.

»Ich möchte außerdem arbeiten. Es hat keinen Sinn, immer nur zu Hause zu sitzen und darauf zu warten, dass Jesus nach Hause kommt. Er ist doch jetzt fast den ganzen Tag in der Schule.«

»Was hast du denn gelernt, wenn ich mir die Frage erlauben darf?«

»Außer Gabriel den Haushalt zu führen, die Köchin zu beaufsichtigen, Abendgesellschaften zu geben? Nichts. Ich war noch sehr jung, als ich ihn kennenlernte, und dann habe ich mich voll in die Aufgabe gestürzt, seine Frau zu sein.«

»Also keine richtige Berufsausbildung«, sagte Ernesto.

»Wenn du es so siehst, nein. Außer natürlich dem Abschluss im katholischen Lyzeum. Aber da bin ich ja kein Einzelfall in Lissabon. Wer hätte damals gedacht, dass sich die Zeiten so schnell ändern würden?«

»Dein Sohn ist jetzt wie alt?«, fragte Ernesto.

»16.«

»Dann kann er abends ja allein zu Hause sein.«

»Das mache ich zwar ungern, aber ja«, sagte Theresa.

»Gut, ich habe da eine Idee, liebe Theresa. Ich glaube, du bist genau die Richtige für diese Arbeit.«

Als Theresa hörte, dass sie die Touristen in der Alfama dazu animieren sollte, ein Fado-Restaurant zu besuchen, in das Ernesto erst vor Kurzem eine beträchtliche Summe investiert hatte, weil der bisherige Restaurantbesitzer und Wirt durch die Krise in Not geraten war, schluckte sie zuerst. Wie sollte sie es bewerkstelligen, wildfremde Leute anzusprechen und sie davon zu überzeugen, ein eher durchschnittliches Restaurant zu besuchen? Obwohl Ernesto viel Energie darauf verwendete, sehr gute Fado-Sänger zu verpflichten, sprach sich das bisher nur langsam herum. Er wollte, dass das *Fado de Alfama* mit ihrer Hilfe bekannter wurde.

»Ich erinnere mich an deine wunderbaren Einladungen. Du schaffst es, dass sich bei dir jeder wie zu Hause fühlt. Du hast eine natürliche Grandezza und siehst fantastisch aus. Du sprichst mehrere Sprachen.

Wenn du nicht die Leute zum Restaurantbesuch animieren kannst, wer dann?«

»Aber was werden die Leute sagen, wenn ich dort arbeite? So etwas wird sich doch herumsprechen«, sagte Theresa.

»Seit Gabriel mit seiner 25-jährigen Sekretärin zusammenlebt – was für ein Klischee – und die jetzt auch noch ein Kind von ihm bekommt, reden sowieso alle über euch«, sagte Ernesto.

Das war nicht sehr einfühlsam, aber es stimmte, dachte Theresa. Und sie wusste auch, dass die meisten hinter vorgehaltener Hand über den armen alten Trottel lästerten, der sich in seinem Alter noch ein Kind hatte andrehen lassen und jetzt begeistert auf werdender Vater machte.

Auch Theresa war sich sicher, dass er das nicht lange durchhalten würde und spätestens nach einem Jahr wieder vor ihrer Tür stünde, aber sie wusste auch, dass sie ihn nicht zurücknehmen würde, jedenfalls nicht sofort. Wenn sie etwas nicht verloren hatte, dann war das ihr Stolz. Der war so stark und unbesiegbar wie ein Herbststurm, der vom Atlantik aus über die Stadt fegte.

»Gut, Ernesto, ich werde es versuchen«, sagte Theresa seufzend. Sie war froh, dass heute Mittag keine ihrer Bekannten im Gulbenkian-Museum war, um sich die Zeit mit einem Ausstellungsbesuch zu vertreiben, bis ihre Kinder aus der Schule kamen.

Jesus fand die Idee, dass seine Mutter jeden Abend außer Haus sein würde, ziemlich gut, das wusste Theresa, aber sie spielte das Theaterstück, in dem er es bedauerte, tapfer mit.

»Es ist nur übergangsweise«, sagte sie. »Bis ich etwas Besseres gefunden habe.«

Am ersten Abend zog sie ein schlichtes smaragdgrünes Abendkleid an, das sie zuletzt bei einer Soiree in der britischen Botschaft getragen hatte, legte sich ihr schwarzes Schultertuch um und ging raus auf die Bühne der Straße. Sie guckte sich die Touristen, die vorbeiflanierten, genau an und wartete auf diejenigen, die von ihrem Erscheinungsbild her zu ihr passten und bei denen sie sich vorstellen konnte, sie auch privat als Gäste zu bewirten. Und es machte ihr Spaß. Innerhalb kurzer Zeit steigerte sich der Umsatz des *Fado de Alfama* enorm, und

Ernesto brachte ihr seine Dankbarkeit mit kleinen Geschenken zum Ausdruck. Manchmal kam er auch abends in das Fado-Restaurant, setzte sich an einen Tisch und sah ihr bei der Arbeit zu. Theresa hatte längst damit begonnen, auch drinnen für die Gäste zu sorgen. Sie kümmerte sich darum, dass Alfonso, der etwas langsame Kellner, in die Hufe kam, dass die Wirtin und ihr Mann zügig arbeiteten und die Gäste sich wohlfühlten.

Ja, es war ein guter Job, den sie mochte, und so eine Begegnung wie neulich erfreute ihr Herz natürlich besonders. Kristina und Luis hatten so glücklich ausgesehen, als sie Arm in Arm an dem Restaurant vorbeigeschlendert waren. Das ist eine große Liebe, das hatte sie sofort gesehen. Und sie hatte dafür gesorgt, dass sich die beiden wiederbegegnet waren. Sie hatte Amor gespielt.

Es wird noch lange dauern, bis ich dazu bereit bin, dass jemand seinen Pfeil auf mich abschießt, dachte Theresa, als sie um kurz nach zwei durch die engen Gassen der Alfama zu ihrem Wagen ging. Sie hatte es kommen sehen, ihre Ehe war schon lange nicht mehr glücklich gewesen, aber sie hatte funktioniert, und wer hatte gedacht, dass Gabriel das nicht ausreichen würde? Es gab kein Feuer mehr zwischen ihnen, das stimmte schon, aber das war doch in keiner Ehe so, in die sie Einblick hatte. Man blieb zusammen, weil man sich schätzte und auch liebte, ließ sich seine kleinen Freiheiten und sprach nicht darüber. So war es bei ihren Freundinnen, warum sollte es bei ihr anders sein? Sie hatten gemeinsam die kleinen Affären ihrer Männer durchgesprochen, sich gegenseitig getröstet, Stillschweigen bewahrt und sich Alibis gegeben, wenn sie selbst sich auf eine Amour fou eingelassen hatten.

Es war alles in Ordnung gewesen, und Theresa hätte noch lange so weiterleben können. Aber eine Sache hatte Gabriel wohl keine Ruhe gelassen. Dass sie nach der Geburt ihres Sohnes keine Kinder mehr bekommen konnte. Jedenfalls war es für ihn keine Frage gewesen, was er tun musste, als Leonore schwanger geworden war. Und so lebte Theresa nun mit Jesus in einer schönen, aber kleinen Wohnung im Estrela. Manchmal sah sie Leonore beim Einkaufen. Ihr Bauch wuchs stetig und auch ihr Selbstbewusstsein, weil sie glaubte, nach der Scheidung die nächste Frau an Gabriels Seite zu werden. Aber noch ist das letzte Ave-Maria nicht gesprochen, dachte Theresa. Sie fuhr die verlassene Straße am Tejo entlang Richtung Estrela. Natürlich wäre eine Wohnung in einem anderen Viertel viel günstiger. Aber sie hatte es bisher nicht übers Herz gebracht, woanders nach einer Wohnung zu suchen. Hier war ihr Sohn aufgewachsen. In diesem Viertel wohnten alle seine Freunde. Es war herrlich international, und Theresa liebte es, dass sie im Supermarkt um die Ecke auch deutsche Schokolade und französische Paté kaufen konnte. Sie liebte den *Jardim da Estrela* ganz in der Nähe ihrer Wohnung, in dem die alten Leute an Steintischen Karten spielten und wo im Sommer an jedem Samstagnachmittag ein Jazzkonzert stattfand. Sie liebte ihr Stammcafé an dem kleinen Platz, fünf Minuten von ihrem Haus entfernt. Der Mittagstisch war nicht allzu teuer, aber sehr lecker, und sie hatte es sich angewöhnt, dreimal in der Woche dort zu essen – während Jesus in der Schule war –, ihre Zeitung zu lesen und die Ruhe zu genießen. Es hatte auch Vorteile, wieder frei zu sein. Sie konnte jetzt machen, was sie wollte, ohne sich darum zu sorgen, was die anderen davon hielten. Ihr Ruf war eh schon beschädigt. So lebte es sich verhältnismäßig ungeniert.

Als sie um zwei Uhr morgens die Tür zu ihrer Wohnung aufschloss und feststellte, dass ihr Sohn tatsächlich zu Hause war und allein in seinem Bett schlief, seufzte sie erleichtert. Sie ließ ihrem Sohn viele Freiheiten, aber sie wollte vermeiden, dass er mit einem Mädchen herummachte und es womöglich schwängerte. Doch sie hoffte, dass sie sich auf ihren Sohn verlassen konnte, der jetzt schneller erwachsen werden musste, als es ihr eigentlich lieb war.

Sie ging in ihr kleines Wohnzimmer, schenkte sich einen Portwein ein und setzte sich auf ihr helles italienisches Sofa, das Gabriel und sie noch vor einem Jahr gemeinsam gekauft hatten und das er ihr gnädigerweise überlassen hatte, obwohl er das nicht musste, wie er immer wieder betonte. Sie wusste, dass sie erst in einer Stunde würde schlafen können, was bedeutete, dass sie wieder nur vier Stunden Schlaf hätte, bevor sie aufstehen würde, um ihrem Sohn das Frühstück zu machen. Natürlich war er alt genug, um das selbst zu erledigen, aber sie wollte ihn morgens unbedingt sehen und legte sich meist wieder für eine Stunde hin, nachdem er um halb acht das Haus verlassen hatte.

Sie wusste, was sie jetzt beruhigen würde. Nach kurzer Zeit klangen die Goldberg-Variationen von Johann Sebastian Bach, gespielt von Martin Stadtfeld, durch das Wohnzimmer. Theresa schloss die Augen. Sie kannte jeden Ton. Sie erinnerte sich, wie sie Martin Stadtfeld 2004 in Berlin erlebt hatte. Sie liebte die Leichtigkeit, Klarheit und Demut seines Spieles. Es öffnete ihr Herz. Jetzt muss ich nicht mehr stolz und stark sein, dachte Theresa. Sie schämte sich nicht, ihren Tränen freien Lauf zu lassen. Die wunderbare Musik machte ihren Verlust gegenwärtig und tröstete sie gleichzeitig über ihn hinweg.

***

Eine Mail von Luis am nächsten Morgen brachte Kristina in die Wirklichkeit zurück. »Ich brauche noch Zeit, bis ich wieder mit dir sprechen kann. Ich liebe dich zwar, aber ich kann es immer noch nicht fassen, wie du mich so hintergehen konntest«, stand da. »Wie konntest du mir das all die Jahre verschweigen?« Kein Wort darüber, wie schwer es ihr damals gefallen sein muss, die Entscheidung allein zu treffen, keine Silbe darüber, dass es ihm leidtat, dass sie ihn damals mit einer anderen Frau gesehen hatte. Er wird sich nicht ändern, dachte Kristina traurig. Er wird die Dinge immer nur auf sich bezogen sehen. Bisher hatte sie sich wenig Gedanken darüber gemacht, ob sie damit leben könnte. Aber seitdem sie wusste, dass er sie wirklich wollte, war die Situation anders. Ein Teil von ihm würde immer der kleine Junge bleiben, der von seiner Mutter verhätschelt wurde und immer im Mittelpunkt ihres Interesses stand. Der es gewohnt war, dass er im Universum seiner Frau die Sonne war. Ja, wenn er die Aufmerksamkeit bekam, sobald er sie haben wollte, war er auch bereit, zu strahlen und unwiderstehlich zu sein. Kristina wusste, dass er das auch noch mit 80 für sie sein würde. Und sie würde auch dann noch ab und zu besoffen sein vor Glück, weil sie wirklich mit diesem Mann zusammenlebte. Aber er war auch kompliziert, ichbezogen. Abgesehen von seinem Berufsleben, hatte er selten für andere Verantwortung übernommen. Und sie wusste auch, dass es jetzt für ihn immer noch nicht darum ging, für sie die Verantwortung zu übernehmen. Dass er sie wirklich liebte, war klar, daran hatte sie gar keinen Zweifel mehr. Und dass er sich von ihr verletzt fühlte, konnte sie auch verstehen. Schließlich hatte sie ihm über 20 Jahre lang nichts von ihrer Schwangerschaft damals gesagt, obwohl sie mehr als einmal die Gelegenheit dazu gehabt hatte. Aber konnte man nicht jetzt darüber reden, anstatt zu schweigen? Für einen kurzen Moment hatte sie tatsächlich geglaubt, dass die verschiedenen Arten seines Schweigens in Zukunft nicht zu ihrem gemeinsamen Leben dazugehören würden. Aber jetzt wusste sie, dass sie sich getäuscht hatte. Sein Schweigen war Teil seiner Persönlichkeit, und sie musste endlich lernen, damit zurechtzukommen. Aber würde sie das wirklich können? Es quälte sie immer noch. Ja, sie war älter, erfahrener, selbstbewusster, aber sein Schweigen ließ sie immer noch schrumpfen.

Sie konnte nur abwarten. Aber diesmal würde sie nicht zu Hause vor dem Telefon sitzen und darauf warten, dass er sich meldete. Kristina beschloss, einen Stadtbummel zu machen, und schlug den Weg zur Praça do Comércio ein. Und nach kurzer Zeit hatte sie die Gedanken an Luis' Schweigen wirklich verscheucht. Sie genoss es, sich als Teil dieses lebendigen, aber gleichzeitig entspannten Trubels auf den Straßen zu fühlen. Es gab viele kleine Cafés und Läden und nicht nur die üblichen Ableger großer Ketten wie in anderen europäischen Hauptstädten. Kristina dachte, dass viele kleine Läden hier sicher zu wenig Geld abwarfen, um ein gutes Auskommen zu garantieren, aber sie hoffte, dass die Betreiber noch andere Einnahmequellen hatten oder von ihren Familien unterstützt wurden.

Die bettelnde alte Frau mit den Krücken von gestern fiel ihr wieder ein. Sie hoffte, dass sie nicht allein in einer winzigen Wohnung hauste, sondern jemanden hatte, der sich um sie kümmerte. Manchmal fand Kristina es anstrengend, so mitfühlend zu sein. Was interessierte sie sich überhaupt für diese Frau? Sie hatte ihr gestern wesentlich mehr Geld gegeben als die meisten Menschen auf dem Platz, hatte sie mit Achtung behandelt und nicht einfach ignoriert. Also hatte sie viel mehr getan, als es wohl hier üblich war, aber sie fragte sich dennoch, ob das genug gewesen war. Vielleicht quälte sich die alte Frau gerade die steilen Stiegen bis in ihre winzige Wohnung unter dem Dach hinauf. Ihre Beine waren bandagiert gewesen. Vielleicht hatte sie nicht genug Geld, um sich Salben und Medikamente zu kaufen. Kristina versuchte, sich abzulenken, indem sie die Auslagen der Geschäfte betrachtete, die jetzt größer und luxuriöser waren. Im Fenster eines Juweliers entdeckte sie einen Perlmuttanhänger, der mit silbernen Schmetterlingen verziert war. Sofort hörte sie Luis' Stimme. »Schmetterling heißt mariposa«, hatte er ihr irgendwann mal gesagt, und dieses Wort hatte sie nie vergessen. Es klang so weich und federnd, genau so, wie sich Schmetterlingsflügel auf der Haut anfühlen mussten.

Kristina betrat den Laden. »Buom dia«, sagte sie. Ein älterer Herr in schwarzem Anzug und weißem Hemd fragte sie auf Portugiesisch, was er für sie tun könne. Kristina hatte den Eindruck, dass sie ihn tatsächlich verstand, obwohl natürlich klar war, dass er sie so etwas fragen würde. Sie versuchte, sich an ein paar portugiesische Wörter zu erinnern, aber sie schaffte es nicht. Also musste sie wohl oder übel auf Englisch ausweichen. Als sie fragte, ob er Englisch spräche, schüttelte der Portugiese den Kopf. Er gehörte noch zu der Generation, die nicht mit amerikanischen Filmen aufgewachsen war. Und er sah auch nicht so aus, als ob er das bereute. »Mariposa«, sagte sie und wies zur Auslage des Schaufensters. Der Juwelier schien sie zu verstehen und kam hinter seiner Theke hervor. Sie zeigte ihm die Kette im Schaufenster, und er lächelte. Anscheinend gefiel ihm die Vorstellung, dass sie dieses Amulett tragen wollte. Er ging zu seinem Verkaufstresen, öffnete eine Schublade und holte eine weitere Schmetterlingskette heraus.

»Probieren Sie ruhig«, schien er zu sagen. Er reichte ihr die Kette und einen Spiegel, damit sie sich betrachten konnte. Wie meine Augen leuchten, dachte Kristina verwundert. Und sie war in Nazaré ein wenig braun geworden. Im Spiegel bemerkte sie, dass ein jüngerer Verkäufer sie von der anderen Theke aus beobachtete. Als sie sich umdrehte, lächelte er schüchtern.

»Die nehme ich«, sagte Kristina auf Deutsch und nickte. Der Juwelier nannte ihr einen Preis, den sie nicht verstand. Er holte einen kurzen Bleistift aus der Tasche und schrieb Zahlen auf einen Zettel. Kristina hatte mit viel mehr als 35 Euro gerechnet.

»Das ist echtes Perlmutt mit Silber«, mischte sich jetzt der jüngere Mann, offensichtlich der Sohn des Juweliers, auf Englisch ein. »Und wenn ich das sagen darf. Das Amulett steht Ihnen fantastisch.«

Kristina lächelte dankbar. Sie zahlte, und der ältere Juwelier legte das Amulett mit der Kette liebevoll in ein Kästchen, als ob es sich um eine größere Kostbarkeit handelte. Kristina verließ glücklich den Laden und konnte sich auf einmal vorstellen, längere Zeit in Lissabon zu bleiben. Das darf ich nicht, wies sie sich zurecht. Sie hatte die Kinder, Peter in Deutschland. Sie war nicht in der Position, ihr Leben noch einmal neu erfinden zu können. Und warum sollte sie sich jetzt plötzlich auf Luis verlassen? Er hatte sich gerade wieder von einer Frau getrennt, weil er es nicht geschafft hatte, mit ihr zusammenzuleben. Und jetzt rannte er wieder bei der ersten Schwierigkeit davon. Gut, sie wusste selbst, dass er Evelyn nicht sehr geliebt hatte, aber wieso sollte sie sich sicher sein, dass Luis in seiner Liebe zu ihr nicht wankelmütig werden würde? Er entzog sich ihr doch gerade schon wieder.

Kristina überquerte die Praça do Comércio und setzte sich auf die Stufen am Tejo, die um diese Zeit noch nicht von picknickenden Touristen belegt waren. Sie lauschte dem Rauschen der Großstadt hinter sich, vor ihr lag der breite Fluss. Am liebsten hätte sie die Füße ins Wasser gesteckt wie die amerikanische Touristin in Shorts und T-Shirt, die neben ihr saß. Aber sie wollte sich nicht mit den normalen Touristen gemein machen, also stand sie auf und setzte sich auf eine der frei gewordenen steinernen Bänke. Sie schloss die Augen und genoss die Sonnenstrahlen auf ihrem Gesicht. Plötzlich spürte sie, dass die Sonne weg war. Jemand musste sich direkt vor sie gestellt haben, sodass ihr Gesicht im Schatten lag. Wieder irgend so ein dummer Tourist, dachte Kristina, hatte aber keine Lust, die Augen zu öffnen.

»Hallo Kristina«, sagte eine sehr vertraute Stimme.

»Peter«, sagte sie erstaunt und öffnete die Augen. Sie konnte es nicht fassen. Vor ihr stand tatsächlich ihr Mann. Wie kam er hierher? Sie war so erstaunt, dass sie überhaupt nichts fühlte.

»Du scheinst dich ja nicht gerade zu freuen«, sagte Peter.

Kristina schaute ihn verwirrt an. »Doch, ich bin nur so überrascht. Was machst du hier?« Sie stand auf und umarmte ihn. Es fühlte sich ungewohnt an, er war so groß und breit im Vergleich zu Luis. Eine Sekunde lang hatte sie das Gefühl, keine Luft mehr zu bekommen.

»Geht es den Kindern gut?«, fragte Kristina, als Peter sie wieder losgelassen hatte.

»Ja«, sagte Peter, »und mir auch. Danke, dass du nachfragst.«

»Entschuldige, natürlich«, sagte Kristina.

»Aber was ist mit dir? Ich habe mir Sorgen gemacht. Tagelang habe ich nichts von dir gehört. Du hast auf meine Mails nicht reagiert. Und gestern konnte ich es nicht mehr aushalten. Ich habe meine Sachen gepackt, bin zum Flughafen gefahren, und jetzt bin ich hier.«

»Das ist verrückt«, sagte Kristina. »Du hättest mich doch anrufen können.«

»Dein Handy war abgestellt«, sagte Peter.

Stimmt, dachte Kristina. Sie hatte es in Nazaré ganz bewusst nicht wieder aufgeladen. Sie hatte mit Luis nicht gestört werden wollen. Sie hätte doch daran denken können, dass Peter das verwunderlich finden würde.

»Ich war am Meer und habe es vergessen.« Das würde nicht nach einer Lüge klingen, oder?

»Geht es dir gut?«, fragte Peter und sah sie forschend an.

Am liebsten hätte sie ihm jetzt die Wahrheit über Luis und sich erzählt, aber sie hielt sich zurück. Peter musste Ewigkeiten unterwegs gewesen sein. Außerdem merkte sie, dass sie sich auf einmal auch freute, ihn zu sehen. Was war das denn? Sie hatte doch gerade noch intensiv über Luis nachgedacht. Und jetzt genoss sie auf einmal die Fürsorge ihres Mannes? Das hatte sie immer an Peter geliebt. Er war immer so aufmerksam ihr gegenüber. Und sie hatten nie länger als zwei Tage nicht miteinander gesprochen oder gemailt. Es war klar, dass Peter sich da Sorgen gemacht hatte. Bei ihnen hatte es nie eine längere Zeit des Schweigens gegeben. Sie hatten immer über alles sprechen können. Und auch deshalb hatte sie sich damals in Peter verliebt. Mit Luis würde es immer anders sein. Er würde immer wieder in Schweigen verfallen, und da war es auch nicht sehr hilfreich, dass sie seine verschiedenen Arten des Schweigens mittlerweile genau auseinanderhalten konnte.

Peter ergriff ihre Hände und hielt sie fest. Ich bin bei ihm zu Hause, schoss es Kristina durch den Kopf, wie hatte ich das eigentlich vergessen können?

»Wie hast du mich hier überhaupt gefunden?«, fragte sie.

»Das war Zufall. Ich wollte auf dem Platz einen Kaffee trinken und mich etwas von dem Flug erholen, bevor ich dich überfalle. Und dann habe ich dich plötzlich gesehen. Es war so schön. Wie ganz früher. Mein Herz raste.«

Peter zog sie wieder an sich und küsste sie auf den Mund.

Kristina war vollkommen verwirrt. Es fühlte sich irgendwie schön an, von ihrem Mann geküsst zu werden. Sie erwiderte seinen Kuss und stellte mit Erstaunen fest, dass ihre Lippen nach kurzer Zeit prickelten.

»Was meinst du, können wir zu dir in die Wohnung gehen? Ich lechze nach einer Dusche. Und nach einem richtigen Bett«, sagte Peter und sah sie dabei leidenschaftlich an.

Ich will nicht mit dir schlafen, dachte Kristina blitzartig und war froh, dass Peter diese Gedanken nicht lesen konnte.

Er nahm sie an die Hand, schulterte seinen Rucksack, und sie gingen den Weg wieder zurück zu ihrer Wohnung. Peter erzählte ihr vom Yoga-Ashram und dass es vielleicht doch zu extrem für ihn gewesen und er eigentlich froh war, endlich eine Ausrede gefunden zu haben, von dort zu verschwinden, als er nichts mehr von ihr gehört hatte.

Kristina merkte, wie sie sich entspannte. Erst jetzt wurde ihr klar, wie wütend sie auf ihn gewesen war, weil er einfach beschlossen hatte, ohne sie nach Indien zu gehen, und sie auch noch nicht mal gefragt hatte.

»War vielleicht doch blöd, so eine Aktion zu starten und einfach nach Indien zu fahren, ohne dich zu fragen, was du möchtest«, sagte Peter.

»Ja, das war es«, sagte Kristina. Hatte Peter gerade ihre Gedanken gelesen? Wir sind immer noch eine Einheit, dachte sie. Vielleicht hatte sie sich nur auf Luis einlassen können, weil sie das Gefühl gehabt hatte, von ihrem Mann alleingelassen zu werden? Das war doch möglich?

Kristina entspannte sich. Es war schön, neben ihrem Mann herzugehen. Sie musste nicht ständig darüber nachdenken, wie sie aussah, so, wie sie das bei Luis tat. Sie musste nicht auf jedes seiner Worte und jeden seiner Blicke achten. Das mit Luis war auch unglaublich anstrengend, dachte Kristina. Vielleicht war es nur ein Traum, der jetzt ausgeträumt war. Sie schmiegte sich an ihren Mann. Dass sie seine Anwesenheit jetzt so genoss, verwirrte sie, aber so war wohl das Leben.

Sie kamen in die Wohnung, und als Peter sie in die Arme zog, sobald sie die Tür geschlossen hatten, war es nicht mehr eigenartig für sie, sondern vertraut und schön. Sie liebten sich langsam und ließen sich Zeit. Es war ganz anders als mit Luis. Absolut nicht zu vergleichen. Sie fühlte sich wohl. Es war nicht so aufregend wie mit Luis, aber dafür vertrauter. Ich glaube, ich sitze in der Klemme, dachte Kristina, während Peter friedlich neben ihr schlief. Sie stieg aus dem Bett und griff nach ihrem Handy. Sie wollte auf keinen Fall, dass Luis sie jetzt anrief.

> *»Liebe Kristina, Vati ist von der Leiter gestürzt und liegt jetzt im Krankenhaus. Wir können uns nicht kümmern, fliegen morgen in die USA, Peter ist nicht zu erreichen. Wann kommst du aus Lissabon zurück? Er braucht einen von uns.«*
> *Sylvia*

Kristina las die SMS im Bett liegend neben dem schlafenden Peter, den sie gerade mit einer innigen Leidenschaft geliebt hatte, die sie niemals für möglich gehalten hätte. Irgendetwas war in Indien geschehen. Peter war viel aufmerksamer, viel leidenschaftlicher ihr gegenüber als seit Jahren. Sie konnte das zwar kaum verstehen, nachdem sie doch die letzten Wochen mit Luis verbracht und gedacht hatte, dass der ihre einzige große Liebe wäre, aber nun war es nicht mehr so einfach. Ja, sie wusste, dass sie Luis liebte, aber sie liebte ihren Mann auch. Ihre Gefühlslage war wesentlich komplizierter, als sie gedacht hatte. Peter und sie hatten nicht darüber gesprochen, warum sie das Handy am Meer ausgeschaltet hatte. Kristina war sich sicher, dass er den Verdacht schöpfte, es könne noch etwas anderes dahinterstecken, aber sie wollte keine schlafenden Hunde wecken. Sie war davon überzeugt, dass jeder in einer Ehe auch Geheimnisse haben durfte, selbst wenn sie so groß waren wie ihre Liebe zu Luis. Sie musste erst einmal selbst für sich erkennen, was mit ihr los war, ihre Gefühle sortieren, und wenn sie dann sicher wusste, was sie wollte, konnte sie Peter ja immer noch alles erzählen.

Luis hatte sich noch nicht wieder gemeldet. Es war klar, was Peter und sie jetzt machen mussten. Zurück nach Deutschland und sich um Walter kümmern. Sie würde ihren Mann natürlich begleiten. Plötzlich wollte sie nicht mehr ohne ihn sein. Vielleicht wird mir hier die Lösung meines Dilemmas auf dem Silbertablett präsentiert, dachte sie. Vielleicht hat mir diese SMS eine Entscheidung abgenommen. Vielleicht kann ich mein altes Leben einfach wieder aufnehmen und das mit Luis endgültig als wunderbare Romanze betrachten und in Erinnerung behalten. Es wäre doch so viel leichter, mit Peter wieder in ihr altes Leben zurückzukehren, als sich mühsam ein neues aufzubauen. Und ihr hatte das alte doch gefallen. Die Kristina, die sie mit Luis gewesen war, konnte sie fast schon gar nicht mehr spüren. Jetzt war sie die Kristina, die sie mit Peter war, und die mochte sie auch. Sie war vielleicht nicht so leidenschaftlich und weiblich, aber dafür unkomplizierter, weniger unsicher und freier.

Eigentlich war sie erleichtert, dass ihre Schwägerin die Mail geschickt hatte. Das bedeutete, dass sie nicht länger mit Peter in Lissabon bleiben musste. Denn auch wenn sie die Kristina der vergangenen Wochen schon fast nicht mehr spüren konnte, wollte sie Lissabon und Portugal immer mit Luis in Verbindung bringen. Sie wusste noch nicht, was sie Luis sagen würde, die Gedanken daran schob sie beiseite. Jetzt mussten sie erst einmal alles organisieren, um schnell nach Deutschland zurückzukehren. Walter brauchte sie, und es war selbstverständlich, dass sie ihm halfen. Kristina hatte solche

Nachrichten in den vergangenen 24 Jahren schon oft bekommen. Es war für sie immer selbstverständlich gewesen, prompt zu reagieren. Peter und sie wohnten nun mal in der Nähe ihrer Schwiegereltern, nach Bardowick fuhr man von Lüneburg aus nur eine Viertelstunde. Sie war diejenige, die am freiesten über ihre Zeit verfügen konnte. Außerdem hatte sie es geliebt, Walter und Inge in ihrem Backsteinhaus mit dem Mittelgiebel im Klapperstieg zu besuchen. Hinter dem Haus war ein Garten, der an ein Feld grenzte. Inge hatte sie immer mit einem Lächeln und einer dampfenden Tasse Kaffee begrüßt, sie hatten gemeinsam im Garten gearbeitet oder auf der Terrasse bei selbst gebackenem Kuchen gesessen und sich unterhalten. Wenn Walter auch zu Hause war, hatte er sich zu ihnen gesetzt, es aber nie lange ausgehalten, weil er immer irgendetwas tun musste. Nachdem er aufgehört hatte, als Elektrotechniker zu arbeiten, hatte er sein Haus und seinen Hof zu seinem Projekt gemacht. Seitdem hatte es keinen Tag gegeben, an dem er nicht mit Werkzeugen bewaffnet durchs Haus gestreift war, um irgendetwas zu reparieren, zu renovieren oder zu verschönern. Inge hatte die Hektik, die ihr Mann verbreitete, mit einer Gelassenheit genommen, die Kristina immer an ihr bewundert hatte. Sie war für Tom und Feli die großartigste Oma gewesen, die sie sich hatte vorstellen können, und als sie nach kurzer Krankheit gestorben war, hatte Kristina zunächst nicht geglaubt, dass sie einmal damit leben könnte, nicht mehr von ihr zur Begrüßung feucht auf die Wange geküsst zu werden.

Walter ohne Inge war zuerst schwierig gewesen. Er hatte nichts mit sich anzufangen gewusst und die Arbeit an all seinen Projekten eingestellt. Monatelang saß er nur zu Hause im Sessel oder im Wald auf einem Hochsitz, ohne sein Gewehr mitzunehmen. Sosehr er es auch nicht hatte aushalten können, immer bei Inge zu Hause zu sitzen, brauchte er sie doch dort, um seine eigenen Wege zu gehen. Seit drei Jahren wartete sie jetzt schon nicht mehr auf ihn mit einem Tee, gespannt auf seine Erzählungen. Ein Jahr hatte es gedauert, bis er sich mit seinem Schicksal als Witwer abgefunden hatte. Er wurde wieder aktiv, werkelte nicht mehr so viel im Haus herum. »Für wen soll ich das hier noch verschönern?«, hatte er Kristina eines Tages gefragt, und sie hatte keine Antwort gewusst. Aber er nahm seine Aktivitäten außer Haus wieder auf, hatte angefangen, mit einem Jugendfreund, der auch Witwer war, zu verreisen, spielte regelmäßig mit seinen Freunden Skat und nahm auch wieder an den Dorfaktivitäten teil. Nur die Jagd gab er auf.

»Wofür soll ich noch ein Reh erlegen, wenn keine Inge mehr da ist, die es so fantastisch zubereiten konnte?«, hatte er traurig gefragt. Er hatte seine Gewehre verkauft und seinen Waffenschein nicht mehr erneuert, was Kristina mit großer Erleichterung erfüllte, weil sie die Vorstellung nicht ertrug, dass ihr Schwiegervater sich durch Fahrlässigkeit irgendwann eine Kugel ins Bein schoss.

Jetzt war er also von der Leiter gefallen und hatte sich ein Bein gebrochen. Das war mit seinen 78 Jahren eine schlimme Sache. Wenn Walter sich jetzt nicht richtig verhielt, konnte es passieren, dass er überhaupt nicht mehr auf die Beine kam. Sie war ihrer Schwägerin nicht böse. Die Reise zu ihrer Tochter, die mit ihrem amerikanischen Mann in Boston lebte, konnten sie nicht absagen. Sie wollten ihr Enkelkind sehen, das vor drei Monaten zur Welt gekommen war, und Kristina konnte das gut verstehen. Und Walter ging es ja gut. Im Krankenhaus war er erst einmal sicher untergebracht, aber so, wie sie ihren Schwiegervater kannte, hasste er es, dort zu sein, und konnte es kaum erwarten, bis sie zu ihm kamen und ihn da rausholten. Peter sah es genauso wie sie.

Sie telefonierte mit Marcos, um ihm zu erklären, warum sie überstürzt nach Deutschland zurückkehren musste, und er versprach ihr, die Chefs der Vermietungsagentur darum zu bitten, ihr die Miete anteilig zurückzuzahlen, auch wenn das im Vertrag nicht vorgesehen war. »Es geht um die Familie, dafür haben wir Portugiesen immer Verständnis«, sagte Marcos. Nach kurzer Zeit war alles eingepackt, und die Wohnung sah wieder aus wie vorher. Morgen würden sie die erste Maschine nach Hamburg nehmen, deshalb mussten sie sehr früh aufstehen.

Sie klopfte bei Margarida. Sie wollte sich verabschieden und ihr erzählen, was für eine Entwicklung ihr Liebesleben genommen hatte. Die Portugiesin öffnete und versuchte zu lächeln, aber das Lächeln verrutschte zu einer traurigen Grimasse. Ihre Mundwinkel hingen schlaff herunter, und es war deutlich zu erkennen, dass sie vor Kurzem heftig geweint hatte.

»Ach, du bist es«, sagte Margarida matt und ließ sie herein.

»Was ist passiert, Liebes?«, fragte Kristina.

»Jorge hat mich verlassen«, sagte Margarida schluchzend und fiel ihrer älteren Freundin um den Hals. »Er ist zu mir gekommen und hat mir gesagt, dass er sich Hals über Kopf in Anita verliebt hat. Weißt du, das ist die blonde Fado-Sängerin, auf die ich so eifersüchtig war. Er meint, dass uns nicht sehr viel verbindet, dass ich seine künstlerische Natur zu wenig spiegele. Aber die Miete konnte ich in den letzten zwei Jahren öfter ganz bezahlen, wenn er mal wieder knapp bei Kasse war.«

Kristina strich der jungen Frau über ihre langen dunkelbraunen Haare, die auch noch jetzt, im ungekämmten Zustand, hinreißend aussahen. Sie hätte am liebsten gesagt: Sei froh, dass du ihn los bist. Er war nicht gut genug für dich. Aber sie hielt sich zurück, für den Fall, dass Jorge wieder zu ihr zurückkehren und Margarida ihm dann alles verzeihen würde. Jetzt ist keine Zeit für meine Erzählungen, dachte Kristina. Sie würde Margarida von Deutschland aus schreiben, wenn sie selbst wusste, was sie wollte. Sie blieb noch eine Weile bei Margarida, kochte Reis mit Hack und aß mit ihr. Sie hatte den ersten Liebeskummer ihrer Tochter mit Feli durchgestanden, war damals kreuz und quer durch die Heide gelaufen, bis Feli sich beruhigt hatte. Tom hatte seinen ersten Liebeskummer mannhaft vor ihr verschwiegen, aber dennoch hatte sie ihn bemerkt und in dieser Zeit versucht, ihn durch kleine Aufmerksamkeiten aufzuheitern.

»Sehen wir uns morgen?«, fragte Margarida beim Kaffee. »Ich würde dir gerne eine Stadtführung spendieren. Du bist ja noch nicht so viel in Lissabon herumgekommen.«

»Da werde ich schon wieder in Deutschland sein«, sagte Kristina.

»Warum? Was ist denn passiert?«, fragte Margarida erschrocken. »Ist etwas mit deinen Kindern?«

Kristina erzählte ihr, dass Peter in Lissabon aufgetaucht war, und von dem Unfall ihres Schwiegervaters.

»Ich will mich zwar nicht einmischen, Kristina, aber meinst du, dass die Entscheidung richtig ist, mit deinem Mann nach Deutschland zurückzukehren? Du liebst doch Luis so leidenschaftlich«, platzte Margarida nach kurzem Schweigen heraus. »O Gott, entschuldige, ich wollte nicht so direkt sein. Das mochte Jorge auch nicht an mir«, fügte sie mit einem wehmütigen Gesichtsausdruck hinzu.

»Ich bin dir nicht böse, Margarida, ich mag das. Ja, vielleicht ist es jetzt unverständlich für dich, aber ich liebe meinen Mann auch. Und seit er wieder bei mir ist, weiß ich, wo ich hingehöre.«

Margarida schwieg.

Kristina spürte, dass die Portugiesin viel dazu zu sagen hätte, aber sie wollte nichts davon hören. »Ich melde mich bei dir«, sagte sie. »Es war sehr schön, dich kennenzulernen.« Irgendwie klingt das wie ein Abschied für immer, dachte Kristina.

Sie hätte nicht erwartet, dass sie so schnell in ihr altes Leben zurückkatapultiert werden würde. Schon als sie am Hamburger Flughafen in Richtung Gepäckausgabe gingen, merkte Kristina, wie sich ihr Schritttempo dem der anderen anpasste und schneller wurde als in den letzten Wochen in Portugal. Sie sah nicht nach rechts oder links. Die Auslagen in den Geschäften und die Menschen, die an ihr vorbeigingen, interessierten sie nicht. Der Himmel war grau, das wunderte sie nicht und war zu erwarten gewesen. Es schockierte sie nur noch mehr als sonst.

Jedes Mal, wenn sie nach einer Reise wieder im Norden Deutschlands angekommen war, hatte sie sich gefragt, warum sie sich damals eigentlich hier niedergelassen hatte – was natürlich eine überflüssige Frage war, weil die Antwort ihr immer klar war. Peter hatte eine Stelle als Referendar in Lüneburg bekommen, sie war damals schwanger gewesen und hatte keine Einwände gegen diesen Wohnort erhoben. So einfach war das. Damals hatte sie die weitreichenden Konsequenzen nicht überblickt, als sie Peter zugestimmt und er die Stelle in Lüneburg angenommen hatte. Sie war so naiv gewesen zu glauben, dass es nur vorübergehend sei und sie bald wieder nach Berlin zurückkehren würden. Aber spätestens nach seinem Referendariat – als sich Peter gar nicht um eine andere Stelle beworben, sondern die in Lüneburg mit Begeisterung angenommen hatte – war ihr klar geworden, dass sie ihren Wohnort nicht mehr ändern würden. Und nach einer Weile hatte sie sich damit nicht nur abgefunden, sondern sogar die Vorzüge einer norddeutschen Kleinstadt zu schätzen gelernt. Ein Teil von ihr würde wohl immer in den Norden gehören, und der meldete sich jetzt wieder. Den »südlichen Teil« ihrer selbst hatte sie in Nazaré zurückgelassen. Und das war gut so. Luis hatte sich immer noch nicht gemeldet. Typisch für ihn, dachte sie. Einfach zu schweigen und sich so aus meinem Leben zu verabschieden.

Neben Kristina und Peter warteten die üblichen Gestalten am Gepäckband. Familien, alle mit braun gebrannten Gesichtern und Armen und viel zu dünn angezogen, die sich widerwillig Pullover aus ihrem Handgepäck holten. Einige wenige Geschäftsleute ließen das Gepäckband links liegen und gingen gleich durch die Absperrung. Erst vor fast drei Wochen war sie in Lissabon durch die Absperrung gegangen und hatte es bedauert, nicht abgeholt zu werden. Jetzt war sie plötzlich froh darüber, nicht allein durch die Absperrung zu gehen, sondern an Peters Seite zu sein. Es fühlte sich alles so vertraut an. Und das war gut. Während des Fluges hatte sie sich überlegt, was sie Walter erzählen würde, wenn er sie nach ihrer Zeit in Lissabon fragte, was sie allerdings nicht glaubte. Er war nicht gerade begeistert gewesen, als er hörte, dass sie allein unterwegs sein würde. Peter hatte er auch nicht verstehen können. Ungefragt hatte er ihr erzählt, dass er nie ohne seine Inge verreist war, es sei denn geschäftlich, aber das war nicht sehr oft vorgekommen. Er war immer der Meinung gewesen, dass man seiner Frau nur hier und da einen Wunsch von den Augen ablesen musste und ihr ab und zu beweisen sollte, dass man ein ganzer Kerl war, und dann würde schon alles gut gehen.

»Von meiner Inge sind nie Klagen gekommen. Sie hätte mich schrecklich vermisst, wenn sie so lange von mir getrennt gewesen wäre, und das noch ohne Grund«, hatte Walter seinem Sohn gesagt, als er hörte, dass dieser allein nach Indien fliegen wollte, und es hatte geklungen wie: Wenn du dich richtig um deine Frau kümmern würdest, dann müsstest du nicht Yoga machen und nach Indien abhauen.

Peter und sie hatten nach dem Besuch bei Walter gemeinsam darüber gelacht, dass er so überkommene Vorstellungen hatte, und sich gefreut, dass sie selbst auch jeder ihr eigenes Leben hatten.

Wenn du mich nicht allein gelassen hättest, wäre das mit Luis nicht passiert, dachte Kristina trotzdem jetzt und musterte Peter von der Seite. Es wunderte sie, dass sie immer noch kein schlechtes Gewissen hatte. Und wenn sie die Augen schloss, tauchten jetzt wieder Bilder von den zahlreichen Liebesnächten mit Luis auf. Wie konnte es sein, dass sie jetzt gerne neben ihrem Mann stand und dennoch gleichzeitig ohne schlechtes Gewissen an Luis dachte? Das war ein wenig schizophren, aber daran musste sie sich wohl gewöhnen. Es würde sicher noch eine Zeit dauern, bis es nicht mehr so sein würde.

Sie fuhren mit der S-Bahn zum Hauptbahnhof und nahmen dort den nächsten Zug nach Lüneburg. Sie hatten niemandem Bescheid gesagt, wann sie zurückkommen wollten, nur ihren Besuch bei Walter im Krankenhaus angekündigt. Peter beschloss, erst einmal allein zu seinem Vater zu gehen, um nach dem Rechten zu sehen.

Das wird Walter sicher nicht sehr freuen, dachte sie, aber das sagte sie natürlich nicht. Einmal hatte Walter zu ihr gesagt, dass das Beste an Peter sie wäre. Das hatte sie natürlich erschreckt und traurig gemacht. Walter hatte es sicher auch nicht so gemeint, aber Tatsache war, dass die beiden Männer sich nicht sehr nahestanden, obwohl sie als Vater und Sohn alles füreinander getan hätten. Kristina glaubte, dass Walter sich manchmal gefragt hatte, ob Peter wirklich sein Sohn war, wenn er ihn als Junge wieder mal bei schönstem Sonnenschein drinnen lesend auf seinem Bett vorgefunden hatte. Zuerst hatte Walter kein Erbarmen gezeigt und ihn zu Arbeiten verdonnert, weil er meinte, dass aus ihm ein ganzer Mann werden sollte. Aber als Peter bei dem Versuch, Holz zu hacken, abgerutscht war und sich die Axt ins Bein gerammt hatte, hatte Walter Inge versprechen müssen, ihn von jeglicher grober Gartenarbeit auf ewig zu befreien. Von diesem Zeitpunkt an holte Walter dann Peters Schwester Sylvia, wenn es um Gartenarbeit ging, und wunderte sich darüber, dass sie sich viel geschickter anstellte als ihr Bruder.

»Wir Jungs waren damals nicht so verweichlicht und hätten uns nicht erlauben können, uns vor schweren Arbeiten zu drücken«, sagte er immer wieder zu seiner Frau.

»Das war größtenteils bei der Hitlerjugend, und ich bin froh, dass diese Zeit vorbei ist«, hatte Inge Kristina mal im Vertrauen gesagt.

Sie brachte Peter Grundkenntnisse im Kochen und Backen bei und zeigte ihm, wie man ein Badezimmer ordentlich putzt. Kristina hatte sich nicht nur einmal bei ihr dafür bedankt.

Kristina ging die kurze Strecke vom Lüneburger Bahnhof zur Ilmenaustraße zu Fuß. Als sie ihren Rollkoffer über die Brücke zog, überkam sie plötzlich das wohlige Gefühl, nach Hause zu kommen. Lüneburg war ihre Heimat. Sie war hier zwar nicht geboren, aber sie lebte seit über 20 Jahren hier. Im Umkreis von 30 Kilometern wohnte fast ihr gesamter Freundeskreis. Sie wusste, dass sie jetzt nur einige Telefonate führen müsste, und schon wäre sie mehrmals verabredet. Die Sommerferien waren bald zu Ende, und ihre Freunde, zu denen einige Lehrer zählten, waren sicher schon von ihren Reisen zurückgekehrt.

In zwei Wochen fängt mein neuer Theaterkurs in der Schule an, fiel Kristina plötzlich ein. Die Jugendlichen zählen auf mich. Es würde alles wieder so laufen wie immer. Dieser Gedanke beruhigte sie auf eine Weise. Kristina schloss die Haustür auf und stieg die Stufen zu ihrer Wohnung im zweiten Stock hoch. Wie oft hatte sie hier Einkäufe raufgeschleppt und auch Getränkekisten, wenn Peter mal wieder nicht dazu gekommen war, welche zu besorgen. Sie war froh, dass sie immer die Praktischere in ihrer Beziehung gewesen war. Sie hatte nie darauf warten müssen, dass ihr Mann Handwerkerarbeiten erledigte, wie ihre Schwiegermutter. Sie hatte sich einfach Farbe und Pinsel gekauft und angefangen zu malen, wenn sie der Meinung gewesen war, dass ein Zimmer einen neuen Anstrich brauchte. Und mit den Jahren hatte sie sich eine ansehnliche Werkzeugsammlung zusammengekauft und konnte problemlos einen Akkuschrauber bedienen, Wände spachteln und Nägel einschlagen. Nur die Arbeiten mit dem Schlagbohrer hatte sie immer Walter überlassen, auch weil es ihm so eine große Freude machte, ihr unter die Arme zu greifen.

»Wenn mein Sohn das nicht schafft, mache ich das eben«, hatte er mehr als einmal gesagt und ihr dabei mitleidig über die Wange gestrichen. Was würde ihr Schwiegervater sagen, wenn er erführe, dass sie Peter betrogen hatte? Vielleicht würde er ihm die Schuld geben. Seit Peter sich mit Yoga beschäftigte, verstanden sich die beiden Männer nicht mehr sehr gut. Kristina wusste, dass Walter seinen Sohn insgeheim für einen Waschlappen hielt.

»Ihr hättet doch euren Urlaub nicht früher beenden müssen«, sagte Walter am Nachmittag. Sein Bein war nicht eingegipst, wie Kristina sich das vorgestellt hatte, sondern wurde von einem abnehmbaren Verband gehalten. Ihr Schwiegervater schien keine Schmerzen zu haben und ziemlich vergnügt zu sein.

Peter war in die Schule gegangen, um dort nach dem Rechten zu sehen.

»Aber Sylvia hat uns geschrieben, dass du niemanden hast, der sich zu Hause um dich kümmert, und dann konnten wir nicht anders. Wir wollten dich nicht allein lassen. Und du weißt doch, deiner Tochter kann man nichts abschlagen, das lässt sie nicht durchgehen.«

»Ja«, seufzte Walter. »Das ist wohl wahr. Ihr hättet mich anrufen sollen.«

»Dann hättest du sicher gesagt, dass du niemanden brauchst, egal, ob es stimmt oder nicht.«

»Der Punkt geht an dich«, sagte Walter.

»Außerdem war es selbstverständlich für uns, dass wir zurückkommen, wenn es dir nicht gut geht. Ihr habt so viel für uns getan, da ist es schön, dass wir uns mal revanchieren können. Wie lange musst du denn noch im Krankenhaus bleiben?«

»Wohl noch ein paar Tage, sagen die Ärzte.«

Typisch Sylvia, sofort die Pferde scheu zu machen, dachte Kristina. Unter diesen Umständen hätten wir gar nicht so schnell zurückfliegen müssen. Aber dann dachte sie, dass es gut war, mit Peter nicht länger in Lissabon geblieben zu sein.

»Ja, ich finde Sylvias Reaktion auch vollkommen überzogen und würde es verstehen, wenn du das nächste Flugzeug zurück nach Lissabon nehmen würdest.«

»Nein, das mache ich nicht. Ich werde dich jeden Tag besuchen und dir Gesellschaft leisten, damit du dich nicht so langweilst«, sagte Kristina.

»Das ist lieb von dir. Übrigens besucht mich Helga auch jeden Tag.«

»Helga Dochtmissen?«

»Sie kümmert sich seit einiger Zeit um mich. Ihr Mann ist ja auch tot.« Walter wurde rot.

»Warum hast du uns das denn nicht schon früher erzählt? Das ist ja schön«, sagte Kristina.

»Ich wusste nicht, wie ich es euch beibringen sollte. Ich dachte, ihr würdet sauer auf mich sein wegen Inge.«

»Überhaupt nicht, es ist doch schön, dass du Gesellschaft hast«, sagte Kristina. Sie hatte sich einen Stuhl an das Bett ihres Schwiegervaters gezogen und machte es sich gemütlich. Sie fühlte sich wohl bei ihm, und er schien sich auch sehr darüber zu freuen, seine Lieblingsschwiegertochter, wie er sie unter vier Augen nannte, bei sich zu haben.

»Aber wenn du schon mal hier bist, hol uns doch einen Kaffee und erzähl mir, wie es in Lissabon war. Helga hat mir gestern Kuchen mitgebracht.«

Kristina war froh, dass sie für einen Moment das Zimmer verlassen konnte. Was sollte sie ihrem Schwiegervater erzählen? Ich habe die Liebe meines Lebens wiedergetroffen, es ist nicht dein Sohn, ich hatte leidenschaftlichen Sex? Warum hatte sie sich nicht vorher überlegt, was sie ihm erzählen wollte? Sie würde improvisieren müssen.

»Ich war mit einer Portugiesin, die neben mir gewohnt hat, beim Stierkampf«, fing sie an zu erzählen.

Walters Augen leuchteten. Erst als die Schwester das Abendessen brachte, merkte Kristina, wie viel Zeit sie mit ihrem Schwiegervater verplaudert hatte.

Hat er vielleicht etwas bemerkt?, fragte sie sich auf dem Nachhauseweg. Er hatte so etwas gesagt wie: »Lissabon scheint dir sehr gefallen zu haben!«, und sie dabei forschend angesehen. Ahnte er vielleicht etwas? Inge hätte sie sicher nichts vormachen können. Die hätte bestimmt sofort gemerkt, was mit ihr los war. Kristina hoffte, dass ihr

Schwiegervater wirklich so wenig feinfühlig war, wie er immer behauptete.

In der Nacht lag sie lange wach. Peter war sofort eingeschlafen, nachdem sie ins Bett gegangen waren, und atmete laut neben ihr. Plötzlich vermisste sie Luis wieder sehr. Die Stunden vergingen langsam und zäh, und sie sackte erst in einen Dämmerschlaf, als es bereits hell wurde. Kristina verbrachte den Vormittag im Bett. Sie wollte Walter erst am Nachmittag besuchen, und Peter war mal wieder bei irgendeinem Lehrertreffen. In der Wohnung gab es nichts zu tun. Kristina ging durch die Zimmer und stellte sich vor, dass es in der nächsten Zeit oft so sein würde, zumindest solange Feli in Mexiko war. Und auch wenn sie nach einem Jahr wieder nach Lüneburg zurückkäme, würde sie nur kurz bleiben und dann in irgendeine Stadt verschwinden, die ihr mehr zusagte als das beschauliche Lüneburg. So war es bei Tom auch gelaufen. Und er kam eigentlich nur noch zu den Feiertagen und zu Familienfesten in seine alte Heimat zurück. Sie konnte es ihm ja auch nicht übel nehmen. Nach Lissabon wirkte Lüneburg auch auf sie viel kleiner und enger als zuvor. Die wunderschönen Bürgerhäuser überall in der Fußgängerzone der Innenstadt mit ihren Giebeln und toll renovierten Fassaden aus den unterschiedlichsten Epochen sahen für sie auf einmal kitschig und künstlich aus. Sie dachte an die halb verfallenen Häuser überall in Lissabon und sehnte sich nach einem Galão an der Praça dos Restauradores. Sie schaute aus dem Fenster auf die Ilmenau und langweilte sich. Klar, Nazaré war noch viel kleiner als Lüneburg, und dort passierte, abgesehen davon, dass eigentlich immer etwas verrückte Surfer auf der Suche nach der größten Welle am Strand herumlungerten, sicher auch nicht viel Aufregendes. Aber da war das Meer, dieser gigantische Atlantik, und Kristina war sich sicher, dass sie niemals von dessen Anblick vom Miradouro in Sítio aus gelangweilt sein würde. Wenn die Schöpfung ihre ganze Schönheit bei einem Sonnenuntergang an diesem Ort entfalten kann, bin ich fast dazu verpflichtet, meine restliche Lebenszeit auch so schön wie möglich zu gestalten, hatte Kristina manchmal in Nazaré gedacht. Von jetzt aus betrachtet, kam ihr das ziemlich egoistisch vor. Was hatte sie da bloß gedacht?

Luis hatte sich immer noch nicht gemeldet. Er hatte sich anscheinend doch überhaupt nicht verändert. Sie wollte doch ihr Leben gar nicht ändern, oder? Und dennoch ertappte sie sich bei dem Gedanken, dass sie in Lüneburg ihr Soll erfüllt hatte. Ihre Kinder waren groß, mit ihrer Arbeit bewegte sie keine Welten. Die konnte auch jemand anders übernehmen. Sie hatte den Traum von einer großen Karriere nie gehabt. Sie hatte keine Reichtümer angehäuft und würde es auch nicht mehr tun. Aber hatte sie ohne Peter überhaupt eine gesicherte Zukunft? Bestimmt nicht. Wäre sie überhaupt bereit für die Freiheit, die sie hätte, wenn sie Peter verließ? Was dachte sie da bloß? Hörte das denn nie auf? Warum konnte sie ihre sich dauernd widersprechenden Gedanken nicht kontrollieren? Sie beschloss, irgendwo in der Stadt essen zu gehen und sich abzulenken.

»Was machst du denn schon hier?«, hörte sie Bettys Stimme hinter sich, kaum dass sie aus der Haustür getreten war und den Weg Richtung Innenstadt eingeschlagen hatte. Dass in Lissabon eine gewisse Anonymität herrschte, fand sie besonders reizvoll, wenn sie mit dem Gedanken spielte, aus Lüneburg wegzugehen.

»Warum hast du dich denn nicht gemeldet?«, fragte ihre beste Freundin unverblümt. »Ist etwas passiert?«

Kristina war erstaunt darüber, dass Betty noch nicht gehört hatte, dass ihr Schwiegervater von der Leiter gefallen war. Normalerweise wusste sie doch immer über alles in Lüneburg und Umgebung Bescheid.

»Ich habe Zeit, lass uns essen gehen. Zu unserem Perser?«, fragte Betty, ohne eine Antwort auf ihre ersten Fragen abzuwarten. Es würde wohl keine Möglichkeit mehr geben, ihr zu entrinnen, und so willigte Kristina ein, auch wenn die Aussicht, gleich ihr Liebesleben besprechen zu müssen, sie nicht gerade begeisterte. Sie wusste, dass sie keine Chance hatte, Betty über das mit Luis im Dunkeln zu lassen.

Sie setzten sich auf die Holzeckbank im *Shiraz*. Sonst waren zum Glück keine anderen Gäste im Laden. Sie bestellten selbst gemachte Limonade und Pflaumen-Kichererbsen-Suppe.

»Du siehst fantastisch aus«, sagte Betty und sah sie forschend an. »Lissabon scheint genau das Richtige für dich gewesen zu sein. Da bin ich aber froh. Ich hatte schon ein schlechtes Gewissen, weil ich dich zu dieser Reise überredet habe.«

Das war typisch mit Betty. In einem Moment ärgerte man sich über ihre direkte Art, im anderen war man verblüfft von ihrer plötzlichen Selbsterkenntnis.

»Was hast du denn so gemacht? Am Strand gelegen? Hoffentlich nicht zu viele Sehenswürdigkeiten besucht, sondern dich einfach treiben lassen. Sicher auch geflirtet. Komm schon, erzähl! Mein Leben hier war in den letzten Wochen so stressig und gleichzeitig völlig langweilig. Arbeit und Kinder, wie immer. Mein Highlight war der Besuch bei meinen Schwiegereltern, stell dir das mal vor.« Betty hatte auch in eine schon lange in Lüneburg ansässige Familie eingeheiratet.

»Ich habe Luis wiedergetroffen. Gib mir mal das Salz«, sagte Kristina so beiläufig wie möglich.

»Was?«, schrie Betty fast. »Du hast Luis …«

»Kannst du bitte etwas leiser sein?«, fiel Kristina ihr ins Wort. »Das muss ja nicht jeder wissen.«

»Okay, wie war es?«, flüsterte Betty jetzt. »Ist er immer noch mit dieser Evelyn zusammen?«

»Nein«, erwiderte Kristina knapp. Sie wusste, dass ihre Freundin sofort verstehen würde.

»Oh Gott, nein«, sagte Betty und sah ihr durchdringend in die Augen. »Du hast doch nicht etwa …?«

»Doch«, sagte Kristina. Sie merkte, wie sie plötzlich strahlte, als sie an ihre erste Begegnung mit Luis zurückdachte.

»Und wie ich sehe, war es wieder sehr aufregend und schön«, sagte Betty.

»Ja, und es war viel inniger als früher.«

»Du bist in Schwierigkeiten«, sagte Betty.

»Ja, das könnte man so sagen«, erwiderte Kristina seufzend.

Ihre Freundin griff zum Telefon und rief im Hotel an. »Ich komme heute nicht mehr rein. Wenn es etwas Wichtiges gibt, könnt ihr mich anrufen, aber nur, wenn es wirklich brennt.« Dann wandte sie sich wieder Kristina zu. »Ich will alles wissen, und dann überlegen wir, was du tun kannst«, sagte sie.

Kristina löffelte schweigend ihre Suppe. Sie wusste gar nicht, ob sie ihrer besten Freundin die Details erzählen wollte. Das war zu privat und zu wunderschön gewesen. Allerdings würde es bestimmt guttun, mit jemandem, den sie schon so lange kannte, über Luis zu sprechen. Sie würde einfach die aufregenden Details ihrer Liebesnächte weglassen, damit ihre Freundin nicht eifersüchtig wurde.

Sie gingen zurück in Kristinas Wohnung. Peter war immer noch unterwegs und würde erst am späten Abend wiederkommen. Die Idylle ist schnell dem Alltag gewichen, dachte Kristina. Betty kochte Kaffee, und Kristina packte die Marzipan- und Schokoladentortenstücke aus, die sie auf dem Weg zu ihrer Wohnung bei der *Konditorei Bohnhorst* am Markt gekauft hatte. Sie sog den Duft der Gebäckstücke ein und wusste, dass sie diese wunderbaren Torten trotz der besten Pastéis de Nata in Portugal vermissen würde. Aber ich werde doch gar nicht dorthin ziehen, rief sie sich zur Ordnung.

Kristina schlug Sahne steif und setzte sich dann gegenüber von ihrer Freundin an den Küchentisch aus Nussbaum, den sie von ihren Schwiegereltern geerbt hatten und an dem sie mit Betty in den letzten zwei Jahrzehnten alle wichtigen Dinge besprochen hatte. Kristina erzählte den Ablauf der Geschehnisse in Portugal, versuchte aber, möglichst wenig intime Details preiszugeben.

»Dich hat es ja wieder voll erwischt«, sagte Betty, und Kristina wusste nicht genau, ob ihre Freundin das nun mitleidig oder begeistert sagte.

»Ja, ich liebe ihn sehr. Es ist, als ob ich ihn noch einmal neu kennengelernt hätte. Er war so anders und doch er selbst. Er hat gesagt, dass er mich vermisst, hat mich regelmäßig angerufen. Wir waren uns unglaublich nah. Plötzlich hat er alles gemacht, was ich mir jemals von ihm gewünscht habe. Er war aufmerksam, hat mich seinen Freunden vorgestellt, ich habe sogar seine Mutter kennengelernt. Sie lebt auch in Nazaré. Aber dann wurde es kompliziert.«

»Also war es doch wie immer?«, fragte Betty skeptisch.

»Ich glaube, diesmal hatte ich Schuld«, sagte Kristina.

»Ist doch wurscht. Es ist also mal wieder kompliziert, wie immer. Das willst du doch gar nicht«, sagte Betty.

»Keine Ahnung«, erwiderte Kristina seufzend.

»Okay, was auch immer. Du hast endlich das bekommen, worauf du schon so lange gewartet hast. Er hat dir gesagt, dass er dich wirklich liebt. Und jetzt ist die Akte Luis endlich für immer geschlossen.«

»Wie meinst du das?«

»Du bist doch mit Peter zurückgeflogen. Und hast dich nicht von Luis verabschiedet. Also hast du dich entschieden.«

»Nein, das würde ich nicht so sehen«, sagte Kristina. Sie wollte, dass Betty aufhörte zu fragen. Sie wusste doch auch nicht, was sie wollte.

»Du willst doch Peter nicht verlassen.«

»Keine Ahnung«, sagte Kristina seufzend. Langsam wurde sie sauer. Sie verstand, dass ihre Freundin sich für ihr Privatleben interessierte, weil es gerade viel spannender war als ihr eigenes. Aber dass sie ihr vorschreiben wollte, was sie zu tun hatte, ging ihr dann doch zu weit. »Ich weiß nicht, was ich tun werde. Vielleicht werde ich Peter verlassen«, platzte es aus ihr heraus.

»Das ist doch absoluter Quatsch. Kristina! Du bist gar nicht der Typ dazu. Du liebst deinen Mann. Und deine Kinder.«

»Die sind erwachsen.«

»Gut, das stimmt vielleicht, obwohl ich mir da bei Feli noch nicht so sicher bin. Aber Familie bleibt Familie. Auch wenn sie erwachsen sind, brauchen eure Kinder euch noch.«

»Ich kann ja auch noch für sie da sein, wenn ich nicht mehr mit Peter zusammenlebe«, sagte Kristina.

»Ja, von Portugal aus. Oder will Luis nach Deutschland zurückkehren? Wohl kaum, wie ich ihn kenne. Du wirst dich mit deiner Lebensplanung ganz nach ihm richten müssen.«

Das stimmte wohl, dachte Kristina. Trotzdem. »Du kennst ihn gar nicht. Du hast ihn noch nicht einmal gesehen«, sagte sie trotzig.

»Wir haben ihn mal gegoogelt, vergessen? Und du hast mir in all den Jahren so viel über ihn erzählt, dass ich glaube, ihn gut zu kennen«, antwortete Betty.

»Okay, aber auch wenn das wahr ist, geht es dich eigentlich nichts an«, sagte Kristina, allerdings so leise, dass ihre Freundin, die gerade eine SMS beantwortete, es nicht verstand.

»Meine Liebe«, sagte Betty. »Ich sehe ja, wie glücklich dich Luis in der kurzen Zeit gemacht hat. Und in erster Linie will ich, dass es dir gut geht. Aber überleg mal. Wie oft hat er dir nach einer anfänglich euphorischen Phase schon das Herz gebrochen?«

»Ich ihm auch, das weiß ich jetzt. Zumindest als ich ihn in Berlin verlassen habe. Er hat mir gesagt, dass er mich damals sehr geliebt hat, es aber schon zu spät war, als er es endlich begriffen hat, weil ich da schon mit Peter zusammen war.«

»Die Kirschen in Nachbars Garten sind immer die dicksten«, sagte Betty.

»Ich glaube, es ist besser, wenn wir jetzt nicht mehr darüber reden«, sagte Kristina scharf.

»Süße, bitte, ich will dich nicht gängeln oder dir vorschreiben, was du zu tun hast, aber du weißt, dass Luis auch derjenige ist, der dir den größten Liebeskummer deines Lebens bereiten kann.«

Kristina nickte. Das stimmte. Sie hatte nie so gelitten wie bei Luis. Bin ich wirklich so wie Carrie Bradshaw aus *Sex and the City,* und Luis ist Big? Und wenn es so war, musste Peter dann Aidens Rolle spielen, überlegte sie.

»Okay, du denkst, es gibt diese einmalige, tiefe, leidenschaftliche Liebe, die größer ist als alle anderen, und du glaubst, dass das, was du mit Luis erlebst, genau so etwas ist. Aber Kristina, bitte. Das kommt in Filmen und Serien vor – ich weiß, wir haben *Sex and the City* sicher zu oft gesehen, und ja, ich denke auch sofort an Carrie und Big. Aber das ist eine Serie. Und wir sind hier im richtigen Leben. Du liebst Peter.«

»Ich weiß, aber ich liebe Luis mehr.«

»Das sagst du vielleicht jetzt, weil du nicht den Alltag mit Luis verbracht hast und ihr es sicher meist wie die Karnickel getrieben habt, oder?«

»Wie die Karnickel war das nicht, aber ja«, sagte Kristina und musste lächeln. Sie war sehr froh darüber, dass ihre Freundin es ihr anscheinend überhaupt nicht übel nahm, dass sie ihren Mann betrogen hatte. Sie wusste, dass andere Freundinnen mit dem erhobenen Ehefrauen-Zeigefinger auf sie deuten würden. Aber dafür liebte sie Betty auch und war schon so lange mit ihr befreundet. Sie war sich sicher, dass diese Freundschaft auch ihren Umzug nach Portugal überstehen würde. Wenn sie überhaupt nach Portugal ginge. Eigentlich wollte sie das doch gar nicht mehr, oder?

»Gut, Süße, du musst ja jetzt nichts entscheiden. Erzähl Peter auf keinen Fall etwas davon. Das ist das Beste, glaube mir. Ich gebe dir einen Rat: Guck dir mal die Fotoalben an, die du in all den Jahren für euch zusammengestellt hast. Ihr seid eine tolle Familie. Du und Peter, ihr seid ein gutes Paar. Ihr habt immer im selben Team gespielt. Du und Luis nicht, und das weißt du.«

»Es geht nicht mehr darum, dass man in einem Team spielen muss«, wollte Kristina sagen, aber sie biss sich auf die Zunge. Wie sollte ihre Freundin das auch verstehen? Betty steckte so tief und noch jahrelang in ihrer Familie fest, ihre Kinder würden sie noch eine Ewigkeit brauchen. Sie konnte sich gar nicht vorstellen, dass es auch für sie eine Zeit geben würde, in der man als Paar nicht immer an einem Strang ziehen musste.

Als Betty gegangen war, aß Kristina auch noch das zweite Stück Schokoladentorte, trank zwei Amaretti und legte sich dann in die Badewanne. Sie hatte den unbändigen Wunsch, Luis anzurufen, aber sie versuchte, ihn zu unterdrücken. Er hatte sie weggeschickt. Er musste sich melden. Nicht sie. Peter rief an und sagte, dass es später werden würde. Er müsste noch einmal zu Walter ins Krankenhaus. Sie fühlte sich allein und rief Luis um zehn Uhr abends dann doch an. Er nahm nicht ab, und sie hinterließ keine Nachricht auf seiner Mailbox. Aber an der Nummer würde er erkennen können, dass sie angerufen hatte. Als sie am nächsten Morgen aus einem unruhigen Schlaf erwachte, hatte Luis immer noch nicht angerufen.

»Habt ihr Schwierigkeiten?«, begrüßte Walter sie, als sie am späten Vormittag ins Krankenhaus kam. »Du siehst ziemlich angeschlagen aus. Was ist mit Peter? Hat er Mist gebaut?«

Kristina hatte lange gebraucht, um sich an die direkte Art ihres Schwiegervaters zu gewöhnen, aber mittlerweile gefiel sie ihr gut. Meistens antwortete sie dann auch ehrlich, wenn sie in sein Schussfeld geriet, denn sie konnte sich sicher sein, dass Walter nach kurzer

Zeit sowieso herausfinden würde, was sie auf dem Herzen hatte. Er denkt nicht einmal daran, dass ich auch Mist gebaut haben könnte, dachte sie. Sie wusste, dass ihr Schwiegervater sie schon immer sehr gemocht hatte. Dass er allerdings bei Streitigkeiten eher für sie als für seinen Sohn Partei ergriff, hatte sie zuerst befremdlich gefunden, dann aber gedacht: Inge steht immer hinter Peter, dann ist das eben der Ausgleich. Ihre Eltern waren so weit weg, die konnten sich sowieso nie hinter sie stellen, selbst wenn sie es gewollt hätten. Normalerweise genoss sie Walters Fürsorge auch, aber heute machte sie ihr ein schlechtes Gewissen.

»Nein, Walter, es ist alles gut. Ich habe nur gestern lange mit Betty zusammengesessen, und du weißt ja, wie das endet«, sagte Kristina. Sie fand es schön, dass ihre Schwiegereltern ihre Freunde kannten und mit ihnen schon auf diversen Geburtstagsfeiern den einen oder anderen Schnaps getrunken hatten.

»Gut, dann bin ich beruhigt. Aber wenn doch etwas ist, brauchst du mich nicht zu schonen. Ich werde mir Peter zur Brust nehmen, falls er dich jemals schlecht behandeln sollte.«

»Es ist nichts, Walter, aber danke«, sagte Kristina. Nur dass ich eine Affäre hatte, dachte sie. Affäre. Dieser Ausdruck traf es überhaupt nicht.

»Ich verstehe immer noch nicht, was das mit dem Yoga-Ashram sein sollte«, sagte Walter seufzend. »Hat er vielleicht eine Midlife-Crisis?«

»Ihm geht es gut. Er musste einfach mal so was ausprobieren. Doch dann ist er zu mir nach Lissabon gekommen, weil es ihm im Ashram auch nicht mehr gefiel. Aber das hat er dir sicher schon erzählt.«

»Ja, natürlich«, sagte Walter zögernd. »Gut, nachdem du mir das erzählt hast, mache ich mir keine Sorgen mehr. Inge hätte sicher wieder gesagt: ›Frag nicht, das geht dich nichts an.‹ Aber du weißt ja, wie ich bin. Ein fürsorglicher Stier. Das hat mir zumindest Helga so erklärt. Sie ist wirklich weise und clever. Ich bin froh, dass wir jetzt viel Zeit miteinander verbringen. Sie scheint auch glücklich darüber zu sein. Inge hätte sicher nicht gewollt, dass ich allein bleibe«, fügte er hinzu, als ob er sich dafür rechtfertigen wollte, dass er jetzt eine

Bekannte hatte, wie er selbst es nannte. »Kommt doch mal zum Kaffee vorbei, wenn ich wieder zu Hause bin. Helga ist eine vorzügliche Bäckerin.«

»Ja, das machen wir«, sagte Kristina und war froh, dass es in diesem Moment an der Tür klopfte und Helga wie auf Bestellung mit einem selbst gebackenen Zitronenkuchen hereinkam.

»Schön, dass du da bist, Kristina. Wir haben uns lange nicht gesehen«, sagte Helga und nahm sie in die Arme. Kristina konnte sich nicht daran erinnern, dass Helga sie duzte, aber das schien sie anders zu sehen. Und es war rührend, wie sie Walter die Kissen aufschüttelte, das Fenster öffnete, geschäftig hin und her huschte und Geschirr aus der Küche besorgte. Kuchengabeln und Sprühsahne hatte sie in ihrer schwarzen Krokodilledertasche mitgebracht.

»Kristina, du willst doch sicher auch ein Stück. So dünn, wie du bist«, sagte Helga und schaufelte ihr ein Stück Zitronenkuchen auf den Teller. Sie konnte die 75-Jährige gerade noch davon abhalten, den Kuchen mit Sprühsahne zu verzieren. Jetzt erinnerte sie sich. Helga gehörte früher zu Inges Bridge-Kreis, und es war dann doch nur natürlich, dass sie sich jetzt als Witwe um einen Witwer kümmerte. Kristina stellte sich vor, wie nach Inges Tod darum gefeilscht worden war, wer Walter abbekommen sollte. Vielleicht hatten die Damen ja auch gepokert, dachte sie.

»Kind, du hast jetzt wieder Farbe im Gesicht, das freut mich«, sagte Walter und tätschelte ihr die Wange. Früher hatte er ihr zur Begrüßung in die Wange gekniffen, das fand er liebevoll, und ihr hatte das eigentlich auch gefallen, denn diese herzlichen direkten Gesten hatte es in ihrer Familie nie gegeben.

Sie verabschiedete sich und ging. Walter brauchte sie heute nicht mehr. Aber es war erst zwei Uhr nachmittags. Was sollte sie mit dem Rest des Tages anfangen? Luis hatte immer noch nicht angerufen. Kristina hatte das Gefühl, dass er sauer auf sie war, weil sie am Abend zuvor so oft versucht hatte, ihn zu erreichen. Er fühlt sich sicher wieder bedrängt, dachte sie. Und wenn er das tat, schaltete er auf stur und ignorierte ihre Anrufe. Peter würde erst morgen wiederkommen. Er besuchte einen alten Freund in Hamburg und wollte dort auch übernachten. Das war für sie mehr als in Ordnung. So würde er ihre Verwirrung nicht bemerken.

Sie fuhr nach Hause, holte die Fotoalben aus dem Regal und legte sich mit ihnen aufs Sofa. Sie öffnete das erste. Dort waren Tom und sie, ihr erstes Foto. Sie lächelte erschöpft, aber glücklich in die Kamera. Auf dem zweiten Foto schlief Tom in Peters Armen. Sie waren in dieser Zeit so glücklich gewesen. Als Feli zwei Jahre später zur Welt kam, hatten sie gedacht, dass sie für immer zusammenbleiben würden. Kristina blätterte die Alben durch. Was sie sah, waren fast nur fröhliche Menschen, sie mit den Kindern, manchmal mit Peter, wenn er jemand anders gefunden hatte, der die Aufnahmen machte. Es war eine unbeschwerte Zeit gewesen. Sie hatten eigentlich nie wirkliche Sorgen gehabt in diesen über 20 Jahren. Peter war auf der Karriereleiter beständig nach oben gestiegen, und sie hatte sich erst in aller Ruhe um ihre Kinder kümmern und sich dann auf die Ausbildung zur Theaterpädagogin konzentrieren können, ohne den Stress, schnell Geld verdienen oder irgendetwas Besonderes erreichen zu müssen. Peter fand es sehr gut, dass sie das Künstlerische in die Beziehung einbrachte. Er selbst war zwar Geschichts- und Deutschlehrer, hatte aber dennoch keine kreative Seite. Alles war nach Plan verlaufen, aber war nicht auch das der Grund gewesen, warum sich Kristina ab und zu gelangweilt und dann angefangen hatte, sich nach Luis zu sehnen? Er war nie so vorhersehbar gewesen wie Peter. Mit ihm hatte es immer Überraschungen gegeben. Kristina musste an den Abend denken, an dem er mit einem alten weißen Polo vor ihrer Tür gestanden und sie abgeholt hatte.

»Pack deine Badesachen ein und ein paar Sommerkleider, wir fahren in die Toskana. In ein paar Tagen sind wir zurück«, hatte er gesagt.

Eigentlich hatte sie keine Zeit für so eine Aktion gehabt, aber sie hatte geschwiegen und schnell ein paar Sachen zusammengepackt. Luis hätte es sowieso nicht verstanden. Er hatte gerade sein erstes Staatsexamen hinter sich und wollte endlich wieder die Freiheit genießen. Es war nach ihrem ersten Semester gewesen, und sie hätte eigentlich eine Hausarbeit schreiben müssen.

»Jetzt tankst du erst einmal Sonne, und dann bist du doppelt so schnell fertig«, sagte er, und sie nickte, packte eine Tasche, legte für ihre WG-Mitbewohner einen Zettel hin, damit sie sich keine Sorgen machten, und stieg zu Luis ins Auto.

»Woher hast du denn die Karre?«, fragte sie.

»Habe ich mir gestern gekauft, ist sie nicht cool?«

Wie sich herausstellte, war sie nicht nur cool, sondern auch sehr reparaturbedürftig. Aber selbst die Zeit in der florentinischen Werkstatt genoss Kristina. Mit Luis war irgendwie alles ein Abenteuer, selbst der Einkauf in einem Supermarkt geriet mit ihm zu einem Besuch in einem Freizeitpark. So war Peter nie gewesen, und das hatte sie auch immer sehr geschätzt. Sie wollte jemanden, der mit ihr zusammenlebte, der sein Wort hielt, selbstverständlich für die Kinder Verantwortung übernahm und den sie nicht immer um jeden Gefallen erst bitten musste.

Sie betrachtete Felis lachendes Gesicht auf ihrem Abi-Abschlussball. Neben ihr standen Peter und sie als fröhliches Paar. Sie hatten in dieser Nacht bis zwei Uhr morgens getanzt, und ihrer Tochter war das nicht peinlich gewesen. Sie hatte es sogar cool gefunden, dass sie so wild tanzten. Das ist erst ein paar Wochen her, dachte Kristina. Und das alles wollte sie wirklich aufgeben? Verdammt noch mal, hörte sie Margarida fluchen. Luis ist doch deine große Liebe. »Ja, du hast recht«, sagte Kristina und nickte, als ob ihre portugiesische Freundin wirklich bei ihr wäre.

»Was mache ich bloß? Was mache ich bloß?«, sagte Kristina laut vor sich hin. Sie wusste, dass sie Luis liebte, aber kaum waren sie zusammengekommen, wurde es schon wieder so schwierig. Kristina verstand zwar, dass er schockiert gewesen war, weil sie ihm nichts von ihrer Abtreibung erzählt hatte, aber erstens hatte er auch gar keine Kinder gewollt, und zweitens war das alles schon so lange her. Aber er meldete sich einfach nicht. Er hat sich gar nicht verändert, dachte Kristina. Er ist wieder in seinem Schweigen versunken und wird da auch nicht rauskommen. Eigentlich wollte sie doch keine Komplikationen. Sie liebte ihre Familie, liebte Peter und die Kinder. Sie kramte alle Schränke in der Küche durch. Irgendwo hatte Peter doch Tequila versteckt. Sie fand ihn im Küchenschrank hinter den Tees und wunderte sich über das Versteck. Vielleicht wollte Peter vermeiden, dass Feli ihn findet, dachte Kristina, was aber unlogisch war, weil sich ihre Tochter schon seit Jahren selbst Tee machte. Wenn sie dann mal zu Hause war, dachte Kristina. Aber eigentlich war es ja egal, warum der Tequila dort stand. Hauptsache, sie hatte ihn gefunden, und er tat schnell seine Wirkung. Sie füllte sich ein Wasserglas halb voll mit dem Schnaps. Wenn sie schon beschlossen hatte, sich zu betrinken, bis sie endlich aufhörte, über ihre Situation nachzudenken, sollte es auch schnell gehen. Wie sehr hatte sie den Roman *Jules und Jim* geliebt und sich manchmal ausgemalt, wie es wäre, Catherine zu sein, natürlich ohne dass jemand am Ende zu Tode käme. Aber jetzt merkte sie, dass dieses Hin- und Hergerissensein zwischen zwei Männern sie aufrieb und sie anscheinend nicht die Nerven dazu hatte. Sie würde doch niemals wirklich in der Lage sein, hier im friedlichen Lüneburg alles aufzugeben und mit Luis in eine ungewisse Zukunft zu starten. War das nicht etwas, was sie vor zehn Jahren mit Ende 30 hätte wagen sollen? Und was wäre, wenn es nicht klappte und sie dann allein dastehen würde, ohne Luis und auch ohne Peter, denn der würde sie sicher nicht zurücknehmen, wenn sie ihn wegen Luis verließ. Und Betty, die immer die besten Ratschläge für sie hatte – und das schon seit Jahren –, war so klar in ihrer Meinung gewesen. Warum bin ich nicht selbst in der Lage, eine Entscheidung zu treffen?, dachte Kristina nach dem ersten Tequila. Den zweiten schüttete sie schon mit Todesverachtung herunter. Ihr Mund brannte, und es schmeckte ihr überhaupt nicht. Aber die Wirkung ließ nicht lange auf sich warten, und darum ging es doch. Ihre Zunge fühlte sich taub an, und sie wusste, wenn sie jetzt noch einen großen Tequila trinken würde, wäre der Schritt zum Doppeltsehen und nur noch wie durch Watte fühlen nicht mehr weit. Sie hatte das bisher nicht oft in ihrem Leben ausprobiert. Es war einfach zu irritierend, alles doppelt zu sehen, und machte es fast unmöglich, gerade zu gehen. Außerdem waren die Kopfschmerzen am nächsten Tag immer unerträglich gewesen. Aber jetzt schien es ihr die einzige Möglichkeit, um zu vergessen. Sie hatte Liebeskummer, und das auch noch in zwei Richtungen. Sie vermisste Luis und wollte sofort wieder in seinen Armen liegen, und sie vermisste Peter und ihr gemeinsames Leben. Sie konnte sich nicht vorstellen, sich von Peter zu trennen, aber sie wusste auch, dass sie Luis wohl nicht vergessen würde. Die Situation war in jedem Fall vollkommen verfahren.

Kristina schaltete den Fernseher ein, um sich abzulenken, und schüttete den Rest des Schnapses aus der Flasche in ihr Glas, wobei sie nicht sicher war, ob wirklich die gesamte Flüssigkeit im Glas landete oder doch teilweise auf dem Polster des Sofas. Ach, egal, dachte sie, bis Peter wieder zu Hause ist, verdunstet der Tequila. Im Fernsehen lief eine Szene, die sie gut kannte. Meryl Streep stand an einer Holzbrücke und schaute Clint Eastwood beim Fotografieren zu. Das war *Die Brücken am Fluss*. Bei dem Film hatte sie schon immer weinen müssen. Ein Fotograf wird in einer sehr provinziellen amerikanischen Gegend in das Haus einer Farmersfrau gespült. Die beiden verlieben sich heftig, verbringen vier Tage miteinander, der Fotograf will, dass Meryl Streep ihren Mann, ihre Kinder und die verhasste Provinz verlässt, um mit ihm in eine ungewisse, aber auf jeden Fall aufregende Zukunft zu reiten, aber sie schafft es nicht und bleibt bei ihrer Familie, hört aber nie auf, den Fotografen zu lieben, den sie nie wiedersieht.

Das ist ein Zeichen, dachte Kristina. Ich soll bei Peter bleiben. Es lohnt sich nicht, für eine ungewisse Zukunft alles aufzugeben. Denn hatte sich Luis überhaupt wirklich geändert? Er hatte sich immer noch nicht gemeldet. Und das sprach doch eindeutig gegen ihn. Auch heute floh er, wenn es Probleme gab und man eigentlich hätte reden müssen.

Kristina öffnete ihren Laptop und rief das eMail-Programm auf. Ich muss jetzt Fakten schaffen, dachte sie. Endlich sah sie klar. Das mit Luis würde nichts werden. Und es war sicher das Beste, die Sache jetzt schnell per Mail zu beenden. Es war ganz leicht. Sie brauchte nur eine Mail zu schreiben. Ein Brief wäre sicher besser, eigentlich sollte man doch nicht per Mail Schluss machen. Während sie das dachte, tippten ihre Finger eine Mail an Luis in den Laptop. Es ging um Vertrauen und darum, dass sie dies bei Luis nie gehabt hatte. Und dann schrieb sie das mit der Sicherheit, die sie bei ihm nie empfunden hatte.

»Du warst die meiste Zeit deines Lebens mit anderen Frauen zusammen, ich mit Peter. Vielleicht ist es wirklich so, wie du früher in Berlin gesagt hast. Dass wir im Alltag nicht zusammenpassen, und darum geht es ja auch bei der größten Liebe, oder? Jetzt kann ich noch meine Ehe retten, ich muss mich also von dir trennen. Ich wünschte, es wäre anders, aber ich brauche Verbindlichkeit und Sicherheit, und die bekomme ich bei dir nicht. Du bist ein Mann, der die Leichtigkeit des Lebens schätzt, ich habe das immer geliebt. Auch ich habe mich viel freier und leichter gefühlt in Lissabon als die ganzen Jahre davor, aber ich weiß jetzt, dass das nicht ausreicht. Was würde sein, wenn ich mal nicht mehr so attraktiv für dich bin? Wenn ich krank werde? Würdest du dann an meiner Seite bleiben? Von mir weiß ich, dass ich das auf jeden Fall bei dir tun würde. Ich würde dich im Rollstuhl hin und her kutschieren und auf jede hübsche junge Krankenschwester eifersüchtig sein. Aber vielleicht würdest du mich bei der ersten Schwierigkeit verlassen. Ich bin es mir schuldig, nicht enttäuscht und allein zu enden, weil du mich verlassen hast. Peter und ich haben uns bewiesen, dass wir immer und in jeder Lebenslage füreinander da sind. Und ich denke, dass sich das auch nicht ändern wird. Also trenne ich mich jetzt von dir, geliebter Luis. Ich hoffe, dass ich es irgendwann verschmerzen werde, dass wir kein Paar geblieben sind.«

Kristina las den Text noch einmal durch und wunderte sich darüber, dass er so flüssig klang. Sie würde ihn im Ordner für Entwürfe abspeichern und im nüchternen Zustand noch einmal darüber nachdenken. Sie drückte die Taste und schloss den Laptop. Dann legte sie sich aufs Sofa und schaute *Die Brücken am Fluss* zu Ende und danach *Der Clou*. Paul Newman und Robert Redford doppelt zu sehen, fand sie eigentlich ganz amüsant, aber nur bis ihr schlecht wurde und sie ins Badezimmer stürzen musste. Geraume Zeit später schleppte sie sich in ihr Schlafzimmer, sackte auf das Bett und fiel in einen traumlosen, erschöpften Schlaf.

»Kristina, wach auf«, rief Peter. Sie schaffte es nicht, die Augen zu öffnen, und zog sich die Decke über den Kopf.

»Was ist denn los mit dir? Bist du krank? Im Badezimmer sah es ja ziemlich wüst aus. Gut, dass ich im Ashram so viel geputzt habe«, sagte Peter. Seine Worte schnitten wie eine Kreissäge in Kristinas Schädel. Träumte sie noch? Ihr Mann konnte doch gar nicht neben ihrem Bett stehen. Eben hatte sie noch mit Luis in Nazaré im Bett gelegen und sich federleicht und glücklich gefühlt. Und jetzt ging es um ein Badezimmer, das von ihr in keinem guten Zustand hinterlassen worden war. Sie wollte zurück in ihren Traum. Da gab es solche Dinge nicht. Was hatte sie gestern überhaupt gemacht? Sie konnte sich nur noch daran erinnern, wie sie Tequila getrunken hatte. Und dann wieder daran, dass sie im Badezimmer auf den Fliesen lag und dachte, sie würde hier allein sterben und erst nach Tagen gefunden werden. Sie hatte sich mehrmals übergeben müssen. Das wusste sie. Aber sie hatte doch immer die Toilettenschüssel getroffen und danach sofort abgespült oder etwa nicht?

Eine Tür fiel ins Schloss. Peter schien ihr Schlafzimmer wieder verlassen zu haben. Umdrehen, Augen geschlossen halten, weiterschlafen. Vielleicht gelang es ihr noch, wieder in ihren Traum zurückzukehren. Luis, ach, Luis, sie vermisste ihn so.

Sie erwachte durch den Duft von frischem Kaffee und knusprigen Brötchen.

»Kristina, wach auf. Ich glaube, du musst mal was essen. Und Kaffee wird dir bestimmt auch guttun.«

Sie öffnete die Augen und sah in die Augen ihres Mannes, der sich über sie beugte. Boah, sieht der gut aus, dachte Kristina. Peters blaue Augen strahlten. Er war braun gebrannt und etwas schmaler im Gesicht. Er sah irgendwie kernig aus. Ihr Mann strich ihr vorsichtig die Haare aus der Stirn, als sie sich aufgesetzt hatte, und reichte ihr ihre Lieblingstasse, die rote mit den weißen Punkten.

»Hast du gestern mit Betty gefeiert?«, fragte Peter. »Du musst ja ganz schön abgestürzt sein, so, wie du aussiehst.«

»Danke für das Kompliment. Und wie war's bei dir?«

»Das Übliche. Stefan und ich haben Billard gespielt und sind dann bei ein paar Bier zu Hause bei ihm versackt.«

»Ist er immer noch allein?«, fragte Kristina.

»Ja, keine Veränderung. Aber es geht ihm gut.«

Irgendwie klingt das sehr vage, dachte Kristina. Normalerweise liebte Peter es doch, ihr Einzelheiten aus dem gescheiterten Liebesleben seines Freundes zu erzählen, weil es sein eigenes Selbstbewusstsein aufbaute. Doch diesmal schwieg er.

Sie nippte an ihrem Kaffee. Langsam erwachten ihre Lebensgeister wieder. Und sie hatte tatsächlich Hunger. Vorsichtig knabberte sie an dem Toast mit Honig, den Peter ihr zubereitet hatte. Er kannte sie wirklich sehr gut. Toast mit Honig half ihr in einer solchen Situation am besten.

»Ich habe gerade mit Walter telefoniert. Er wird schon morgen aus dem Krankenhaus entlassen. Aber er sagt, dass wir uns keine Sorgen zu machen brauchen. Helga wird bei ihm wohnen und sich um ihn kümmern.«

»Ach, so weit ist es schon mit denen?«, fragte Kristina interessiert.

»Ja, anscheinend. Ich will mir allerdings gar nicht vorstellen, dass sie etwas miteinander haben. Ich bin nur froh, dass sich jemand um ihn kümmert und wir das nicht immer tun müssen. Aber jetzt rück mal rüber, ich will noch mal ins Bett«, sagte Peter und nahm sie in die Arme.

Kristina versuchte, die Erinnerung daran auszublenden, was sie gefühlt hatte, wenn Luis sie in die Arme genommen hatte: Aufregung, Freude, Hitze, Herzrasen. Das hier war anders. Peters Umarmung beruhigte und entspannte sie, nicht mehr, aber auch nicht weniger. Bevor sie wieder einschlief, dachte sie noch daran, wie schön es war, in Peters starken Armen zu liegen.

Am Nachmittag besuchten sie Walter im Krankenhaus. Er schien sich sehr darüber zu freuen, sie beide zusammen zu sehen, blickte aber skeptisch von einem zum anderen, und nach zehn Minuten verkündete er, dass sie jetzt wieder gehen sollten, denn sie hätten bestimmt etwas Besseres vor, als bei ihm herumzusitzen.

Er hat Sex mit Helga, schoss es Kristina durch den Kopf, und sie versuchte, die Bilder sofort wieder zurückzudrängen. Es war doch schön, dass es ihrem Schwiegervater wieder gut ging, dachte sie, war sich aber nicht sicher, ob Peter das auch so empfand.

»Ein bisschen früh für eine neue Freundin«, sagte Peter einsilbig, nachdem sie das Krankenhaus verlassen hatten und sich auf dem Weg in die Altstadt befanden, um dort irgendwo einen Kaffee zu trinken.

»Vielleicht, aber ist es nicht besser so, als wenn er allein zu Hause sitzen und Trübsal blasen würde?«

»Das stimmt schon, aber komisch ist es doch«, sagte Peter.

Kristina sah ihn an. Er trug sein Haar jetzt länger, was ihm sehr gut stand. Er wirkte auf eine interessante Art in sich ruhend. So hatte sie ihren Mann schon lange nicht mehr erlebt. Sie merkte, dass ihre Oberschenkel warm wurden. Sie stellte sich vor, mit ihm zu schlafen. Irgendwie wirkt er mysteriös. Wir haben definitiv noch eine Chance, dachte sie erleichtert.

Sie schlenderten durch die Lüneburger Altstadt bis zu *Johnson's Himmel on Earth*. Es waren nicht viele andere Gäste da, und sie setzten sich an den Tisch am Fenster.

»Du glaubst gar nicht, wie sehr ich es genieße, auf einem gepolsterten Stuhl zu sitzen«, sagte Peter seufzend. »Askese macht auch nur begrenzt Spaß.«

Kristina lächelte. Es bestand also doch keine Gefahr, dass Peter zum Yogi werden würde.

»Aber es hat dir gutgetan, oder?«, fragte sie.

»Ja, ich bin mal runtergekommen. Es war herrlich, mit den Händen zu arbeiten. Wir waren beim Küchendienst eine kleine Gruppe von Deutschen, Schweizern und Franzosen. Alle standen an einer Kreuzung im Leben und hatten unglaublich interessante Biografien. Wir hatten viel Zeit, miteinander zu reden.«

Kristina war froh, als Peter anfing, über die einzelnen Leute zu reden, die er dort kennengelernt hatte. Sie fragte immer wieder interessiert nach. So kam sie vielleicht darum herum, noch mehr von ihrer Zeit in Portugal zu erzählen. Das, was sie mit Luis erlebt hatte, gehörte zu einer anderen Kristina, die Peter gar nicht kannte.

Sie bestellten Scones, Erdbeer- und Aprikosenmarmelade und Clotted Cream. Peters Augen leuchteten, während er den Ashram beschrieb, es war schön, ihm zuzuhören.

Sie sprachen nur über sie und ihn. Wie es den Kindern ging, hatten sie am Anfang ihrer Unterhaltung kurz besprochen und dann das Thema wieder aus den Augen verloren. Es war so, als ob plötzlich eine neue Ära begonnen hätte. Sie waren jetzt zu zweit, und das fühlte sich gut an.

Nach der dritten Tasse Lady Grey kehrten Kristinas Lebensgeister zurück. Es muss eine schlimme Orgie gewesen sein, die ich gestern Nacht mit mir selbst gefeiert habe, dachte sie. Was hatte sie bloß getan, bevor sie ins Badezimmer laufen musste? Irgendetwas war da gewesen, aber sie konnte sich nicht mehr erinnern.

»Du glaubst gar nicht, wie köstlich der erste Bissen Fleisch war, den ich mir gegönnt habe, als ich in Delhi am Flughafen ankam. Eins ist klar, ich werde nie Vegetarier.«

»Gott sei Dank«, sagte Kristina.

»Aber ich weiß jetzt, wie man einen Kater wegmeditieren kann«, sagte Peter grinsend. »Solltest du auch mal versuchen.«

»Ich weiß nicht, ob ich für die Meditation geeignet bin«, sagte Kristina. Sie dachte an die Sonnenuntergänge in Nazaré. Dort musste sie nicht meditieren, um zur Ruhe zu kommen. Sie sah nach draußen in den Lüneburger Landregen und versuchte, sich zu konzentrieren. Nein, sie durfte jetzt nicht an Nazaré denken oder an Luis. Sie saß hier mit ihrem Mann, und das fühlte sich gut an. Das erstaunte sie zwar selbst, aber es war so.

»Erzähl mir doch noch ein wenig von Nazaré. Irgendwie sind wir bisher nicht dazu gekommen«, sagte Peter, als ob er ihre Gedanken gelesen hätte.

»Ja, das Meer ist großartig. Ein wunderbarer Ort. Wir müssen da bald mal gemeinsam hinfliegen«, sagte Kristina lahm. Was sollte sie ihm erzählen? Das meiste in Portugal hatte sie mit Luis erlebt. Aber von Margarida konnte sie erzählen und vom Stierkampf.

Peter runzelte die Stirn, als sie von der Stimmung in der Stierkampfarena schwärmte. Sie kannte diesen Blick. Aber wir finden doch, dass das Tierquälerei ist, sagte er ihr. Was ist denn mit dir passiert?

Groll stieg in ihr auf. Sie wollte nicht mehr automatisch die Überzeugungen teilen, die alle aufgeklärten liberalen Lüneburger verbanden. Luis hatte sich nie darum gekümmert, was andere Leute dachten. Er hatte immer seine eigene Meinung vertreten und sich nie einem Dogma unterworfen. Wenn ich nicht aufpasse, wird es nicht funktionieren, und ich werde Peter alles erzählen und damit unsere Ehe endgültig an die Wand fahren, dachte Kristina. Sie musste sich konzentrieren, um sich nicht zu verplappern. Aber es ging dann doch, denn Peter saugte alles begeistert auf, was sie über Nazaré erzählte.

»Das muss so schön da sein«, sagte er. »Lass uns das auf die Liste der Dinge setzen, die wir unbedingt machen wollen, jetzt, wo die Kinder aus dem Haus sind.«

»Feli kommt in einem Jahr zurück.«

»Ja, das stimmt, aber sie wird sicher nicht in Lüneburg bleiben.«

»Das ist der Nachteil, wenn man in einem so kleinen Ort wohnt. Die Kinder können hier nicht studieren«, sagte Kristina.

»Könnten sie«, sagte Peter.

»Ich weiß, ich sag ja auch nichts gegen die Lüneburger Uni, aber eben nicht alles.«

»Du hast ja recht. Dann gehen sie eben für einige Jahre weg und kommen wieder zurück. So habe ich es ja auch gemacht, und das war doch nicht schlecht«, sagte Peter.

Nur werden ihre Eltern dann nicht mehr zusammenleben, schoss es ihr plötzlich wieder durch den Kopf. Sie konnte das nicht kontrollieren. Was würde passieren, wenn sie diesen Gedanken jetzt laut ausspräche? Manchmal geschah so etwas einfach. War es nicht vielleicht besser, Peter alles zu erzählen und dann gemeinsam nach einer Lösung zu suchen? Er war Pädagoge, er liebte das doch. Nur ging es hier nicht um einen Streit unter Heranwachsenden, sondern darum, dass seine Frau sich gerade überlegte, seine Zukunft zu zerstören, obwohl sie doch eigentlich beschlossen hatte, bei ihm zu bleiben.

Peter ergriff ihre Hand und drückte sie leicht. »Es ist so schön, mit dir hier zu sitzen«, sagte er und sah ihr in die Augen.

»Ja, das finde ich auch«, sagte sie. Bloß jetzt nicht blinzeln oder rot werden, sonst merkt er etwas. Peter kannte sie in- und auswendig, es musste ihm also auffallen, wenn er nur aufmerksam genug war, aber irgendetwas auf der Straße lenkte ihn ab. Er ließ ihre Hand abrupt los, sein Lächeln verschwand, und er wurde blass. Kristina wandte ihren Kopf in die Richtung, in die er starrte. Eine Frau mit dunkelbraunen, lockigen, schulterlangen Haaren, die eindeutig jünger war als sie selbst, kam aus dem dänischen Schuhladen *Jonas Ariaens* gegenüber. Sie trug eine Tüte mit einem Schuhkarton, blieb stehen, setzte die Tüte ab, als ob sie etwas erschreckt hätte, und sah genau in ihre Richtung. Peter und sie starrten einander an. Es waren nur einige Sekunden, aber diese Sekunden reichten aus, um Peter aus dem Gleichgewicht zu bringen. Seine Hände verkrampften sich, er knüllte die Serviette, die auf seinem Schoß lag, zusammen und versuchte erfolglos, seinen Blick von der Frau zu wenden, die immer noch mitten in der Fußgängerzone stand und so ein Hindernis für jeden darstellte.

Kristina beobachtete die Szene, als ob sie nicht daran beteiligt wäre. Die Frau, die ihren Mann anstarrte, war viel weiblicher als sie selbst. Sie hatte ein rundes Gesicht und weibliche Formen – wie man einen größeren Busen und eine schmale Taille immer umschrieb. Sie trug ein braunes Kleid mit weißen Punkten, das Kristina an Julia Roberts Outfit in *Pretty Woman* erinnerte, und dazu passende Schuhe. Jetzt strich sie sich mit der Hand eine Strähne aus der Stirn, und Kristina dachte, dass diese Frau sich die Haare bestimmt noch nicht färben musste.

Jemand rempelte sie an und schüttelte den Kopf. Sie lächelte unbeholfen, nahm ihre Tüte in die Hand, nickte Peter zu und verschwand in der Menge der Passanten.

»Du kennst diese Frau?«, fragte Kristina. Sie kam sich vor wie in einem schlechten Film. Sie war doch diejenige, die Peter betrogen hatte.

»Ja«, sagte Peter leise. Plötzlich war er bleich.

»Und wer ist sie?«

»Eine Mutter von einem Schüler aus der achten Klasse.«

»Und du wirst blass, wenn du sie siehst? Hattest du was mit ihr?«

Kristina hörte sich selbst zu und konnte es kaum fassen, dass sie das fragte. Plötzlich war alles wie in einer verkehrten Welt. Auf einmal erinnerte sie sich daran, dass Peter im vorigen Frühling plötzlich so fröhlich gewesen war und viel jünger ausgesehen hatte. Sie hatte es auf das Yoga geschoben und sich darüber gefreut.

»Ich habe mich damals in sie verliebt«, sagte Peter.

»Du warst gestern gar nicht in Hamburg, sondern bei ihr?«, fragte Kristina. Plötzlich wurde ihr alles klar.

»Was redest du da? Natürlich war ich bei Stefan in Hamburg. Du kannst ihn ja anrufen.«

»Hast du noch etwas mit ihr?«, fragte Kristina.

»Nein, das habe ich beendet, bevor ich in den Ashram gegangen bin. Ich musste mir dort darüber klar werden, ob ich dir etwas davon erzähle oder nicht.«

»Du hattest dich also entschieden, mir nichts davon zu erzählen?«, fragte Kristina. Was machte sie da? Sie war doch nun wirklich nicht in der Position, Peter dafür zu verurteilen, dass er geschwiegen hatte.

»Sie ist immer noch in dich verliebt, so, wie sie geguckt hat«, stellte sie fest. Ihre Stimme klang jetzt so hysterisch wie in einem schlechten Film. Eigentlich habe ich doch gar kein Recht, mich so aufzuregen, dachte sie noch, aber sie konnte es nicht ändern.

Peter schwieg, aber seine Augen strahlten plötzlich, und er lächelte. Ihr war klar, dass er gerade an die andere dachte. So hat er in der ersten Zeit mit mir auch ausgesehen, schoss es Kristina durch den Kopf. Jetzt erklären sich auch seine vielen Überstunden. Wie blöd war ich eigentlich, ihm zu glauben? »Und eigentlich warst du gar nicht im Ashram, sondern mit ihr unterwegs«, sagte sie grimmig.

Die Bedienung hinter der Theke musterte sie interessiert. Sie konnte sicher verstehen, was sie sagten.

»Nein, sie war nicht im Ashram. Das habe ich dir doch erzählt. Ich lüge nicht. Sie macht sich nichts aus Yoga«, antwortete Peter.

»So sieht sie auch aus«, rutschte es Kristina heraus.

Peter sah sie wütend an. »Es muss ja nicht jeder so schlank sein wie du«, zischte er. »Noch einmal: Ich habe mit ihr Schluss gemacht, weil ich mein Familienleben nicht aufs Spiel setzen wollte.«

»Aber du liebst sie noch?«, fragte Kristina.

Peter zögerte, bevor er sprach. »Ich wollte bei dir bleiben«, sagte er.

»Du wolltest?«

»Lass uns zahlen und gehen. Hier ist sicher nicht der richtige Ort«, sagte ihr Mann.

Um dich von mir zu trennen, dachte Kristina und fühlte Panik in sich aufsteigen. Was würde sie ohne ihn tun? Allein mit den Kindern, dachte sie automatisch, bis ihr einfiel, dass ihre Kinder ja schon erwachsen und aus dem Haus waren.

Peter zahlte, Kristina ignorierte die mitleidigen Blicke der Bedienung. Sie verließen das Café und liefen schweigend nebeneinanderher zu ihrer Wohnung. Es war einer ihrer Grundsätze, sich nicht in der Lüneburger Fußgängerzone zu streiten. Denn das hätte sich bis zum nächsten Tag in der ganzen Stadt verbreitet.

Peters Handy klingelte, kaum dass sie in der Wohnung waren. Er nahm es aus der Tasche, sah kurz aufs Display und drückte das Gespräch dann weg.

»Das ist sie, habe ich recht?«, fragte Kristina.

»Ja, sie dachte, dass ich erst in ein paar Tagen wieder in Lüneburg sein würde.«

»Dann ruf sie doch an.«

»Nein, ich werde sie später anrufen.« Peter ging vor ihr her ins Wohnzimmer, warf sich auf das Sofa, auf dem sie noch vor einigen Stunden gelegen und Tequila getrunken hatte, und schlug die Hände vors Gesicht. Weinte er?

»Ist sie verheiratet?«, fragte Kristina.

»Nein, geschieden. Sie hat noch eine Tochter, die in die fünfte Klasse geht.«

Sie sah ihn wütend an. »Wie konntest du nur?«, fragte sie.

Ihr Mann richtete sich auf und sah plötzlich nicht mehr traurig, sondern wütend aus.

»Wie konntest du nur?«, fragte er laut.

»Was meinst du damit?«

»Du warst doch in Portugal mit jemandem zusammen. Und das war der Grund, warum du dein Handy ausgeschaltet hattest. Ich habe sofort gespürt, dass da was war.«

»Wie kannst du so etwas spüren?«, fragte Kristina.

»Die mentale Verbindung zu dir war nicht mehr da. Sonst hatte ich sie immer in den letzten Jahren. Du hast sie wieder gekappt.«

Was sollte sie jetzt sagen? Alles gestehen und ihm doppelt wehtun, wenn er erfuhr, dass es Luis war, mit dem sie ihn betrogen hatte? Sein Vorgänger. Den sie eigentlich nie richtig vergessen hatte. Das würde er sicher nicht verkraften. Aber warum sollte sie ihm jetzt nicht einfach alles vor die Füße kippen? Es war doch sowieso egal.

Sie standen sich gegenüber und funkelten einander böse an.

»Also, ich will es wissen. Wer war es? Glaubst du, ich hätte nicht bemerkt, wie enttäuscht du geguckt hast, als du mich in Lissabon erkannt hast? Das Leuchten verschwand aus deinen Augen. Du hattest eindeutig jemand anders erwartet als mich.«

Gut, wenn er es so wollte, dachte Kristina. »Das stimmt, ich habe Luis durch Zufall wiedergetroffen. In Lissabon.«

»Nein, nicht der. Nicht schon wieder.«

»Warum wieder?«, fragte Kristina.

»Glaubst du wirklich allen Ernstes, ich hätte nicht bemerkt, dass er immer mal wieder auftauchte? Ich hatte mich schon damit abgefunden, nicht so leidenschaftlich geliebt zu werden und dich immer mit jemand anders teilen zu müssen. Bis ich Britta kennenlernte. Da habe ich wieder gemerkt, wie schön es ist, wenn jemand richtig in dich verknallt ist.«

Kristina war sprachlos. Wie hatte er das all die vielen Jahre für sich behalten können?

»Warum hast du nie etwas gesagt?«

»Was hätte es für einen Sinn gehabt? Ich wusste doch, dass du mich auch liebst. Ich wusste, dass du mich gar nicht verlassen wolltest. Aber als ich Britta traf, merkte ich, was mir eigentlich gefehlt hatte.«

»Und warum hast du dich dann von ihr getrennt?«

»Ich dachte, jetzt beginnt eine neue Zeit für uns. Feli ist weg, jetzt haben wir mehr Freiraum und können besser zueinanderfinden. Ich wollte uns eine Chance geben. Wir haben eine so lange Geschichte.«

»Das stimmt, und die ist mir auch wichtig.«

»Ich weiß, aber hast du jemals aufgehört, Luis zu lieben?«, fragte Peter.

Kristina schwieg.

»Das reicht als Antwort.«

»Aber es ist zu schwierig. Er ist zu schwierig.«

»Und deshalb bleibst du bei mir? Das reicht mir nicht mehr.«

Kristina merkte, dass ihr Tränen die Wangen hinunterliefen. Sie wusste nicht mehr, was sie sagen sollte. Sie wusste gar nichts mehr. Sie fühlte sich plötzlich unendlich allein.

Peter hatte die Arme verschränkt und sah sie mit leerem Blick an. »Ich hatte mir überlegt, dir deinen Flirt in Portugal noch einmal zu verzeihen. Ich dachte, es wäre irgendein fescher Beachboy gewesen. Und das hätte ich sogar noch verstanden. Aber nicht Luis, das ist zu viel.«

»Du hast dich wegen Luis mit Britta eingelassen?«, fragte sie.

»Nein, das war keine Retourkutsche. Es ist einfach passiert.«

»Du liebst sie noch?«

»Ich weiß es nicht«, sagte Peter. »Ich weiß gar nichts mehr. Vielleicht sollten wir jetzt einfach mal eine Pause machen und morgen weiterreden.«

Kristina nickte. Sie sah es genauso, auch sie brauchte eine Pause. Sie wartete, bis Peter in seinem Arbeitszimmer verschwunden war, und klappte dann ihren Laptop auf. Sie musste unbedingt mit Luis sprechen. Vielleicht war er schon zu Hause, und sie könnten skypen. Ihre Sehnsucht nach ihm war plötzlich so groß, dass es wehtat. Jetzt konnte sie sich das erlauben.

Ihr Mailprogramm war noch geöffnet. Schlagartig fiel es ihr wieder ein. Sie hatte Luis gestern eine Abschiedsmail geschrieben. Ihr Herz pochte heftig, als sie den Ordner für Entwürfe öffnete. Hatte sie die Mail nicht in diesen Ordner verschoben? Sie hatte die Mail doch in diesen Ordner verschoben. Aber da war nichts. Mit zitternden Fingern öffnete sie den Ordner für gesendete eMails. Bitte nicht, dachte sie, bitte nicht. Aber da war sie. Die Abschiedsmail. An Luis abgeschickt. Gestern Abend. Er hatte sie bestimmt schon gelesen.

Kristinas Herz raste. Sie musste ihn unbedingt erreichen und ihm sagen, dass nichts davon wahr war, was sie in dieser Mail geschrieben hatte. Dass alles ein Missverständnis war. Sie wählte seine Nummer, nichts. Er hat gesehen, dass ich anrufe, und will nicht mit mir reden, dachte sie voller Verzweiflung. Sie probierte es noch einmal. Jetzt schaltete sich sofort die Mailbox ein. Kristina sah in den Posteingangsordner. Eine Mail hatte Luis ihr auch nicht geschickt.

Ich muss zu ihm, sofort, dachte Kristina. Sie lief in Peters Arbeitszimmer, er war wohl noch mal weggegangen. Zu ihr?, fragte sich Kristina kurz. Umso besser, so brauchte sie ihm nur einen Zettel hinzulegen. Sie holte Kleider und Wäsche aus den Schränken und warf sie in ihre Tasche. Sie musste den nächsten Flug nach Lissabon bekommen. Denn so, wie sie Luis kannte, würde er weder ans Telefon gehen noch ihre Mails lesen und ihr keine Chance geben, alles aufzuklären. Sie musste sich vor seine Tür stellen und darauf warten, bis er ihr öffnete. Das war ihre einzige Chance, und die musste sie jetzt ergreifen.

Sie schrieb Peter eine Nachricht und verließ die Wohnung. Sie wusste nicht, wie ihr Mann darauf reagieren würde, dass sie einfach wegfuhr, bevor sie irgendetwas geklärt hatten, aber das Risiko, dass er unendlich sauer sein würde, musste sie eingehen.

Zuerst wollte sie den Wagen nehmen und ihn in Hamburg auf dem Parkplatz am Flughafen abstellen, aber das kam ihr dann doch zu egoistisch vor. Nicht nur, dass sie Hals über Kopf nach Portugal flog, um ihren Geliebten zurückzugewinnen. Peter hätte auch noch eine Weile ohne sein Auto auskommen müssen.

Was für eine Situation, dachte Kristina auf dem Weg zum Bahnhof. Mich quält das schlechte Gewissen, weil ich meinen Mann betrüge, während er schon seit einem Jahr eine Beziehung mit einer anderen Frau hat. Aber sie konnte es ihm noch nicht einmal übel nehmen, dass er es die ganze Zeit bis jetzt geheim gehalten hatte. So hatte Feli in Ruhe Abitur machen können, ohne Streitereien oder Auseinandersetzungen zwischen den Eltern. Und sie hatte ja auch die Sache mit Luis all die Jahre vor ihm geheim gehalten, weil sie ihn nicht verletzen wollte. Die Sache mit Luis. Die brachte sie dazu, ihren verzweifelten Mann zurückzulassen und – ohne ein Flugticket zu haben – in den nächsten Zug nach Hamburg zu springen. Also, es war nicht nur eine Sache. Es war sehr wahrscheinlich die leidenschaftlichste Liebe, die sie jemals erlebt hatte.

Kristina konnte es kaum erwarten, am Flughafen anzukommen. Es war erst sechs Uhr abends. Vielleicht gab es ja heute Abend noch eine Maschine nach Lissabon. Sie lief zur Anzeigetafel und jubelte. Da war tatsächlich noch ein Flug nach Lissabon, in einer Stunde. Dann nahm sie ihre Brille aus dem Etui, das sie aus den Untiefen ihrer Tasche hervorgekramt hatte, und las den Eintrag noch einmal. Das war nicht Lissabon, sondern Ljubljana. Ein ganz schöner Unterschied. Aber ohne Brille war sie auch halb blind, was das Lesen betraf. Sie ging zum Informationsschalter der Lufthansa, vielleicht hatten die ja einen Flug. Sie hoffte, dass sie nicht wieder mit Air Portugal fliegen musste.

»Morgen früh haben wir einen Flug, allerdings schon um sechs Uhr. Und es ist noch ein Platz frei«, sagte die freundliche Frau am Informationsschalter. »Es kostet 400 Euro, soll ich für Sie buchen?«

Bei meinem ersten Trip nach Lissabon habe ich 400 Euro für den Hin- und Rückflug bezahlt, dachte Kristina. Aber egal.

»Den nehme ich«, sagte sie und legte ihre Mastercard auf den Tisch. Der Vorteil an diesen Karten war, dass das Geld erst in drei Wochen vom Konto abgebucht wurde. Irgendwie wogen die 400 Euro durch diese Tatsache jetzt nicht so schwer.

»Wenn Sie hier übernachten möchten, das *Radisson Blu* befindet sich auf dem Flughafengelände und ist direkt von den Terminals aus zu erreichen.«

Das ist vielleicht eine gute Idee, dachte Kristina. Sie hatte gerade so viel Geld ausgegeben, da kam es auf die 100 Euro auch nicht mehr an. Sie stellte ihr Handy ab, weil sie nicht mit Peter sprechen wollte. Inzwischen hatte er ihren Brief sicher gefunden. Vielleicht hatte er sich auch schon auf den Weg zu seiner Britta gemacht. Was für eine großartige Szene, dachte Kristina. Die würde sich gut in einem Hollywoodfilm machen. Ich spurte zum Bahnhof. Peter fährt mit unserem roten Golf über die Landstraße zu seiner Freundin, die idyllisch in einem kleinen Dorf wohnt. Im Hintergrund spielt vielleicht *Mrs. Robinson* oder etwas anderes von Simon & Garfunkel aus der *Reifeprüfung*.

Sie betrat die Hotelhalle und mietete ein Zimmer für eine Nacht. Die Empfangsdame lächelte ihr freundlich zu. Wenn sie wüsste, was ich vorhabe, würde sie vielleicht noch begeisterter lächeln, dachte Kristina. Dann sah sie den Ehering am Ringfinger der Dame. Oder vielleicht doch nicht.

Im Hotelzimmer versuchte sie noch einmal, Luis zu erreichen. Vielleicht geht er ja ran, wenn es nicht meine Handynummer ist, sondern eine, die er nicht kennt, dachte Kristina. Wieder bekam sie gar keine Verbindung. Sie wusste, dass es ein hartes Stück Arbeit sein würde, ihn davon zu überzeugen, dass sie ihm die Mail unbeabsichtigt geschickt hatte. Luis war sehr stolz, das liebte sie an ihm, aber es brachte sie auch zur Weißglut.

8. Kapitel

Luis lag auf seinem Bett und lächelte. Er hatte sich entschieden. Er war jetzt bereit, Kristina zu verzeihen. Er würde sie anrufen oder noch besser ihr eine Mail schreiben, da würde er besser sagen können, wie sehr er sie liebte. Er öffnete den Laptop und stellte sich vor, wie sie in Lissabon in den letzten Tagen darauf gewartet hatte, dass er sich meldet. Er wusste, dass er sie mit seinem Schweigen einmal mehr hart auf die Probe gestellt hatte, aber er wusste auch, dass sie akzeptiert hatte, dass es so war. Sie würde seine Mail bestimmt sofort lesen, dann würde sie ihn anrufen und nach Nazaré kommen. Er sah auf die Uhr. Wenn sie sofort losfuhr, war sie um Mitternacht hier, und sie würden eine wunderbare Nacht miteinander verbringen.

Er öffnete seinen Laptop und überlegte sich, was er ihr schreiben sollte. Eine Nachricht von Kristina war im Posteingangsfach. Sie hat es also doch nicht aushalten können, dachte Luis und lächelte. Es war eben Kristina, seine geliebte Kristina. Dann las er ihre Mail.

Das kann nicht sein!, dachte Luis. Das kann nicht sein. Es ist einfach nicht wahr. Und dann setzte sein Herz kurz aus. Er bekam keine Luft mehr. Er lag auf dem Rücken, versuchte, ruhig zu atmen und sein stolperndes Herz wieder in den Rhythmus zu bekommen. SIE HAT MICH VERLASSEN!, schrie jemand in seinem Kopf. Sein Herz beruhigte sich, aber es fühlte sich so an, als ob es mit glühenden Speeren durchbohrt würde. Es war nicht zum Aushalten. Er musste raus. Laufen, sonst würde er hier krepieren. Hier konnte er nicht bleiben. Er wollte raus. Rennen, weg von dem Schmerz, weg von allem.

Er wusste nicht, wie viel Zeit vergangen war und wie er überhaupt dorthin gekommen war, aber er fand sich am Miradouro von Sítio wieder. Er stand auf einer Bank des Aussichtspunktes, und die Vorstellung, sich einfach in die Tiefe zu stürzen und dann den Schmerz nicht mehr zu spüren, war eine Sekunde lang verlockend für ihn. Er holte weit aus und schleuderte das Handy in die Tiefe. Peter hatte gewonnen, dieser Peter, gegen den er wohl nie eine Chance gehabt hatte. Der immer an ihrer Seite gewesen war. Luis schlug mit der Faust auf die Steinsäule. Er merkte, dass es wehtat, aber das war nichts gegen den Schmerz, der ihn innerlich immer noch zerriss.

Warum war dieser Peter jetzt nicht hier?, dachte Luis. Er hätte ihn geschlagen und gewürgt, bis ihm das Blut aus der Nase gelaufen wäre. Ich muss weg, bevor jemand kommt. Ich will niemanden sehen. Er rannte zum Strand an der Südseite. Als er vollkommen atemlos und erschöpft dort ankam, merkte er, dass er barfuß war.

Die Surfer hatten Fackeln aufgestellt, sie grillten Fisch, Chorizo und Rindfleisch. Sie saßen auf umgekippten Bierkisten, auf ihren Surfbrettern oder im Sand. Jemand grüßte ihn lässig. Luis erkannte ihn nicht, es war dunkel, und er nahm immer noch alles wie durch einen Nebel wahr. Eine Hand legte sich auf seine Schulter.

»Luis, was ist mit dir? Du siehst ja schrecklich aus. Setz dich hin.« Er drehte sich um und erkannte Inez, die Surferin, die ihn bei seinem ersten Surfversuch in Nazaré ausgestochen hatte.

»Komm, du musst dich setzen. Du siehst aus, als ob du sonst umkippen würdest.« Sie fasste ihn am Arm und führte ihn zu einer leeren Bierkiste.

Er setzte sich neben sie und nahm das Bier, das sie ihm hinhielt.

»Trink«, sagte sie, »das hilft.«

Erst nach dem zweiten Bier nahm er die Umgebung nicht mehr nur schemenhaft wahr.

Inez streichelte seinen Nacken. »Besser jetzt?«, säuselte sie.

Am liebsten hätte er sich in ihre warme Stimme hineinfallen lassen und wie ein Baby losgeheult.

»Ich glaube, du brauchst was Stärkeres«, sagte sie.

Luis nickte. Er würde alles nehmen, nur damit es aufhörte wehzutun.

»Ich habe was richtig Gutes«, sagte Inez und holte eine durchsichtige kleine Tüte aus der Tasche.

»Das habe ich seit Ewigkeiten nicht mehr gemacht«, sagte Luis.

»Dann wird es mal wieder Zeit«, sagte Inez und stopfte das Gras in eine Pfeife. »Es ist unglaublich gut, aber ganz schön stark.«

Jetzt ist alles egal, dachte Luis, nahm einen tiefen Zug und dann gleich noch einen. Er musste husten.

»Pass auf, es ist ziemlich stark. Und wenn du es nicht mehr gewohnt bist …«

Er merkte, dass das Zeug wirkte. Alles wurde auf einmal schärfer und klarer. Und der Schmerz in seinem Inneren wurde dumpf. Plötzlich begann sein Herz zu rasen, und er fühlte sich, als ob er wie ein Besessener über den Strand rennen und zappeln würde. Dabei saß er immer noch neben Inez. Bloß nicht bewegen, dachte er, sonst fange ich wirklich an, wie ein Irrer herumzurennen.

Der Mond goss sein Licht auf die Wellen des Atlantiks. Die Sterne schrien ihn mit ihrer Helligkeit an und machten ihn fast blind. Der Mond war so groß und so nah, als ob er ihn greifen könnte. Jetzt hatte Luis das Gefühl, dass er auf dem Mond war und gleichzeitig am Strand. Und alles fühlte sich plötzlich richtig und gut an. Ich bin wie Carlos Castaneda in *Die Kunst des Pirschens,* dachte Luis, ich wusste immer, dass das geht. Er streckte sich im Sand aus. Inez lag jetzt neben ihm, ihr Körper presste sich fast an seinen. Scheiß auf Kristina, dachte Luis, hier lag eine andere Frau neben ihm, und die wollte ihn. Er fühlte sich, als tanzte er im Weltraum mit den Sternen. Gleichzeitig spürte er die gespeicherte Hitze in jedem einzelnen Sandkorn unter seinem Körper.

Inez hatte die Pfeife noch einmal gestopft und gab eine zweite Runde aus. Luis wusste nicht genau, welche Wirkung die zweite Dröhnung für ihn haben würde. Die erste war schon ziemlich stark gewesen, aber sein Herz hatte sich wieder beruhigt, er würde schon keinen Infarkt bekommen. Aber wäre das nicht eigentlich großartig? Sollte Kristina doch mitbekommen, dass er wegen ihrer Abschiedsmail gekifft hatte und dabei zu Tode gekommen war. Sie würde sich sicher bis zum Ende ihres Lebens Vorwürfe machen. Luis schloss die Augen und stellte sich vor, wie sie an seinem Sarg zusammenbrechen würde. Ganz in Schwarz gekleidet mit einer weißen Lilie in der Hand, die sie eigentlich auf sein Grab hatte legen wollen, als Zeichen ihrer unendlichen Liebe. Aber sie war gar nicht bis zum Grab gekommen, weil sie vorher wegen eines Schwächeanfalls ins Krankenhaus transportiert werden musste. Sie würde dann in Nazaré auf der Station liegen und von den Schwestern gequält werden, weil die natürlich alle heimlich in ihn verliebt gewesen waren und genau wussten, wer für seinen zu frühen und tragischen Tod verantwortlich war. Er nahm noch einen tiefen Zug und musste husten. Im Liegen ging das nicht mehr so gut wie früher. Er setzte sich auf, und Inez klopfte ihm auf den Rücken.

»Zu stark?«, fragte sie. Luis fühlte sich steinalt. Warum mussten jüngere Frauen einem immer nach kürzester Zeit klarmachen, wie alt man in ihren Augen war? Inez hatte ihn irgendwie auf seine Füße gezogen und umarmt. Die Intensität, als ihre Finger seinen Hals berührten, war so unglaublich, dass er sie sogar noch in den Füßen spürte. Plötzlich wollte er nichts mehr, als sie zu vögeln. Ihr ging es anscheinend genauso, denn sie nahm ihn an die Hand und zog ihn von den anderen weg. Glücklicherweise nicht zum Meer, denn so klar konnte er noch denken, dass er wusste, wie gefährlich es wäre, in diesem Zustand Sex im Wasser auszuprobieren. Er hatte keine Ahnung, woher Inez wusste, wo er wohnte, aber innerhalb kurzer Zeit erreichten sie seine Wohnung. Er fand den Schlüssel in seiner Tasche, und sie schloss für ihn auf. Vielleicht konnten sie jetzt wirklich fliegen wie Carlos Castaneda. Das würde jedenfalls erklären, warum sie so schnell in seiner Wohnung gelandet waren.

***

Kristina mietete sich am Flughafen einen kleinen Fiat 500, das war das einzige Auto, das gerade zu haben war. Aber zum Glück hat es Navi, dachte sie. Ohne wäre sie jetzt aufgeschmissen. Falls sie überhaupt mal gewusst hatte, wie sie vom Flughafen nach Nazaré kam, hatte sie das jetzt wieder völlig vergessen. Auf dem Flughafen im Hamburg hatte sie sich gestern noch die erste Schachtel Zigaretten seit Ewigkeiten gekauft. Kurz darauf hatte sie sich auf dem Balkon des Flughafenhotels wiedergefunden und vier Zigaretten hintereinander geraucht, was zur Folge hatte, dass sie nicht hatte schlafen können. Erst um drei Uhr morgens war sie in einen Dämmerschlaf gefallen, um halb fünf klingelte schon wieder der Wecker. Das Frühstück ließ sie ausfallen, um diese Zeit bekam sie noch nichts herunter.

Als sie sich um sechs Uhr in das Polster des bequemen Lufthansa-Sessels fallen ließ, fühlte sie sich vollkommen gerädert. Das Frühstück munterte sie ein wenig auf. Der Kaffee war gut, und sie freute sich schon auf ihren ersten richtigen Galão auf dem Marktplatz von Sítio. Den würde sie trinken, wenn sie die Sache mit Luis wieder gerichtet hatte. Zur Not würde sie sich ihm vor die Füße werfen und betteln. Sie stellte sich vor, wie er verzweifelt in seiner Wohnung saß, zu viel trank, Musik hörte und an sie dachte. Vielleicht hatte er auch ihre Tassen gegen die Wand geworfen, die sie gemeinsam in Lissabon gekauft hatten. Das würde sie ihm nicht übel nehmen, sondern ihm einfach neue kaufen.

Es war Wochenende, er würde nicht arbeiten müssen. Er würde nirgendwo hingehen, sondern sich seinem Schmerz hingeben, natürlich nicht weinen, das passte nicht zu ihm. Oder vielleicht vergoss er doch ein paar Tränen? Die Vorstellung fand sie eigentlich ganz gut.

Kristina dachte an den Versöhnungssex, den sie auf jeden Fall haben würden und der fantastisch sein würde, und ihre Oberschenkel wurden heiß. Ich muss mich konzentrieren, sonst baue ich hier auf der Autobahn nach Nazaré noch einen Unfall, dachte sie. Sie hatte Luis' Straße in Sítio ins Navi eingegeben und fand nun problemlos den Weg. Direkt gegenüber von seinem Haus entdeckte sie einen Parkplatz. Sie lief zu seinem Haus und streckte den Finger nach der Klingel aus. Wie oft hatte sie sich diese Sekunde in den vergangenen Stunden ausgemalt? Jetzt, wo sie da war, zitterte ihre Hand. Was sollte schon geschehen, außer dass Luis sie anschreien oder zunächst ignorieren würde? Er liebte sie, und wenn sie ihm erst einmal erklärt hatte, was geschehen war, würde er mit Sicherheit lachen. Sie hörte die Glocke, aber niemand öffnete. Vielleicht war er gar nicht da? Aber sie musste ihn doch jetzt sehen. Er konnte nicht weg sein. Sie hatte sich doch genau ausgemalt, wie es sein würde, ihn wiederzusehen. Sie klingelte noch einmal. Irgendwo in ihrer Tasche hatte sie seinen

Wohnungsschlüssel, aber sie hatte nicht die Nerven, ihn zu suchen. Sie klingelte ein weiteres Mal.

Jetzt ging der Türsummer, und sie warf sich gegen die Eingangstür. Sie musste nur nach rechts. Eigenartigerweise war seine Wohnungstür angelehnt. Und sie hörte drinnen Luis rufen – auf Portugiesisch, aber so viel konnte sie schon verstehen.

»Inez, ich bin in der Küche und mache gerade Kaffee. Danke, dass du etwas fürs Frühstück geholt hast«, sagte er.

Sie wollte eigentlich weglaufen, aber sie konnte nicht anders und setzte einen Fuß vor den anderen durch den kleinen Flur, an der Tür zum Schlafzimmer vorbei in Richtung Küche. Luis kochte gerade, mit einem Handtuch um die Hüften gewickelt, Kaffee. Neben ihm standen ihre Tassen, die sie vor zwei Wochen in einem kleinen Laden in Lissabon gekauft hatten. Er drehte sich zu ihr um, das Handtuch rutschte ihm von den Hüften. In der einen Hand hielt er die Kaffeekanne, mit der anderen bemühte er sich, das Handtuch oben zu behalten. Als ob sie plötzlich eine Fremde wäre. Abgehakt.

»Kristina«, sagte er. Mehr nicht.

In diesem Moment kam Inez durch die geöffnete Wohnungstür in die Küche. Als sie Kristina sah, sagte sie »Oh«, legte die Frühstückstüte auf den Tresen und verschwand. Wenig später hörte Kristina die Wohnungstür zufallen.

Sie standen sich immer noch regungslos gegenüber. Dann sah sie Luis wie in Zeitlupe dabei zu, wie er die Kanne wieder auf den Herd stellte und endlich das Gas abdrehte. Dann kam er auf sie zu.

Erst jetzt konnte sie sich bewegen. Sie hob die Arme abwehrend, als ob auch sie ihn nicht kennen würde. »Lass das«, sagte sie. »Komm mir nicht zu nahe.«

Luis kam weiter auf sie zu, wollte sie am Arm packen, aber sie riss sich los. Sie hörte es klatschen, bevor sie realisierte, dass sie ihm ins Gesicht schlug.

Es war absolut still. Luis starrte sie fassungslos an. Für einen kurzen Moment konnte sie sich nicht bewegen. Dann drehte sie sich um und lief aus der Wohnung. Sie musste gar nicht ins Schlafzimmer gucken, um zu wissen, dass er Inez gevögelt hatte. Wahrscheinlich hatten sie heute Morgen auch schon in der Küche Sex gehabt, bevor sie weggegangen war, um fürs Frühstück einzukaufen.

»Er hat sich überhaupt nicht verändert«, schrie sie, sobald sie die Tür ihres Wagens zugezogen hatte, und schlug mit den Knöcheln auf das Lenkrad, bis ihr die Hand wehtat. Sie legte den Rückwärtsgang ein, manövrierte aus der Parklücke und gab Gas. Das Schild in Richtung Lissabon konnte sie durch ihren Tränenschleier gerade noch erkennen. Hinter Nazaré hielt sie am Straßenrand an und ließ ihren Tränen freien Lauf. Die Vorstellung, dass Luis sofort mit einer anderen Frau ins Bett gegangen war, tat unglaublich weh. Und was noch mehr schmerzte, war, dass sie wirklich angenommen hatte, er hätte sich verändert und wüsste jetzt, was es bedeutete zu lieben. Jemand, der in einer solchen Situation sofort mit einer anderen Frau ins Bett ging – selbst wenn er es getan hatte, um den Schmerz über ihre Abschiedsmail zu verdrängen –, konnte keine wahre Liebe empfinden.

Wohin sollte sie jetzt fahren? Sie war allein, ganz allein, wie seit Ewigkeiten nicht mehr. Sie hatte alles für ihre Liebe zu Luis riskiert – und verloren. Es ist vorbei, vorbei!, rief sie schluchzend.

Es wurde heiß im Wagen. Die Sonne stand mittlerweile hoch am Himmel. Sie hatte sicher über eine Stunde auf dem Parkplatz gestanden. Jetzt merkte sie, wie durstig und erschöpft sie war. Sie musste weiterfahren, obwohl sie noch nicht genau wusste, wohin. Der Schmerz wütete in ihrem Inneren. Sie atmete tief durch und rief Peter an. Seine Mailbox ging an, und die Vorstellung, dass er bei Britta sein könnte, schnürte Kristina die Kehle zu. Ich habe alles verloren, schrie es in ihr. Ihr Handy klingelte. Peter, sagte sie, bevor sie aufs Display guckte.

»Nein«, sagte Luis, »hier ist nicht Peter, sondern Luis. Ich wollte hören, wie es dir geht. Ich hatte Angst, dass du einen Unfall gebaut hast.«

Seine Stimme klang beleidigt. Er muss denken, dass bei mir und Peter alles im Lot ist, dachte Kristina. Aber sie wollte ihn nicht mehr darüber aufklären, was wirklich los war und warum sie nach Portugal geflogen war.

»Nein, alles in Ordnung, es geht mir gut. Sonst noch was?«, fügte sie barsch hinzu.

»Ich will dich sehen. Lass uns reden. Es ist nicht so, wie du denkst. Komm zurück!«

Sie schwieg.

»Kristina, bist du noch dran?«, fragte Luis. Seine Stimme zitterte.

»Ja«, sagte sie, dann brach ihre Stimme, und sie fing wieder an zu weinen. Sie drückte das Gespräch weg. Sie konnte es nicht ertragen, seine Stimme zu hören, weil sie sich dann sofort vorstellte, wie er mit der anderen Frau schlief. Hatte er die auch dazu gebracht, die Kontrolle über sich zu verlieren? Vielleicht sollte sie sofort nach Hamburg zurückfliegen. Aber was erwartete sie da? Ein verwirrter, verliebter Peter? Das konnte sie auch nicht ertragen.

Sie fuhr zurück nach Lissabon, hielt an einer Tankstelle, um sich Wasser zu kaufen, und ignorierte die mitleidigen Blicke der Verkäuferin. In Lissabon fuhr sie automatisch zur Alfama und parkte vor ihrer alten Wohnung. Der hutzelige selbst ernannte Parkwächter begrüßte sie mit einem herzlichen *Bom dia*. Er hält mich nicht mehr für eine Touristin, dachte Kristina, er spricht portugiesisch mit mir und versucht gar nicht mehr, auf Englisch ein paar Sätze zu radebrechen. Sie merkte, wie hungrig sie war, und beschloss, bevor sie sich auf die Suche nach einem Zimmer machen würde, auf dem Platz vor dem Fado-Museum eine Kleinigkeit zu essen.

Außer den üblichen Touristen in kurzen Hosen und billigen T-Shirts gab es nur wenige Gäste. Sie bestellte Krabbenpastete und ein Sandwich mit Chorizo, eine große Flasche Mineralwasser und Kaffee.

»Auch einen Portwein wie sonst?«, fragte Alfons, der sie sofort wiedererkannt hatte.

Kristina schüttelte den Kopf. Margarida und sie hatten sich anscheinend in seinen Kopf als Menschen eingebrannt, die immer viel trinken.

Sie lehnte sich zurück und sah über den Platz. Auf der anderen Straßenseite hatten die alten Männer wieder ihren Plastiktisch aufgebaut und spielten in weißen Unterhemden Karten. Wenn sie lange genug hier sitzen blieb, würden die Väter und Mütter vorbeikommen, die ihre Kinder aus dem Kindergarten in der Alfama zwei Straßen höher abholen wollten. Und noch später würden die ersten Musiker mit Gitarren auf ihrem Weg zur Arbeit in den Fado-Restaurants hier vorbeikommen.

Kristina bestellte sich bei Alfons doch einen Portwein, als er ihr das Essen brachte. Er grinste und wiegte den Kopf. Jetzt wirke ich so wie Elizabeth Gilbert in *Eat Pray Love*, dachte Kristina. Seit dieser Roman 2010 mit Julia Roberts verfilmt worden war, hatten sich viele Frauen aufgemacht, um sich selbst auf Reisen näherzukommen. Kristina hatte in Nazaré Frauen getroffen, die allein, aber tapfer die Tatsache verleugnend, dass sie das nicht mochten, in einem Restaurant saßen und entweder angestrengt in ein Buch oder sinnierend aufs Meer blickten. Ich will nicht so enden, dachte Kristina. Ich werde nicht so enden. Vielleicht hat mir Luis mit seiner Reaktion ja einen Gefallen getan. Ich weiß jetzt, wo ich hingehöre, dachte Kristina trotzig und bestellte doch einen Portwein, um den Schmerz und die Wut zu betäuben, die immer noch in ihr aufstiegen, wenn sie an Luis dachte. Ich werde Peter zurückgewinnen. Wäre doch gelacht, wenn ich eine Britta nicht ausstechen könnte.

»Kristina, du bist wieder hier«, sagte Margarida und ließ sich neben ihr auf den leeren Stuhl fallen.

»Margarida, ich bin so froh, dich zu sehen«, erwiderte Kristina mit schwerer Zunge.

»Ich sehe, du bist mir voraus, da muss ich härtere Geschosse auffahren«, sagte die junge Portugiesin und bestellte eine weiße Sangria bei Alfons, der sofort zu ihnen kam, als er sie sah.

»Weißt du eigentlich, dass Alfons auf dich steht?«, nuschelte Kristina. Der Portwein war ihr zu Kopf gestiegen, und sie fühlte sich herrlich leicht und sorglos.

»Das ist nett, zumindest einer«, sagte Margarida und zuckte mit den Schultern. »Auch wenn er doch wirklich zu alt für mich ist.«

»Was ist mit Jorge?«

»Du weißt doch, dass er mich für diese kleine Fado-Schlampe verlassen hat.«

»Ja, aber ich dachte eigentlich, dass es nur ein Strohfeuer war und er längst wieder angekrochen gekommen sei.«

»Ja, das dachte ich erst auch, obwohl ich mir geschworen habe, ihn dann nicht mehr zurückzunehmen. Aber er hätte zumindest versuchen können, mich zurückzugewinnen.«

»Das wird er noch, wart's ab.«

»Was ist mit dir, Kristina? Wie geht es deinem Schwiegervater? Und, bleibst du?«

Kristina merkte, wie ihr die Tränen in die Augen schossen. Sie blinzelte. Bloß jetzt nicht weinen.

»Süße, was ist los? Du siehst plötzlich so aus, als ob dich gerade ein Laster überfahren hätte.«

»Hat er auch«, schluchzte Kristina. Sie konnte die Tränen nicht zurückhalten.

Die Portugiesin sah sie mitleidig an und schwieg, was Kristina noch mehr zum Weinen brachte. Margarida nahm ihre Hand, streichelte sie und sagte etwas auf Portugiesisch, das sie nicht verstand. Aber es beruhigte sie so weit, dass sie aufhören konnte zu schluchzen.

Die Touristen am Nachbartisch beobachteten sie interessiert, als hofften sie auf eine weitere Tragödie.

»Komm, Schätzchen«, sagte Margarida. »Wir gehen jetzt erst mal zu mir.« Sie legte Geld auf den Tisch und winkte Alfons heran.

Er nickte und lächelte strahlend.

»Vielleicht sollte ich doch mal mit ihm ausgehen«, sagte Margarida, hakte Kristina unter und führte sie von den neugierigen Touristen weg, die tatsächlich ihre Köpfe nach ihnen umwandten.

»Weißt du was? Du brauchst dir kein Hotel zu suchen. Du kannst hierbleiben, solange du willst. Das Zimmer von Jorge steht doch leer. Gib mir deine Autoschlüssel. Ich hole dein Gepäck aus dem Wagen.«

Kristina war so dankbar, dass sie Margarida getroffen hatte. Sie war genauso tatkräftig wie Betty, wenn sie selbst nicht mehr weiterwusste.

Bei einem starken Kaffee erzählte Kristina Margarida, was passiert war. Sie hatte erwartet, dass ihre portugiesische Freundin anfangen würde zu schimpfen, nachdem sie ihr erzählt hatte, was Luis getan hatte, aber Margarida sah Kristina nur bestürzt an und schwieg.

»Was ist?«, fragte Kristina. »Warum siehst du mich so an?«

»Ich kann es immer noch nicht fassen, dass du das getan hast«, sagte Margarida.

»Was? Sofort wegzufahren, als ich mitbekommen habe, was für ein Arschloch er ist?«

»Er ist kein Arschloch.«

»Ist er doch. Er hat sofort mit einer anderen Frau geschlafen.«

»Du weißt doch gar nicht, was wirklich passiert ist«, sagte Margarida.

»Es war so offensichtlich. Ich dachte, dass gerade du das verstehen würdest.«

»Ja, das tue ich auch. Vielleicht hat er wirklich mit dieser Inez geschlafen, aber eigentlich spielt das keine Rolle«, sagte Margarida.

»Das soll keine Rolle spielen?«, rief Kristina.

»Jetzt komm mal runter, oder willst du nicht wissen, was ich denke?«

»Doch, entschuldige, Margarida. Also, was denkst du?«

»Ich bin immer noch schockiert, dass du so etwas getan hast.«

»Was?«, fragte Kristina jetzt ruhiger.

»Diese Mail zu schreiben. Und dann auch noch abzuschicken.«

»Du weißt, dass ich das nicht wollte.«

»Übersetzt du sie mir? Mein Deutsch ist leider nicht mehr sehr gut.«

»Ja, kann ich machen.«

Margarida sah noch schockierter aus, als sie erfahren hatte, was in der Mail stand. »Ich habe mir schon gedacht, dass es schlimm ist, aber so schlimm«, sagte sie.

»Was meinst du?«, fragte Kristina.

»Mit dieser Mail hast du alles infrage gestellt, was er dir gesagt hat. Dass er dich liebt, dass du die Frau bist, mit der er zusammen sein will. Du hast ihn so dargestellt, als ob er das alles nicht ernst gemeint hätte. Wie konntest du ihm nur so wehtun?«

»Das verstehe ich nicht. Es stimmt doch, dass er die meiste Zeit seines Lebens mit anderen Frauen zusammen war«, sagte Kristina.

»Ja, aber du weißt doch, wie das für ihn war. Er hat keine gefunden, die er so liebt wie dich.«

»Das hat er so nicht gesagt.«

»Aber dir gezeigt«, sagte Margarida.

»Du warst nicht dabei«, antwortete Kristina bockig.

»Gut, das stimmt. Ich bin ihm noch nie begegnet. Und dennoch habe ich das Gefühl, ihn schon sehr gut zu kennen, nachdem du mir so viel von ihm erzählt hast.«

Kristina schwieg. Diese Reaktion hatte sie nicht erwartet. Sie war doch die, die verletzt worden war.

»Du hast deine eigene Liebe kleingemacht, bist auf ihr herumgetrampelt und hast so getan, als ob sie gar nicht existiere. Als ob es etwas sei, von dem man sich mit einer Mail verabschieden könne. Was ist mit dir los? Du liebst ihn doch?«

»Vielleicht. Aber du hast doch gesehen, was es mir gebracht hat«, sagte Kristina.

»Meine Güte, er hat aus Verzweiflung mit einer anderen Frau geschlafen. Ich bin mir sicher, dass er das zutiefst bereut«, sagte Margarida seufzend.

»Ich kann ihm das aber nicht verzeihen.«

»Okay, ich werde nichts mehr dazu sagen. Ich muss jetzt los, ich bin verabredet. Wir reden nachher weiter, ja?«

»Kein Problem. Geh ruhig, ich werde mich in die Badewanne legen und dann versuchen zu schlafen.«

Die junge Portugiesin nahm sie mütterlich in die Arme und drückte sie an sich.

Diese Herzlichkeit werde ich vermissen, wenn ich wieder in Deutschland bin, dachte Kristina. Hoffentlich ist es noch nicht zu spät, um zu Peter zurückzukehren.

9. Kapitel

»Theresa, ich habe ein Problem«, sagte Margarida ohne Umschweife. Sie hatte mit einem Kollegen einen Drink im *Portas do Sol* genommen, aber das Drama mit Luis und Kristina hatte sie nicht losgelassen.

Theresa sah sie neugierig an. Sie lehnte an der Hauswand und rauchte eine Zigarette. Aus dem Fado-Restaurant tönte die Stimme einer Fadista. Margaridas Herz zog sich kurz zusammen. Sie wusste nicht, ob Jorge mit seiner Neuen hier heute Abend einen Auftritt hatte, und wenn ja, wollte sie den beiden auf keinen Fall begegnen. Aber das Risiko musste sie jetzt eingehen. Es ging schließlich um die große Liebe.

»Was ist denn, Margarida?«, fragte Theresa neugierig. Sie liebte dramatische Konstellationen, das hatte Margarida bei den Gesprächen mit ihr in den vergangenen Wochen herausgefunden.

»Du erinnerst dich doch sicher an meine Freundin Kristina«, sagte Margarida.

»Ja, natürlich, die schöne Deutsche. Für ihre Haare würde ich einen Mord begehen. Und sie weiß noch nicht einmal, wie faszinierend sie aussieht.«

»Ja, das stimmt, aber darum geht es jetzt nicht. Sondern um sie und ihre große Liebe.«

»Du meinst Luis? Ich habe gleich gesehen, dass es zwischen ihnen funkte, als ich Kristina an seinen Tisch gesetzt habe. Was ist mit ihnen? Ich dachte, sie seien jetzt ein Paar. Ist Kristina doch wieder nach Deutschland zurückgegangen?«

Margarida erzählte ihr, was sie von Kristina gehört hatte.

Theresa hörte sehr konzentriert zu und wiegte den Kopf. »Das ist fast schon dramatischer als in den Telenovelas. Was für eine Szene! Sie will ihn überraschen und denkt, er sei todunglücklich, weil sie ihn verlassen hat, aber er hat sich währenddessen mit einer anderen vergnügt. Männer!«

»Ja, das würde ich normalerweise auch sagen. Aber in diesem Fall glaube ich, dass Luis da reingestolpert ist und wirklich nichts dafürkann.«

»Margarida, bitte, seit wann kann ein Mann nichts dafür, wenn er mit einer Frau schläft? Glaubst du etwa, er sei vergewaltigt worden?«, fragte Theresa.

»Natürlich nicht. Aber stell dir bitte mal vor, die Liebe deines Lebens – die du schon ein halbes Leben lang kennst, die du endlich für dich gewinnen konntest, die du glaubtest, vor langer Zeit an einen anderen Mann verloren zu haben, weil du damals zu blöd warst, deine Gefühle richtig zu deuten – ist endlich bei dir. Du bist überglücklich, du denkst: Jetzt habe ich endlich erreicht, was ich mir schon immer gewünscht habe. Und dann serviert sie dich ab und kehrt zu ihrem Mann zurück. Ich kann verstehen, dass er völlig außer sich war vor Wut und dann Dinge getan hat, die er eigentlich nicht tun wollte.«

»Gut, wenn man es so betrachtet, ist es nachvollziehbar. Aber was kann ich tun? Ich kenne die beiden doch eigentlich gar nicht«, sagte Theresa.

»Luis versucht, Kristina zu erreichen, aber sie drückt seine Anrufe immer weg. Sie will wieder nach Deutschland zurückkehren und Luis aufgeben.«

»Und das willst du nicht zulassen, Margarida?«, fragte Theresa.

Die Fadista machte gerade eine Pause und stand jetzt mit den Gitarristen auch draußen auf der Straße und rauchte eine Zigarette. Es waren glücklicherweise nicht Jorge und seine neue Freundin.

»Gott sei Dank«, sagte Margarida seufzend.

»Das hätte ich dir auch vorhin schon sagen können. Jorge hat sich diese Woche freigenommen.«

»Um mit seiner Fado-Schlampe wegzufahren?«, entfuhr es Margarida lauter, als sie wollte.

Die Musikergruppe drehte sich zu ihr um und sah sie missbilligend an.

»Ich meinte nicht Sie«, versuchte Margarida, sich zu entschuldigen, hatte aber den Eindruck, dass sie es dadurch nur noch schlimmer machte.

»Wir müssen die beiden irgendwie in einem Raum zusammenbringen. Alles Weitere machen sie dann von allein. Da bin ich mir sicher«, sagte Margarida.

»Wie soll das denn funktionieren? Sollen wir sie k. o. schlagen und dann kidnappen? Wenn Kristina ihn nicht sehen will, will sie ihn nicht sehen. Bist du dir sicher, dass du Schicksal spielen willst?«, fragte Theresa.

»Ja, ganz sicher. Ich glaube, das ist meine Aufgabe in diesem Spiel«, sagte Margarida.

»Gut, aber was soll ich dabei tun?«

»Luis wird bestimmt nach Lissabon kommen, um sie vor dem Haus abzufangen. Wenn ihm das nicht gelingt, wird er durch die Alfama irren.«

»Und dann komme ich ins Spiel?«

»Ja, ich glaube sogar, dass er vielleicht schon heute Abend kommen wird. Oder morgen.«

»Ich soll ihn überreden, ins Lokal zu kommen? Und wenn er nicht will?«

»Du weißt, dass ihm das nicht viel bringen würde. Du würdest auch einen Stein dazu überreden können, Fado zu hören«, sagte Margarida.

Theresa runzelte die Stirn. »Ist das jetzt eine Kritik oder ein Kompliment?«

»Ein Kompliment natürlich. Also, du überredest ihn, wenn er kommt, und dann rufst du mich an. Ich bringe dann Kristina hierher.«

»Aber sobald sie den Braten riecht, wird sie weglaufen. Deshalb werde ich Luis einweihen, wenn ich ihn sehe, und ihn bitten, einfach noch ein paar Runden um den Block zu drehen, bis du Kristina gebracht hast«, sagte Theresa.

Margarida sah, dass ihre Wangen leuchteten. Sie seufzte. Endlich, dachte sie. Jetzt ist sie Feuer und Flamme für diesen Plan. Sie hatte schon vermutet, dass Theresa eigentlich gerne Schicksal spielte.

»Was ist, wenn er nicht kommt?«

»Dann müssen wir uns etwas anderes überlegen. Aber glaub mir, er kommt. Wohin sollte er denn sonst fahren, um seiner Traumfrau nahe zu sein?«, sagte Margarida.

»Und wenn er denkt, dass sie schon nach Deutschland zurückgeflogen ist?«, fragte Theresa.

»Ich glaube, momentan denkt Luis gar nicht sehr viel.«

»Dein Wort in Gottes Ohr, liebe Margarida. Okay, ich bin dabei. Gib mir deine Handynummer. Ich werde dich anrufen, sobald ich Luis sehe, und alles dafür tun, dass er ins Lokal kommt.«

»Ich gehe jetzt zurück und sorge dafür, dass Kristina nicht irgendwo anders hingeht.«

Die beiden Frauen umarmten einander und zwinkerten sich zu.

»Gut, dann wollen wir mal Schicksalsgöttinnen spielen. Jedenfalls ein bisschen«, sagte Margarida seufzend.

»Du wirst auch bald wieder Glück haben«, sagte Theresa und strich ihr über den Rücken. »Ich glaube, Jorge wird nach dieser Woche mit Anita die Nase voll von ihr haben. Sie ist zwar eine großartige Fadista, aber viel zu exzentrisch für deinen Jorge. Glaub es mir.«

»Ich hoffe es«, sagte die junge Portugiesin. »Denn auch wenn es unverständlich ist, liebe ich ihn immer noch. Obwohl er so schwierig, ichbezogen und kapriziös ist.«

»Ich weiß, dass du das tust. Und es ist in Ordnung. So ist die Liebe nun mal. Sie schert sich nicht um Stolz. Aber jetzt muss ich weiterarbeiten.«

Theresa verschwand mit den Musikern im Restaurant. Margarida ging die Straße hinunter zu ihrem Wohnhaus. Hoffentlich geht mein Plan auf, dachte sie. Luis, bitte, komm nach Lissabon.

***

Es war wieder so wie früher, wenn er wusste, dass er etwas vollkommen falsch gemacht hatte, aber keine Ahnung hatte, wie er aus dieser Situation herauskommen sollte. Luis wusste nicht, wohin mit seiner Scham und der Wut auf sich selbst, machte sich Vorwürfe und tat deshalb gar nichts. Ja, natürlich hatte er gedacht, Kristina hätte ihn für immer verlassen. Aber hatte er deshalb gleich kiffen müssen und alles andere? Er liebte Kristina sehr, das war ihm doch schon in Deutschland klar geworden, kurz bevor er nach Portugal gegangen war. Und jetzt hatte er wieder alles vermasselt, nur weil er mit seinem verletzten Stolz und seiner Wut auf Kristina nicht zurechtgekommen war. Dass sie nach Portugal zurückgekehrt war, bedeutete, dass sie ihn gar nicht verlassen wollte. Wer flog schon so eine lange Strecke, nur um noch einmal zu bestätigen, dass er jemanden verlassen hatte? Aber anstatt sie anzuhören, hatte er sie erneut verletzt, und sie war geflohen.

Als er ihre Abschiedsmail gelesen hatte, war wieder dieses Bild von Kristina, Peter und Feli in seinem Kopf aufgetaucht, und er hatte gedacht, dass er sie für immer verloren hätte. Aber sie war zurückgekehrt, und er hatte ihr noch nicht einmal die Gelegenheit gegeben, ihm zu sagen, warum.

Nach diesem desaströsen Morgen hatte er sich in seine Wohnung verkrochen und seine Wunden geleckt. Er wollte niemanden sehen, denn man würde ihm anmerken, was für ein Arschloch und Idiot er war. Aber ein Blick in den Kühlschrank machte ihm klar, dass er doch noch einmal rausmusste, wenn er am Sonntag etwas zu essen im Haus haben wollte. Er duschte und zog sich an – nach Kristinas Abgang war er lediglich dazu in der Lage gewesen, sich einen Bademantel überzuwerfen. Dann setzte er seine Sonnenbrille mit dem schwarzen Gestell auf, versuchte, einen möglichst coolen Gesichtsausdruck aufzusetzen, falls er die Surfer treffen sollte, und ging durch die Gassen von Sítio zum Hauptplatz. Als Erstes brauchte er einen starken Kaffee und ein Sandwich, denn ihm fiel auf, dass er noch gar nichts gegessen hatte, und der Rausch von Alkohol und Gras hatte sich langsam verzogen. Was übrig blieb, waren Hunger und großer Durst. Er ging ins Café, bestellte Krabbenpasteten, Pastéis de Nata, Wasser und Espresso. An Alkohol war heute überhaupt nicht zu denken. Sein Schädel brummte immer noch, und Luis bedauerte, dass er nicht mal mehr in der Lage war, die Nachwirkungen eines Rausches einfach wegzustecken. Vor den Surfern war er sicher, die waren bei diesem sonnigen Wetter und den Windverhältnissen am Strand.

Nachdem er den Espresso getrunken und einen halben Liter Wasser hinuntergestürzt hatte, ging es ihm schon ein wenig besser. Die Krabbenpasteten waren köstlich, er blickte durch seine Sonnenbrille über den Platz. Am Pavillon arbeiteten zwei Leute daran, Stühle und Bänke aufzustellen.

Hier findet anscheinend nachher irgendeine Musikveranstaltung statt, dachte Luis und nahm sich vor, rechtzeitig das Feld zu räumen, bevor ganz Sítio erscheinen würde. Aber das würde bestimmt noch eine Weile dauern. Die beiden Arbeiter waren sicher noch lange beschäftigt, bei dem Tempo, das sie an den Tag legten. Luis sah ihnen weiter bei der Arbeit zu und freute sich darüber, nicht mehr in dem kalten Deutschland zu sein, in dem die Menschen so effektiv ihrer Arbeit nachgingen. Natürlich wusste er, dass das ein Klischee war, aber von seiner Perspektive aus betrachtet, war es auch in Ordnung zu meinen, dass dieses Klischee immer der Wahrheit entsprach. Und Kristina hatte seine Meinung geteilt, das hatte sie in ihrer gemeinsamen Zeit mehrfach gesagt.

»Du siehst aber schlecht aus«, begrüßte ihn eine ihm sehr vertraute Stimme, die er jetzt eigentlich als letzte hätte hören wollen. Er hatte keine Ahnung, wie seine Mutter es immer fertigbrachte, irgendwo aus dem Nichts aufzutauchen. Früher hatte er gedacht, dass sie über Zauberkräfte verfügte, aber vielleicht lag es einfach nur daran, dass sie sich sehr leise bewegen konnte, wenn sie wollte.

»Was machst du denn hier?«, fragte Luis Sofia.

»Falls es dir entgangen ist, ich bin fast jeden Tag um diese Zeit hier und trinke einen Kaffee.«

»Und einen Likör«, sagte Luis.

»Willst du mich zurechtweisen, Luis? Ich denke, ich bin mittlerweile in einem Alter, in dem ich selbst darüber entscheiden kann, wann und wie viel Kirschlikör ich trinken möchte.«

»Ja, natürlich, Sofia. So meinte ich das nicht«, sagte Luis.

»Also, was ist los? So schlecht gelaunt habe ich dich schon lange nicht mehr erlebt«, sagte Sofia, die sich ungefragt an seinen Tisch gesetzt hatte, jetzt die Sonnenbrille von der Nase nahm und ihn scharf ansah.

»Nichts«, sagte Luis gewohnheitsmäßig. Seit seinem elften Lebensjahr antwortete er so, wenn seine Mutter ihm zu sehr auf den Leib rückte, und irgendwann hatte sie tatsächlich aufgehört, ihn zu fragen, was los war, und gewartet, bis er selbst anfing, etwas zu erzählen. Meist hatte sie nicht lange warten müssen, denn auch wenn seine Mutter ihn mit ihrer Fürsorge nervte, konnte sie mit einem besorgten Blick aus ihren warmen dunkelbraunen Augen das Eis augenblicklich brechen.

Kristina kann auch so gucken, dachte Luis, und der Gedanke an sie ließ den Kloß in seinem Hals größer werden. Sollte er seiner Mutter wirklich erzählen, was passiert war? Was würde sie von ihm denken? Auch wenn es eigentlich schon lange keine Rolle mehr für ihn spielte, was Sofia von ihm dachte, wollte er sie nicht schockieren.

»Es hat mit Kristina zu tun«, sagte Sofia und musterte ihn weiter besorgt.

»Ja, das stimmt«, sagte Luis und merkte, wie Tränen in ihm aufstiegen. Er war froh, dass er immer noch seine Sonnenbrille trug, weil seine Mutter sonst sicher gemerkt hätte, dass er kurz davor war zu weinen.

Sofia sah ihn liebevoll an und schwieg. Gerade weil er wusste, dass sie nicht noch einmal fragen, sondern darauf warten würde, bis er von sich aus etwas sagte, begann er zu erzählen. Die Details des gestrigen Abends ließ er weg, aber er war sich sicher, dass seine Mutter auch so verstehen würde, worum es ging.

Sofia schwieg. Sie hatte ihre Sonnenbrille wieder aufgesetzt, sicher, damit Luis ihre Gefühle nicht gleich an ihren Augen würde ablesen können. Genau wie Kristina war seine Mutter eine Frau, deren Gefühle sich unmittelbar in ihren Augen widerspiegelten. Das war ihm gleich bei ihrem ersten Treffen im *Café Bleibtreu* in Berlin aufgefallen, und er hatte sich deshalb auch sofort in sie verliebt.

»Entschuldige, Luis, dass ich das so sagen muss, aber du hast wirklich Mist gebaut«, sagte Sofia nach längerem Schweigen.

Luis nickte schwach. Er hatte zwar gehofft, dass seine Mutter es etwas weniger drastisch formulieren würde, aber sie hatte ja recht.

»Die arme Kristina. Sie hat die Mail sicher nur abgeschickt, um ihre Familie zu schützen, und nicht, weil sie dich nicht liebt. Sie liebt dich sehr, du bist für sie genauso der eine, so, wie sie für dich die eine ist.«

»Woher weißt du das?«, fragte Luis.

»Das weiß ich einfach, ich bin eine Frau«, sagte Sofia und lächelte. »Und sie ist zurückgekommen, weil sie begriffen hatte, dass sie ohne dich nicht leben will, trotz des Verantwortungsgefühls gegenüber ihrer Familie. Das war ein sehr großer Schritt für sie, da bin ich mir sicher. Und dann hast du alles kaputt gemacht.«

»Ja, ich weiß. Kannst du bitte aufhören, mich noch mehr zu quälen?«, sagte Luis matt.

»Also, was wirst du jetzt tun?«, fragte Sofia und nippte an ihrem zweiten Kirschlikör.

»Was meinst du damit? Kann ich denn irgendetwas tun?«

»Eigentlich müsstest du das selbst wissen, Luis.«

»Ich weiß, aber ehrlich gesagt, habe ich keine Ahnung, was ich tun soll«, sagte Luis.

»Fahr zu ihr«, sagte Sofia.

»Nach Deutschland?«

»Ich glaube nicht, dass sie dort ist. Wie ich sie einschätze, ist sie nur bis Lissabon gekommen. Du hast doch erzählt, dass sie dort eine gute Freundin hat.«

»Ja, Margarida. Meinst du, sie ist bei ihr?«

»Was machen Frauen, wenn sie von Männern verletzt werden?«

»Sie reden mit ihrer besten Freundin.«

»Ja, zumindest das scheinst du verstanden zu haben.«

»Danke, Mama. Sehr nett von dir, dass du glaubst, ich hätte auch etwas verstanden.«

»Also, ihre beste Freundin wohnt in Lüneburg. Sie ist viel zu verzweifelt und schwach, um sofort nach Deutschland zurückzufliegen, also kann es gut sein, dass sie bei Margarida ist«, sagte Sofia.

»Und ich soll da jetzt hinfahren?«, fragte Luis ungläubig.

»Ja, mein Sohn, wenn du bereits wieder dazu in der Lage bist«, sagte Theresa.

»Natürlich bin ich das.«

»Sicher? Und übrigens, ich bin nicht von vorgestern.«

»Es ist genug Zeit vergangen, ich kann bereits wieder fahren.«

»Na, was sitzt du dann noch hier herum? Nimm meinen Wagen, ich habe die Schlüssel dabei.«

»Du hast nichts dagegen?«, fragte Luis. Er konnte es immer noch nicht fassen, dass seine katholische Mutter damit einverstanden zu sein schien, dass Kristina ihren Mann verließ, um mit ihm zusammen zu sein.

»Es ist nicht immer gut, das Richtige zu tun. Manchmal muss man das tun, was einen glücklich macht«, sagte Sofia, als ob sie seine Gedanken lesen könnte.

Sie öffnete ihre beige Handtasche und gab ihm den Schlüssel. »Ich brauche den Wagen in den nächsten Tagen nicht. Und wenn ich doch etwas zu besorgen habe, sage ich Javier Bescheid.«

Luis stand auf und küsste seine Mutter zum Abschied. Sicher war es nicht besonders erwachsen, einfach das zu tun, was seine Mutter einem riet, wenn man selbst nicht mehr weiterwusste, aber das war ihm jetzt egal. Er würde nach Lissabon fahren und Kristina dort suchen.

Als er vor seinem Kleiderschrank stand und überlegte, was er anziehen sollte, kamen ihm wieder Zweifel, ob es sinnvoll war, diese Suchaktion überhaupt zu starten. Vielleicht saß sie schon längst im Flieger nach Hamburg und hatte vorher eine reumütige Mail an ihren Mann geschrieben, der selbstverständlich zum Flughafen eilen würde, um sie wieder in Empfang zu nehmen. Denn so wie er würde auch Peter Kristina sicher nicht lange etwas übel nehmen können. Luis wusste nicht, wie sie das machte – aber egal, was sie im Laufe der Zeit angestellt hatte, einerlei, wie sehr er sich immer wieder vorgenommen hatte, diesmal nicht umzufallen, sondern sie ziehen zu lassen, weil sie das ja so gewollt hatte –, lange hatte er es nicht durchgehalten. Aber gab es nicht eine Grenze? Er wollte sich nicht lächerlich machen. Das war noch nie seine Stärke gewesen. Er war stolz, sicher auch zu stolz, aber diese Eigenschaft hatte ihn schon oft vor peinlichen Situationen bewahrt.

»Egal«, sagte Luis laut zu sich. Diesmal würde er sich notfalls auch lächerlich machen, wenn er bei Margarida vor der Tür stehen und sie ihn mit großen Augen ansehen und ihm erklären würde, dass sie seit

Kristinas Abreise nichts mehr von ihr gehört hatte. Sofia hatte recht. Er musste es tun, denn auch, wenn das sehr kitschig war – und er eigentlich überhaupt nichts für Filme übrighatte, in denen der Held am Ende plötzlich feststellte, dass die Frau seines Lebens schon die ganze Zeit an seiner Seite gewesen war, er aber leider versäumt hatte, ihr das zu sagen wie in *Harry und Sally* –, würde er jetzt bereit sein, so etwas zu tun. Aber dabei wollte er gut aussehen. Er entschied sich für das weiße Leinenhemd, Jeans und braune Docksides, denn er wusste, dass Kristina ihn in diesem Outfit am unwiderstehlichsten fand. Und seine gebräunte Haut kam durch das weiße Leinenhemd noch mehr zur Geltung.

Ich kann nicht fassen, dass ich über so etwas nachdenke, dachte Luis. Aber er konnte nicht verleugnen, dass er die 40 schon vor einer ganzen Weile hinter sich gelassen hatte, und ab diesem Alter war es eben nötig, mehr Gedanken auf die Kleidung zu verwenden, die man trug, wenn man eine Frau betören wollte. Und das wollte er doch. Kristina so betören, dass sie ihm ein letztes Mal verzeihen würde. Er wollte doch gar nicht mit einer anderen Frau schlafen, er hatte endlich verstanden, dass sie die eine war. Vielleicht hatte er ihr das nur bisher noch nicht richtig vermitteln können, und deshalb hatte sie an ihm gezweifelt und diese Mail geschrieben.

»Los, auf geht's«, ermunterte er sich selbst, holte seine hellbraune leichte Lederjacke aus dem Schrank, fuhr sich mit den Fingern durch die Haare und setzte seine Sonnenbrille auf.

Er hatte Sofias Wagen gleich auf dem Weg zu seiner Wohnung geholt. Es war ein rosafarbener Smart, und Luis wollte nicht daran denken, was für ein Bild er abgab, wenn er darin saß. Ihm blieb keine andere Wahl. Zu dieser Zeit war es nicht leicht, in Nazaré spontan einen Wagen zu mieten, also musste er jetzt in dieses rosafarbene Auto steigen. Wie gut, dass ich nicht so riesig bin, dachte Luis, manövrierte auf die Straße und gab Gas. Er durfte keine Zeit mehr verlieren.

Als er zwei Stunden später bei Margarida klingelte, machte niemand auf. Er stand auf dem Bürgersteig vor dem Haus, sein Hemd klebte ihm am Körper, weil er es nicht geschafft hatte, die Aircondition anzustellen, seine Haare sahen sicher alles andere als cool verwuschelt aus, und sein Herz raste. Er klingelte noch einmal, aber es öffnete immer noch niemand. Luis wusste nicht, was er jetzt tun sollte. Irgendwie hatte er die naheliegendste Möglichkeit, dass Margarida nicht zu Hause sein könnte, weil sie arbeitete, nicht in Betracht gezogen. Hatte sie nicht den Platz für ihr Tuk Tuk oben an der Burg? Wäre es sinnvoll, dort auf sie zu warten? Aber was wäre, wenn sie heute freihätte und irgendwo am Strand läge oder bei ihrer Familie wäre? Das war schließlich auch möglich. Luis stellte fest, dass er wirklich überhaupt nichts über Margarida wusste. Er war ihr mit Kristina vielleicht zweimal begegnet, war aber zu verliebt in Kristina gewesen, als dass Margarida ihn auch nur im Ansatz interessiert hätte. Im Augenwinkel sah Luis den alten Parkwächter, dem er eben schon zwei Euro gegeben hatte, auf sich zukommen. Er wollte seiner mit Sicherheit besorgten Frage, ob er Hilfe brauchte, aus dem Weg gehen und wandte sich nach rechts.

10. Kapitel

Kristina trottete mit hängendem Kopf neben Margarida her.

»Wir gehen jetzt shoppen«, hatte sie gesagt, als sie viel früher als erwartet von ihrer Arbeit zurückgekommen war und Kristina in ein Handtuch gewickelt auf ihrem Bett gelegen hatte.

»Aber ich bin überhaupt nicht in der Stimmung dazu«, hatte Kristina weinerlich geantwortet. Das hatte ihr leider nicht geholfen. Kurze Zeit später wanderte sie in ihrem rot-weiß geblümten Kleid durch die Straßen Richtung Praça do Comércio.

»Erst einmal trinken wir einen Kaffee, und dann gehen wir dir etwas Schönes kaufen. Vielleicht Schuhe? Deine Füße sind ja nicht so groß wie die von vielen deutschen Frauen. Da findest du hier auf jeden Fall was«, sagte Margarida aufmunternd.

Kristina konnte sich nicht vorstellen, dass sie in dieser Stimmung Schuhe finden würde, die ihr gefielen, aber sie hatte nicht die Kraft, sich gegen Margarida durchzusetzen. Plötzlich erschien ihr Lissabon, die sandfarbene Schöne mit dem wunderbar sonnigen Teint, grau und matt. Die entspannten Menschen auf den Bürgersteigen, die kleinen Restaurants, an denen sie vorbeigingen, die Sonne, die sich in den Fenstern der alten Häuser spiegelte, der sanfte Klang der portugiesischen Sprache – nichts davon konnte sie begeistern. Das war nicht mehr ihre Stadt, denn sie hatte Luis verloren. Und eigentlich war es doch vollkommen egal, wer daran schuld war. Es war geschehen, und obendrein hatte ihr Ehemann sie ein Jahr lang betrogen, ohne dass sie etwas bemerkt hatte, und ihre zwei erwachsenen Kinder brauchten sie nicht mehr. Sie hatte den Traum, ein neues Leben anzufangen, ausgeträumt, und ihre Tage in Lissabon waren nur noch eine Galgenfrist. Bald würde sie wieder nach Deutschland zurückfliegen und sich der Realität stellen müssen. Entweder würde Peter sich von ihr trennen, oder sie würden es noch einmal miteinander versuchen. Es wäre auf jeden Fall ein Abschied von diesem unfassbaren Gefühl absoluten Glücks, das sie mit Luis erlebt hatte.

Auf der Praça do Comércio war wie immer in den frühen Abendstunden viel los. Die üblichen Touristen überquerten den Platz in Richtung Tejo, um sich auf den Stufen fotografieren zu lassen, oder sie posierten vor dem Denkmal in der Mitte des Platzes. Margarida steuerte auf ein Restaurant mit weißen Sesseln zu.

»Ich will keinen Kaffee trinken und habe keinen Hunger«, sagte Kristina trotzig, als Margarida ihr die Speisekarte in die Hand drückte.

»Gut, meinetwegen, ich zwinge dich nicht zu deinem Glück. Aber lass mich Oliven, Chorizo und Azeitão bestellen. Du hast doch den ganzen Tag nichts gegessen.«

»Gut, Mama«, sagte Kristina und zog einen Flunsch.

Margarida lachte und streichelte ihre Hand. »Es ist so erfrischend zu sehen, dass man sich auch in deinem Alter noch wie ein Teenager aufführen kann«, sagte sie. »Seit ich dich kenne, habe ich keine Angst mehr vor meinem 40. Geburtstag.«

»Schön, dass ich dir helfen konnte«, sagte Kristina beleidigt. Plötzlich fühlte sie sich alt. Sie würde schon bald 50 werden, und dann wäre es sicher endgültig vorbei mit der Leidenschaft. Aber das geschah ihr nur recht. Sie stellte sich vor, wie Peter jetzt mit Britta zusammen war, die sicher noch nicht mal 40 war. Er hatte sie bestimmt wiedergesehen. Und wenn sie die Geschichte ihres überstürzten Aufbruches nach Portugal hörte, würde sie sicher alles dafür tun, ihren Peter davon zu überzeugen, dass es sich nicht lohnte, es mit seiner alten Ehefrau noch einmal zu versuchen.

Der Kaffee und das Essen kamen, und Kristina machte sich darüber her, weil sie jetzt erst merkte, wie hungrig sie war.

***

Theresa konnte sich nicht auf ihre Arbeit konzentrieren. Das war eben das zweite Paar gewesen, das sie an sich hatte vorbeiziehen lassen, ohne es anzusprechen. Wenn das so weitergeht, wird das Restaurant heute Abend nicht mehr voll, dachte sie. Das konnte sie sich nicht leisten, sie brauchte diesen Job, aber die Geschichte von Kristina und Luis ging ihr nicht aus dem Kopf. Auch wenn sie selbst momentan kein Glück in der Liebe hatte und ihr Mann immer noch mit seiner jungen Geliebten beschäftigt war und anscheinend noch keine Ermüdungserscheinungen an den Tag legte, glaubte sie noch an die große Liebe. Sie hatte Gabriel damals sehr geliebt und bis heute nicht damit aufgehört. Sie wollte nicht zynisch werden, sondern weiter an dem Traum von der einzigartigen Liebe festhalten. Nur so würde ihr Gabriel eines Tages wieder zu ihr zurückfinden, da war sie sich sicher.

Sie war fest entschlossen, Luis und Kristina zu helfen, aber war es wirklich so wahrscheinlich, dass er nach Lissabon kommen würde, um Kristina zu finden? Dachte Margarida da nicht viel zu romantisch? Eigentlich kannte sie nur Luis' Namen, sonst nichts. Ein ungewöhnlicher Name für einen Portugiesen, hatte sie gedacht, als er ihn ihr genannt hatte. Von Margarida wusste sie, dass er in Nazaré im Hospital arbeitete. Sollte sie versuchen, seine Telefonnummer herauszufinden? Vielleicht könnte sie im Hospital anrufen. Aber würden die ihr die Telefonnummer herausgeben? Sicher nicht. Es musste eine andere Lösung geben. Margarida schien seine Telefonnummer nicht zu haben und auch nicht auf die Idee gekommen zu sein, in Kristinas Handy nachzusehen. Theresa fasste einen Entschluss. Sie würde jetzt rasch drei Paare vom Restaurantbesuch überzeugen und dann Luis Schröder googeln, vielleicht könnte sie so Anhaltspunkte finden, um an seine Handynummer zu kommen. Viele gingen ja so sorglos mit ihren Daten um, dass man mit ein paar Klicks alles über sie erfahren konnte.

Als sie mit ihrem Handy an der Wand neben dem Restaurant lehnte und gerade seinen Namen eingab, sah sie ihn die Straße heraufkommen. Sie konnte es kaum fassen. Margarida hatte recht behalten. Luis war tatsächlich hier und kam gerade am *Fado de Alfama* vorbei.

Sie ging Luis entgegen, ohne zu wissen, was sie ihm sagen sollte und ob ihr Plan überhaupt aufgehen würde.

»Luis, ich muss dich sprechen, warte bitte«, sagte sie.

Er blieb erstaunt stehen und wandte sich ihr interessiert zu. »Theresa«, sagte er. »Schön, dich wiederzusehen.«

Wie schön, dass er sich an meinen Namen erinnert, dachte sie. Ein höflicher Mann – und so attraktiv. Wenn ich nicht in Sachen Amor unterwegs wäre, würde ich bestimmt versuchen, mit ihm zu flirten. Als er sie aus traurigen braunen Augen ansah, wurde ihr das Herz ganz weich. Konzentriere dich auf das, was du Margarida versprochen hast, rief sie sich zur Ordnung.

»Es wird dich vielleicht etwas verblüffen, aber ich bin in Auftrag von Margarida unterwegs«, sagte Theresa.

»Kristinas Freundin«, sagte Luis in hoffnungsvollem und gleichzeitig verzweifeltem Tonfall, der auch einen Stein hätte zum Schmelzen bringen können.

Der arme Mann, er liebt sie sehr, dachte Theresa. Wir müssen ihm einfach helfen. »Sie ist gerade mit Kristina zusammen und wird sie hierherbringen, wenn du das willst«, sagte Theresa.

»Weiß sie denn, dass ich hier bin?«, fragte Luis.

»Nein, das müssen wir ihr für den Moment noch verschweigen. Unser Plan ist folgender: Du kommst ins Restaurant und wartest dort. Ich bringe Margarida und Kristina dann an deinen Tisch. Margarida verzieht sich wieder, die Fadista fängt sofort an zu singen.«

»Dann kann Kristina nicht sofort weglaufen, wenn sie mich sieht.«

»Ja, so hatten wir es uns gedacht.« Und wenn sie länger als eine Minute mit dir dicht an ihrer Seite zusammensitzt, wird sie auch sofort wieder schwach, dachte Theresa. Ich würde es mit Sicherheit werden. »Und sie wird dann bestimmt nicht mehr wütend auf dich sein«, sagte sie.

»Woher weißt du, dass Kristina wütend auf mich ist?«, fragte Luis in einem beleidigten Ton.

Oh Gott, da bin ich zu weit gegangen, dachte Theresa. Er ist ein Mann. Er weiß nicht, wie viele intime Dinge wir Frauen untereinander austauschen.

»Sie hat es Margarida erzählt. Natürlich nur so viel, dass klar wurde, wie unglücklich sie ist, weil sie glaubt, dich verloren zu haben. Kristina liebt dich sehr«, sagte Theresa und lächelte Luis an.

»Das ist eigentlich kein Gespräch, das ich auf der Straße führen möchte«, sagte Luis.

»Ich weiß, aber manchmal erfordert die Liebe einige Opfer. Also, kommst du jetzt mit? Dann kann ich Margarida anrufen und ihr berichten, dass ich meine Mission erfüllt habe.«

»Gut, ich komme mit. Auch wenn es sein kann, dass ich mich zum Affen mache.«

»Man muss manchmal etwas wagen, um das zu bekommen, was man wirklich liebt«, sagte Theresa. Ich würde so etwas auch tun, wenn ich nur den geringsten Hauch einer Chance hätte, meinen Mann zurückzubekommen, dachte sie traurig.

Sie hakte sich bei Luis ein und lotste ihn über die Gasse in das Restaurant. Der kleine Tisch ganz hinten in der Ecke am Fenster war noch frei. Dort könnten sie ungestört nebeneinandersitzen und sich versöhnen, dachte Theresa. Sie hatte keinen Zweifel, dass spätestens nach dem zweiten Lied der Fadista wieder alles gut sein würde zwischen den beiden. Sie hatte schon viele Paare sich weinend in den Armen liegen sehen, die kurz vorher noch verstockt nebeneinandergesessen hatten. Der Fado öffnete die Herzen und traf mitten hinein. Nicht nur einmal hatte sie das selbst erlebt. Wenn sie Kummer hatte, bewirkte der Fado, dass sie sich am liebsten sofort in den Tejo werfen wollte, all ihr Schmerz kam an die Oberfläche, und nach kurzer Zeit konnte sie die Tränen nicht mehr zurückhalten. Aber was könnte befreiender sein, als beim Fado zu weinen? Danach fühlte man sich um Tonnen leichter.

Theresa setzte Luis an seinen Platz, bestellte ihm eine Flasche vom besten Rotwein und Käse und sagte dem Kellner, dass er diese Bestellung vorrangig behandeln sollte, damit Luis nicht doch noch auf die Idee käme zu flüchten.

***

»Er ist da, ich habe es geschafft«, hörte sie Theresa flüstern, als ob sie Komplizen in einer hoch geheimen Agentensache wären.

»Gut, ich übernehme«, sagte Margarida und beendete das Gespräch. Fast wäre ihr noch ein »Over« herausgerutscht, aber das konnte sie gerade noch unterdrücken.

Kristina sah sie aufmerksam an, und Margarida hoffte, dass das Portugiesisch ihrer Freundin noch nicht ausreichte, um sie verstanden zu haben.

»Das war meine Mutter, ich soll morgen auf den Markt gehen«, sagte Margarida.

Kristina hatte das Interesse an dem Telefongespräch schon wieder verloren und blickte über die Praça do Comércio, als ob sie jemanden suchte.

Sie denkt jetzt an Luis, vermutete Margarida und wäre am liebsten mit ihrem Plan herausgeplatzt, aber damit hätte sie wahrscheinlich alles verdorben. Sie musste geschickter vorgehen.

»Lass uns zahlen und zu mir nach Hause gehen. Ich zeige dir einen Weg, den du noch nicht kennst und sicher fantastisch finden wirst. Du solltest noch ein wenig mehr von Lissabon kennenlernen. Und dann trinken wir zum Abschluss einen Portwein auf unserem Platz, ja?«

»Von mir aus«, sagte Kristina matt.

Mit hängenden Schultern trottete sie hinter ihrer portugiesischen Freundin her. »Schön«, sagte sie lahm, wenn ihre Gastgeberin ihr ein besonders eindrucksvolles Gebäude zeigte.

Margarida ärgerte sich, dass Kristina ihrer Stadt so wenig Beachtung schenkte, aber dann rief sie sich in Erinnerung, dass ihre deutsche Freundin immer noch unter dem wohl schlimmsten Liebeskummer ihres Lebens litt und überhaupt nicht offen für die Schönheit einer Stadt war, selbst wenn es sich um die schönste unter den schönen handelte.

Sie erreichten die Alfama, und Kristina bemerkte nicht, dass sie einen Umweg machten, um auf dem Weg zum *Fado de Alfama* nicht an Margaridas Wohnhaus vorbeizukommen und Kristina so auf die Idee zu bringen, dass sie dringend auf ihrem Bett liegend weinen musste.

Erst als sie Theresa von Weitem sah, merkte Kristina, wo sie waren. »Du willst mich doch nicht etwa wieder in das Fado-Restaurant schleppen?«, sagte sie empört.

»Bitte, tu mir den Gefallen. Heute tritt Anita mit Jorge auf. Ich muss sie mir mit ihm zusammen ansehen. Theresa sagt, sie verstehen sich gar nicht mehr.«

»Meinst du wirklich, dass das eine gute Idee ist?«, fragte Kristina.

»Ja, es klingt vielleicht etwas dramatisch, aber so sind wir Portugiesen nun mal.«

»Wenn du meinst«, sagte Kristina matt. »Ich habe ja sonst nichts vor.«

Das klang unhöflich in Margaridas Ohren, und nicht zum ersten Mal wunderte sie sich über die manchmal zu grobe Direktheit ihrer deutschen Freundin.

Theresa kam auf sie zu, zwinkerte mit den Augen und reckte den Daumen in die Höhe, als Kristina gerade nicht hinsah.

Sie scheint viel Spaß dabei zu haben, Amor zu spielen, dachte Margarida und nahm sich vor, Theresa bei Gelegenheit auch in eigener Sache für sich arbeiten zu lassen. Vielleicht konnte sie Anita bei Jorge ein wenig ins schlechte Licht rücken.

Sie nahmen Kristina zwischen sich und betraten das Fado-Restaurant. Die Fadista und der Gitarrist standen schon in Position, und Antonio machte nervös Zeichen, dass sie sich sofort setzen sollten.

»Hier ist dein Platz«, sagte Theresa und schob Kristina auf den Stuhl neben Luis, dann wandte sie sich um und zog Margarida am Arm mit sich.

»Ich denke, wir überlassen die beiden jetzt ihrem Schicksal«, flüsterte sie, »und gehen eine rauchen.«

***

Da saß Luis und sah sie gar nicht überrascht an. Das Ganze war wohl von Margarida, Theresa und ihm geplant worden, schoss es Kristina durch den Kopf. Sie wusste nicht, wie sie das finden sollte, und auch nicht, ob sie überhaupt schon so weit war, ihn wiederzusehen. Es war noch nicht einmal 24 Stunden her, dass sie ihn in seiner Wohnung überrascht hatte. Er musste nicht lange gezögert haben, um sich auf die Suche nach ihr zu machen. Das war das erste Mal in ihrer komplizierten Beziehung, dass er hinter ihr hergekommen war, wenn sie wegging. Kristina merkte, dass sie tief in ihrem Innern so erleichtert darüber war, dass sie ihre Wut auf ihn kurzzeitig vergaß und lächelte.

Er lächelte sofort hoffnungsvoll zurück und streckte eine Hand nach ihr aus. Aber das war dann doch zu viel. Sie setzte sich auf den Stuhl ihm gegenüber. Es war zwar ein sehr kleiner Tisch, aber wenn sie aufpasste, berührten sich ihre Knie unter dem Tisch nicht. Margarida hatte ihr geraten, nicht so streng mit ihm zu sein, aber das konnte sie nicht. Er hatte sich, sofort nachdem sie ihn verlassen hatte, mit einer anderen Frau vergnügt, und egal in welch verzweifeltem Zustand er dabei gewesen war, das konnte sie ihm nicht so einfach verzeihen.

Die Fadista begann zu singen, und sie hatte keine Chance, mit Luis zu sprechen. Wenn sie das während der Darbietung versuchte, würden die Musiker aufhören zu spielen. Sie konnte jetzt auch nicht wieder gehen, sondern nur hier sitzen bleiben, gegenüber von Luis, der sich so gesetzt hatte, dass sie sein Gesicht im Profil sah. Wie beim ersten Mal hier, dachte Kristina. Sie versuchte, an ihm vorbeizusehen, aber das gelang ihr nicht, sie blieb an seinem Gesicht hängen. Die Fadista rang mit den Händen und sang aus tiefstem Herzen. Kristina merkte, wie ergriffen Luis war. Er wischte sich verstohlen eine Träne aus den Augenwinkeln und strich sich nervös durchs Haar. Beim zweiten Lied konnte sie sich dem Zauber des Fado auch nicht mehr entziehen. Ihr Herz wurde schwer und gleichzeitig leicht. Tränen schossen ihr in die Augen. Wie sehnsüchtig war sie oft in der Zeit ohne Luis gewesen und wie einsam dadurch? Sie war sich sicher, dass das niemand bemerkt hatte, sie selbst hatte diese Gefühle ja tief in ihrem Herzen eingemauert und nur ab und zu nachts herausgelassen, wenn niemand sonst mehr wach war und sie ihre Gedanken und Gefühle in jede Richtung wandern lassen konnte. Sie weinte über all den Schmerz, den Luis und sie im Laufe der vielen Jahre einander zugefügt hatten, und um die verlorene Zeit dazwischen, die sie nicht miteinander verbracht hatten. Aber sie weinte auch darum, dass das gar nicht möglich gewesen wäre, weil sie nur mit Peter und niemals mit Luis diese Familie hätte gründen können. Sie weinte um ihre Familie, die es in der bisherigen Form wahrscheinlich nicht mehr geben würde. Sie weinte darum, dass sie es wohl nicht schaffen würde, mit Peter bis an ihr Lebensende zusammenzubleiben, wie sie es sich ursprünglich in der Kirche versprochen hatten.

Luis bemerkte ihre Tränen und sah plötzlich sehr traurig aus.

Er glaubt, dass er mich zum Weinen bringt, dachte Kristina, und freute sich ein klein wenig darüber, dass er so litt.

Als die Fadista endlich fertig war, machte Kristina Anstalten zu gehen. Sie wollte nicht weiter weinen, sie wollte weg von diesem Ort und innerlich zur Ruhe kommen. Luis sah, dass sie gehen wollte, und erhob sich ebenfalls. Im Hinausgehen drückte er Theresa einen 50-Euro-Schein in die Hand, ohne auf das Wechselgeld zu warten.

Das geschieht ihm recht, dachte Kristina, wenn er viel mehr bezahlt, als er muss. Sie wandte sich nach rechts und ging die Straße hinauf. Sie wusste nicht genau, wohin sie wollte, aber dieser Weg erschien ihr besser als der in Richtung Margaridas Wohnung. Luis blieb immer einige Schritte hinter ihr, versuchte aber nicht, sie einzuholen.

Er geht hinter mir her, dachte sie. Er ist mir endlich gefolgt. Das hatte sie sich schon so oft gewünscht, aber zuvor war es niemals eingetreten.

Nachdem sie die ersten fünf Minuten den Berg Richtung *São Jorge* hinaufgestürmt war, wurde sie nun etwas langsamer. Der Weg war doch steiler, als sie gedacht hatte, und sie wusste auch nicht so genau, wohin sie überhaupt wollte. Luis überholte sie, ohne sie anzusehen. Er schien den Weg zu kennen. Schweigend ging sie jetzt hinter ihm her. Sofort fielen sie in dieselbe Gehgeschwindigkeit. Es war, als bewegten sie sich im selben Takt, und Kristina merkte, wie ihre Wut immer mehr verflog. Er war von ihr verlassen worden, auf die schnödeste Art, die man sich vorstellen konnte – per eMail –, und dann hatte er die Nerven verloren und etwas getan, das er sicher schon sehr bereute. Er war jetzt bei ihr, obwohl er nicht wusste, warum sie eigentlich wieder in Lissabon war. Er riskierte es, wieder von ihr verletzt zu werden, aber zum ersten Mal lief er nicht weg, sondern stellte sich. Sie beschloss, ihm zu folgen und sich dann anzuhören, was er ihr zu sagen hatte.

Sie verließen die kleine Gasse, die zur Burg führte, und stiegen ein paar Treppen hinauf. Es war mittlerweile dunkel, die wenigen Straßenlaternen tauchten die Alfama in ein schummeriges Licht. Immer wieder sah sich Luis nach ihr um. Das gab ihr Sicherheit, aber am liebsten wäre sie an seiner Seite gegangen und hätte seine Hand ergriffen. Sie hörte den Klang ihrer Schritte auf den Steinstufen, Katzengeschrei, etwas weiter entfernt einen lauten Streit unter Männern. Sie gingen durch ein verfallenes Gebäude, und Kristina hoffte inständig, dass sie keine Ratten aufscheuchen würden.

»Gleich sind wir da«, sagte Luis, der ihr Unbehagen zu spüren schien. Sie kamen an eine Pforte an der Hinterseite der Burg, die verschlossen war. »Hier müssen wir rüber«, sagte Luis und schwang sich über die Pforte. Dann stand er auf der anderen Seite und reichte ihr die Hand.

Sie versuchte zuerst, allein über die Pforte zu kommen, aber als sie oben saß, war sie froh, seine Hand ergreifen zu können, um ihr Gleichgewicht wieder zu stabilisieren. Wärme und Energie durchströmte sie, als sie seine Hand nahm. Er sah ihr in die Augen, weil er wohl genau dasselbe spürte wie sie. Als sie neben ihm unten angekommen war, drückte er ihre Hand. Dann ließ er sie los und kletterte vor ihr eine steile, schmale Treppe hinauf.

Oben auf der Burg kamen sie an einen rechteckigen Platz. Außer ihnen war niemand da. Es war still, nur ab und zu drangen die Geräusche der Stadt herauf. Jetzt bemerkte Kristina, dass der Mond fast mit seiner vollen Scheibe am Himmel stand und alles in ein unwirkliches silberweißes Licht tauchte. Die Zikaden zirpten, es war immer noch warm, nur ein leichter, würziger Wind wehte vom Meer herauf.

Das ist der perfekte Ort, dachte Kristina.

Luis war auf die andere Seite des Platzes gegangen und hatte sich auf eine kleine Mauer gesetzt. Kristina wusste nicht genau, was sie tun sollte. Ihm folgen und sich neben ihn setzen? Dann würde sie ihn unweigerlich berühren. Das wollte sie nicht. Noch nicht.

Sie ging ein paar Schritte auf Luis zu und blieb dann stehen. Sie schwiegen und sahen einander an. Kristina wartete, sie würde nicht die Erste sein, die etwas sagte.

»Du glaubst, dass ich mit Inez geschlafen habe?«, fragte er.

»Ja, das war doch offensichtlich«, sagte Kristina, deren Herz sich wieder vor Schmerz zusammenzog, »als du da mit dem Handtuch in der Küche standest.«

»Das stimmt. Inez wollte es, sie ist mit mir in meine Wohnung gegangen, ich war so bekifft. Ich war nach draußen gerannt, nachdem ich deine Mail gelesen hatte, wollte weg. Irgendwann stellte ich fest, dass ich am Strand war, und da traf ich die Surfer.«

»Und Inez.«

»Ja, sie hat mir Gras gegeben. Ich war froh, diesen Wahnsinnsschmerz nicht mehr spüren zu müssen«, sagte Luis.

»Ich wollte die Mail gar nicht abschicken. Du hattest nicht angerufen, ich habe mich betrunken und dann alles aufgeschrieben. Aus Versehen habe ich sie dann abgeschickt und es nicht gleich bemerkt«, sagte Kristina.

»Weil du zu betrunken warst?«

»Ja, es war schrecklich. Badezimmerböden sind ziemlich kalt.«

»Mir ging es auch schlecht in der Nacht«, sagte Luis.

»Was soll das heißen?«

»Ich habe nicht mit Inez geschlafen. Als sie anfing, an mir herumzufummeln, bin ich zusammengebrochen. Ich weiß nicht mehr genau, aber ich glaube, ich habe auf dem Boden gelegen und geheult wie ein Baby. Inez hat sich neben mich gehockt und gewartet, bis es vorbei war. Dann hat sie mich ins Bett gebracht und ist in meiner Nähe geblieben, bis ich eingeschlafen bin. Am nächsten Morgen bin ich aufgewacht. Sie war immer noch da, weil sie mich nicht allein lassen wollte, hatte aber auf dem Sofa im Nachbarzimmer geschlafen. Sie sagte mir, sie würde laufen gehen und dann etwas zum Frühstücken mitbringen. Sie riet mir, aufzustehen und lange zu duschen. Ich war so froh, dass mir jemand sagte, was ich tun sollte. Ich hatte überhaupt keinen Plan. Ich ging in die Küche, um Kaffee für Inez und mich zu machen. Du weißt, dass ich nach dem Duschen gerne halb nackt durch die Wohnung laufe.«

Kristina nickte.

»Als du kamst, habe ich so einen Schock bekommen, dass ich zuerst gar nicht reagieren konnte. Und dann war Inez da, und alles lief irgendwie falsch.« Luis verstummte und saß zusammengesunken auf der Mauer.

Sie wusste, dass er die Wahrheit sagte, und schämte sich dafür, dass sie ihm unterstellt hatte, mit einer anderen geschlafen zu haben. Sie kam noch etwas näher an ihn heran. Der Mond schien in sein Gesicht. Wie ich ihn liebe, dachte sie.

»Glaubst du mir?«, fragte Luis, und er klang so verzweifelt hoffnungsvoll, dass sie ihn am liebsten sofort in die Arme genommen hätte.

»Du hast mir mit der Mail so wehgetan«, sagte Luis. »Und jetzt soll ich vergessen, dass du sie geschrieben hast? Was willst du? Weißt du es? Ich weiß nämlich, was ich will.«

Kristina setzte sich neben ihn. Sie konnte ihm die Geschichte mit Peter und seiner Freundin besser erzählen, wenn sie nicht sein Gesicht sah.

»Und dann bist du nach Lissabon geflogen, weil du ihn nicht mehr zurückgewinnen kannst?«

»Nein, weil ich begriffen habe, dass ich nur dich will. Dass ich jetzt bereit bin, ein neues Leben mit dir zu beginnen, egal wie schwer es manchmal für mich sein wird.«

»Kann ich wirklich verlangen, dass du dein altes Leben für mich aufgibst? Du mochtest es doch. Das habe ich doch gesehen.«

»Das verstehe ich nicht.«

Stockend erzählte Luis ihr von seinem Segelunfall.

Er wäre fast gestorben, dachte sie fassungslos. Die Vorstellung, dass einer von ihnen hätte sterben können, ohne dass sie vorher zueinandergefunden hätten, hatte sie in all den Jahren ohne ihn oft gequält, aber sie hätte nie vermutet, dass diese Vorstellung beinahe Realität geworden wäre.

»Warum hast du mir das nicht viel früher erzählt?«, fragte sie Luis und streichelte ihm durchs Haar.

»Ich wollte es dir voriges Jahr eigentlich sagen, aber du wirktest so glücklich mit deiner Familie.«

»Ja, ich war auch nicht unglücklich mit ihnen«, rutschte es Kristina heraus. Das darf ich nicht sagen, es verletzt Luis nur unnötig, dachte sie. Die Wahrheit ist doch, dass mein Mann schon seit einem Jahr eine Affäre hat, und auch wenn er sie für mich aufgeben wollte, weiß ich, dass er Britta immer noch liebt. Die Wahrheit ist, dass unsere gemeinsame Zeit als Familie vorbei ist. Unwiderruflich.

»Aber mit dir bin ich auf andere Weise unglaublich glücklich«, sagte Kristina und küsste ihn auf den Mund. Sofort sprang der Funke über. Sie versanken in einer atemlosen Umarmung, aus der sie sich nur mühsam befreien konnten.

Etwas lag ihr noch auf dem Herzen. »Werde ich damit leben müssen, dass du immer mal wieder verschwindest und dich dann nicht meldest?«, fragte sie. Mittlerweile war sie bereit, seine kleinen Fluchten zu akzeptieren, solange sie sicher sein konnte, dass er immer wieder zurückkommen würde.

»Weißt du, für meine Mutter musste ich immer gut gelaunt und ihre Sonne sein. Kannst du dir vorstellen, wie anstrengend das ist, nie zeigen zu dürfen, wenn man mal schlechte Laune hat? Irgendwie dachte ich damals auch, dass ich bei dir nicht zeigen dürfte, wenn es mir mal nicht so gut ging«, sagte Luis.

»Und deshalb bist du dann vorher immer gegangen?«, fragte Kristina.

»Ja, es sei denn, es war einfach zu nervig mit dir. Entschuldige.«

»Schon gut, das finde ich nicht mehr schlimm. Manchmal kann ich auch wirklich ziemlich nervend sein.«

»Allerdings«, sagte Luis lachend und küsste sie sanft auf den Mund.

»Aber manchmal musste ich auch weg, weil ich das Gefühl hatte, du würdest zu viel von mir verlangen. Dabei warst du gar nicht diejenige, die zu viel von mir verlangt hat, das habe ich schon selbst erledigt.«

»Ja, das stimmt, aber jetzt ist eine neue Zeit. Und die will ich nur mit dir erleben. Alles andere wäre nicht möglich. Aber es wird sicher nicht leicht. Zunächst die Scheidung, dann müssen wir uns überlegen, wo wir leben wollen und wie wir leben wollen. Ich werde sicher nicht immer glücklich sein. Glaubst du, du schaffst das?«

»Ja, solange ich weiß, dass du mich liebst, werde ich es schaffen«, sagte Luis.

»Dann wird es kein Problem sein«, sagte Kristina und rückte wieder näher an ihn heran. Sie umarmten sich lange schweigend. Dann setzten sie sich wieder auf die Mauer und blickten in die mondhelle Nacht.

11. Kapitel

»Heute entführe ich dich zu meinem Lieblingsleuchtturm, zumindest hier in Portugal«, sagte Luis am nächsten Morgen. Mit einer dampfenden Tasse Kaffee stand er vor ihrem Bett und sah zum Anbeißen aus. Sein Oberkörper war nackt, seine Pyjamahose hing lässig auf seinen Hüften.

Er sieht mindestens fünf Jahre jünger aus, als er ist, dachte Kristina. Er hatte nicht viele Haare auf der Brust, seine Haut war von der Sonne honigfarben gebräunt, er war gleichzeitig schmal und muskulös.

Luis glitt neben sie ins Bett und reichte ihr den Kaffee. Kristina kuschelte sich an ihn und streichelte seinen Bauch.

»Willst du mich von meinem Vorhaben abbringen?«, fragte Luis.

»Vielleicht«, murmelte Kristina und ließ ihre Hand unter den Bund seiner Pyjamahose gleiten.

»Das klingt verlockend, aber wie ich uns kenne, bleiben wir dann den ganzen Tag im Bett. Heute ist ein so schöner Tag. Wir sollten ihn nicht verpassen. Außerdem haben wir ja noch die Nacht. Los, hüpf aus dem Bett, spring unter die Dusche, in einer halben Stunde geht es los.«

»Wollen wir nicht gemeinsam duschen?«, versuchte Kristina, ihn noch einmal von seinem Vorhaben abzubringen.

»Auch das klingt sehr verführerisch, Madame, und wenn du die Hand nicht sofort dort wegnimmst, werde ich schwach. Aber dann kann ich dir meinen Lieblingsleuchtturm nicht mehr zeigen, und ich glaube, das würde ich bereuen. Oft liegt er im Nebel, aber heute nicht, ich habe eben nachgesehen.«

»Okay, wenn es dir so wichtig ist«, sagte Kristina murrend und stand auf.

Eine halbe Stunde später saßen sie in Sofias Wagen und verließen die Stadt in Richtung Cascais.

»Besuchen wir auch Miguel?«, fragte Kristina.

»Das können wir auf dem Rückweg machen«, sagte Luis. »Du magst ihn, oder?«

»Ja, sehr, und seine Frau auch. Was, glaubst du, denken sie über mich? Ich bin mir sicher, Rosalia hat mitbekommen, dass etwas zwischen uns ist. Und sie weiß bestimmt auch, dass ich verheiratet bin.«

»Wie kommst du denn darauf?«, fragte Luis.

»So etwas spürt eine Frau einfach.«

»Sicher, wenn du meinst«, sagte Luis. »Auf so etwas achtet ihr wirklich?«

»Natürlich, was denkst du denn?«, sagte Kristina und kraulte ihm den Nacken, während er fuhr.

Sie hatte die Fenster heruntergelassen und streckte die Hand in den Fahrtwind. Sie fühlte sich so wohl in ihrem Körper wie seit Langem nicht mehr. Es war schon so lange her, dass sie mit Peter so viel Zeit im Bett verbracht hatte. Würde sie mit Luis auch irgendwann nur noch sporadisch schlafen wollen?, fragte sie sich. Momentan konnte sie sich das zwar überhaupt nicht vorstellen, aber natürlich wusste sie, dass mit der Gewohnheit auch die Spannung nachlassen würde. Aber dann sind wir beide sowieso schon ziemlich alt, dachte sie. Sie sah Luis an, der es nicht bemerkte, weil er sich auf den Verkehr konzentrieren musste. Wie würde er wohl in 15 Jahren aussehen? Dann wäre er ungefähr 65. Seine Haare wären vielleicht weiß, und die Falten hätten sich noch tiefer in seine Stirn und seine Wangen eingegraben. Kristina wusste, dass sie ihn auch dann noch begehrenswert finden würde. Er würde noch genauso riechen wie jetzt, immer nach einem dezenten Eau de Toilette und nach Tabak. Sie war sich sicher, dass sie ihn allein an seinem Geruch erkennen könnte. Und sie würde seine Hände immer noch gerne auf ihrer Haut spüren. Und auch wenn sie beide ganz alt wären, würde sie es noch lieben, ihn zu streicheln und zu erleben, wie er sich unter ihren Händen entspannte.

Sie verließen die Hauptstraße und fuhren ein Stück ins Landesinnere. Kristina war wieder erstaunt darüber, wie schnell es ländlich wurde, wenn man Lissabon verließ. Das liebte sie auch an diesem Land. Dass man in der Hauptstadt wohnen konnte, aber sich nach einer Stunde Autofahrt schon mitten in der Provinz wiederfand, wo die Hektik und der Schein der Großstadt keine Rolle mehr spielten. Mittlerweile brannte die Sonne. Kristina war froh, dass die Klimaanlage inzwischen funktionierte. Sie passierten kleine Dörfer, die rein gar nichts von dem Wohlstand abbekommen hatten, der sich wenige Kilometer entfernt in Cascais zur Schau stellte. Sie fuhren an einem einfachen Restaurant vorbei, das sich in einer Baracke befand. An den wenigen Plastiktischen, die dicht an der Straße standen, saß noch niemand außer einer alten schwarz gekleideten Frau, die zum Restaurant zu gehören schien. Vor ihren Füßen lag ein hellbrauner Hund, der sich im Schatten ausruhte.

Luis seufzte, als sie ihn auf die Szenerie hinwies. »Ja, ich weiß, es ist traurig. Es gibt hier viele Menschen, die immer noch sehr arm sind. Besonders einige Alte sind in den vergangenen Zeiten stecken geblieben. Als ich in Cascais aufgewachsen bin, gab es noch viele Frauen und Männer, die immer Schwarz trugen, streng katholisch waren und eine gewisse Düsterkeit ausstrahlten. Ich musste auf dem Weg zur Schule jeden Tag an einer alten Frau vorbeigehen, die vor ihrer Wohnung auf einem Stuhl saß, natürlich Schwarz trug, und ein paar kümmerliche Blumen feilbot. Ihr Mund war gefüllt mit braunen Stummeln statt Zähnen. Ich habe mich vor ihr gefürchtet. Manchmal streckte sie die Hände nach mir aus, wenn ich zu dicht an ihr vorbeiging, weil mir in der Gasse jemand entgegenkam, und ich hatte Angst, dass sie mich berühren würde. Als ich meiner Mutter erzählte, dass ich diese Frau ekelhaft fand, wurde sie richtig wütend. Sie befahl mir, zu ihr zu gehen und ihr alle Blumen abzukaufen, freundlich mit ihr zu sprechen und ihr dann die Hand zu geben. Wenn ich die Blumen woanders als bei der alten Frau gekauft hätte, dann hätte meine Mutter das sicherlich irgendwie herausbekommen. Ich ging also zu der alten Frau, streckte ihr mein Geld hin, und sie überreichte mir mit feierlicher Miene alle ihre Blumen. Bevor ich verschwinden konnte, tätschelte sie mir mit ihrer runzeligen Hand und den knotigen Fingern den Kopf und murmelte etwas vor sich hin, was ich nicht verstand. Meine Mutter war sehr stolz auf mich, als ich mit den Blumen ankam, und ließ sie in einer Vase stehen, bis sie vollkommen verwelkt waren.«

Kristina wusste, dass sie ihn jetzt nicht unterbrechen durfte. Es war immer noch selten, dass Luis etwas aus seiner Vergangenheit erzählte.

»Manchmal kommen diese alten Frauen und Männer nach Nazaré ins Krankenhaus. Sie sind nicht ausreichend versichert, sodass wir sie eigentlich nicht behandeln können, aber wir tun es trotzdem. Es ist schließlich ein christliches Krankenhaus«, sagte Luis.

»Du willst gar nicht zurück nach Deutschland?«, fragte Kristina.

»Darüber habe ich mir noch keine Gedanken gemacht. Es wäre sicher besser, wenn ich jetzt sagen würde, dass ich für dich zurückkehren würde, aber wenn ich ehrlich bin, hoffe ich, dass es nicht so sein wird. Entschuldige, das klingt wieder so egoistisch.«

»Nein, es ist ehrlich. Ich möchte gar nicht von dir verlangen, an einem Ort zu leben, den du nicht magst.«

»Was ist mit dir? Wie sehr hängst du an Lüneburg?«

»Dort habe ich meine Kinder aufwachsen sehen, dort ist meine Arbeit, wohnt Betty, meine beste Freundin.«

Luis schwieg.

»Du weißt, dass ich dort nicht mit dir wohnen kann, sosehr ich dich auch liebe.«

»Ich weiß. Das würde ich auch nicht von dir verlangen.«

Kristina seufzte. »Eigentlich gibt es nicht mehr viel, was mir an Lüneburg gefällt, seit die Kinder weg sind«, sagte sie.

»Wie meinst du das?«

»Klar, wir haben einen großen Freundeskreis, werden oft eingeladen, aber ich glaube, ohne Peter wird nicht mehr viel bleiben, und es interessiert mich auch nicht mehr sehr. Ich glaube, wenn ich dort bleibe, lerne ich tatsächlich noch Bridge«, sagte Kristina.

»Du und Bridge, das klingt schrecklich«, sagte Luis.

»Meine Schwiegermutter wollte es mir schon beibringen, aber sie ist zu früh gestorben. Ich habe ein wenig zu spät gemerkt, wie provinziell Peter eigentlich ist. Seine Eltern kommen ja aus dieser Gegend. Er fühlt sich wohl in dieser klar festgesteckten Gesellschaft. Und wenn ich Peter darauf ansprach, dass es mir manchmal zu eng dort war, hat er mich vertröstet. Wenn die Kinder erst einmal erwachsen sind, werden wir viel reisen, hat er mir versprochen. Darauf habe ich gehofft, wenn es mir zu langweilig wurde.«

»Wird es dir mit mir auch zu langweilig werden, und betrügst du mich dann?«, fragte Luis.

Kristina lachte. »Du bist doch der Meister im Betrügen.«

Luis schwieg beleidigt.

Sie würde wohl auch weiter mit den vielen Facetten seines Schweigens zurechtkommen müssen. Die würde er nicht für sie aufgeben. Aber sie wollte jetzt nicht mit ihm streiten.

Sie bogen zum Cabo do Roca ab. Kristina konnte das Meer schon riechen. Eine angenehme Aufregung ergriff sie. Wenn Luis diesen Ort liebte, würde er sicherlich auch ihr gefallen. Sie legte die Hand auf seinen Arm. »Ich bin so froh, dass du mir deinen Lieblingsort zeigen willst.«

Luis drehte sich zu ihr um und lächelte.

Kristina war erleichtert, dass er nicht beschlossen hatte, noch länger zu schmollen.

»Wir haben Glück. Wir sind vor den Reisebussen da«, sagte er und hielt auf einem sandigen Parkplatz.

Vor ihnen erhob sich ein Ensemble aus weißen Häusern mit roten Schieferdächern. Am Rand ragte die Leuchtturmspitze hervor.

Das ist also jetzt der großartige Ort, dachte Kristina etwas enttäuscht.

»Warte ab, bis du das Meer siehst«, sagte Luis. »Aber vorher brauchst du noch einen Kaffee und etwas Süßes. Du musst dich erst einmal auf diese Landschaft einstellen.«

Kristina lächelte. Sie hatte tatsächlich Lust auf einen Kaffee. Und Hunger hatte sie auch, denn sie hatten noch nicht gefrühstückt. Sie setzte sich ans Fenster des Cafés, während Luis Kaffee, Gebäck und Wasser besorgte. Sie waren die einzigen Gäste.

Kristina sah aus dem Fenster auf grünes Heidekraut und Strandhafer, vertrocknete Gräser und in den tiefblauen Himmel. Sie konnte den Atlantik zwar nicht sehen, aber spüren.

»Heute ist es friedlich hier. Oft weht ein heftiger Wind, der dich fast von den Klippen pustet, wenn du nicht aufpasst«, sagte Luis.

»›Aqui … onde a terra se acaba e o mar começa‹, das hat Luís de Camões geschrieben. Es heißt ›Hier, wo die Erde endet und das Meer beginnt‹.«

Es war still. Der Mann hinter dem Tresen blätterte in einer Zeitung, der Ton des Fernsehers, der an der Wand unter der Decke hing, war leise gestellt. Kein Auto fuhr auf den Parkplatz.

»Der Cabo da Roca bedeutet für mich Freiheit, Kristina. Ich stehe auf den Klippen, 140 Meter über dem Atlantik, und denke an meine Zeit als Arzt auf einem Kreuzfahrtschiff. Es war eine magische Zeit. Es ging um die Unendlichkeit der Welt, darum, festzustellen, dass sie eine Kugel ist.«

»In der Zeit habe ich meine Kinder bekommen und mich daran gewöhnt, wie begrenzt mein Horizont ist«, sagte Kristina seufzend.

»Ich weiß, und weil du dich für diesen Weg entschieden hast, bin ich aufs Schiff gegangen.«

»Du wolltest dich doch nicht festlegen. Deshalb bin ich gegangen.«

»Ich weiß. Mich hielt in Deutschland nicht mehr viel, nachdem ich erfahren hatte, dass du verheiratet bist.«

»Das wusste ich nicht.«

»Ich eigentlich auch nicht. Erst viel später habe ich es begriffen. Hast du es jemals bereut zu heiraten?«

»Um ehrlich zu sein, nein«, sagte Kristina.

»Ich verstehe, was du meinst. Du glaubst nicht, dass du mit mir eine Familie hättest haben können.«

»Stimmt.«

»Vielleicht hast du recht. Irgendwie war das nie so mein Ding. Eigentlich bereue ich es auch nicht, keine Kinder zu haben.«

»Als ich geheiratet habe, war ich davon überzeugt, das Richtige zu tun«, sagte Kristina.

»Das glaube ich dir. Du würdest nie etwas machen, hinter dem du nicht stehst. Außer vielleicht Bridge lernen.«

Kristina musste lächeln.

»So, jetzt mal los, bevor die Touristen kommen«, sagte Luis theatralisch und stand auf.

Kristina stürzte den letzten Rest Kaffee herunter, nahm die Flasche Wasser mit, die sie noch nicht getrunken hatte, und folgte ihm nach draußen und einen weißen Steinweg hinauf zum Kliff. Hier war es atemberaubend schön. Ein lauer Wind strich über ihre Haut, das Meer leuchtete blau. In der Luft lag der würzige Duft von Heidekraut, Ginster, Salz, Sand und Meer. Luis drehte sich um und streckte die Arme aus. Er lachte und strahlte übers ganze Gesicht. Sie wusste, dass sie diesen Moment nie vergessen würde, einerlei, was noch passierte.

Sie erreichten den Aussichtspunkt, einen zehn Meter hohen Obelisken mit einem weißen Kreuz. »Ponta mais ocidental do continente europeu«, las Kristina auf einer Steinplatte und darüber das Zitat des Dichters Luís de Camões.

»Dein Portugiesisch klingt schon sehr gut«, sagte Luis und nahm sie in den Arm. »Lass uns ein Foto von uns beiden machen, ja?« Er streckte seinen Arm mit seinem iPhone aus. »Lächeln, Liebste«, sagte Luis und fotografierte.

»Das möchte ich auch haben«, sagte Kristina.

»Gut, ich schicke es dir gleich«, sagte Luis.

Sie gingen weiter den Weg zum Rand des Kliffs. Überall waren Schilder mit einer Zeichnung von einem Kliff und einem fallenden Menschen zu sehen.

Ziemlich krasse Art, davor zu warnen, die abgegrenzten Wege nicht zu verlassen, dachte Kristina. Aber es wirkt bestimmt.

Auch wenn das Meer ruhig war, klatschten kleine Wellen an die Felsen des schwarzgrauen Kliffs unterhalb von ihnen. Einige Felsen ragten aus dem Wasser heraus, dazwischen brodelte die Gischt.

»Wir müssen unbedingt noch einmal im Winter hierherkommen«, sagte Luis.

»Ja, das müssen wir«, erwiderte Kristina und drückte seine Hand.

Sie sahen sich in die Augen und umarmten sich. Das Meer säuselte, klatschte und gluckste, der Wind strich über das Heidekraut. Vereinzelte Schreie von Seeadlern waren zu hören, die hier in der Nähe hausten. In der Ferne rollten zwei Touristenbusse auf den Parkplatz. Kristina spürte Luis' Herz klopfen und wusste, dass sie ihn niemals wieder verlassen würde, einerlei, wie schwer es vielleicht mit ihm werden würde.

12. Kapitel

Oktober: Mittlerweile zogen fast täglich Nebelschwaden über die Bucht, und Nazaré hatte ein wenig von dem Charme verloren, den es im Sommer gehabt hatte. Die Herbststürme fegten über den Ort, und die Meeresbrandung türmte sich meterhoch auf. Nur wenn Kristina in den hinteren Gassen unterwegs war, hörte sie das Dröhnen der Wellen nicht, und manchmal, wenn es zu laut war, sehnte sie sich nach der Ilmenau zurück, wo alles immer so friedlich dahinplätscherte.

Aber dort war nichts mehr wie vorher. Peter wohnte mittlerweile mit Britta und ihren Kindern in ihrer Wohnung. Kristina hatte ihre Sachen in Kisten verpackt und nach Nazaré geschickt. Auch Felis Zimmer war schon leer. Nachdem sie ihr in einem langen Gespräch auf Skype erklärt hatte, was passiert war, hatte Feli ihre Zelte in Mexiko abgebrochen und war nach Lüneburg zurückgekommen, aber nur, um ihr Zimmer auszuräumen, sich einen Transporter zu mieten und nach München zu Tom zu fahren. Die beiden hatten beschlossen, dass sie erst einmal bei ihrem Bruder wohnen würde, bis sie etwas Eigenes gefunden hätte. Und sie hatte beschlossen, in München zu studieren, weil dort auch einige ihrer Lüneburger Freunde hingezogen waren.

Eigentlich ist es doch gut so, dachte Kristina. Feli und Tom sind zusammen, er kann sie unterstützen, wenn sie mal Hilfe braucht, und sie wäre nach einem Jahr im Ausland sowieso nicht mehr nach Lüneburg zurückgezogen. Aber sie wusste, dass sie den ganzen Winter lang den Strand auf und ab laufen würde, um ihren Schuldgefühlen davonzulaufen.

Peter hatte in einem der Streite, die sie geführt hatten – als Kristina nach Lüneburg zurückgekehrt war, um ihre Sachen zu packen –, behauptet, dass sie allein alles zerstört hätte.

»Du hast mich nie geliebt, nur Luis«, hatte er gesagt.

»Nein, so war es nicht«, hatte sie versucht, Peter zu erklären, denn nur mit ihm hatte sie diese Familie gründen wollen.

Daraufhin hatte Peter höhnisch gelacht. »Ja, dafür hat deine Liebe zu mir vielleicht gereicht. Ich war gut genug dafür, Vater zu sein und die Verantwortung für die Kinder zu tragen, solange sie klein waren, weil dein Luis so etwas nie durchgezogen hätte. Ich habe mich nur in Britta verliebt, weil du mich nicht richtig wolltest.«

Kristina hatte das wie ein Fausthieb getroffen, und sie wusste, dass sie sich immer noch nicht davon erholt hatte. Stimmte das? Hatte sie als Einzige daran Schuld, dass ihre Familie nicht mehr weiterbestand? Aber sie hatte ihren Mann doch geliebt und ihre Familie.

»Du hast keinerlei Ansprüche«, hatte Peter in einem ihrer hässlichen Momente gesagt. »Deine Kinder sind erwachsen, ich brauche dir keinen Unterhalt zu zahlen, nur den Kindern. Dein Luis muss sich in Zukunft um dich kümmern, ich bin raus aus der Verantwortung.«

Es hatte sie verletzt, dass Peter ihr nicht zutraute, allein für ihren Lebensunterhalt zu sorgen, und umso mehr, weil sie bisher wirklich darauf gebaut hatte, dass er den Löwenanteil für ihre Familie verdiente.

Als sie Luis am Telefon davon erzählte, sagte er: »Ich habe bisher immer nur für mich gesorgt, ich sorge gerne für dich.«

Kristina hätte niemals gedacht, dass Luis irgendwann so etwas zu ihr sagen würde. Es machte sie glücklich, aber gleichzeitig wollte sie nicht wieder abhängig sein.

Sie würde Peter niemals erzählen, dass sie damals von Luis schwanger gewesen war, aber abgetrieben hatte. Er würde es nicht verstehen. Abzutreiben ging entschieden gegen seine moralischen und ethischen Grundsätze. Wenn sie miteinander stritten, merkte Kristina immer wieder, wie unfrei Peter eigentlich war. So war er schon immer gewesen, nur hatte sie das anscheinend übersehen, oder, was sie eher vermutete, sie hatte sich gerne seinen Ansichten und Meinungen untergeordnet. Jetzt merkte sie, dass er sich in den vergangenen 20 Jahren überhaupt nicht weiterentwickelt hatte. Er war immer noch derselbe Mensch wie am Anfang ihrer Ehe, und er wollte auch nichts anderes als das, was er bisher gelebt hatte. Und obwohl er mit Britta schon angefangen hatte, seine Lüneburger Idylle weiterzuleben, warf er ihr vor, dass sie das alles nicht mehr wollte.

»Du hast mir die ganze Zeit etwas vorgespielt«, sagte er. »Du warst nie du selbst mit mir, sondern hast dich nur angepasst.«

Es hatte keinen Sinn, ihm zu erklären, dass das nicht stimmte. Sie würde vieles von dem, was sie mit Peter voller Energie und in Liebe geschaffen hatte und jetzt zurückließ, immer sehr vermissen, weil es etwas war, was sie mit Luis sicher nicht würde erleben können. Mit Peter hatte sie eine Familie gehabt, das, was sie mit Luis verband, hatte wenig mit dem Gefühl zu tun, Teil einer Familie zu sein. Sie waren Mann und Frau, und egal, wie alt sie miteinander werden würden, sie würden immer ein Mann und eine Frau bleiben, die sich liebten, sie würden keine Familie werden, in der jeder jedem blind vertraute. Das tat sie nicht, das tat Luis nicht.

Er hatte das Wunder vollbracht, ihr eine Stelle in einem Laden direkt an der Promenade zu besorgen. Den Rest des Sommers kümmerte sie sich um die ausländischen Gäste, die kein Portugiesisch konnten und handgewebte portugiesische Wolldecken, Ponchos, handbemaltes Porzellan und Schüsseln aus Olivenholz kauften. Ihr gefiel diese Arbeit. Sie fing erst um elf Uhr an, weil vorher eigentlich nie viel los war, ging dreimal die Woche vor ihrer Arbeit zum Portugiesischunterricht und paukte Grammatik. Sie war glücklich in Nazaré und mit Luis, wenn nur nicht immer wieder die Sache mit dem Vertrauen Thema wäre wie jetzt wieder.

Sie liefen am Strand von Nazaré entlang und mussten schreien, um gegen den Wind anzukommen.

»Wie kann ich darauf vertrauen, dass du mich nicht wieder verlässt?«, hatte Luis vorhin gefragt.

Und Kristina hatte ihn wütend angeschrien: »Und wie kann ich wissen, dass du dir nicht sofort eine andere Frau ins Bett holst, sobald wir mal Ärger haben?«

Sie hatten sich schon so oft vorgenommen, diese Themen nicht mehr anzusprechen, denn es gab keine Lösung.

»Du musst mir einfach glauben. Ich liebe nur dich und werde dich nicht betrügen«, sagte Luis und hielt an. Er wollte sie an sich ziehen, damit sie ihn ansah, aber sie wandte sich von ihm ab.

Hatte er nicht gestern beim Abendessen wieder mit dieser Inez geflirtet, mit der er immer noch ab und zu surfen ging, wenn die Brandung nicht so stark war wie jetzt? Gut, mittlerweile wusste sie ja, dass Luis gar nicht mit ihr geschlafen hatte, aber er hatte es anfangs gewollt. Und er hatte Evelyn mit ihr selbst betrogen, und auch sonst war Treue nicht gerade seine Stärke gewesen, das wusste sie.

»Sei nicht albern. Inez interessiert mich doch gar nicht.«

»Aber sie ist viel jünger als ich und unfassbar knackig.«

»Na und?«

»Ich werde bald 50. Was machst du dann, wenn eine Krankenschwester, die Anfang 30 ist, mit dir Nachtdienst hat?«

»Arbeiten, was sonst? Ich habe kein Interesse mehr an 30-Jährigen.«

»Du hast mit so vielen geschlafen, nach unserer Trennung damals.«

»Das stimmt. Und, was spielt das noch für eine Rolle jetzt? Du hast mit Peter über 20 Jahre zusammengelebt.«

»Was soll das jetzt heißen?«, brüllte Kristina gegen die Brandung an.

Luis sah die Welle kommen. Sie war viel größer als die davor. Sie türmte sich hinter Kristina auf, die gefährlich nah am Wasser stand. Es fehlten nur noch einige Meter, und dann würde die Welle bei ihr sein.

»Kristina«, brüllte er. Er wollte sich bewegen, sie dort wegziehen, aber sein Körper reagierte nicht. Er blieb wie angewurzelt stehen, gleich würde die Welle bei ihr sein und sie hinausziehen.

»Hör auf, mich anzubrüllen«, hörte er Kristina gegen den Wind und die Brandung anschreien.

Warum merkte sie nicht, was hinter ihr geschah? Die Welle war direkt hinter ihr. Gleich würde sie nach ihr greifen.

Er sprang auf sie zu und zog sie an sich und in die Hocke. Die Welle brach über ihnen, und er umklammerte Kristina, die sich panisch an ihn hängte. Der Sog der Brandung zog sie hinaus. Sie kamen unter Wasser, es wurde dunkel, wie damals auf der Elbe, dachte Luis. Wenn er nicht aufpasste, verlor er Kristina aus seinen Armen. Er sah sie nicht, aber er fühlte ihr Gewicht. Sie war noch da und klammerte sich an ihn. Er versuchte, sich daran zu erinnern, was Inez ihm darüber beigebracht hatte, unter einer großen Welle hindurchzutauchen. Nicht zu schnell nach oben hochschießen und dann von der nächsten Welle erfasst werden. Bleib unter Wasser, bis es wieder ruhiger wird, und dann schwimm nach oben und tauche auf.

Kristina fing an, um sich zu schlagen. Sie hatte Wasser geschluckt und wurde panisch, weil sie keine Luft mehr bekam. Aber er wusste, dass zwischen dem Zeitpunkt, an dem man das Gefühl hatte, keine Luft mehr zu bekommen, und dem Zeitpunkt, wo man wirklich keine mehr bekam, noch mindestens eine Minute verging. Er musste noch durchhalten.

Es wurde ruhiger über ihm. Jetzt, dachte er. Durch kräftige Stöße mit den Beinen versuchte er, an die Oberfläche zu kommen. Sie tauchten auf. Kristina japste und keuchte beim Luftholen. Er sah sich vorsichtig um. Wann würden die nächsten großen Wellen kommen, gegen die sie keine Chance hätten? Sie waren nicht so weit nach draußen getrieben worden. Eigentlich fehlten nur zehn Meter bis zum Strand.

Kristina hatte sich losgemacht, strampelte mit den Armen und Beinen und japste. Sie war kurz davor, in Panik auszubrechen, und so würde er sie nie an den Strand zurückbekommen. Er musste sie irgendwie beruhigen.

»Kristina«, sagte er laut, »Kristina.«

Sie hörte nicht, ihre Bewegungen wurden immer hektischer, sie versuchte, von der Stelle zu kommen, würde es aber mit dieser Technik nicht schaffen. Ihre Kleider waren sicher genauso schwer wie seine. Hatte sie ihre Schuhe verloren, oder zogen die sie, vollgesogen mit Wasser, noch zusätzlich nach unten?

Luis versuchte, ihre Hand zu greifen. Sie hatten nicht mehr viel Zeit. Momentan war es ruhig, aber das konnte sich schnell ändern. Die nächsten großen Wellen tauchten hier unvermittelt aus dem Nichts auf.

»Kristina«, versuchte er es wieder, und jetzt drehte sie sich zu ihm um. Er hoffte, dass sie ihn verstanden hatte. Sie reagierte nicht. Würde das, was er vorhatte, funktionieren? Er wusste es nicht, aber er hatte keine andere Wahl, als es auszuprobieren. Sie waren am Strand fast allein gewesen, und er wusste nicht, ob jemand auf der Promenade bemerkt hatte, was mit ihnen passiert war. Wenn ja, würde sicher schnell Hilfe kommen, aber bis dahin mussten sie es allein schaffen.

Kristina drehte den Kopf zu ihm und sah ihn an. Er versuchte, seiner Stimme einen ruhigen Klang zu verleihen. Sie war vollkommen bleich im Gesicht, und in ihren Augen glomm Panik.

»Vertrau mir, dieses eine Mal, wir schaffen das.«

Sie sah ihn an, ihre Schwimmzüge wurden ruhiger.

»Wir müssen auf der nächsten großen Welle surfen. Du weißt doch, wie ihr das auch auf Sylt gemacht habt.«

Kristina nickte. Sie wusste, was er meinte.

»Hör zu. Ich lege mich auf den Rücken und beobachte die Wellen. Wenn eine kommt, die wir nehmen können, sage ich: Los! Dann surfst du die Welle bis zum Strand. Verstehst du?«

Kristina nickte. Ihre Lippen waren mittlerweile ganz blau. Das Wasser war so kalt, jetzt merkte er es auch durch seine Kleider. Lange würde Kristina das nicht mehr durchhalten können, das wusste er.

Er drehte sich um, damit er die Wellen besser sehen konnte. Kristina wollte es ihm nachmachen, aber er hielt sie zurück. »Lass es, ich sag dir, wann es losgeht.«

Wie durch ein Wunder war die eine große Welle, die sie beide vom Strand gerissen hatte, die einzige geblieben. Wie war das noch mal? Alle sieben Wellen kam eine große? Wo hatte er das noch einmal gelesen?

Er konnte den Gedanken nicht zu Ende denken, denn er sah plötzlich eine Welle auf sie zukommen, die richtig war. Sie würde sich noch nicht brechen, wenn sie sie passierte, und sie könnten den richtigen Moment abpassen, um ins niedrige Wasser zurückgetragen zu werden.

Er zählte: Eins, zwei, drei, vier, die Welle kam immer näher und baute sich vor ihnen auf.

»Los«, schrie er jetzt, damit Kristina ihn auch hören konnte. Er hätte sie gerne wieder im Arm gehalten, aber das ging jetzt nicht. Er blickte zu ihr und sah, dass sie die richtige Position einnahm, so, wie sie es im Sommer öfter gemacht hatten. Er wusste, zusammen würden sie es schaffen!

Sie bekamen genau die Kuppe der Welle zu fassen. Sekunden später war er im seichten Wasser. Er sah sich um, Kristina war neben ihm.

»Wir müssen hier raus, schnell, bevor die nächste Welle kommt«, sagte Luis, griff nach Kristinas Arm und zog sie auf die Füße. »Schnell!«

Minuten später saßen sie in Decken eingehüllt am Strand. Es war Hilfe gekommen, sie hatten es gar nicht bemerkt. Kristina zitterte und lehnte sich an Luis. An der Promenade wartete ein Rettungswagen, den wohl irgendjemand geholt hatte. Zwei Sanitäter mit einer Trage kamen über den Strand, aber die würden sie nicht brauchen. Sie sah Luis an, der dicht neben ihr hockte und genauso zitterte wie sie. Er hat mich gerettet, dachte sie und lehnte sich an ihn. Er umarmte sie, und sie wusste, dass er sie nie wieder loslassen würde.

Nachwort

Als mein Mann und ich 1993 heirateten, hatten wir den Traum, nach Portugal auszuwandern. Daher beschlossen wir, zunächst einmal unsere Hochzeitsreise dort zu verbringen. Mein Mann, der in seinen 20ern zur See gefahren ist, kannte die Küste vom Wasser aus und war verzaubert. Ich kannte Lissabon nur aus den Geschichten der Menschen, die sich 1933–1945 auf dem Weg von Deutschland in die USA dorthin flüchteten und oft blieben. 1993 verbrachten wir zehn wunderbare Tage in Lissabon, und ich habe mich sofort in diese Stadt und ihre Menschen verliebt. Wir landeten in einer kleinen Fado-Bar, die nur von Einheimischen besucht wurde: von Fado-Sängern nach ihrer Arbeit und von Leuten aus der Alfama. Es war magisch, die Musik traf mich mitten ins Herz. Zwar sind wir dann doch nicht ausgewandert, aber von da an wurde Lissabon zu einer meiner Lieblingsstädte.

Als wir schließlich auch Silvester 2011 dort verbrachten, reifte in mir der Gedanke, eine Geschichte zu schreiben, die in dieser wunderbaren Stadt und auch in Nazaré spielt, das für mich zu den schönsten europäischen Küstenorten gehört. Da ich beim Hören des Fado Schmerz, Sehnsucht, verzweifelte Liebe immer wieder so sehr nachfühlen konnte, war es mir schnell klar, dass ich eine große Liebesgeschichte schreiben wollte. Und was ist dramatischer, als wenn eine Frau mit Ende 40 ihre erste große Liebe wiedertrifft, die sie nie vergessen konnte?

Im Sommer 2013 kehrte ich mit meinem Mann für meine Rechercheresie nach Lissabon zurück, natürlich wohnten wir wieder in der Alfama. Ich besuchte mögliche Settings für den Roman und traf viele Menschen in Lissabon und Nazaré, die mich inspirierten. Hier fand ich die besonderen Plätze, die in meiner Geschichte auftauchen. Ich entdeckte die Musik von *Maria Rita* und *Kristina Branco,* aber auch die entspannten Songs von *Kings of Convenience*, die mich dann beim Schreiben des Romans begleiteten.

Und plötzlich, an einem Nachmittag am Strand, kamen Luis und Kristina in Gedanken zu mir und begannen, mir ihre Geschichte zu erzählen. Diese Momente sind magisch. Auch dafür, sie wieder und wieder zu erleben, bin ich Schriftstellerin.

Berlin, 26. Oktober 2016